햇살자리

햇살자리

1판 1쇄 찍음 2017년 5월 24일
1판 1쇄 펴냄 2017년 5월 31일

지은이 | 김한나
펴낸이 | 고운숙
펴낸곳 | 봄 미디어

기획·편집 | 김민지, 김자우, 홍주희, 김현주
표지 디자인 | 장형준

출판등록 | 2014년 08월 25일 (제387-2014-000040호)
주소 | 경기도 부천시 원미구 소향로17, 304(두성프라자)
영업부 | 070-5015-0818 편집부 | 070-5015-0817 팩스 | 032-712-2815
E-mail | bommedia@naver.com
소식창 | http://blog.naver.com/bommedia

값 9,000원

ISBN 979-11-5810-327-9 03810

햇살자리

김한나 장편 소설

Contents

1. 인생 과외의 시작

"안 내릴 건가?"

차에서 내린 지강은 조수석 문을 열고 물었다. 마지못해 차에서 내린 서온이 반사적으로 그에게서 몇 걸음 떨어지자 지강은 피식 웃음을 흘렸다.

"학원이죠? 여기부턴 혼자 갈 수 있어요."

"혼자 가다 딴 길로 빠져나갈 수도 있겠지."

지강은 혼자 앞서가려는 서온의 팔목을 움켜쥐었다. 놀란 서온이 그에게 잡힌 팔을 빼내기 위해 힘을 주기 시작했다.

"딴 길은 무슨. 바른길도 헤매는 판국에."

"민서온이 딴 길로 새는데 소질이 있다는 정보가 있었거든."

앞서가는 지강에게 어쩔 수 없이 끌려가면서 서온은 불만을 입안에 담고 웅얼거렸다. 낯선 지강의 온기가 손목에 닿아 있는 것도 불편했고, 학원에 끌려가고 있는 상황도 불편했다. 결론은 서지강으로 비롯되는 모든 일이 불편하다는 것이다.

"수강증은?"

학원 로비로 들어서고나서야 수업을 듣기 위해선 수강증이 필요하다는 사실을 알게 된 서온은 지강의 채근을 무시하며 서둘러 가방을 뒤적거렸다. 그러나 아무리 뒤져도 수강증은 나오지 않았다.

"어디다 뒀지?"

서온은 잠시 기억을 되짚으며 작업실 어딘가에 수강증이 뒹굴고 있을지도 모르겠다는 생각이 들었다.

더 이상 묻기를 포기했는지 지강은 수강증을 재발급받아 서온을 교실까지 데려다준 뒤에 손목을 놓아주었다.

"수업 잘 듣고."

"저기요. 이런 거 좀 이상하지 않아요?"

지강은 걸음을 멈추고 서온을 바라봤다. 서온은 올곧은 지강의 시선에 움찔했지만 지지 않고 마주 봤다.

"학원 잘 다니고 검정고시만 패스하면 아버진 뭐라고 안 하실 거예요. 그러니까 그쪽이랑 나랑 적당히 합의해서 서로 편하게 지내자고요."

"같은 말 반복하고 싶지 않은데. 또 얘기해야 하나?"

딱딱한 지강의 말투에 서온은 새어 나오는 한숨을 삼키고 책상에 엎드려 버렸다. 멀어져 가는 지강의 발소리가 사라졌을 때 고개를 들고 어제 오후 일을 떠올렸다.

아버지인 철온의 강압적인 호출 때문에 JM기업 사장실로 찾아간 서온은 철온과 낯선 남자가 마주 앉아 있는 자리에 마지못해 앉아 있었다. 그런데 예상치 못한 폭탄이 날아든 것이다.

"아버지. 저 스무 살이에요. 과외 할 나이는 오래전에 지났다고요."

"그 나이 먹을 때까지 고등학교도 졸업도 못해 놓고 스무 살인 게 자랑이냐?"

지강을 의식해서인지 철온은 서온의 밀을 잘라 내며 헛기침을 했다.

"명목은 과외라고 했지만 당분간은 지강이가 네 보호자 역할을 할 거다."

"아버지. 저 이제 성인이에요. 보호자 같은 거 필요 없어요."

"민서온, 아직 미성년자야. 생일도 안 지났으니 만 18세."

잠자코 상황을 지켜보던 지강이 낮고 서늘한 목소리로 말하자 서온은 그를 못마땅하게 쳐다봤다.

"내가 염치 불구하고 네 녀석 사람 좀 만들어 달라고 지강이한테 부탁한 거니까, 말썽부리지 말고 말이나 잘 들어."

스무 살에 과외라니, 거기다 알지도 못하는 사람을 보호자로 받아들이라는 게 말이나 되냐고 따지려 했지만 곧이어 나오는 철온의 협박에 입을 다물어야만 했다.

"그게 싫다면 당장 한국 떠나라."

눈앞에 던져진 여권과 비행기 표를 보자 서온은 머리가 지끈 거리기 시작했다.

"아버지. 이건 말도 안 되는 협박이에요."
"협박이 아니라 선택을 하라는 거다. 여기서 지강이한테 공부 배워서 검정고시 치르고 대입까지 준비하든지 아니면 바로 유학 을 가든지. 아, 유학 경비는 이 비행기 표랑 당장 가서 지낼 집, 학 비 그리고 한 달 치 생활비가 끝이다."

서온은 앞에 던져진 비행기 표와 여권을 절망적으로 바라봤 다.

"어떤 선택을 하든 난 네 뜻을 존중할 거니까 잘 생각해라."

척 보기에도 불편하게 생긴 남자와 말도 안 되는 과외를 하든 지 아니면 거지꼴로 한국을 떠나라니. 이건 선택이 아니라 서온 을 궁지로 몰기 위한 철온의 강압적인 명령이었다.

"이제 미움 받는 건 그만해도 될 것 같은데. 그냥 떠난다고 할걸 그랬나?"

낯선 교실에 앉아 멍하니 칠판을 바라보던 서온은 깊은 한숨 을 내쉬었다. 성인이 된 딸에게 과외 선생이란 명목으로 감시자를 붙일 만큼 그는 서온을 지긋지긋하게 생각하고 있었다. 바랐던 일이긴 하지만 막상 철온의 속마음을 확인하게 되자 정의 내려지지 않는 여러 가지 감정들이 섞여들었다.

그뿐인가. 과외 선생을 자처하고 나선 지강도 문제였다. 앞뒤 꽉꽉 막히고 인간미라곤 없어 보이는 냉혈한 같아 어렵고 불편한 남자. 거기다 기억나지 않는 어린 시절 자신이 잘 따르던 오빠였다는 말까지 보태지자 부담스럽기까지 했다. 답답한 상황 때문에 연신 한숨만 새어 나왔지만 수업이 시작되자 한숨을 내쉴 틈도 생기지 않았다.

"꾸준히 노력하면 어렵지 않을 거예요. 복습도 잊지 말고."

담임 선생님의 종례가 끝나자 서온은 한숨을 내쉬었다. 학원이라고 하지만 조회와 종례까지 있는 데다 수업 진도는 왜 이리도 빠른지 그간 잊고 지낸 수학, 과학 등이 머릿속에 엉켜 정신이 하나도 없었다.

멍해진 상태로 짐을 챙겨 로비로 내려와서 눈에 익지 않은 학원 내부를 둘러보고 있을 때였다.

"수업은 잘 들었나?"

제법 익숙해진 지강의 목소리가 등 뒤에서 들려왔다. 순간 서온의 얼굴에는 짜증이 비쳤지만 지강은 별다른 반응을 하지 않았다.

"그만 가지?"

수업이 끝났으니 당연히 집으로 가자는 것이겠지만, 서온은 밀려 있을 주문을 생각하자 한시라도 빨리 작업실로 가야 한다는 마음이 앞섰다. 그러나 지강을 떼어 낼 방법이 떠오르지 않았다.

"고, 공부를 더 해야겠어요."

급한 김에 대충 던져 놓긴 했지만 스스로 생각해도 미심쩍은 말을 했지 싶었다. 그러니 지강의 표정에 보이는 의심스러움은 당연했다.

"왜요? 공부하겠다는데. 공부해서 검정고시 패스하라면서요."

지강의 표정이 거짓말인 걸 알고 있는 것만 같아서 서온은 변명을 늘어놓았다.

"몇 시간이나 있을 예정인데?"

"네? 그건, 그러니까……."

생각지 못한 질문에 서온은 곧장 대답을 하지 못하고 버벅거렸다.

"학원 자습실은 11시까지야."

"알아요. 11시! 11시까지 있을 거예요."

"그럼 11시에 여기서 보는 걸로 하지."

서온은 또다시 시간을 정하는 지강을 뜨악하게 쳐다봤다.

"왜, 뭐 문제라도 있나?"

당신 자체가 문제라고 말하고 싶은 것을 꾹 참으며 서온은 얼른 고개를 저었다. 여기서 꼬투리를 잡혀 봐야 좋을 것이 없었다.

"그럼 11시에 보는 걸로 하지."

"그러든지 말든지."

혼자 중얼거리듯 말하는 서온을 보던 지강은 피식 웃으며 돌

14

아섰다. 그러다 문득 서온이 저녁을 거를 것 같다는 생각에 돌아보았지만 그녀는 이미 자리를 뜨고 없었다.

"꼬맹이. 동작 하나는 기막히게 빠르군."

자습실에서 공부하겠다던 서온은 불안하게 눈동자를 움직이며 거짓을 숨기지 못하고 있었다. 그럼에도 지강이 모른 척 속아 준 것은 몰아붙여 봤자 역효과가 날 것 같았기 때문이었다.

천성적으로 거짓말을 못하고 머리 굴리는 소리까지 다 들릴 것 같은 서온의 모습이 그의 머릿속에 있던 기억과 크게 다르지 않아 다행이다 싶었다.

그가 기억하던 서온은 그런 아이였다. 천진난만하고 맑아서 누구에게나 환한 미소를 지어 주던 예쁜 아이. 그 미소가 얼마나 맑고 예쁜지 마주한 사람은 누구라도 같이 웃을 수밖에 없었다.

웃음에 야박하던 지강 역시도 서온이 활짝 웃어 주면 순간만은 행복하게 웃을 수 있었다. 덕분에 유학 시절, 힘들고 지칠 때마다 그녀를 떠올리며 자신도 모르게 미소를 짓곤 했다. 긴 유학 생활을 끝내고 한국으로 귀국하면서 서온과의 재회를 기대했던 것도 그래서였는데…….

서온은 고등학교 중퇴의 문제아가 되어 그의 기대를 무참히 무너뜨렸다. 아무리 친엄마가 돌아가시고 아버지의 재혼으로 환경이 바뀌었다고 해도 이렇게까지 방황하는 건 이해할 수 없었다. 어떻게든 그녀를 예전의 모습으로 돌려놓고 싶었다.

서온은 후문으로 빠져나와 곧장 작업실로 달려왔다. 예상대로 혼자 분주히 움직이던 유진이 그녀를 반갑게 맞이했다.

"사장 씨. 알바생을 너무 부려먹는 거 아니야? 혼자 어디 갔다 오는 건데?"

"미안. 일단 일부터 하자. 하면서 얘기할게."

가방을 놓자마자 재봉틀에 앉은 서온은 급한 마음만큼 손놀림이 빨라지기 시작했다.

일을 하던 중에 결국 유진의 재촉을 못 이기고 과외 선생이 붙었고, 검정고시 학원에 다니게 되었다는 사실을 간단히 설명했다. 그러자 유진은 포장하던 물건을 집어 던지고 서온의 곁에 앉았다.

"뭐? 지금 뭘 한다고?"

"공부. 검정고시 봐야 한다고."

"아니. 그거 말고."

유진의 관심을 끈 것이 지강과의 과외라는 것을 알았지만, 그와 관련된 말은 골치가 아파 더 하고 싶지 않았다.

"그 문제에 관해 깊은 질문은 사양하겠어."

"진짜 과외 하는 거야? 무슨 과외? 일대일로 검정고시 대비라도 하는 거야?"

차라리 검정고시 과외라면 좋겠다. 싶은 표정으로 유진을 잠시 바라본 서온은 다시 일거리로 시선을 옮겼다.

"그럼 뭔데? 진짜 감시하려고 붙은 사람인 거?"

"정식 명목은 인생 과외. 하는 일은 과외 선생 겸 보호자 역할이래."

다시 생각해도 어이가 없어 서온은 헛웃음이 나왔다. 아무리 생각해도 상식적으로 납득이 되지 않는 일이었다.

"그래서, 그걸 순순히 받아들였어? 똥고집 민서온이?"

"아버지가 완전히 작정을 하셨거든. 그러니까 당분간 주문 조금만 줄이자."

"안 그래도 주문 적게 받는다고 항의가 폭주하는데 어떻게 더 줄여? 디자인도 너무 예쁘고 서비스도 좋고 완전 만족! 디자인 직접 하셔서 소량만 생산한다기에 미심쩍었는데 사진이랑 똑같이 물건 너무 좋아요. 강추! 이런 고품격의 상품 평만 달리게 옷을 만들지 말든가."

유진은 노트북 화면을 서온에게 보여 주며 말했다. 서온은 대학에서 웹 디자인을 전공하는 유진과 함께 소규모의 인터넷 쇼핑몰을 운영 중인데, 소량만 제작해서 판매하겠다는 서온의 고집 때문에 많은 주문을 받지 못하고 있었다. 그 탓에 유진은 디자인이 아깝다며 투덜거리기 바빴다.

"계속 그런 상품 평 달리게 하고 싶으면 주문 줄여 줘. 한 디자인 당 열 벌 이상은 안 뽑을 거라니까. 그리고 행복 주문 들어온 것도 있잖아. 난 그쪽을 우선으로 하고 싶어."

주문 리스트를 펼쳐 놓으며 서온은 못마땅하게 중얼거렸다. 자신이 만든 물건으로 한 사람이라도 더 행복하게 만들고 싶다는 마음으로 시작한 쇼핑몰이건만 돈이라는 현실적인 문제가 끼어드니 초심을 지켜 나가는 일이 쉽지가 않았다.

주문자가 원하는 물건을 만들어 주는 행복 주문이라는 특별한 카테고리까지 생기면서 잠잘 시간도 없을 만큼 바빠지곤 했는데, 이번 주가 바로 그 죽음의 주였다. 거기다 서지강이라는 복병까지 더해졌으니 난감하기만 했다.

"아무리 행복 주문이지만 이번 거는 말이 안 되잖아. 웨딩드레스래. 그것도 빅 사이즈 웨딩드레스. 그걸 고작 2주일 안에 만들어 달라는 사람이나 그걸 덥석 하겠다는 사장, 너나."

주문 리스트에 분홍색 형광펜으로 표시된 부분을 유진은 불만스럽게 손가락으로 톡톡 짚었다.

"다른 주문들은 사이즈 맞춰서 제작만 하면 되니까 날짜 맞출 수 있을 거야."

이번 행복 주문은 결혼식도 못 올리고 살고 있는 부인을 위해 남편이 부탁한 일이었다. 남편은 병에 걸린 부인이 하루가 갈수록 상태가 나빠져서 더 늦기 전에 결혼식이라도 올리고 싶다 말했다.

행복 주문 자체가 마진을 남기지 않고 원가에 제공하는 서비스의 일종이지만 형편이 어려워서 드레스 비용은 원가조차 받을 수 없었다. 유진은 절대 안 된다고 반대했지만 서온은 부인이 병원에 입원하기 전에 식을 올릴 수 있도록 시간 내에 드레스를 완성해 주겠다고 말했다.

"사정 안 됐다고 다 해 주고 너는 땅 파서 장사할래? 겨우 적자 면하고 있는 마당에 이게 말이나 되냐고."

"난 적자 면하는 것만으로 감사해. 거기다 아프시다잖아. 치료받으려면 좋은 추억 하나쯤은 있어야 힘을 낼 수 있지."

유진은 더 이상 아무 말도 하지 않았다. 서온 역시 엄마를 병으로 잃었기에, 병으로 힘든 시간을 보내고 있는 사람에게 약할 수밖에 없음을 잘 알고 있었다.

"그래도 다음부턴 이런 주문은 절대 받지 않을 거야. 그리고 웬만하면 공장 알아보자. 디자인 아깝게 겨우 열 벌이 뭐냐고."

"내 손으로 하는 게 좋아. 그러니까 주문 늘리지 말아 줘."

유진은 못 말린다며 혀를 찼지만 부지런히 몸을 놀리는 서온의 옆에서 열심히 일을 거들기 시작했다.

서온은 그런 유진이 있어서 정말 좋았다. 10년이 넘게 붙어 다닌 유진은 때론 든든한 언니 같고, 때론 응석을 부리는 동생 같은 친구였다. 또한 서온의 긴 방황에 대해 아무것도 묻지 않고 묵인해 주는 유일한 사람이기도 했다.

"찐. 네가 있어서 참 좋은 거 알지?"

"아부라면 사양하겠어. 근데 과외 선생은 어쩌려고?"

"그러게. 그 사람 보통은 아닐 것 같은데. 어떻게 해야 할지 모르겠네."

지강을 떠올리자 서온은 한숨과 함께 혼잣말이 새어 나왔다.

"어떤 사람인데? 남자야? 아무래도 감시자라면 남자겠지? 아니다. 너희 아버지 성격에 남자를 네 옆에 붙여 놓을 것 같진 않은데. 그럼 여자야?"

"이봐, 알바님. 어째 이 상황을 재밌어 하는 걸로 보인다?"

"아니거든! 난 걱정돼서 그러는 거야."

말은 그렇게 하면서도 유진의 얼굴에 드러난 호기심은 감춰지지 않았다.

"재밌어 죽겠다는 얼굴이야, 너."

"내가 거짓말을 좀 못하지?"

유진의 장난스러움에 서온은 어이가 없어 웃음이 나왔다.

"아버지 친한 친구분 아들이래. 어릴 때 나도 잘 따랐다고 하는데, 기억도 안 나."

"뭐 하는 사람인데 이런 일에 나선 거래?"

"몰라. 뭐든 받기로 했겠지."

"상황이 좋지는 않네. 상대에 대해 알아도 불리한데."

유진의 말이 옳았다. 아는 것이 없으니 예측도 불가했고 여러 모로 서온에겐 아주 불리한 상황이었다.

"근데 잘생겼어?"

"생긴 게 중요해?"

"중요하지. 매일 같이 다니려면 눈이라도 즐거운 게 낫잖아."

황당한 유진의 이론에 서온은 피식 웃음이 나왔다.

"어, 웃네? 잘생겼어? 떠올리는 것만으로도 웃음이 나올 만큼?"

"나 시간 없어. 이제 일하자."

벽에 걸린 시계를 본 서온은 빠르게 손을 움직이기 시작했다. 하지만 일은 끝이 보이질 않았고 조금만 더 하겠다는 욕심을 부리다가 시계를 확인한 순간 부리나케 가방을 챙겨 미친 듯이 뛰기 시작했다.

"망했다."

자신이 방향치에 길치라는 사실을 잊고 있었던 서온은 어렵게 학원을 찾아 들어갔다. 그러나 시간은 이미 11시를 넘어 있었고 로비에 떡하니 버티고 선 지강을 보자 그녀의 걸음은 더욱 빨라졌다. 미처 눈앞에 있는 낮은 계단을 발견하지 못하고 발이 걸린 서온이 일단 눈을 질끈 감았다.

"조심 좀 하지?"

느껴져야 할 고통 대신 낯선 온기와 함께 귓가에 들리는 지강의 목소리에 화들짝 놀란 서온은 급하게 지강을 밀치고 자리에 바로 섰다.

"뭐, 뭐예요!"

"도와준 사람한테 예의 한번 기막히게 차리는군."

"누가 잡아 달랬나?"

"그럼 바닥이랑 키스하게 내버려 뒀어야 하나? 그런 거라면 앞으로 그렇게 해 주고."

"허! 기가 막혀서 진짜!"

비꼬는 게 분명한 지강의 말투가 거슬렸지만 서온은 제대로 따지지 못한 채 헛웃음만 연발했다.

"근데 민서온. 지금이 몇 시지?"

딱딱해진 그의 말투에 서온은 11시 50분을 가리키고 있는 손목시계를 보고 어색한 미소를 입에 걸었다.

"분명 11시라고 했고, 자습실은 이 건물 안에 있는데 어딜 다녀오는 거야?"

돌리는 법 없이 곧장 날아드는 지강의 질문에 서온은 버스 안에서 미리 준비했던 말들을 늘어놓기 시작했다.

"배고파서 잠깐 나갔다 온 거거든요. 먹을 곳 찾느라고 좀 돌아다녔어요."

더듬지도 않았고 두서없이 둘러대는 티도 내지 않았으니 준비한 보람이 있었다. 그러나 지강의 표정이 점점 굳어지고 있다는 것을 서온은 알지 못했다.

"정말 저녁 먹으러 다녀왔어?"

"네."

잠시 망설이긴 했지만 서온은 곧장 대답했다. 양심이 콕콕 찔린다는 말을 실감하는 중이지만 사실을 실토할 수도 없는 노릇이니까.

"정말 저녁을 먹으러 다녀왔다?"

"네!"

서온은 생각이고 뭐고 할 틈도 없이 일단 대답부터 뱉었다.

"그만 가지."

"네? 아, 네."

서온은 안도의 숨을 내쉬다가 미심쩍은 눈빛으로 앞서가는 지강의 등짝을 바라봤다. 차라리 집요하게 추궁하면 더 뻔뻔하게 나갈 수 있을 것 같은데, 이건 믿어 주는 것도 아니고 그렇다고 안 믿어 주는 것도 아니었다.

"그래서 저녁은 먹은 거야?"

"네? 아, 아니. 뭐, 대충."

차에 오르고서도 한참 말이 없던 지강의 갑작스런 질문에 서온은 이도 저도 아닌 대답을 하고 말았다.

"대충 먹었다는 말이지?"

"못 믿겠으면 못 믿겠다고 하시죠?"

따질 입장이 아니라는 건 알지만 묘하게 느껴지는 지강의 옅은 감정들이 서온을 답답하게 만들었다.

"내가 민서온을 못 믿고 있다고?"

"그럼 믿어요? 믿는 사람이 그렇게……."

일단 말을 꺼내긴 했는데 지강이 의심한다는 티를 낸 것도 아니니 뭐라 할 말이 없었다.

"그렇게? 뭐가 어쨌다는 거지?"

"뭐라고 말할 수는 없지만 그쪽이 나 못 믿는다는 거 느껴지거든요."

"그래서?"

"그러니까……."

이 남자, 보통이 아닐 거라고 생각하긴 했지만 예상보다 훨씬 고단수라는 걸 뒤늦게 깨닫고 말았다. 거기다 대화를 시도할수록 자신이 왜 이야기를 꺼냈는지조차 제대로 대답할 수 없는 지경에 이르게 된다는 것도 너무 늦게 알아 버렸다.

"지금 민서온이 거짓말을 하고 있다고 실토라도 하는 건가?"

"거짓말은 무슨. 그냥 그쪽이 풍기는 느낌이 기분 나쁘다고 말하려고 한 거거든요."

"그럼 민서온은 지금 한 치의 거짓도 없이 진실만 말하고 있다?"

"그건……."

꼭 결정적인 순간에 이렇게 말이 막혀 버린다. 어차피 시작한 거짓말이니 끝까지 뻔뻔하게 제대로 할 수 있으면 좋을 텐데. 그러기에는 양심이란 놈이 아직은 거짓말에 완전히 적응을 못 한 것 같았다.

"민서온이 거짓을 말했어도 오늘은 상관없어. 하지만 처음이란 이유로 용서가 되는 건 오늘뿐이야. 우리의 처음은 오늘이 마지막이라는 걸 잊지 마."

오늘 이후로 거짓은 절대 용서하지 않겠다는 지강의 말을 서온은 제대로 알아들었고, 어설프게 거짓말을 꾸며 댄 자신의 속내를 그가 모두 꿰뚫고 있었다는 사실에 끝내 아무 말도 할 수 없었다.

지강이 돌아가는 모습을 확인한 후 다시 작업실로 향했던 서온은 이른 새벽이 되어서야 첫차를 타고 집에 돌아왔다. 절대 외박은 안 된다던 지강에게 들키지 않으려면 집에서 옷을 갈아입고 나가야 했다.

"야!"

화장실에서 세수를 하고 나오던 서온의 앞을 짜증으로 가득 찬 표정의 현아가 막아섰다.

"네 아빠가 너 불러오래."

철온의 앞에선 착하고 다정한 동생인 척하지만 철온이 없으면 경멸과 짜증이 뒤섞인 태도로 돌변하는 현아를 마주하는 게 처음에는 당황스러웠지만 이젠 대수롭지 않았다. 덕분에 오늘도 서온은 잠시 현아를 쳐다보다 아무 말 없이 돌아섰다.

"야! 너 부른다고!"

현아의 목소리가 커졌지만 서온은 무시하고 자신의 방으로 들어와 서둘러 가방을 챙겨 들었다. 가족들이 깨어난 이 집을 한시라도 빨리 벗어나야 했다.

"서온이 일어났구나. 아침 먹어야지."

현아를 피해 내려왔더니 이번엔 소름 끼칠 만큼 다정한 척하는 주혜가 기다리고 있었다. 연이어 소파에 앉아 있던 철온의 한심한 시선을 마주해야 했다.

"지강이랑 다녀 보니 어떠냐?"

"완전 별로예요. 제가 이렇게 대답할 거 아시면서 그런 건 왜 물어보세요?"

"뭐야?"

"여보. 아침부터 그러지 마세요. 서온아, 아침 먹고 가."

주혜는 철온을 말리며 서온에게 다정한 미소를 지었다. 하지만 주혜의 눈빛에 담긴 경멸을 곧장 알아차렸다.

"아침 먹고 가라. 어제도 그렇고 엄마가 신경 썼어."

"에이, 당신도 참. 애 부담스럽게 그런 얘기는 왜 하세요."

철온을 보며 다정하게 웃는 주혜를 보는 순간, 서온은 철온과 마주 웃던 엄마의 모습이 떠올랐다. 가슴 깊은 곳에서 뜨거운 뭔가가 울컥 올라오는 것 같아서 더는 그 자리에 서 있을 수가 없었다.

"저 원래 아침 안 먹어요. 다녀올게요."

누가 잡을세라 서둘러 집 밖으로 나와 그대로 도망치듯 내달리려고 했지만 누군가 팔목을 강하게 붙들었다.

"민서온. 어디 가?"

이번엔 서지강이었다. 갑작스런 상황에 서온은 눈빛에 남신 감정들을 지워 내지 못하고 지강과 마주 섰다.

"민서온."

"도망가는 거 아니니까 놔요."

서온은 지강의 눈빛을 피하며 감정을 다스리려 노력했다. 이런 모습을 이 남자에게는 절대 들키고 싶지 않았다. 서지강은 철온의 하수인이고 그것은 곧 적이라는 뜻이었다. 적에게 약한 모습을 보이면 싸움에서 이길 수 없다고, 스스로를 다그쳤다.

"너……."

"수업 늦겠어요. 가요."

지강의 시선을 외면한 서온은 집 앞에 서 있는 지강의 차에 올라탔다. 괜찮다. 어쩔 수 없는 일이다. 열심히 되뇌며 자신을 위로해도 감정이 제자리를 찾기까지 시간이 필요했다. 그나마 다행인 것은 그간의 경험으로 시간이 조금씩 단축되고 있다는 것뿐. 아픔의 강도는 그다지 달라지지 않았다. 이럴 땐 도망치는 것밖엔 할 수 있는 일이 없었다.

"아침은?"

학원으로 향하는 차 안의 침묵을 깬 것은 지강이었다. 창밖만 바라보던 서온이 잠시 시선을 돌려 지강을 바라봤지만 대답은 하지 않고 다시 시선을 돌렸다. 대꾸조차 없는 자신에게 싫은 소리라도 할 줄 알았는데 그는 침묵을 지켜 주었다.

차에서 내려 조용히 학원으로 들어가는 서온을 따라 로비까지 올라온 지강은 봉투 하나를 건네주었다. 이게 뭐냐는 물음 대신 잠시 봉투를 바라보다 받아 든 서온은 그대로 교실로 향했다. 이른 아침부터 지친 마음을 가라앉힐 공간이 필요했다.

"별일도 아닌데. 등신 같다, 진짜."

주혜와 철온의 다정한 모습을 볼 때마다 아버지가 너무 쉽게 엄마를 지워 버렸다는 사실을 확인하는 것 같아 서글펐다. 그리고 엄마를 기억하는 사람은 자신뿐이라는 확인을 받는 것 같아서 가슴이 아팠다.

오전 수업 내내 멍하니 있던 서온은 점심시간이 돼서야 정신을 차렸다. 그러다 문득 지강이 건네주었던 종이봉투에 시선이 향했다. 바스락거리는 종이봉투를 열자 샌드위치와 작은 팩 우유가 가지런히 들어있었다.

"말만 못되게 하는 건가?"

세심하게 끼니까지 챙겨 주는 걸 보니 나쁜 사람은 아닐지도 모른다는 생각이 들었지만 그 순간 종이봉투를 건네주던 지강의 무표정한 얼굴이 떠올라서 고개를 저었다. 그 남자가 하는 일은 모두 아버지가 시킨 일이니까 절대 경계심을 풀어서는 안 된다고 생각하며 지강에게 향하려던 작은 호의를 가슴 깊이 밀어 넣었다.

어제와 마찬가지로 수업이 끝난 후 지강에겐 자습실이란 핑계를 대고 작업실로 향했던 서온은 아슬하게 11시에 맞춰 로비에 도착했지만 지강은 이미 그곳에 있었다.

"저 안 늦었어요."

"어딜 다녀오는 거지?"

서온은 그제야 아차 싶은 생각이 들었다. 지금은 시간이 문제가 아니라 자습실이 아닌 학원 현관을 통해 나왔다는 게 문제였다.

"아, 그러니까……."

"또 저녁 먹으러 다녀왔나?"

되도 않는 핑계는 대지 말라는 지강의 뜻을 알아차린 서온은 일단 고개를 저었다.

"그냥 좀 답답해서. 바람 좀 쐬느라고."

곧장 제대로 된 변명이 떠오르면 이렇게 버벅거리진 않으련만 의심 살 만한 짓만 하고 있었다.

"다시 묻겠는데."

"묻지 마요. 그냥 바람 쐬고 온 거니까 묻지 말고 그냥 좀 가자고요."

서온은 도망치듯이 앞서서 주차장으로 향하기 시작했다. 용서가 되는 것은 첫날뿐이라고 말하던 지강을 마주 보고 뻔뻔하게 거짓말을 할 자신이 없으니 일단은 피해야 했다.

"민서온."

차에 타자마자 조는 척하는 서온을 보며 지강은 더 이상 아무 말도 하지 않았다. 제대로 된 거짓말도 못하고 도망치는 모습이 깜찍해서 앞으로 어떻게 하는지 잠시 지켜봐 줄 요량이었다.

한편으로는 오늘 아침 서온의 모습이 마음에 걸려서 무작정 궁지로 몰아가고 싶지 않기도 했다. 그가 생각했던 것과 다른 모습이었던 그녀는 무언가 숨기고 있었다. 이제부터 그것을 찾아내기 위해 인내심을 가지고 곁에 머물 생각이었다.

"저녁은?"

"아, 안 그래도 얘기하려고 했는데 앞으론 도시락 같은 거 챙기지 마요. 알아서 먹으니까."

"대답이나 해. 저녁 먹었어, 안 먹었어?"

하여튼 말투 한번 기막히게 싸가지가 없다. 뾰로통해진 서온이 못마땅하게 쳐다봤지만 운전 중인 지강은 서온을 보지 않았다.

"앞으론 물으면 바로 대답해. 쓸데없이 말 많이 하는 거 별로니까."

"어련하시려고요."

삐딱하게 꼬인 말을 들은 지강은 잠시 서온을 보며 말조심하라는 경고를 보내는 듯했다.

"저녁은."

"대충 먹었어요. 됐죠?"

불만을 투덜거림으로 뱉어 내고 싶었지만 서온은 입을 꾹 다물었다.

"앞으론 대충이 아니라 제대로 챙겨 먹어. 매 끼니를 나랑 먹고 싶은 생각이 아니라면."

"난 불편한 사람이랑 밥 안 먹어요."

"그러니까 제대로 먹으라고. 들어가."

어느새 서온의 집 앞에 다다른 차가 멈춰 서고 서온은 못마땅하게 지강을 쳐다봤다.

"안 내릴 건가?"

지기 싫어서 무슨 말이든 하고 싶은데, 대놓고 말은 못 하고 혼자 불만을 중얼거리는 서온이 귀여워 지강은 피식 웃음이 나왔다.

마지막으로 그를 쏘아보는 것을 잊지 않고 대문 안으로 사라지는 서온을 보며 지강은 차를 돌렸다. 이렇게 약간의 타협으로 그녀와 가까워질 시간이 필요할 것 같았다.

서온은 지강의 차가 사라지자마자 대문 밖으로 고개를 배꼼 내밀고는 집 밖으로 나와 서둘러 걷기 시작했다. 서둘러야 막차를 타고 작업실로 향할 수 있었다.

　일을 하면서 짬짬이 공부도 하다 보니 시간은 금방 흘러갔다. 아침 햇살이 들어오는 창문을 보고서야 길게 기지개를 켠 서온은 자리에서 일어났다.

　"아, 배고프다."

　어제 하루 종일 먹은 거라곤 물과 주스 몇 잔이 전부였으니 아무리 먹는 일을 즐기지 않는다 해도 속이 쓰리는 건 당연했다. 쓰린 속을 달래기 위해 냉장고를 열자 지강이 준 도시락과 샌드위치가 서온을 반기고 있었다.

　"앞으론 대충이 아니라 제대로 챙겨 먹어. 매 끼니를 나랑 먹고 싶은 생각이 아니라면."

　딱딱한 명령조의 말이 도시락을 보는 순간 떠올랐다. 마치 그의 손에서 건네받은 도시락과 샌드위치가 당장 먹지 않으면 지강에게 모든 사실을 알리겠다고 협박이라도 하는 것 같은 엉뚱한 생각이 들었다.

　"배고파서 제정신이 아닌 거지."

　그 자리에 쪼그려 앉은 채, 샌드위치와 도시락이 지강이라도 되는 것처럼 노려보던 서온은 잠시 망설이다 유진이 넣어 둔 바나나 우유를 꺼내 들고 냉장고 위에 놓인 식빵을 집어 들었다. 그러다 괜히 웃음이 나왔다. 그 남자는 알지도 못할 텐데 상대도 없는 곳에서 유치한 시위를 하고 있는 것 같았다.

"식빵이 먹고 싶어 그런 거다, 뭐."

중얼거리고 보니 이번엔 절대 유치한 시위가 아니라고 변명을 하는 것 같았다. 어쩐지 서지강 때문에 거짓말투성이 바보가 되어가는 것 같다.

"어쩔 수가 없으니까. 서지강도 아버지처럼 어쩔 수 없는 거니까."

서온에겐 그런 것들이 있었다. 이젠 볼 수 없는 엄마와 예전처럼 돌아갈 수 없는 아버지, 많은 것을 공유하고 있지만 전부를 말할 수는 없는 유진. 그리고 거추장스럽고 힘든 존재로 나타났지만 마음대로 무시해 버릴 수도 없는 지강까지. 이 모든 것들이 스스로는 어떻게 할 수 없는, 어쩔 수 없는 것들이었다.

지금껏 그래 왔던 것처럼 앞으로도 어쩔 수 없을 것 같은 그런 것들.

이른 아침이긴 했지만 집에 들어가긴 너무 늦은 시간이었다. 모두들 깨어났을 집 안으로 들어갈 엄두가 나지 않은 서온은 집 앞 계단에 앉았다. 얼마 후 지강의 차 소리가 들리자 푹 숙였던 고개를 번쩍 들고는 얼른 자리에서 일어났다. 그리고는 지강이 차에서 내리기도 전에 서둘러 차에 탔다.

"민서온."

"안 가요? 할 말 있으면 가면서 하죠? 출발, 출발."

한시라도 빨리 이곳에서 도망쳐야 하는 사람처럼 서온은 마음이 급했다. 그러나 지강은 움직일 생각이 없어 보였다.

"또 외박인가?"

순간 뜨끔한 서온은 서둘러 표정을 수습하고 다시 정면을 바라봤다.

"아니에요."

"봐주는 건 처음뿐이라고 말했을 텐데."

거짓말은 용서하지 않겠다는 단호한 지강의 눈빛에 서온은 또다시 움찔하고 말았다.

"솔직히 말한다면 이번까지는 봐줄 수도 있어."

"출발 안 하면 내릴게요. 버스 타고 가면 되니까."

"민서온."

이 남자는 낮은 목소리로 이름을 부르는 것으로 경고를 한다. 그게 큰소리를 내는 것보다 더 무섭다는 걸 알고 있는 게 분명했다.

"그러니까 출발부터 해요."

시선이 등 뒤에 있는 대문으로 향하는 것을 감추지 못한 서온은 금방이라도 대문이 열릴 것만 같아 다급해졌다.

"대답부터 해."

"외박 안 했거든요."

"다시 묻겠어."

"밖에서 자고 들어온 거 아니라니까요."

집에 안 들어가긴 했지만 밖에서 잠을 잔 건 아니니까. 절대 외박은 아니었다.

"그럼 지금 집에서 나온 건 맞고?"

"그, 그건……."

계속 잡아떼야 하는데 말을 더듬고 말았다. 물고 늘어지는 게 특기인 서지강에게 또 당한 것이다.

지강은 그제야 원하는 답을 얻었다는 듯이 차를 출발시켰다. 그리고 침묵이 이어졌다. 차라리 아버지한테 말하겠다느니, 어디에 있다 온 거냐고 물으면 뭐라고 대꾸라도 할 텐데. 이래서 매도 빨리 맞는 게 낫다고 하나 보다. 뭔가 강력한 협박, 혹은 명령이 날아들 조짐 같아서 서온은 지강의 침묵이 점점 두려워졌다.

"민서온."

드디어 올 것이 왔구나. 학원 로비에 도착한 서온은 마음을 단단히 먹고 돌아섰다. 하지만 예상과 달리 지강은 아무렇지도 않은 얼굴로 서온이 놓고 내린 가방을 떠안겼다.

"가방은 제대로 챙겨서 다녀."

"아…… 네."

어정쩡하게 가방을 손에 들고 선 서온은 머뭇거리며 쉽게 돌아서지 못했다.

"뭐, 더 할 말이라도 있나?"

"그쪽이 할 말 없음 됐어요. 그럼 수고!"

서온은 아주 당당하게 말하고 돌아섰지만 교실에 들어오자마자 맥이 확 풀려 의자에 털썩 주저앉았다.

"죽어라고 물어보더니 왜 아무 말도 안 하냐고."

구시렁거리며 가방에서 책을 꺼내려는데 어제와 같은 종이봉투가 가방 속에 있었다.

"이건 또 언제 넣었대?"

샌드위치와 우유가 든 봉투를 보니 괜히 미안하고 고마워지는 생소한 느낌이 들었다.

"나쁜 놈이라고 할 수는 없는데 좋은 놈이라고 할 수도 없고. 정말 이상한 놈이야."

말투는 밉상인데 하는 짓은 완전한 밉상이 아닌 지강 때문에 서온은 머리가 복잡해졌다. 이리저리 생각해 봐도 풀리지 않는 수학 문제 같은 사람. 지강은 서온에게 어려운 수학 문제 같은 사람이 되어 가고 있었다.

"선택해. 집 아니면 조용한 카페에서 나랑 같이 공부하기."

수업이 끝나고 로비로 내려온 서온에게 지강은 선택권을 던졌다.

"앞으로는 자습실 핑계로 빠져나가는 건 불가능하단 소리야. 선택해. 집으로 가든지 아니면."

"집이요."

곧장 대답한 서온은 앞장서 걷기 시작했다. 늦은 밤까지 지강의 감시를 받을 바엔 일단 집으로 들어갔다 빠져나오는 것이 나았다.

"공부는 할 만한가?"

집으로 가는 차 안에서 내내 침묵을 지키던 지강이 갑작스레 질문을 던지자 쉽게 답이 나오질 않았다.

"오래 쉬었으니 공부하기 쉽지 않을 텐데."

"검은 건 글자고 하얀 건 종이다. 뭐 그 정도예요."

무심하게 던져 놓은 서온의 말에 지강은 어이가 없는지 피식 웃기만 했다.

"그래도 글자는 알아보니 다행이군."

서온은 대답 대신 봄꽃이 만발한 창밖으로 시선을 돌렸다.

"또 여름이 오겠네."

지강은 혼잣말을 중얼거리는 서온을 잠시 바라보았다. 이상하리만치 쓸쓸해 보이는 모습이 괜스레 마음을 무겁게 만들었다.

"왜 내려요?"

집 앞에 도착하자 자신을 따라 차에서 내리는 지강에게 못마땅하게 물었지만 그는 대꾸도 없이 먼저 대문으로 향했다.

"설마 들어가려는 건 아니죠?"

서온은 지강의 앞을 막아섰다.

"들어가면 안 될 이유라도 있나?"

"갑자기 남의 집에 함부로 방문하면 다들 불편하니까."

이유라고 둘러댔지만 요만큼의 설득력도 없어서 서온은 인상을 찡그렸다.

"어쨌든요. 아무튼 안 되니까."

"민 사장님껜 미리 연락드렸어."

지강은 멋대로 초인종을 누르더니 문이 열리자마자 서온에게 들어가라고 눈짓을 했다.

"하긴. 그쪽 고용주는 아버지니까 고용주 말을 들어야겠죠."

일부러 미운 말만 골라 하는데도 지강의 표정에 변화가 없자 서온은 못마땅함을 삼키며 집으로 들어섰다.

"어머. 지강 씨 왔어요? 서온이도 어서 와."

철온이 있을 때보다 더욱 유난스런 주혜의 태도가 거북스러워서 서온은 저도 모르게 한 걸음 물러섰지만 등 뒤에 서 있는 지강에게 부딪혀 더 이상 움직이지 못했다.

"갑자기 찾아와서 죄송합니다."

"무슨 그런 말을. 어서 앉아요. 서온이도 앉고."

주혜가 친근하게 그녀의 팔을 잡았지만 서온은 차갑게 손을 뿌리치고는 2층 방으로 올라가 버렸다.

"서온이가 아직 저를 불편해해서 이렇네요."

민망한지 어색하게 웃는 주혜를 보던 지강은 서온이 올라간 2층을 바라보았다.

"어! 안녕하세요?"

막 집으로 들어온 현아는 지강을 보자마자 환한 미소로 다가왔다.

"저희 딸이에요. 현아야, 이분은……."

"알아요. 서지강 씨 맞죠? 언니 과외 해 주신다더니 집에도 오시네요. 자주 놀러 오세요."

그를 향한 관심으로 가득한 현아는 안중에도 없이 지강은 서온이 올라간 2층 계단만 바라봤다.

"서온이 때문에 고생이 많으시죠?"

"아닙니다."

2층으로 향했던 시선을 거둔 지강은 걱정스러워하는 주혜를 마주 봤다.

"전에는 착했다는데, 내가 들어온 탓인지 계속 엇나가서."

"엄마는 한다고 하는데 뭘. 언니도 좀 더 지나면 지금보단 괜찮아질 거예요. 이제 공부도 한다니까."

주혜를 위로하는 현아를 보면서도 지강은 모녀를 향한 안쓰러움보다 혼자 방 안에 있을 서온에게만 신경이 쓰였다.

"잠깐 서온이 좀 보고 가겠습니다."

"저녁 먹고 가요. 우리 집 양반도 곧 오신다고 했는데."

"아닙니다. 선약이 있습니다."

더 이상 권하지 않도록 주혜에게 인사를 하고 2층으로 올라온 지강은 화장실이란 팻말이 걸린 문과 현아라고 적힌 팻말이 걸린 방문을 지나 아무런 표시도 없는 방문에 노크를 했다. 하지만 대답은 돌아오지 않았다.

"주인도 없는 방에 들어갈 생각은 아니겠죠?"

지강이 문고리를 잡는 순간 등 뒤에서 서온의 목소리가 들렸다. 고개를 돌린 지강은 막 세수를 하고 나온 말간 얼굴의 서온과 마주했다. 평소에도 화장기 없는 얼굴이긴 했지만 비누 향을 풍기며 나온 서온의 얼굴은 유난히 희고 맑아 보였다.

"왜요. 뭐 할 말 있어요?"

"나 가니까 딴 데로 새지 말고 공부하라고."

"잘 가세요, 그럼."

서온은 인사 같지도 않은 인사를 하고 방으로 들어가려 했지만 지강의 손이 그녀의 손목을 붙들었다. 그 순간 잠시지만 두 사람의 시선이 서로에게로 곧게 향했다.

"왜, 왜요? 또 뭐 할 말 있어요?"

놀라서 두근거리는 심장 소리를 들킬까 봐 서온은 최대한 담담한 척 지강을 마주 봤다.

"인사하라고. 선생님 가시는데 제자가 버릇없이 나와 보지도 않을 건가?"

고작 배웅 때문에 사람 손목까지 붙잡았냐고 따지고 싶은 마음을 헛웃음으로 참아 넘겼다. 손목을 빼내려고 했지만 그럴수록 지강의 손에는 힘이 더 들어갔다.

"인사 한번 거창하게 받으시려고 하네. 이 손 좀 놓죠?"

이상할 정도로 뚫어지게 자신을 보는 지강 때문에 심장이 요란하게 뛰는 것 같아 서온은 당황스러워지고 있었다.

"손 좀 놔요. 인사한다고요."

지강은 잠시 뜸을 들인 후에 손을 놓아주었다. 서온은 벌겋게 변한 손목을 보니 욱하고 불만이 튀어나오려 했지만 말이나 행동으로는 그를 이길 수 없을 것 같아 인내심을 발휘했다.

"저녁 잘 챙겨 먹고. 내일 늦지 마."

"가세요, 그럼."

마지못해 지강을 배웅하러 1층으로 내려온 서온은 팔짱을 낀 채로 퉁명스럽게 인사를 하고는 제대로 쳐다보지도 않았다.

"이만 가 보겠습니다."

"저녁 먹고 가면 좋을걸. 또 와요."

주혜는 지나친 아쉬움을 보였고 현아는 그에게 한 번이라도 더 눈도장을 찍기 위해 방긋방긋 미소를 짓고 있었다. 그러거나 말거나 서온은 마지못해 서 있다는 티를 팍팍 내고 있었다.

밖으로 나온 지강은 서온의 온기가 희미하게 남은 자신의 손바닥을 바라봤다. 손목을 잡을 생각은 없었는데 생각보다 몸이 먼저 움직였고 움켜쥔 서온의 손목이 너무 가늘고 서늘해서 쉽게 놓아줄 수가 없었다. 잡는 것도, 놓아주는 것도 마음먹은 대로 되지 않았다는 것을 어떻게 설명해야 할지 알 수가 없었다.
언제나 이성적이던 그로서는 처음 겪어 보는 일이었다.

"누군 좋으시겠어."

계단으로 향하는 서온의 뒤로 현아의 목소리가 들렸다.

"부모 잘 만난 덕에 스무 살에도 과외를 하잖아. 그것도 저렇
게 스펙 좋은 남자한테."

현아와 주혜를 상대하는 것은 어리석은 짓이라는 걸 오랜 경
험으로 깨달은 서온은 아무것도 듣지 못한 것처럼 걸음을 옮겼
다. 그러나 이번엔 주혜의 목소리가 뒷덜미를 붙잡았다.

"공장에서 미싱 돌리다 남자 잘 만나서 팔자 고친 제 엄마 닮
았으면 가진 거 많은 남자를 좋아하겠지. 그 엄마에 그 딸이니
까."

서온을 자극할 수 있는 유일한 방법이 죽은 엄마를 건드리는
것이라는 걸 주혜는 잘 알고 있었다.

"술집에서 일하다 남자 잘 만나서 팔자 고친 사람이 할 말은
아닌 것 같은데."

걸음을 멈추고 차갑게 말한 서온은 가증스럽다는 듯 주혜를
내려다봤다.

"누가 그래? 누가 그딴 소리를 지껄였냐고!"

"엄마, 진정해. 저게 서지강 같은 남자랑 다니니까 뭐라도 된
줄 아나 본데. 그 사람이 좋아서 너 챙기는 줄 알아? 네가 어디
서 뭐하는지 전화로 보고하면서 다 네 아빠가 시키는 대로 하고
있는 거야!"

제 분을 이기지 못하고 주저앉은 주혜를 부축하며 현아는 날선 목소리로 소리쳤다.

"아니까 입 좀 다물어. 째지는 목소리 때문에 머리 울려."

"뭐야!"

현아와 주혜를 무시한 채 방으로 돌아온 서온은 방문을 잠그고 길게 심호흡을 했지만 답답함 때문에 자꾸 한숨이 새어 나왔다.

겉으로는 봐주는 척해 놓고 뒤에 가서는 철온에게 꼬박꼬박 보고하고 지시받는다고 생각하니 지강에게 속았다는 기분까지 들었다.

"챙겨 준 게 아니라 감시한 거지. 알고 있었으면서 새삼스럽게."

당연한 건데 왜 이런 감정이 드는지 말 그대로 새삼스러웠다. 그래도 어쩌겠나. 기분 나쁘고 열 받는 건 어쩔 수 없는 사실인데. 서온은 울컥 치미는 심술을 겨우겨우 다스리며 작업실로 돌아갈 수 있는 시간을 기다리기 시작했다.

2. 타당한 타협

뜨겁게 달아올랐던 태양이 점차 식어 가는 늦은 오후. 학원 수업이 끝난 후 지강과 함께 집으로 돌아온 서온은 대문에서 그가 돌아가는 모습을 본 뒤에 곧장 작업실로 향했다.

지강이 철온에게 고용된 사람이라는 사실을 새삼스럽게 깨달은 것이 벌써 2주 전이었다. 최소한의 대화로 거리를 두려고 애를 쓰다 보니 지강과 얼굴을 마주하고 나면 유난히 지치는 기분이었다. 거기다 날씨는 한여름처럼 뜨거워서 더 힘이 들었다.

"사장, 늦었다."

작업실에 들어서자 포장 작업에 열심이던 유진이 서온을 반겼다. 유진을 보자 집에 온 것 같은 안도감에 작업대로 쓰는 테이블 위로 고개를 묻었다.

"왜 그래? 무슨 일 있어?"

"그냥 피곤해서. 안 하던 공부를 하려니 머리에 과부하가 걸리나 봐."

서온은 미소를 지었지만 유진의 걱정스러운 표정은 사라지지 않았다.

"배고프다. 우리 맛난 거 먹을까?"

일부러 목소리까지 높이며 자리에서 일어난 서온은 냉장고로 향했다. 그러나 냉장고 속은 텅텅 비어 있었다.

"밥 먹자. 보나 마나 너 한 끼도 제대로 안 먹었어."

배달 전단지를 뒤적거리던 서온은 유진의 말에 배시시 웃음을 지었다. 말하지 않아도 알아주는 친구가 있다는 건 새삼스럽지만 참 좋은 일이다.

"웃긴. 그냥 밥으로 시킬 테니까 전단지 그만 뒤져."

주문 전화를 하는 유진을 보며 서온은 다시 작업대에 엎드렸다.

"찌니야. 싫은 사람하고 잘 지내는 방법이 있을까?"

서온의 중얼거림에 택배 포장을 하던 유진이 손을 멈추었다.

"과외 선생님 때문에 많이 힘들어?"

"좋은 사람인 것 같기도 하고 아닌 것 같기도 하고. 근데 아버지 하수인이니까 좋게 지내고 싶진 않고."

"어려운 관계긴 하다."

"응. 어렵고 복잡해."

기운 없이 중얼거리는 서온을 안쓰럽게 보던 유진은 현관 벨소리를 듣고 자리에서 일어났다.

"밥 왔나 봐. 일단 먹고 생각하자. 기운이 나야 생각도 하는 거니까."

"응."

대답은 했지만 서온은 새어 나오는 한숨을 삼키지 못하고 내뱉었다.

"누구세요?"

유진의 목소리에 서둘러 나간 서온은 현관문 앞에 서 있는 지강을 마주하자 그대로 굳어 버렸다.

"식사…… 왔습니다."

때맞춰 도착한 배달원은 현관문 앞에 서 있는 세 사람을 보고 당황했는지 입구에서 주춤거렸다.

"여기요. 여기로 놔주세요."

유진은 서둘러 음식을 작업용 테이블로 옮기고 배달원을 돌려보냈다.

"여긴 어떻게 왔어요?"

유진이 배달된 음식을 한쪽으로 미뤄 두는 사이 서온은 딱딱한 표정으로 지강에게 물었다.

"당당히 질문할 입장이 아닌 것 같은데."

서온과 지강의 시선이 팽팽히 맞서자 유진은 서둘러 두 사람 사이로 끼어들었다.

"혹시 서온이 과외 선생님이세요?"

눈치 빠른 유진은 서온의 반응을 보자 곧장 지강의 정체를 알아차렸다.

"일단 들어와 앉으세요. 서온이 너도 와서 앉고."

유진은 서온부터 자리에 앉히고 지강에게도 자리를 권했다. 머뭇거림도 없이 지강이 자리에 앉자 서온은 기가 막혀서 그를 노려보았다.

"서온아, 나 오늘은 먼저 갈 테니까."

"어딜 가? 밥도 안 먹고!"

자리를 피해 주려는 유진을 붙든 서온은 갑자기 나타나 평화로운 시간을 망가뜨린 지강을 노려보았다.

"밥은 집에 가서 먹으면 돼. 저기요, 우리 서온이랑 밥 좀 먹어 주세요. 얘가 혼자서는 잘 안 먹거든요."

"찐!"

"이렇게 된 거 사정 설명 잘하고 좀 풀어 봐. 계속 심난하게 지내지 말고."

유진은 서온에게만 들리게 소곤거리며 지강에게 꾸벅 인사를 한 후 작업실에서 빠져나갔다. 유진이 돌아가고 나자 작업실 안에는 무거운 정적만 흘렀다.

"민서온."

"집 앞에서는 가는 척해 놓고 뒤밟은 거야? 하, 진짜 어이가 없다."

서온은 기가 막힌 상황에 혼잣말을 중얼거렸다. 믿음 따윈 기대하지 않았지만 막상 미행까지 당했다고 생각하니 지강과 말도 섞고 싶지 않았다.

"며칠 전에 너희 어머니가 같이 저녁을 먹고 싶으니까 너랑 함께 집에 오라고 전화를 하셨어. 그땐 널 집 앞에 내려 준 지 한참이 지난 시간이었는데 말이지."

"아무리 그래도 미행은 아니죠!"

"붙들고 물었으면 순순히 대답했을까?"

"미치지 않고서야…… 절대 대답 안 하죠."

기세등등하던 서온은 한풀 꺾여서는 기어들어 가는 목소리로 말했다.

"그럼 지금 뭘 해야 하는지도 알겠군."

"설명이 필요하시겠죠. 네, 합니다. 해야지요."

유진이 당부한 '잘'이란 수식어가 붙은 설명은 시작도 하지 못하고 서온은 비꼬인 말을 쏟아 냈다.

"앉아."

"남이야 앉든 말든."

"앉아야 밥을 먹지. 음식 식어. 설명은 먹고 듣자."

지강은 음식이 담긴 그릇들의 랩을 벗기기 시작했다.

"누, 누가 밥 먹는데요?"

"먹으려고 시킨 거잖아. 먹자고. 나도 배고파."

"그쪽 먹으라고 시킨 거 아니거든요."

아, 유치했다. 서온은 자신이 뱉은 말에 스스로 인상을 찡그렸다.

"아까 못 들었나? 밥의 주인이었던 친구가 같이 먹어 주라고 부탁했잖아. 그러니까 이건 내 몫이야."

"난 아무하고나 밥 안 먹어요."

"난 아무나가 아니라 민서온의 선생이야. 그러니까 앉아서 밥 먹어. 아무 말도 안 시킬 테니까."

마지못해 자리에 앉은 서온은 정말 아무 말 없이 밥만 먹는 지강을 힐끔거렸다. 조용히 밥만 먹고 있기는 하지만 존재 자체가 불편한 사람이 앞에 있으니 밥이 넘어갈 것 같지 않았다.

"아무도 없다고 생각하고 조금이라도 먹어. 그래야 설명이든 뭐든 할 테니까."

지강은 서온에게 시선도 주지 않고 말했다.

"사람이 앞에 있는데 어떻게 없다고 생각해요? 난 그런 재주는 없거든요."

"그럼 나가 줄까? 그래야 먹겠어?"

"됐어요. 강아지도 먹을 때는 건드는 거 아니라는데 나 신경 쓰지 말고 그냥 드세요."

서온은 투덜거리면서도 밥그릇 뚜껑을 열었다. 온기가 남아 있는 밥을 입에 넣고 따뜻한 된장찌개도 한 수저 떠먹자 미처 느끼지 못했던 허기가 밀려들었다.

천천히 밥을 먹으면서 지강과 계속해서 눈이 마주쳤지만 없는 사람 취급하려 애를 썼고 그도 아무렇지 않은 듯 편안하게 밥을 먹었다.

대충 식사가 끝나자 서온은 그릇들을 치우기 시작했고 지강은 작업실을 빠져나갔다. 그릇을 모두 밖으로 내놓았지만 여전히 실내에는 음식 냄새가 남아 있었다. 평소에는 아무렇지 않게 느껴지던 냄새가 거슬려서 공기 탈취제를 뿌리고 보니 작업실 환경이 새삼 번잡스럽다는 생각이 들었다.

"이래서 청소는 평소에 해야 하는 건데. 근데 어딜 간 거야?"

손은 재빠르게 작업 테이블 위를 정리하면서 시선은 지강이 나간 현관 쪽으로 향했다.

"어딜 가면 간다고 말이나 좀 하지. 무슨 사람이 정말."

서온이 불만을 투덜거리는 순간 초인종이 울렸다. 화들짝 놀라서는 서둘러 현관문 도어록을 해제하자 예상대로 지강이 서 있었다.

자신도 모르게 어디 다녀오냐는 질문이 튀어나오는 것을 간신히 참은 서온은 작업 테이블로 돌아와서 아무렇지 않은 듯 택배 용지에 주소 적는 일에 열중하는 척했다.

지강은 별말 없이 얼음이 동동 떠 있는 아이스커피를 서온의 앞에 놓아주고는 이제 설명을 해 보라는 듯 바라보았다.

서온은 무슨 설명을 어디서부터 해야 할지, 쉽게 입이 떨어지지 않아서 평소엔 입에도 대지 않는 커피를 한 모금 마셨다. 단맛이라고는 전혀 없는 쓰고 무거운 향의 커피 때문에 저절로 인상이 찡그려졌다. 커피 맛이 꼭 지금의 쓰디쓴 제 마음 같았다.

"그냥 아버지한테 보고해요. 그쪽은 거기까지만 하면 되는 거잖아요."

눈 딱 감고 사정한다고 해도 서지강은 꿈쩍도 안 할 사람이라는 것을 잘 알고 있었다. 그러니 모른 척해 달라고 사정을 하고 싶지도 않았다.

"민서온. 난 이 공간에 대한 설명이 필요하다고 했어. 민 사장님께 보고하고 말고는 그 다음 문제야."

"어차피 아버지한테 설명할 일인데 왜 그쪽한테 설명을 해야 돼요?"

"민 사장님께 보고하는 건 내 소관이라고 했을 텐데."

무슨 뜻인지 이해하지 못한 서온이 인상을 찡그리자 지강은 답답한지 짧게 한숨을 뱉었다.

"이 공간에 대한 타당성이 조금이라도 있다면 묵인해 줄 용의도 있다는 뜻이야."

"정말이에요?"

미심쩍어서 되묻긴 했지만 지강이 고개를 끄덕이자 어떻게 말해야 타당성이 있는 건지 알 수가 없었다. 결국 정직함이 타당한 이유가 되길 바라면서 있는 그대로 털어놓는 수밖에 없었다.

"옷 같은 거 만드는 걸 좋아해서 어쩌다 보니 인터넷 쇼핑몰까지 열게 됐고, 그게 운이 좋아서 장사가 되고……."

"작업실이란 소리군."

주변을 둘러보는 지강을 보며 서온은 입을 다물었다. 설명이라고 하긴 했는데 두서없이 떠들기만 한 것 같아서 민망했다.

"왜 말 안 했지? 민 사장님께 알렸으면 지금처럼 눈 밖에 나지는 않았을지도 모르는데."

"그건……."

미움 받는 편이 마음 편해지는 상황에 있는 사람도 존재한다는 것을 어떻게 설명해야 할지 몰라서 서온은 말끝을 흐렸다.

"그냥 하고 싶은 대로 해요. 어차피 그쪽이 알았으니까 조만간 아버지도 알게 될 일인데. 쓸데없이 무슨 설명을 한다고."

푸념처럼 혼잣말을 중얼거린 서온이 자리에서 일어났다. 지금 지강을 납득시킨다고 해도 언제가 됐든 철온에게 작업실 얘기는 들어가게 될 것이다. 굳이 속내까지 꺼내면서 유예 기간을 받고 싶진 않았다.

"이 공간에 대해서 난 누구에게도 말하지 않을 거야. 민서온이 먼저 얘기하기 전까지는."

자리에서 일어났던 서온은 예상 못 한 지강의 이야기에 그대로 멈춰 섰다.

"일하는 것도 묵인해 주겠어."

"왜, 왜요?"

"좋아하는 일이라고 하니까. 물론 조건은 있어."

그럼 그렇지 하며 실소가 나오긴 했지만 작업실을 지킬 수 있다는 사실이 다행스럽기만 했다.

"학원 수업 후에 작업실로 와서 저녁 식사 전까지 복습. 그 후에는 일을 해도 좋아. 그리고 12시 전에는 귀가. 물론 이 모든 스케줄에는 내가 함께한다는 조건이야."

지강은 미리 준비라도 한 것처럼 앞으로의 스케줄을 늘어놓았다.

"다른 건 다 괜찮은데요. 작업실에서 같이 있겠다는 건……."

"안 그래도 진짜 수업이라는 걸 좀 해 볼 생각이었는데. 수업하기 딱 좋은 곳이 생겼네."

"잠, 잠깐! 생각 좀 할게요."

"단지 내가 옆에 있는 것뿐이야. 지금보다 훨씬 자유로워질 수도 있어."

"행여나."

서온은 말도 안 되는 소린 하지도 말라는 듯 지강을 흘겨보면서 이리저리 머리를 굴렸다. 그러나 작업실을 지키려면 이 방법밖에는 없었고, 그와 타협한다면 지금보다 편해질 수 있을지도 모른다는 생각이 들었다.

"좋아요. 그 조건 받아들이죠. 대신!"

느긋한 미소로 계속해 보라는 표정을 짓는 지강을 보니 서온은 괜스레 약이 올랐다.

"이 공간에서는 공부 외에는 절대 참견하지 말 것. 그러니까 없는 사람처럼 있으라는 말이에요."

"오케이. 그리고?"

"그리고……."

이것저것 조건을 달고 싶은데 달리 내걸 조건이 생각나지 않자 서온은 입술만 삐죽거렸다. 그 모습을 보던 지강은 결국 새어 나오던 웃음을 참지 못하고 피식 웃고 말았다.

"웃음이 나오시겠죠. 아, 뭐야. 정말. 아무래도 뭔가 손해 보는 것 같은데."

"손해 보는 거 없어. 난 민서온이랑 잘 지내고 싶은 것뿐이니까."

웃고 있는 지강을 보니 같이 웃음이 나오려 해서 서온은 시선을 돌려 버렸다.

"이 공간에 대해서 누구한테도 얘기하지 마요. 그 약속만 지킨다면."

"민서온이 먼저 얘기를 꺼내기 전까진 절대 그럴 일은 없을 거야."

"그럼 됐어요."

"그럼 앞으로 우린 좀 더 잘 지내볼 수 있겠군."

지강이 악수를 청하듯 손을 내밀자 서온은 자신의 손을 바지에 슥슥 문지르고 그의 손을 잡았다. 커다랗고 따뜻한 지강의 손을 잡는 순간, 낯선 감정이 온몸을 휘감아 심장이 요란하게 두근거리는 것 같았다.

"잘 부탁해. 앞으로."

"그쪽 하는 거 봐서요."

시선을 마주한 두 사람의 입에서 동시에 웃음이 흘러나왔다. 최악의 만남과 거지 같은 이유로 묶인 이후, 두 사람은 처음으로 서로를 바라보며 편안하게 미소 짓고 있었다.

다음 날, 이른 아침 서온의 집 앞에 도착한 지강은 차에서 내려섰다. 그와 동시에 무거운 철제 대문이 열리고 서온의 모습이 보였다. 지강이 저도 모르게 손을 들어 인사를 건네자 서온은 전과 다르게 꾸벅 고개까지 숙이며 인사를 하고는 차 쪽으로 걸어왔다.

그는 서둘러 조수석 문을 열고 서온에게 타라는 눈짓을 했다. 왜 이러는 거냐고 묻는 듯한 서온의 눈빛을 알아챘지만 기분 좋게 미소만 지었다.

"왜 그래요, 오늘?"

"뭐가?"

차에 타자마자 자신을 미심쩍게 보는 서온을 보며 지강은 여전히 미소 띤 얼굴이었다.

"아침부터 이상한 과잉 친절을 베풀더니 계속 웃고 있잖아요. 사람 불안하게."

"내가 웃는 게 불안한가?"

"아니, 안 하던 짓을 하니까 그렇죠."

"그건 민서온도 마찬가지였어."

자신이 뭘 했다고 그러냐고 서온이 입을 떼기도 전에 지강은 뒷자리에 놓아둔 봉투를 서온의 무릎에 올려놓았다.

"먹어. 아침 거르고 나왔을 것 같은데."

"아침 원래 안 먹으니까 이런 거 앞으로 챙기지 마요."

"선생으로서 챙기는 거야. 아침밥을 먹는 게 두뇌 회전에 좋으니까."

"우유 한 잔이면 돼요, 난."

"우유 한 잔으론 안 돼."

지강은 단호하게 말을 잘라 내더니 봉투 속에 담겨 있던 베이글을 꺼내 손에 쥐여 주었다.

"이거 다 먹으면 출발할 거야."

"오늘따라 정말 왜 이러시는지 모르겠네."

불만스러운 서온의 혼잣말에 지강은 피식 웃기만 했다. 이 남자가 원래 이렇게 잘 웃는 사람이었나 싶어서 서온은 잠시 그가 웃는 모습을 바라보다 시선을 돌렸다. 저 미소에 익숙해지려면 시간이 필요할 것 같았다.

"그러는 그쪽은 아침 먹었어요?"

서온은 대답 없이 자신을 보고 있는 지강에게 베이글을 반으로 잘라 내밀었다.

"됐으니까 다 먹어."

"나 사실 밀가루랑 별로 안 친하거든요. 그래도 성의 생각해서 먹는 거니까 그쪽도 먹어 둬요."

마지못해 베이글을 받아 든 지강은 그제서야 남은 베이글을 베어 무는 서온을 바라봤다. 퍽퍽한지 빵을 씹는 표정이 썩 유쾌해 보이진 않았지만 꼭꼭 씹어서 삼키는 모습을 보니 정작 자신은 먹지 않아도 배가 부른 느낌이었다. 그래도 서온이 넘겨준 베이글을 그도 먹기 시작했다.

"밀가루는 싫고 그럼 어떤 음식을 좋아하지?"

학원에 도착할 무렵, 한참 말이 없던 지강의 뜬금없는 질문에 서온은 한숨을 내쉬었다.

"저기요. 그냥 하던 대로 하면 안 돼요?"

어제까지만 해도 어색하던 사이였는데 서온은 갑자기 반짝거리며 웃는 지강을 마주하기가 편치 않았다.

"우리, 잘 지내보기로 하지 않았나?"

"적당히 타협하기로 한 거니까 그런 자질구레한 것까진 몰라도 되거든요."

가뜩이나 이 남자에겐 들킨 게 많았다. 그런데 음식 취향 같은 거추장스러운 것까지 알게 하고 싶지 않았다.

"그럴 순 없지. 요즘 내 제일 큰 관심사는 민서온인데."

"거참, 관심사 한번 쓸데없으시네."

"앞으로 민서온에 대해 더 많이 알아볼 작정이니까 협조해."

삐딱한 서온의 말에도 지강은 여유로운 미소를 지었다.

"피차 귀찮을 텐데 관심 갖지 말죠, 우리."

차에서 내려선 서온은 그가 따라 내리자 귀찮은 듯 손을 휘저었다.

"가요. 수업 끝나면 바로 내려올게요."

서둘러 지강의 시선에서 벗어난 서온은 교실에 도착해서야 긴 숨을 몰아쉬었다. 갑자기 돌변한 지강을 보는게 낯설기만 한데 그게 또 싫지 않아서 이상했다. 자신의 마음을 모르겠어서 피식 웃음이 흘러나왔다. 아무리 생각해도 그에게서 비롯되는 모든 일들은 답이 나올 것 같지 않았다.

수업을 마치고 로비로 내려오자 자연스럽게 늘 지강이 서 있는 입구 쪽으로 시선이 향했다. 눈이 마주친 지강은 아침과 같은 산뜻한 미소를 지었고 그 순간 서온의 심장은 마치 달리기라도 한 것처럼 요란히 뛰기 시작했다. 그 탓에 저도 모르게 인상을 찡그렸다.

"잘 지내보자고 해 놓고 보자마자 인상부터 쓰는 거야?"

"적당한 타협이라니까."

"잘 지내보자는 타협안이었다는 걸 잊지 마."

앞서 걷던 서온을 금방 앞지른 지강은 조수석 문을 열어 주었다. 불만스럽게 입술을 삐죽거리며 그를 보던 서온은 마지못해 차에 올랐다. 저 남자는 이런 과잉 친절이 그 적절한 타협을 꺼림칙하게 만든다는 것을 모르는 게 분명하다.

"근데요. 진짜 같이 있을 생각이에요?"

"타협의 조건이니까."

단호한 지강의 표정을 본 서온은 한숨을 내쉬었다.

작업실로 들어오자마자 작업해야 할 일거리들을 살피는 서온의 모습을 보며 지강은 천천히 실내를 둘러보았다.

고작해야 열두 평도 안 되는 원룸이었지만 넓은 창문으로 햇빛이 충분히 들어오고 있어 답답하지 않았다. 다용도로 사용하는 큰 테이블을 중심으로 벽 한쪽으로는 잘 정돈된 옷감들이 놓여 있었고, 서온이 작업대로 사용하는 테이블과 재봉틀은 나란히 벽 쪽에 자리 잡고 있었다. 그리고 구석에 세워진 가벽 안에는 침대와 소파가 놓여 있었다. 틈틈이 부족한 잠을 채우는 휴식처인 모양이었다.

"화장실은 저쪽이고."

서온은 뭐가 어디 있는지 알려 주려고 했지만 화장실 위치 외에 딱히 설명할 것이 없었다.

"목마르면 냉장고에 물 있으니까 꺼내 드시고요. 그럼 알아서 계세요."

서온은 서둘러 재봉틀 앞에 앉으려 했지만 지강이 재빠르게 그녀의 팔목을 붙잡았다.

"약속대로 공부부터."

그는 가운데 놓인 넓은 테이블 앞에 서온을 끌어 앉혔다.

"저것만 좀 끝내고요."

"공부가 먼저였어."

서온은 물러서지 않겠다는 강력한 의사를 표현하려 지강을 마주했다. 그러나 또다시 콩닥거리는 심장이 문제였다.

"주문 밀린 게 많아서 그래요. 저거 먼저……."

"한 시간이야. 한 시간만 공부하고 일해. 아니면 한 시간 일하고 계속 공부하던지."

"우이 씨!"

짜증스런 신음이 입 밖으로 새어 나왔지만 서온은 별수 없이 일거리를 내려놓고 지강의 맞은편에 앉았다.

"항상 말만 선택이라니까."

혼잣말로 불만을 종알거리는 서온을 보며 지강은 피식 미소를 지었다.

"배는 안 고프고?"

"배고파요?"

"민서온. 질문은 내가 한 거야."

예의상 물어본 건데, 그걸 가지고 뭐라 하는 거냐는 불만이 입 밖으로 나오려 했지만 애써 삼켜 내고 입술만 삐죽거렸다.

점심을 우유로 때운 탓에 허기가 진 것 같긴 했다. 그러나 지강과 배달 음식을 시켜 먹자니 뭔가 껄끄러웠다.

"점심은?"

"대충."

서온은 왜 이런 것까지 보고해야 되나 싶어서 못마땅한 눈으로 지강을 보았다.

"대체 제대로 된 밥을 먹은 게 언제지?"

"우리 아버지가 그런 것까지 감시하라고 하던가요?"

아주 조금이지만 부드러웠던 분위기가 일순간에 싸하게 가라앉았다. 지강의 표정이 굳어지고 짙게 가라앉은 눈을 마주하니 서온은 미안함 같은 이상한 감정이 생기려고 했다.

"아버지 지시가 아니면 그런 쓸데없는 일까지 신경 쓰지 마요."

"민 사장님 지시라면?"

그럼 그렇지. 이런 사소한 일까지 신경 써 달라는 아버지의 지시 때문에 먹는 일까지 간섭하는 것이었다. 결론을 내린 서온은 괜한 심술이 튀어 올랐다.

"검정고시 패스만 하면 되는데, 그런 것까지 참견하지 말죠? 그쪽도 귀찮을 텐데."

"호칭 제대로 해. 언제까지 그쪽이라고 할 거지?"

난데없이 호칭을 걸고넘어지는 지강 때문에 서온은 불시에 기습을 받은 것처럼 말문이 막혀 버렸다.

"그쪽을 그쪽이라고 부르지, 그럼 뭐라고 불러요?"

"선생님 아니면 전처럼 오빠라고 하든지."

오빠라는 소리에 서온은 잔뜩 인상을 찡그렸다.

"오빠는 무슨. 딱 아저씨구만."

아저씨 소리에 지강의 표정이 못마땅해지자 서온은 만족스러운 미소를 지었다.

"별로야. 선생님 아니면 오빠 둘 중 하나로 해."

"싫어요, 아저씨. 아니면 계속 그쪽 하든지요."

드디어 지강이 던진 선택에서 벗어났다는 생각에 서온은 웃음이 흘러나왔다. 유치하다는 것을 알면서도 오빠란 소리를 고집하는 지강을 보니 심술기는 사라지고 웃음만 나왔다.

"아저씨, 아저씨."

신이 나서 아저씨를 연발하는 서온을 보고 있자니 지강은 어이가 없으면서도 귀여워서 웃음이 나왔다. 거슬리기는 그쪽이나 아저씨나 별반 다르지 않았지만, 그녀가 좋아하는 모습을 보니 앞으로 그는 민서온의 아저씨가 되는 수밖에 없을 것 같았다.

"서오이 사장, 나 왔어! 어라?"

잠시 지강과 서온이 평화를 만끽하는데 유진이 작업실 문을 열고 힘차게 들어왔다. 그리고 지강을 발견하자마자 놀라는 기색도 없이 꾸벅 인사부터 챙겼다.

"또 뵙네요. 안 그래도 두 사람 어떻게 됐는지 궁금했는데."

유진은 전부터 알고 지내던 사람처럼 놀라운 친화력으로 지강을 마주했다.

"찐. 그 일은……."

"사장, 나 배고파. 식사하셨어요?"

서온의 말을 쉽게 잘라 낸 유진은 지강에게 질문을 던졌다.

"안 그래도 민서온 밥을 먹여야 했는데."

"그래요? 그럼 일단 밥부터 주문하죠. 가정식 백반 괜찮으세요?"

서온에게 밥을 먹여야겠다는 지강의 표현이 마음에 들었는지 유진은 기분 좋게 웃으며 식사 주문을 위해 휴대폰을 들었다.

"찐! 난 밥 생각 없어."

"나 배고프다고. 여보세요. 주문 좀 할게요."

유진은 능숙하게 서온을 무시하고 음식 주문에 여념이 없었다. 유진에게 꼼짝도 못 한 서온은 불만스럽게 입술을 삐죽이며 지강의 맞은편에 다시 털썩 앉았다.

"밥 주문은 다 됐고. 이제 설명을 들어볼까요. 누가 하실래요? 사장? 아니면 선생님?"

"선생님은 무슨. 아저씨야."

지강은 아저씨란 호칭을 유진에게까지 주입하려는 서온의 이마에 가볍게 꿀밤을 때렸다.

"아저씨는 민서온으로 충분해."

서온은 이마를 문지르며 지강을 흘겨봤다. 유진은 그런 두 사람을 보며 묘한 미소를 짓고 있었다.

"뭐야, 찐. 너 표정 음흉해."

"음흉이라니! 전 그냥 선생님이라고 부를게요. 괜찮죠?"

"아저씨라니까!"

"딱 보기에도 오빠구만 아저씨는 무슨 아저씨야. 됐고. 두 사람, 어쩌기로 한 거예요?"

자신은 무시하고 그에게 질문을 하는 유진이 못마땅해진 서온은 자리에서 벌떡 일어나 재봉틀 앞으로 향했다.

지강이 간략하게 설명하자 상황을 파악한 유진은 앞으로 서온을 잘 부탁한다며 공손히 인사까지 했다.

"내가 애도 아니고 왜 다들 날 저 아저씨한테 부탁하느냐고."

"어차피 이렇게 된 거 지내는 동안 잘 지내 달라 그거지. 사장. 너무 예민하다."

유진과 티격태격하는 서온의 모습이 새로워서 지강은 둘을 즐겁게 보고 있었다.

지강의 차는 자정이 다 되어서야 서온의 집 앞에 도착했다.

"먼저 가라니까, 기어이."

서온은 지강에게 이끌려 억지로 집 앞에 와서는 계속 불만을 토해 냈다.

"12시 전 귀가. 잊었나?"

"알겠어요. 알겠어. 그럼 들어갈 테니까 가세요."

지강은 약속한 시간 외에는 서온이 일하는 것을 방해하지도 않았고, 정말 있는 듯 없는 듯 시간을 보냈다. 그러니 서온도 약속은 지켜야 했다.

"고마워요."

"뭐가?"

따져 보면 작업실 일을 묵인해 준 것 외에 지강에게 달리 고마울 건 없었다. 그런데 달랑 그것만 고마운 건 아닌 듯한 복잡한 기분이었다.

"그냥, 작업실 일이요. 그럼 가세요."

얼른 차에서 내린 서온은 뒤도 안 보고 집으로 들어가 버렸다.

난데없이 고맙단 소리를 하고 사라진 서온 때문에 지강은 피식 웃고 말았다. 살면서 하루 동안 가장 많이 웃었구나 싶어 또다시 웃음이 나왔다.

✻　　　✻　　　✻

"그게 아니지."

"거참. 그냥 좀 보라니까요. 다 풀고 틀리면 설명하라고요."

수학 문제를 푸는 내내 지강이 몇 번이나 제지를 가하자 서온은 짜증스럽게 그를 흘겨봤다.

"수학은 공식도 중요해. 그런 식으로 정답이 나올 리 없으니까 정석대로 풀어."

"문제 푸는데 정석이 어디 있어요. 그냥 답만 나오면 되지. 고지식하긴."

나란히 앉아 있던 그에게 등을 돌린 서온은 다시 문제집에 집중했다. 아무래도 쉽지 않은지 고뇌하는 듯한 뒷모습을 보고 있자니 지강은 저절로 미소가 지어졌다.

"비웃지 마요. 다 느껴져."

서온은 등을 돌리고 앉아서도 지강의 표정 변화를 읽고 있었다. 포커페이스를 유지하는 데는 일가견이 있던 지강은 그런 서온이 놀라웠지만 한편으론 자신의 작은 감정에도 반응하는 그녀가 귀여웠다.

"빨리 풀어. 그래야 일을 하지."

"다 풀면 얘기할 거니까 할 일 하세요."

서온은 지강의 옆에 놓인 택배 용지들을 눈으로 가리켰다. 공부를 하는 동안 택배 용지에 주소를 쓰는 일을 며칠째 도맡아 줬더니 어느새 그의 일이 되어 있었다.

"예의 바르게 도와주세요. 해야지."

"매번 그렇게 인사를 챙기고 싶으세요?"

싫으면 말라는 식의 지강의 표정이 얄미워서 됐다고 하고 싶었지만 아쉬운 쪽은 서온이었다.

"도와주시면 아주 고맙게 생각할게요."

"비꼬지 말고. 웃는 얼굴로."

붉으락푸르락해지려는 표정을 애써 감추며 서온은 억지로 미소를 지었다.

"도와주시면 감사하겠습니다."

"오케이. 문제 풀어."

인사는 집요하게 받아 내면서 쿨한 척 대답하는 지강을 보며 서온은 불만스럽게 입술을 삐죽거렸다. 그래도 주소를 써 나가

는 지강의 어른스럽고 또박한 글씨체가 익숙해지는 것만큼 그와
의 시간이 편안해져서 서온의 얼굴에는 살포시 미소가 그려졌
다.

＊　　　＊　　　＊

여느 날과 다를 것 없이 서온은 수업이 끝난 후 서둘러 로비
로 향했다. 언제나 그 자리에 서 있는 지강이 보이자 괜스레 반
가워서 미소가 번지며 걸음이 빨라지려 했다.

"미쳤나 봐."

자신의 변덕스러움이 어이가 없어 억지로 걸음을 늦췄다. 저
사람은 아버지의 하수인이다. 절대 내 편이 되어 줄 수 없는 사
람이라고 계속 되뇌었다.

"점심은?"

"먹었어요."

늘 그랬던 것처럼 점심 식사의 여부부터 묻는 지강에게 서온
은 평소와 달리 아주 당당하게 말했다.

"정말 먹었어?"

"거참. 내 이럴 줄 알고 안 버렸어요."

가방에서 빈 도시락 통을 꺼내 보여 주며 자랑스럽게 웃는 그
녀를 보며 지강도 마주 미소를 지었다.

"잘했네."

자연스럽게 머리를 쓰다듬는 지강의 손길에 화들짝 놀란 서
온은 그대로 굳어 버렸다. 혼자가 된 후 누구도 그녀의 머리를

부드럽게 쓰다듬어 준 적이 없었다.

"왜 남의 머리를……."

서온은 헝클어진 머리를 쓸어내리면서 지강이 자신의 얼굴을 보지 못하도록 서둘러 돌아섰다. 낯선 따뜻함으로 인한 마음의 동요가 그대로 드러난 얼굴을 그에게 보이고 싶지 않았다.

무심결에 한 행동에 놀라 어쩔 줄 몰라하며 돌아선 서온의 뒷모습이 너무 작고 약해 보여서 지강은 가슴 한쪽이 아릿해져 왔다. 자세히 들여다보지 않는다면 느낄 수 없는 서온의 연약함이 자꾸 그의 가슴을 아프게 만들었다.

"가자."

지강은 앞서 있던 서온의 가방을 낚아채더니 다시 머리를 쓰다듬었다. 서온은 표정을 감추기 위해 얼른 인상을 찡그렸지만 지강이 환한 미소를 짓자 또다시 심장이 쿵쾅거렸다. 왜 자꾸 저 남자의 미소만 보면 이런 증상이 나타나는 건지.

잘 지내보자는 지강의 타협안을 받아들인 후로 오랫동안 억눌렀던 세세하고 작은 감정들이 요동치기 시작했다. 서온은 점점 불안해졌다. 그래서 서지강은 믿어서도 안 되고, 의지하거나 편하게 느껴서도 안 되는 사람이라고 되뇌고 또 되뇌면서 약해지려는 마음을 다그쳤다.

"저, 저기요! 민서온 씨!"

지강을 따라가려던 서온은 등 뒤로 들리는 자신의 이름에 놀라 걸음을 멈추고 돌아섰다. 그곳엔 낯선 남학생 한 명이 서 있었다.

"이거, 주말 동안 풀어 올 수학 문제집이라고 선생님이 전해 주래요."

"아. 네, 고맙습니다. 근데 저랑 같은 반이신 거죠?"

"네. 저 반장인데요."

황당해하는 남학생을 보며 서온은 민망한 미소를 지었다.

"고마워요."

서온을 대신해 문제집을 달라고 손을 내민 지강을 남학생이 난감하게 쳐다봤다.

"누구신지……."

"민서온 보호자."

지강을 가로막은 서온은 문제집을 빼앗듯이 받고 그의 등을 떠밀었다.

"가요, 좀."

"아직 할 말 남았는데."

"아저씨가 저 사람하고 무슨 할 말이 남아요. 가요, 좀!"

서온은 억지로 지강의 등을 떠밀어 주차장으로 향했다.

"남자랑 친구는 안 돼."

차에 타자마자 무뚝뚝하게 말하는 지강을 보며 서온은 실소가 나왔다.

"왜요?"

"남녀 사이에 친구는 없어."

어느 정도 예상하긴 했지만 딱 지강스러운 대답이었다.

"왜 웃지?"

"그냥 아저씨다운 말이라서요. 딱 서씨 아저씨스럽네요."

"서씨 아저씨……?"

이상한 호칭에 지강은 인상을 찡그렸다. 태어나서 난생처음 들어보는 이상하고 마음에 들지 않는 호칭이었다.

"좀 기니까 그냥 서씨 아씨로 할까?"

지강이 마음에 들어 하지 않는 걸 알면서도 서온은 모른 척 창밖을 보며 서씨 아씨를 반복했다. 장난으로 불러본 건데 썩 나쁘지 않은 것 같기도 했다.

"이제야 좀 꼬맹이답네."

제대로 부르라고 정색을 할 줄 알았던 지강이 웃고 있었다. 거기다 민서온이 아니라 꼬맹이라며 그 역시 이상한 호칭으로 서온을 부르고 있다.

"꼬맹이?"

"피차 마찬가지야. 싫으면 제대로 부르든지."

"서씨 아씨가 어때서요? 부르기도 편하고 좋네, 뭐."

서온의 머리를 일부러 헝클어트린 지강은 여전히 미소를 짓고 있었다.

"거참! 아까부터 왜 자꾸 남의 머리를 만지고 그러시나."

서온은 퉁퉁거리면서 시선을 창밖으로 돌렸다. 이 남자가 어쩌자고 자꾸 이러는지 모르겠다. 서온에겐 이런 친근한 손길이나 미소가 익숙하지 않아 어떻게 받아들여야 하는지 모른다는 것을 지강은 알지 못하는 게 분명했다.

"찐!"

기분 좋게 작업실로 들어선 서온은 유진을 발견하자마자 활짝 미소를 지었다. 그러나 유진과 마주 앉아 있는 남자를 발견한 순간 미소는 순식간에 사라지고 불안함으로 표정이 굳어져 버렸다.

"꼬마. 네 가방."

차를 주차하고 들어온 지강은 문 앞에 서 있는 서온의 머리를 콩 쥐어박았다. 그런데 이건 폭력이라며 재까닥 반응을 해야 할 서온이 멍하니 서 있기만 했다. 그제야 지강의 눈에도 유진과 낯선 남자가 보였다.

"안녕하세요. 잘 지내셨죠?"

불안함을 지워 내려 서둘러 미소를 지은 서온은 유진의 옆에 앉았다. 그러나 표정이 굳어진 유진은 고개를 숙였고, 남자는 슬퍼 보이는 미소를 지었다.

"아주머니도 잘 지내시죠? 안 그래도 한 번 찾아뵈려고……."

"서온아. 아주머니…… 돌아가셨대."

유진이 어렵사리 말을 꺼내자 억지로 지었던 서온의 미소는 사라지고 다시 침묵이 내려앉았다.

지금 눈앞에 앉은 사람은 얼마 전 행복 주문으로 웨딩드레스를 의뢰했던 남자였다. 서온은 진심과 최선을 다해 드레스를 만들며 부인의 병이 나아지길 바랐었다. 이렇게 부질없는 바람으로 남는 걸 원한 게 아니었다.

"편하게 갔어요. 여기 사장 아가씨한테 고맙다고. 정말 고맙다고……."

담담히 말을 이어 가려던 남자는 울음을 참느라 잠시 말을 멈췄다. 그 모습이 애달파 서온은 차마 남자를 마주 보지 못하고 고개를 숙였다.

"이거, 집사람이 직접 만들어 구운 화분인데. 꼭 사장 아가씨한테 전해 달라고 했어요."

남자가 꺼내 놓은 투박한 도자기 화분 안에는 작은 선인장이 심어져 있었다. 서온은 선인장을 바라볼 뿐 아무 말도 할 수가 없었다. 고맙다는 말이라도 해야 하는데 그 말조차 나오질 않았다.

"그만 가 볼게요. 정말 고마웠습니다."

남자가 인사를 하고 일어나자 서온은 급하게 일어나 재봉틀 옆에 놓인 정리함에서 상자를 꺼내 들었다.

"이거……. 서둘렀어야 했는데 너무 늦어졌어요. 죄송해요."

서온이 내민 상자 안에는 웨딩드레스와 턱시도를 입은 손바닥 크기의 곰 인형이 들어 있었다. 똑같은 드레스와 턱시도를 입은 남자와 여자의 사진도 함께였다.

"어떻게 이런 걸……."

남자는 서온이 내민 상자를 차마 받지도 못하고 자신과 부인이 찍혀 있는 사진을 한참 바라보기만 했다.

"드레스랑 같이 드리고 싶었는데. 너무 늦어져서 죄송해요."

"집사람이 정말 좋아할 거예요. 유골함 옆에 꼭 놓아줄게요."

상자를 받아 든 남자는 몇 번이고 고맙다는 말을 끝으로 작업실을 나섰다.

"그런 건 또 언제 만들었어? 잘 시간도 부족하면서."

아픈 사람과 그 곁을 지키는 사람에게 베푼 서온의 정성이 안타까운 결과로 돌아오는 게 화가 나서 유진은 걱정을 핀잔으로 대신했다.

"다음부터 이런 주문 안 받을 거야. 당장 행복 주문부터 없애 버릴래."

"찐. 나 괜찮아. 근데 과제 때문에 바쁘다며 왜 왔어?"

이럴 땐 그동안의 자기 훈련의 효과가 빛을 발하기를 간절히 바란다. 어떤 상황이든 제대로 된 미소를 지어 보일 수 있게. 그게 가장 가까운 사람인 유진일지라도 눈치채지 못하도록 서온은 아무렇지 않은 듯 미소를 지었다.

"요즘 계속 빠져서 얼굴이라도 보려고 들렸지."

"잘했네. 나도 찐 보고 싶었거든."

아무렇지 않게. 아무것도 들키지 않게. 속으로 되뇌며 서온은 계속 미소를 짓고 있었다.

서온을 따라 미소를 지으며 아무렇지 않은 듯 일상을 얘기하는 유진에게 서온 역시 평소처럼 이야기를 이어 갔다.

"오래 못 있어서 미안. 주문 줄였으니까 무리하지 말고."

"네네. 고마워요, 알바님."

아무렇지 않은 척했지만 아무래도 마음이 놓이지 않은 유진은 지강에게 다가갔다.

"선생님. 우리 서온이 밥 좀 챙겨 먹여 주시고 잘 좀 부탁드려요."

인사까지 하고서도 불안했던 유진은 서온을 꼭 안아 준 뒤에야 작업실을 나섰다.

유진이 작업실에서 나감과 동시에 서온은 미소를 지워 내고 테이블 앞에 앉아 멍하니 선인장 화분을 바라보았다.

서온의 맞은편에 앉은 지강은 그녀를 걱정스럽게 바라봤다.

그녀의 감정을 모두 읽어 내고 싶었지만 아파하고 있다는 단면
적인 것 외에는 알아낼 수가 없었다.

"고객일 뿐이야."

서온은 그제야 지강을 바라봤다.

"감정 쏟을 필요 없어. 타인의 일이라고."

"아저씨. 오늘은 혼자 있고 싶은데요."

"안 돼."

예상은 했지만 지강은 단호하고 냉정했다. 이런 사람이라는
걸 알면서도 부탁이란 말까지 꺼내 봐야 소용이 없었다. 바닥으
로 내려앉으려는 감정을 가까스로 붙든 서온은 선인장 화분을
챙겨 들고 일어났다.

"오늘은 그만 집에 갈래요."

"꼬마, 너."

낮은 지강의 부름이 언젠가부터 익숙했다. 익숙해진다는 게
새삼 무서웠다. 언제부터 이렇게 되어 버린 걸까. 서온은 쓸쓸
한 눈으로 지강을 바라봤다.

"집에 가요, 그만."

지강은 돌아서려는 서온의 팔을 붙들며 그녀를 답답하게 바
라봤다.

"말해. 왜 이러는지."

"그냥 좀 피곤해서요. 갑자기 엄청 피곤해지네."

지강을 보며 애써 미소를 지었지만 그의 표정은 무섭게 굳어
졌다.

"그렇게 무섭게 보면 어쩌라고요. 집에 가지 마요?"

장난스런 말투와 함께 미소까지 지었으니 이 정도면 꽤 훌륭한 대처였다. 하지만 지강의 표정은 풀어지지 않았고 한참 동안 팔을 놓아주지 않았다.

"그렇게 억지로 웃지 마. 가방 챙겨서 나와."

지강이 나간 후 서온은 참았던 숨을 몰아쉬듯 깊은숨을 내뱉었다. 함께하는 시간이 늘어날수록 그는 숨기고 싶은 감정들을 빠르게 알아챘다. 아무렇지 않은 척할수록 지강에겐 더 많은 것을 들키는 것 같아서 서온은 점점 힘이 들었다.

"가세요."

"민서온."

차에서 내리려던 서온을 부른 지강의 눈빛에는 걱정이 담겨 있었다.

"걱정돼 죽겠다!"

갑자기 목소리를 높인 서온은 진지하게 말한 것과는 다르게 미소를 지었다.

"그런 표정으로 봐도 나 안 속아요. 우리 아버지가 걱정해 주는 척이라도 해 달라고 한 거면 안 그래도 되니까 그만 가세요."

지강의 표정이 무섭게 굳어졌지만 서온은 서둘러 대문 안으로 들어와 버렸다. 잠시 대문을 등지고 선 그녀는 지강의 차가 떠나는 소리가 들릴 때까지 움직이지 않았다. 다시 작업실로 갈까 싶기도 했지만 그를 속이고 싶진 않았다. 걱정하는 척하지 말라고 모난 소리를 해 놓고 자신은 지강을 속이고 싶지 않다는 생각이 들자 마른 웃음이 흘러나왔다.

"믿지 말자고 해 놓고. 나도 참 바보 같다."

무방비 상태로 지강을 마주하면 숨기고 누르던 감정들을 들키고 만다. 그리고 그 감정들을 모른 척 넘어가 주지 않고 온전히 알아봐 주는 지강에게 고마운 생각이 들어서 멋대로 마음이 놓이려 한다.

그때마다 서지강은 아버지의 하수인이다, 절대로 가까이하지 말자고 자신을 다그치지만 지강만 보면 자꾸 웃게 되고 마음이 놓였다. 자꾸만 그 남자를 믿고 싶어진다.

서온은 안 된다고 고개를 저었다. 그리고 물끄러미 하늘을 올려다보는데 갑자기 눈앞이 깜깜해지면서 어지러워지기 시작했다. 몸에 힘이 빠져서 그 자리에 주저앉자 덜컥 겁이 났다.

"다시 시작되는 건가?"

피식 웃음이 나왔다. 언젠가부터 마음이 아프면 헛웃음이 나오곤 했다. 어지럼증이 겨우 사라지고, 최대한 조용히 집 안으로 들어서는데 현아와 주혜의 요란한 목소리가 거실에 울리고 있었다.

"별로 비싼 거 아니에요. 요즘 이 정도는 고등학생도 들고 다니니까. 언니는 이런 가방 하나도 없잖아요."

"언니한테 마음 써 줘서 고맙다. 서온이가 네 반만큼만 하면 좋을 텐데."

가라앉은 철온의 목소리가 들리자 서온은 조심스럽던 걸음을 멈추었다.

"어머! 서온이 왔니?"

주혜가 유난스럽게 곁으로 다가오자 서온은 한 걸음 뒤로 물러났다.

"다녀왔습니다."

"앉아라."

철온의 명령 때문에 마지못해 자리에 앉은 서온의 앞으로 현아가 명품 가방을 내밀었다.

"내가 언니 취향을 몰라서 그냥 내 취향대로 골랐어."

다정한 말투와 달리 현아는 가방과 서온을 차갑게 보고 있었다.

"올라가 보겠습니다."

서온이 현아와 주혜가 없는 사람인 양 취급하며 자리에서 일어나려 하자 철온이 서온의 팔을 붙들었다.

"애써 사 온 동생 성의가 있는데. 왜 이렇게 못되게 굴어!"

"전 동생 없는데요."

"뭐가 어째? 너 이 녀석. 갈수록 왜 이렇게 못나지는 거냐! 동생 반만이라도 좀 닮아 봐!"

마른 웃음을 뱉은 서온은 철온의 팔을 뿌리치고 2층으로 올라가 버렸다. 한숨을 내쉬는 철온의 모습을 안타깝게 보던 주혜의 눈짓에 현아는 얼른 철온의 옆으로 다가갔다.

"아빠, 전 괜찮아요. 이해할 수 있어요. 언니한테 아직 시간이 더 필요한가 봐요."

"그래요, 여보. 서온이 요즘 착실히 지내는 거 보면 앞으론 더 나아질 거예요."

"내가 당신하고 현아 볼 면목이 없어. 미안하다, 현아야."

철온은 현아의 손을 잡고 토닥거렸다. 2층으로 향하는 계단에 서 있던 서온은 아려 오는 가슴을 움켜쥐었다. 이젠 남보다 못한 관계가 되어 버린 아버지와 가족이라는 울타리 밖에 혼자 서 있는 자신의 모습이 참 초라했다.

조용히 방으로 들어온 서온은 방문을 등지고 주저앉았다. 창 밖으로 들어오는 옅은 달빛이 허하게 방 안을 밝히고 있었다. 아릿하게 저려오던 가슴의 통증은 사그라졌지만 아직도 옅은 욱신거림이 남아 있었다. 아픔이 가실 때까지 멍하니 책상 위에 놓인 엄마의 사진을 바라보던 서온은 옆에 놓인 탁상 달력에 시선이 닿았다.

"어쩐지 엄마가 유난히 보고 싶더라."

서온은 애써 미소를 지으며 옷장에서 배낭을 꺼내 옷가지를 챙기기 시작했다. 그때 좀처럼 울리지 않는 휴대폰의 문자 알림이 울렸다.

〈민서온을 걱정하라는 지시 같은 거 받은 적 없어. 아무 생각 말고 푹 자. 괜찮으면 전화나 답장 주고.〉

그답지 않게 망설임이 묻어나는 문자를 보는 순간 잘 참아 넘긴 울음이 왈칵 터져 나왔다.

"흑……."

두 손으로 입을 막아 봤지만 쏟아지는 울음을 막을 수는 없었다. 순식간에 서러움과 슬픔이 마음을 덮쳤다. 지강의 문자 때문에 겨우 붙잡고 있던 감정의 끈을 놓쳐 버렸다.

한참을 울던 서온은 모두가 잠든 집을 조용히 벗어났다. 지금껏 그래왔듯이 이 집에서 잠시 떠날 시간이었다.

철온에게 여행을 간다는 짧은 예약 문자를 남겨 놓고 다시 휴대폰을 가방으로 넣으려던 서온은 문득 수신함에 담긴 서씨 아씨란 글자에 시선이 멈췄다. 전과 달라진 건 없다고 생각했는데, 지금은 서지강이라는 커다란 걸림돌 하나가 생겼다. 그냥 무시하면 되는 일인데 이상하게 신경이 쓰여서 문자라도 보내야 하나 몇 번을 망설이게 만들었다.

그러나 결과는 같았다. 전원을 끄고 가방 속에 휴대폰을 밀어 넣은 서온은 아픔으로 얼룩진 마음을 안고 길을 나섰다.

3. 셰프와 화가가 있는 풍경

조만간 시작할 회사 업무를 파악하느라 집중을 하면서도 틈틈이 휴대폰을 바라보던 지강은 피식 실소가 나왔다. 한참을 고민하다 보낸 문자에 서온이 아무런 답이 없자 무슨 일이 있는 건 아닐까 걱정이 됐다가 답이 없어서 서운한 것 같기도 했다. 타인에게 이렇게까지 신경을 써 본 적이 없었기에 이런 자신의 모습이 당황스러우면서도 우습게 느껴졌다. 그러나 서온으로 인해 알게 되는 새로운 감정들이 싫거나 귀찮지 않았다.

　서온이 신경 쓰인 탓에 평소보다 일찍 깨어난 지강은 서둘러 준비를 하고 집을 나서려는데 안방에서 나오던 미현과 딱 마주치고 말았다.

　"벌써 나가는 거야? 아직 6시도 안 됐는데."

　"일찍 눈이 떠져서요. 다녀오겠습니다."

　"강아. 엄마는 그 과외라는 거 그만뒀으면 좋겠어."

한동안 잠잠했던 미현이 드디어 인내심의 한계를 드러내고 있었다.

"힘든 일도 아니고, 서온이도 잘하고 있으니까 걱정 마세요."

"엄마는 강이 네가 그런 일을 한다는 것 자체가 싫어."

무슨 말을 해도 미현이 받아들이지 않을 것을 알기 때문에 지강은 별다른 대답을 하지 않았다. 대신 옅은 미소를 짓는 것으로 어머니가 조금은 위안을 삼길 바랐다.

"당신, 보고만 있을 거예요?"

막 잠에서 깬 근수는 짜증을 내는 미현을 대수롭지 않게 바라봤다.

"강이 말이에요. 쉬었다가 회사일 시작할 줄 알았는데, 대체 저게 뭐야. 새벽부터 나가서 밤늦게까지……."

"강이가 괜찮다고 하잖아. 그 녀석이 좋아서 하겠다고 한 일이야."

"당신이랑 민 사장님이 밀어붙이니까 어쩔 수 없이 맡은 일이잖아요. 정말 저렇게 놔둘 거예요?"

"회사일 파악하고 있는 것 같으니까 준비되면 일 시작하겠다고 하겠지. 당신 아들을 그렇게 모르나?"

미현을 달래기 위해 미소를 지어 보인 근수는 은근슬쩍 화장실로 향했다.

"정말 그 아버지에 그 아들이라고. 웃기만 하면 다예요?"

미현이 지강의 미소에 약한 것은 근수의 탓이기도 했다. 닮은 듯 다른 지강의 미소만 보면 마음이 약해져서 하려던 말도 삼키게 된다. 하지만 이번 일은 마음이 약해졌다고 넘어갈 일이 아닌 것 같았다. 당장은 잠자코 있을 수밖에 없지만 만약 이 일 때문에 지강이 힘들어진다면 두고 보지는 않을 거라고 미현은 속으로 다짐하고 있었다.

오늘처럼 시간이 더디게 간 적은 없었다. 서온이 집에서 나와야 할 시간은 이미 한참이 지나 있었다. 불안한 생각이 들어 전화를 해 보았지만 휴대폰은 꺼져 있었다.

터져 나오려는 한숨을 삼킨 지강은 휴대폰을 들어 철온에게 전화를 하려다가 잠시 망설였다. 처음에는 철온에게 보고하는 일이 잦았지만 요즘 들어서는 직접적으로 보고를 한 적이 없었다. 시간이 갈수록 철온보단 서온과의 관계가 우선시 되었고, 또 그 사실이 좋았다. 그러나 그건 오늘 같은 일이 벌어지기 전까지였다.

"어. 지강이구나."

차마 통화를 시도하지 못하고 망설이던 지강 앞에 철온이 나타났다. 출근을 하는 참인지 철온의 뒤로 주혜와 현아도 따라나오고 있었다.

"안녕하셨습니까."

정중히 인사하는 지강을 보는 현아의 눈빛은 설렘으로 빛나고 있었지만 그의 안중에는 그녀가 없었다.

"지강이한테 제일 먼저 연락을 해 줬어야 하는데, 내가 정신이 없어서……."

미안함이 역력한 철온을 보며 지강은 서온에게 무슨 일이 생겼다는 것을 직감했다.

"서온이한테 무슨 일이라도 생겼습니까? 전화도 안 받고."

"언니 집 나갔어요."

지강의 시선을 자신에게 돌리기 위해 현아는 틈이 생기자마자 앞으로 나서며 말했다.

"1년에 한두 번씩 며칠 동안 집을 비우는 일이 있는데……."

"그래도 일주일을 넘기지는 않아요. 일주일 안에는 들어올 거예요."

주혜는 감싸듯이 말했지만 사실은 지강에게 서온의 치부를 보여 주기 위해 일주일이란 단어를 강조하고 있었다.

"어딜 간다고 나간 겁니까?"

이제 겨우 스무 살인 여자아이가 집을 나갔는데 이 가족들은 이상하리만치 침착했다. 아니, 딸이 사라졌다는 걱정보다 그를 향한 미안함과 민망함을 먼저 드러내고 있었다. 지강은 서온이 사라졌다는 사실과 더불어 이런 가족들의 모습이 당황스러웠다.

"저희도 몰라요. 여행 간다는 문자 하나 남기고 잠수 타거든요. 자주 있는 일이라 이젠 그러려니 하는 거고."

지강의 시선이 잠시라도 자신에게 향하는 것이 좋아 현아는 생각 없이 말을 뱉었다.

"미안하다, 지강아. 너랑 지내는 동안에는 그래도 얌전히 지낼 거라고 생각했는데."

"찾아볼 생각은 없으신 겁니까?"

지강의 물음에 철온의 얼굴 위로 잠시 당황스러움이 지나갔다. 그러나 이내 평정을 되찾고 옅은 미소까지 지으며 말했다.

"서 사장 말 들으니 회사 일 시작할 준비한다던데. 며칠간은 그 녀석 신경 쓰지 말고 일 봐. 내가 지강이 볼 때마다 서 사장이 부러워 죽겠어. 이렇게 든든한 아들이 있으니 뭐가 걱정이야."

자연스럽게 화제가 서온에서 지강으로 바뀌고 주혜와 철온은 미소까지 짓고 있었다.

"서온이가 갈 만한 곳은요? 아시는 곳 없습니까?"

"올 때 되면 오니까 언니 걱정은 그만하시고요. 저 학교 가는데 좀 태워다 주세요."

현아가 다가서려 하자 지강은 한걸음 물러났다.

"서온인 제가 찾아보겠습니다. 그럼 다음에 뵙죠."

서온이 사라졌는데 걱정조차 하지 않는 가족들을 보며 오기가 발동한 지강은 굳이 찾아보겠다는 말을 덧붙이고 뒤돌아섰다.

"치. 난 보이지도 않나?"

"아빠가 데려다줄 테니까, 타."

뾰로통해진 현아를 달래며 철온은 떠나가는 지강의 차를 잠시 바라봤다. 그 역시 딸을 전처럼 되돌리기 위해 지강처럼 물불을 가리지 않던 시절이 있었다. 하지만 시간이 지날수록 삐뚤어져 가는 서온에게 지쳐 갔고 달리 방법이 없다는 이유로 포기하는 지경에 이르렀다. 그래도 고등학교는 졸업해야 어디 시집이라도 보낼 수 있겠지 싶어 그에게 부탁했던 것인데, 또 집을 나가 버린 서온이 한심해서 생각조차 하고 싶지 않았다.

"민서온, 민서온!"

지강은 작업실 문을 주먹으로 두드리며 서온을 찾았지만 돌아오는 것은 정적뿐이었다. 서온을 찾고 싶었지만 할 수 있는 일이 없었다. 그녀로 인해 그는 처음으로 자신의 무능함과 마주해야 했다.

"돌아와요. 이맘때쯤 늘 그랬어요."

서둘러 유진에게 연락해서 작업실에 마주 앉았지만 유진 역시 서온의 부재 소식에 담담했다. 그녀는 서온이 사라지기 전 문자 한 통을 받았다고 했다. 그 사실을 전해 듣자마자 지강이 처음 느낀 감정은 서운함이었다. 이상하게도 그랬다.

"일주일만 쉬었다 온다고 했으니까 올 거예요."

"왜들 그렇게 담담하지?"

서온의 가족들도, 가장 가까운 친구라는 유진도 모두 그녀의 부재에 대해 지나치게 담담했다. 늘 그랬다며 당연하게 받아들이는 그들의 반응에 지강은 화가 치밀었다.

"서온이가 그걸 바라니까요."

"세상에 그런 걸 바라는 사람이 있나?"

걱정되고 신경 쓰이지만 서온이 바라지 않으니까 모른 척해 줘야 된다고 생각했다. 하지만 지강의 말을 듣고 나자 그건 자신을 위한 변명일 뿐, 진정 서온을 위한 건 아닐지도 모른다는 생각에 유진은 번뜩 정신이 들었다.

"작업실에서 기다렸으면 하는데."

작업실 도어록 번호를 적어 주는 유진의 표정을 보니 지강은 또다시 쓸쓸함이 밀려왔다. 서온의 주변 사람들은 누구 하나 제대로 그녀를 보지 못하고 있었고 그 역시 크게 다르지 않았다는 사실을 이제야 알게 되었다.

일주일째 서온의 작업실로 출근을 하고 있는 지강은 머뭇거리며 도어록 버튼을 눌렀다. 지금 이 문 너머에 서온이 있다면 일주일간의 긴 기다림은 없었던 일처럼 잊을 수 있을 것 같았다.

평소보다 조심스럽게 문을 열고 안으로 들어서자 여름의 아침 햇살이 작업실을 가득 채우고 있었다. 정적이 가득한 작업실의 풍경을 마주하니 일말의 기대가 무너지면서 허탈한 웃음이 나왔다.

"후."

또다시 긴 한숨이 새어 나왔다. 기다림이라는 고단함에서 비롯된 두통은 관자놀이를 꾹꾹 눌러봐도 쉽사리 가시지 않았다. 그런데 잠시 앉으려고 테이블로 향하던 찰나 가벽 너머 침대 밑에 떨어진 익숙한 가방이 보였다.

"민서온!"

자신도 모르게 서온의 이름을 부르며 곧장 침대로 향했다. 침대 위에 잔뜩 몸을 웅크린 채로 누워 있는 서온은 마치 오래전부터 그곳에 있었던 것처럼 잠이 들어 있었다.

✳   ✳   ✳

"엄마. 올해도 혼자 와서 미안해요."

서온은 바닷가에 엄마가 생전에 좋아했던 과일과 쿠키 등을 펼쳐 놓고 앉아 있었다. 철온이 재혼한 후 엄마의 기일은 혼자 챙길 수밖에 없었다.

철온은 완전히 잊은 것처럼 서온에게 엄마의 얘기를 단 한마디도 꺼내지 않았다. 처음에는 그 사실이 원망스러웠지만, 아버지는 엄마를 너무 사랑해서 잊지 않고는 살아갈 수가 없기 때문이라고 생각하려 애썼다. 그래도 엄마에겐 항상 미안하단 말을 되풀이했다.

"엄마 보고 싶다."

쓸쓸한 읊조림 같은 혼잣말이 오늘따라 유난히 초라하게 느껴졌지만 엄마가 앞에 있는 것처럼 최대한 환하게 웃어 보였다. 뜨거운 여름의 바닷바람을 맞으며 서온은 잠시 현실을 잊고 마냥 엄마를 그리워하며 시간을 보내고 있었다.

엄마의 기일에 맞춰 떠나는 짧은 여행은 집에서 벗어났다는 자체만으로 휴식이 되었다. 하지만 이번엔 조금 이상했다. 마치 기르던 강아지를 잠시 떨어뜨리고 온 것 같은 기분이라고 해야 할까. 마음 한구석이 이상하게 불안하고 불편했다. 그래서인지 예정보다 일찍 작업실로 돌아와 잠시 누웠다 일어난다는 게 잠이 들어 버렸다.

오후의 부드러운 햇살이 주는 따뜻함 속에서 깨어난 서온은 눈을 뜨자마자 침대 끝에 앉아 자신을 바라보고 있는 지강을 마주했다. 붉은 노을빛 속에 앉아 있는 지강이 한 폭의 그림 같아서 아직 자신이 꿈속에 있는 건 아닌지 헷갈렸다.

"꼬마. 잘 잤어?"

천천히 자리에서 일어나 앉은 그녀에게로 지강이 손을 뻗어 자신의 품에 서온을 안았다. 둘의 체취가 서로에게 닿으며 숨결이 섞여 들었다. 지강은 서온을 좀 더 세게 껴안았다.

먼저 정신을 차린 건 서온이었다. 낯선 체취와 온기에 번뜻 정신을 차리자마자 심장이 미친 듯이 뛰기 시작했다. 이 남자가 어쩌자고 이런 짓을 하는지 혼란스럽기만 했다.

"저, 저기요. 아저씨."

더듬거리는 서온의 목소리를 듣고서야 지강은 서온을 품에서 놓아주는가 싶더니 이번엔 양어깨를 잡고 한참을 마주 보았다. 심장이 터져 나갈 것 같아 서온은 서둘러 시선을 돌렸다. 그러나 한참 동안 지강은 서온을 뚫어져라 바라보기만 했다.

"얼굴 뚫어지겠네. 왜 그래요, 진짜?"

"꼬마. 너 지나치게 당당해."

콩, 하고 주먹으로 서온의 머리를 살짝 쥐어박은 지강은 피식 웃으며 자리에서 일어났다. 그제야 서온은 요란히 뛰고 있는 심장을 진정시키기 위해 심호흡을 할 수 있었다.

"일어나."

서온의 가방을 챙겨 든 지강은 늘 그랬던 것처럼 간단한 명령조로 돌아가 있었다.

"혼자 갈게요. 집으로 갈 거니까 못 믿겠으면 도착할 때쯤 집에 확인 전화……."

서온은 가방을 잡으려고 팔을 뻗었지만 지강이 먼저 그녀의 팔을 붙잡았다.

"민서온. 지금 지나치게 당당하다고 경고했을 텐데."

"꾸중이라면 아버지한테 들을 테니까 이거 놔요."

일주일 동안 지강의 얼굴을 보지 않고 잘 쉰 덕분인지, 아니면 오기가 생겨서인지 서온은 물러나지 않고 맞섰다.

"걱정시킨 대가로 꾸중을 듣는다. 민서온 방식의 사과인가?"

"늘 있는 일이고 걱정하는 사람도 없거든요."

"지난 일주일 동안 내가 뭘 했을 거라고 생각하지?"

지강의 걱정스런 눈빛을 마주한 서온은 모른 척하기 위해서 시선을 피했다.

"늘 있는 일이에요. 그러니까 그쪽도……."

"아니. 앞으론 절대 없을 일이야. 오늘 이후로 허락 없이 내 눈앞에서 사라지지 마."

서온은 마른 웃음이 나왔다. 억지에 가까운 명령을 내리는 모습을 보자 이제야 자신이 알던 사람 같았다. 걱정이나 염려보다는 명령과 협박이 어울리는 사람이었다. 이 남자는.

"그쪽하고 지낼 당분간은 그럴 일 없으니까 걱정 마세요."

서온은 지강에게 붙잡힌 손을 뿌리치고 현관문으로 향했다. 집으로 돌아가면 철온과의 대면이 기다리고 있는데 여기서 지강과 기운을 빼면 버티기가 벅찰 것이다.

그녀를 쳐다보던 그는 서온의 의견은 깨끗이 무시하고 다시 손을 잡아채더니 멋대로 작업실을 나갔다.

"집에 간다고요. 그쪽이 감시하지 않아도 알아서 갈 테니까……."

"입 다물어."

단호한 지강의 말에 서온은 더 이상 입을 열지 않았다. 그런데 곧장 집으로 갈 줄 알았던 지강의 차가 향하는 방향이 이상했다. 방향 감각이 떨어져도 그 정도는 알 수 있었지만 잠시라도 철온과의 대면을 피하고 싶어서 어딜 가는 거냐고 묻진 않았다.

"내려."

정갈해 보이는 한식당 앞에 차를 주차한 지강은 차에서 내려 조수석 문을 열었다.

"여기서 우리 아버지랑 만나기로 했어요?"

"그런 거 아니니까 내려."

불안한 표정의 서온이 차에서 내리자 지강은 조심스럽게 그녀의 손목을 잡고 식당 안으로 들어갔다.

아무 말도 없이 정갈한 한식이 차려진 상 앞에 지강과 마주 앉은 서온은 대체 이게 뭐냐는 눈빛으로 지강을 바라봤다.

"숟가락이라도 쥐여 줘야 먹을 건가?"

뜬금없이 무슨 밥이냐고 묻는 대신 서온은 숟가락을 들었다. 그제야 지강도 숟가락을 들고 밥을 먹기 시작했다.

달그락거리는 식기가 부딪치는 소리뿐. 식사가 끝나고 후식으로 식혜가 놓이기까지 둘은 아무 말도 하지 않았다.

"어디서 뭘 하다 왔는지 물으면 대답할 건가?"

다그치며 협박이라도 할 거라 생각했는데 의외의 질문을 하는 지강에게 놀란 서온은 물끄러미 그를 바라봤다.

"당연히 대답할 생각은 없겠지. 좋아. 근데 이렇게 넘어가 주는 건 이번이 마지막이야."

같이 지낼 시간이라고 해 봐야 몇 달도 남지 않았는데, 어딜 또 가겠느냐고 말하는 대신 서온은 한숨을 내쉬었다.

"앞으론 말없이 내 앞에서 사라지지 마. 이건 부탁이야."

서온은 순간 자신의 귀를 의심했다. 분명 부탁이라고 했다. 무뚝뚝 대마왕인 서지강의 입에서 부탁이란 단어가 나왔다. 놀란 서온은 눈을 동그랗게 뜨고 지강을 쳐다봤다.

"사람 불안하게 왜 저래. 안 어울리는 부탁은 또 뭐고."

혼잣말로 불만을 중얼거리는 서온을 보니 지강은 웃음이 났다. 고작 일주일이었는데 그녀가 없었던 시간이 마치 한 달과 같이 느껴졌다. 그 탓에 서온에게 시선을 뗄 수 없었다.

"걱정되니까 부탁하는 거야. 불안할 필요 없어."

"걱정해요? 날? 그쪽이 왜요?"

그쪽이란 호칭에 지강의 표정이 굳어졌다.

"그쪽 취소. 근데 아저씨가 내 걱정을 왜 해요?"

서온은 표정이 조금 달라진 것만으로 그의 감정을 읽어 냈다. 서온과 함께일 때 편해지는 이유 중 하나가 바로 이런 점 때문이라는 것을 이제야 깨달았다.

"민서온이니까. 다른 이유가 왜 필요하지?"

지강의 직설적인 대답은 종종 서온의 가슴 한구석에 응어리진 감정들을 툭툭 건드렸다. 그때마다 눈물이 날 것 같았지만 서온은 눈물을 참는 법을 오래전에 익혀 두었다. 그게 오늘만큼 다행스럽고 감사한 적이 없었다.

"식혜 마셔."

꾹 참은 눈물을 삼키듯 서온은 지강의 말에 따라 식혜를 삼켰다. 짭조름한 눈물 맛 대신 식혜의 달달함이 마음을 쓰다듬어 주었다.

"그만 가요."

계속 마주 앉아 있다간 지강에게 제 감정들을 들킬까 봐 먼저 일어나서 식당을 나와 버렸다.

"꼬마."

"가요."

서온은 뒤따라 나온 지강을 돌아보지도 않고 앞서 걸음을 옮기려 했다. 그러나 그가 또다시 팔목을 잡았다.

"거참. 왜 자꾸 붙잡고……."

뾰로통하게 지강을 흘겨보려는 서온의 손에 가방이 들려졌다.

"어, 내 가방. 고맙습니다."

자못 새침한 표정으로 고맙다고 말한 서온은 가방을 메고 앞서 걷기 시작했다.

서온의 팔을 잡았던 손을 가만히 바라보던 지강은 서늘한 서온의 손목을 다시 움켜쥐고 싶다는 생각이 들었다. 왜 자꾸 그녀에게 손이 가는 건지 알 수 없었지만 놓고 싶지가 않았다. 가만히 펼쳐진 손을 말아 쥐며 지강은 천천히 서온의 뒤를 따라 걷기 시작했다.

차에 오른 서온은 가방에서 휴대폰을 꺼내 들고 근 일주일 만에 전원을 켰다. 그런데 전원을 켜자마자 문자 알림이 쏟아졌다. 연달아 울리는 것도 부족했는지 음이 끊어지며 마치 비명처럼 쏟아 내는 휴대폰 때문에 어색한 미소를 지으며 지강을 봐야 했다.

"일주일 동안 한 번도 안 킨 건가?"

"전화를 몇 번이나 한 거예요?"

멈추지 않고 쏟아지는 알림의 대부분은 지강의 번호였다. 서온이 질문을 하는 동안에도 알림은 멈추지 않았지만 지강은 운전에만 열중할 뿐 아무 대꾸도 하지 않았다.

〈학원 진도를 어떻게 따라잡으려고 이러지?〉
〈잘 있다고 문자라도 한 통 보내지?〉

지강의 문자들은 지난 일주일 동안 애태웠던 그의 마음을 알려 주고 있었다.

〈일주일이면 돌아온다던 약속 지켜.〉

약속을 지키라고 고집 부리는 어린아이 같은 문자를 보자 서온은 피식 웃음이 나왔다. 하지만 서온이 작업실에 도착했던 시간에 지강이 보낸 마지막 문자를 보자 흘러나오던 웃음이 사그라졌다.

〈민서온.〉

정말 아무것도 아닌 이름일 뿐인데, 고작 세 글자가 왜 아프게 느껴지는지 알 수 없었다.

"일주일 있다 온다고…… 그런 말, 아저씨한테 한 적 없어요."

지강에게 걱정을 끼쳤다는 사실을 부정할 수 없어 서온의 목소리가 한풀 가라앉았다.

"일주일이라고 한 적 없으니까, 만약 오늘 돌아오지 않았다고 해도 아저씨한테 미안할 이유는 없는 거라고요."

"나한테 미안해?"

"안 어울리게 걱정 같은 걸 했다니까 그런 거지."

지강은 뾰로통하게 종알거리는 서온의 머리를 쓰다듬었다. 서온의 머릿결이 부드럽게 손에 감겨 그를 편안하게 해 주고 자꾸 미소를 짓게 만들었다.

"왜 자꾸 쓰다듬고 그래요? 나 아저씨가 키우는 강아지 아니거든요."

"난 강아지 같은 거 안 키워. 특히 제멋대로 말 안 듣는 놈은 질색이야."

"제멋대로 말 안 듣는 놈도 아저씨 안 좋아하거든요."

서온은 투덜거리면서 헝클어진 머리를 쓸어내렸다. 그 모습을 보며 지강은 서온이 작고 귀여운 강아지 같다는 생각이 들어 웃음이 나왔다.

"왜 웃는지 이유나 말해 주던가. 그거 기분 나쁘거든요."

"꼬마가 기분 나쁠 이유 아니야. 그냥."

널 보니 마음이 놓이고 웃음이 난다는 말을 어떻게 해야 할까? 지강이 잠시 망설이는 사이 고맙게도 그의 휴대폰이 울리기 시작했다.

"그냥 뭐요?"

"전화부터 받고."

대답을 기다리는 서온을 모른 척한 지강이 휴대폰을 들었다.

그가 전화를 받는 사이 서온은 창밖으로 시선을 돌렸다. 지강과 편하게 대화를 하고 함께 웃는 일이 너무나 자연스러웠다. 절대 안 되는 거라고 생각하면서도 아주 잠시라도 그와 편한 시간을 보내고 싶다고, 마음이 작게 소곤거리고 있었다.

"여긴 또 어디예요?"

"일단 내려."

지강은 이번에도 먼저 차에서 내려 조수석 문을 열었다. 주섬주섬 가방을 챙기고 차에서 내려선 서온은 낯선 곳이 불안해서 연신 주변을 두리번거리기 바빴다.

"사장!"

"어, 찐!"

커피숍에 들어선 서온을 발견한 유진은 달려오다시피 와서 서온을 품에 안았다. 누가 보면 꽤 오랜만에 만나는 사이라고 보일 만큼 두 여자는 유난스럽게 서로를 반기고 있었다.

"그만 좀 앉지?"

한 걸음 떨어진 곳에 서 있던 지강의 말을 듣고서야 유진과 서온은 커피숍 안의 이목이 자신들에게 집중되어 있다는 것을 깨달았다. 민망한 미소를 지으며 자리에 앉은 두 사람이 어이가 없어 지강은 웃음이 나왔다.

"미안해."

"찐이 뭐가 미안해? 갑자기 왜 그래?"

유진은 그동안 서온이 원한다는 핑계로 아무것도 묻지 않았

던 자신을 책망했다. 잠시 유진과 눈이 마주친 지강은 그 마음
을 알아차렸지만 별다른 말을 하진 않았다.

"찐. 나한테 화났어?"

"아냐, 그런 거. 그냥 내가 미안해서."

"왜 그래, 진짜. 찐이 나한테 미안할 일이 뭐가 있다고."

"꼬마 울겠다. 평소대로 하지?"

고개를 숙이고 있던 유진은 지강의 말을 듣고서야 불안함을
가득 담은 서온의 눈을 마주 봤다.

"사장 여행 가는데 잘 다녀오란 말도 못해서 미안하다고 한
거야. 그러니까 그렇게 보지 마."

"그거야 내가 전화를 꺼 놔서 그런 거잖아."

"그니까, 전화 꺼 놓고 잠수 타는 거 그만해. 알았어?"

유진이 평소처럼 걱정을 핀잔으로 대신하고서야 서온은 미소
를 되찾았다.

"내일부턴 제대로 일하는 거지? 홈페이지에 일주일 동안 주
문 안 받는다고 공지 띄워 놨더니 항의 글 폭주했어."

"웅? 으응."

커피숍에서 나온 서온은 커피숍 옆 쇼윈도에 정신이 팔려 유
진의 말에 건성으로 대답했다.

"크리스털? 꼬마 이런 거 좋아해?"

쇼윈도 가득 진열된 아기자기한 동·식물 모양의 크리스털
조각에 정신이 팔린 서온은 마치 먹을 것을 앞에 두고 눈빛을
반짝거리며 꼬리를 흔드는 강아지의 모습과 비슷했다. 웃음이
터진 지강은 자신도 모르게 서온의 머리를 쓰다듬었다.

"예쁘다."

머리를 쓰다듬는데도 별 반응 없이 크리스털만 보는 서온의 모습에 지강은 얘가 왜 이러냐는 듯 유진을 봤다.

"좋아서 저러는 거예요. 사장, 그렇게 좋으면 몇 개 사라니까."

"아냐. 그냥 이렇게 보는 게 좋아."

"사서 보면 되지."

"아냐. 그만 가자."

억지로 쇼윈도에서 눈길을 돌린 서온은 유진의 팔짱을 끼고 돌아섰다. 아쉬움에 몇 번이고 돌아보는 서온을 보며 지강은 쇼윈도 속 크리스털 조각들을 잠시 바라봤다.

겨우 고개를 돌린 서온이 유진과 아쉬움을 뒤로 하고 지강의 차에 올랐다.

차의 시동을 걸던 지강이 갑자기 입을 열었다.

"민 사장님께는 나랑 같이 있었다고 연락드렸어. 아마 기다리고 계실 거야."

"네. 알겠어요."

집 앞에 도착한 서온은 조금 전까지 밝았던 기분이 순식간에 바닥으로 가라앉는 것 같았다. 지강이 철온에게 보고 했을 거라는 사실을 잠시 잊고 있었다. 이 사람이 아버지의 사람이라는 사실을 자꾸만 잊게 되는 자신이 한심하기만 했다.

"민서온."

지강은 차에서 내린 서온에게 다가가 잠시 아무 말 없이 그녀를 바라봤다.

"무슨 일 있으면 바로 연락해. 시간은 상관 말고."

집 안으로 들어가면 어떤 일들이 기다리고 있을지 아는 사람처럼 지강이 말했다. 서온은 그를 외면하고 무거운 철문 안으로 들어와 차가 떠나는 소리가 들릴 때까지 빛이 새어 나오는 집을 물끄러미 올려다봤다.

"들어가기 싫어."

혼잣말을 중얼거린 서온은 자신도 모르게 대문의 문고리를 붙잡고 문을 열었다. 집 안으로 들어가고 싶지 않았다. 피할 수 없다는 걸 알면서도 이대로 도망치고 싶었다. 그러나 문밖으로 한 발짝 걸음을 옮기지도 못한 채 다시 대문을 닫았다. 도망쳐서 끝날 일이었다면 여기까지 올 필요도 없었을 것이다.

무거운 걸음만큼이나 깊은 한숨이 연신 터져 나왔지만 서온은 단단히 마음을 부여잡고 현관문을 열었다.

"다녀왔습니다."

서온은 애써 밝은 목소리로 자신의 귀가를 알렸다. 그러나 거실 소파에 앉아 있던 철온은 시선조차 주지 않았다.

"서온이 왔구나! 잘 다녀온 거야? 아무 일 없었지?"

부엌에서 과일을 들고나오던 주혜를 무시한 서온은 곧장 철온과 마주 앉았다. 무안해진 주혜는 어색한 미소를 지으며 거실 탁자 위에 과일을 올려놓았고 철온의 표정은 더욱 굳어졌다.

"어디서 뭘 하다 들어왔는지 얘기해 봐."

"바람 쐬러 다녀온 건데 왜 그러세요? 늘 있었던 일이잖아요."

감정 없는 바보 인형처럼 서온은 감정을 억누르고 미소를 지었다.

"애비 얼굴에 먹칠을 해 놓고 그런 말이 나오냐? 지강이가 날 어떻게 생각하겠냐 말이야!"

"그래서 처음부터 이런 웃기지도 않는 과외 같은 건 안 한다고 말씀드렸잖아요."

"구제 불능인 네 녀석을 지강이한테 부탁하면서 나는 속이 편했는 줄 알아? 그새를 못 참고 집을 나가면 지강이나, 지강이 아버지를 무슨 낯으로 본단 말이다!"

차갑게 날이 선 철온의 눈빛을 더 이상 마주하고 싶지 않아서 서온은 고개를 숙였다. 철온은 지강과 그의 가족들이 바라볼 본인의 입장만 생각하고 있었다.

"죄송합니다."

혹시나 목소리에 울음이 섞이지 않을까 조마조마했지만 다행히도 목소리는 낮게 가라앉았을 뿐 어떤 감정도 드러나지 않았다.

"말로만 죄송이지. 정말 죄송하면 이럴 수는 없어! 다음엔 또 무슨 일을 벌일 거냐? 미리 알아야 대비라도 하지. 내가 정말 망신스러워서."

철온의 목소리가 점점 높아지자 주혜는 안절부절못하는 척 자리에서 일어났다.

"여보, 그만하세요. 서온이가 오죽 답답했으면 그랬겠어요. 서온아, 피곤할 텐데 그만 올라가서 쉬어. 당신도 들어가세요."

"피곤은 무슨! 사람들한테 민폐 끼치는 거 말고 제까짓 게 뭘 했다고."

주혜가 철온의 팔을 붙들고 방으로 들어간 뒤에야 서온은 길고 아픈 한숨을 내쉬었다. 천천히 자리에서 일어나 2층으로 향하려는데 현아가 앞을 막았다.

"무사했네? 어디서 사고라도 당해서 콱 뒈졌으면 했는데. 하긴 재수 없는 것들은 명도 길더라. 욕을 하도 먹어서 그런가?"

평소라면 현아를 무시하고 지나칠 수 있었지만, 지금은 무시할 기운도 없이 지쳐 있었다.

"비켜."

낮지만 서슬 퍼런 경고에 현아가 한 걸음 물러나자 서온은 방 안으로 들어와서 문을 잠가 버렸다.

분했는지 방문을 걷어차는 현아의 발길질 소리가 들렸지만 서온은 방문을 등지고 앉아 무릎에 고개를 파묻었다.

괜찮다는 말로 자신을 위로해 보지만 철온의 눈빛과 말이 가시처럼 가슴에 생채기를 남기고 귓가를 떠돌았다. 멋대로 차오르는 눈물을 참아 보려 깊은 심호흡을 반복하는데 품에 안고 있던 가방에서 휴대폰의 진동음이 들려왔다.

〈꼬마. 괜찮지 않아도 아무 생각하지 말고 푹 자. 내일 보자.〉

문자를 본 순간 눈물 한 방울이 주르륵 볼을 타고 흘러내렸다. 그리고 또 한 방울. 눈물은 기다렸다는 듯이 연달아 흐르기 시작했다.

"흐흑."

결국 입 밖으로 울음이 튀어나오고 서온은 긴 밤을 숨죽여 울며 지새웠다.

6시를 갓 넘긴 시간이었지만 여름의 태양은 벌써부터 세상을
뜨겁게 달구고 있었다. 지난밤 서온을 집으로 들여보낸 후 마음
이 편치 않았던 지강은 선잠에서 깨자마자 집을 나섰다.

서온의 집 앞에 다다르자 대문 앞에 무릎을 끌어안고 쪼그려
앉은 작은 여자의 모습이 보였다. 민트 색 야구 모자를 푹 눌러
쓰고 있긴 했지만 서온이 분명했다. 그 순간 지강은 어젯밤 서
온을 혼자 집 안으로 들여보낸 것을 뼈저리게 후회했다.

"꼬마."

낮은 지강의 목소리가 들리자 서온이 천천히 고개를 들었다.

"왜 이러고 있어? 일어나."

그가 내민 손을 낯설게 바라보던 서온은 바닥을 짚고 자리에
서 일어섰다. 그러나 어지럼증 때문에 휘청거렸고 지강은 반사
적으로 서온을 부축했다.

"괜찮아?"

어지럼증과 함께 캄캄해졌던 눈앞이 밝아지자 서온은 놀라서
지강을 밀어냈다.

"괜찮아요."

서온은 혹시라도 얼굴이 보일까 봐 모자를 더 깊이 눌러 쓰
고 차 쪽으로 걸어갔다. 비척거리는 서온의 걸음은 위태로웠고,
움츠린 어깨는 안쓰러울 만큼 작아 보였다. 지강은 차에 타려는
서온의 앞을 가로막고 빠르게 그녀의 모자를 벗겨 냈다.

"뭐하는 거예요!"

모자가 벗겨지자마자 서온은 양손으로 얼굴을 감쌌지만 이미 퉁퉁 부운 눈과 하얗게 질려 있는 안색을 지강에게 들킨 후였다.

"무슨 일 있으면 전화하라고 했잖아."

"아무 일 없었어요."

엉망이 된 얼굴로 얘기해 봐야 믿어 주지도 않겠지만 억지를 써서라도 남은 자존심을 지키고 싶었다. 이 남자 앞에서 바보같고, 나약한 모습을 더는 보이고 싶지 않았다.

긴 한숨을 삼킨 지강은 손에 든 모자를 다시 씌워 주었다. 밤새 마음이 아파 끙끙 앓았던 흔적을 가리기 위해 서온이 할 수 있는 일은 모자를 눌러쓰는 것밖에 없었을 것이다. 차라리 아프다고 울기라도 하면 나을 텐데, 아무렇지 않은 척 애쓰는 서온의 모습이 아파서 지강은 아무 말 없이 조수석 문을 열어 주었다.

달리는 차 안은 침묵으로 가라앉았다. 서온은 차가 어디로 향하는지 알 수 없을 만치 모자를 아래로 눌러 썼다. 이미 들켜 버렸지만 할 수 있는 만큼은 가리고 싶었다.

"눈 좀 붙여. 좀 더 가야 하니까."

그제야 서온은 차가 고속도로 위를 달리고 있다는 것을 깨달았다.

"어디 가는 거예요? 학원은 어쩌고."

"오늘까지 휴일이라고 생각해."

"학원 가는 거 아니면 작업실 갈래요. 일도 밀려 있고."

"오늘 토요일이야. 다 쉬는 주말이니까 너도 쉬어."

"새삼스럽게. 주말이라고 쉰 적 없잖아요."

"그래서 이번 주는 쉰다고. 불만 있나?"

"누가 불만 있다고 했나?"

낮게 가라앉았지만 서온의 목소리에 지강은 조금이나마 마음이 놓이는 것 같았다.

"모자 벗지? 답답할 것 같은데."

"안 답답해요."

시야를 확보하느라 잠시 올려 썼던 모자를 다시 푹 쓰려고 하는 순간 지강의 손이 빠르게 낚아챘다.

"아저씨!"

"내가 답답해."

서온은 모자를 뺏으려 했지만 지강이 이미 운전석 문 쪽에 구겨 넣은 후였다.

"뭐든 멋대로시지."

서온은 가방에서 손거울을 꺼내 들여다보며 억지로 미소를 지었다. 그러다 갑자기 고개를 돌리더니 인상을 찡그리고 불만스럽게 그를 노려보았다. 시선을 느낀 지강이 서온을 바라보자 순간 참을 틈도 없이 웃음이 터져 나왔다.

"뭐야. 지금 비웃은 거죠?"

"비웃은 거 아냐."

"눈이 좀 부어서 그렇지, 못 봐줄 정도는 아니고만 비웃기까지 하고 그러냐?"

거울을 보며 종알거리는 서온은 어느새 평소와 다름없는 모습으로 돌아가 있었다.

"그래. 봐줄만 해. 그러니까 그만 투덜거려."

"또또! 거짓말한다. 이게 어디가 봐줄만 해요? 눈은 퉁퉁 부은 게 붕어 같고, 얼굴은 하얗게 질려서 억지로 웃기만 하면 딱 각시탈 같은데."

거울을 보며 과장된 미소를 짓던 서온은 그대로 지강을 쳐다 봤다.

"하하하."

지강의 입에서 결국 큰 웃음이 터져 나오자 서온은 푹 한숨을 내쉬고 거울을 가방으로 밀어 넣었다.

"봐줄만 하다고 거짓말하는 것보단 웃는 게 낫네요."

말은 그렇게 했지만 웃음을 참느라 헛기침까지 해대는 지강을 못마땅하게 흘겨봤다.

"미안. 근데 아까 그 표정 각시탈 닮긴 했어."

지강이 웃음을 삼키며 말했지만 이번엔 닮았다는 말이 서온의 심기를 건드렸다.

"아저씨, 각시탈 본 적 없죠? 내가 어딜 봐서 각시탈을 닮았어요?"

"네가 말한 것 같은데. 딱 각시탈 같다고."

"같다고 한 거지, 닮았다고 안 했거든요. 그리고 내가 말하는 거랑 남이 말하는 거랑 같아요? 예의상 아니라고 해 주지는 못할망정 닮았다니."

서온은 어느새 기세가 등등해져 지강을 마주 봤다. 그러나 그는 운전만 할 뿐 쳐다봐 주지 않았다. 운전 중이니 어쩔 수 없다는 걸 알면서도 왠지 무시당하는 것 같아 눈을 감아 버리는 것으로 불만을 대신했다.

"안 자는 거 아니까 그만 눈 뜨지?"

"자거든요."

차를 세운 지강은 눈을 꼭 감고 툴툴거리는 서온의 모습이 귀여워서 자신도 모르게 그녀의 머리를 쓰다듬었다.

"또, 머리!"

번뜩 눈을 뜬 서온이 손을 밀어내려 했지만 지강은 양손으로 그녀의 얼굴을 잡고 창밖으로 고개를 돌려 줬다. 그 순간, 차창 밖 호수를 본 서온의 입에서 작지만 긴 탄성이 흘러나왔다.

"다 왔어."

차에서 내린 지강이 조수석 문을 열어 주자 서온은 기다렸다는 듯이 차에서 내려섰다. 그리고 급하게 호수 쪽으로 다가갔다.

깊이를 알 수 없을 만큼 넓은 호수의 짙푸른 물결은 한여름의 바람결에 작게 일렁였고, 뜨거운 공기 속에 서 있었지만 시원한 물길을 품은 바람이 볼을 스쳐 갔다. 기분 좋은 탄성이 저절로 흘러나올 만큼 예쁜 풍경이었다.

"우리나라에도 이런 곳이 있구나."

"마음에 들어?"

"네. 너무요. 진짜 너무 예뻐요."

서온은 환하게 미소를 짓고 있었지만 낯빛에 아직 슬픔이 남아 있어서 지강은 안쓰러운 눈빛을 지우지 못했다.

"아저씨. 지금 입만 웃고 있는 거 알아요? 진심으로 좀 웃죠?"

서온은 지강에게 바짝 다가와 퉁퉁거리며 말했다.

"진심으로 웃은 거야. 근데 꼬마, 너. 여행 다닌 거 아니었어? 대체 뭘 보고 다녔기에 고작 이런 호수를 보고 그렇게 좋아하는 거지?"

"이렇게 예쁜 곳에 와서 고작이라니. 좋은 곳에 와선 예쁘다, 좋다. 그렇게 말해 주는 게 예의인 거 몰라요?"

"누구에 대한 무슨 예의?"

"호수에 대한 예의요. 좋은 풍경을 보여 주고 있는데 당연히 감사해야지. 하여튼 사람이 예의라고는 찾아볼 수가 없다니까."

지강은 어이가 없는지 시원하게 웃음을 터뜨렸다. 바람결에 흩어지는 지강의 웃음소리를 듣고 있으니 서온은 한결 기분이 나아지는 것 같았다.

"저쪽에 숲이 있나 봐요. 가 봐요, 우리."

쉬지 않고 걷는 서온을 따라가던 지강은 서둘러 손목을 붙들었다.

"더워. 그만 가."

"저쪽 가 보고 싶다니까요. 좀 놔 봐요."

서온은 지강에게 붙들린 손을 빼내려고 바둥거렸지만 역시나 역부족이었다. 거기다 심장은 왜 이리 쿵쿵 뛰는지. 서지강에게서 비롯되는 것들에는 도무지 면역이 생기질 않는다.

"힘들지도 않아? 이 날씨에 걸어 다니면 일사병 걸려."

"안 힘든데. 조금만 더 보고 가면 안 돼요?"

지강에게 팔이 붙들린 채로 버티고 선 서온은 호수에서 눈을 떼지 못했다.

"밥부터 먹고 봐."

이대로 놔뒀다가는 호수 한 바퀴를 다 돌 것 같아서 지강은 서온의 손을 억지로 잡아당겼다.

"매일 먹는 밥이 뭐가 그렇게 중요하다고. 이럴 거면 데리고 오지나 말든지."

호수에서 멀어지기 시작하자 서온은 종알종알 투덜거리기 시작했다. 그 소리가 정겹고 좋아서 지강은 자신도 모르게 미소를 짓고 있었다.

"우와! 너무 예쁘다."

아쉬움을 툴툴거리느라 정신없던 서온은 호수 가장자리에 위치한 펜션에 차를 주차하자 언제 그랬냐는 듯 기분 좋은 탄성을 연발했다.

"우리 여기 가는 거예요? 밥 먹으러 간다면서요."

"저기 레스토랑."

차에서 내려선 서온은 지강이 고갯짓한 쪽을 보고는 기분 좋게 고개를 끄덕거렸다.

"너무 예쁘다. 저기 앉으면 호수도 다 보이겠네요. 근데 사람이 이렇게 없어서 장사가 되나? 유지비도 되게 많이 들 것 같은데."

기분 좋은 미소로 시작해서 남의 장사까지 걱정해 주는 서온 때문에 지강은 자꾸 웃음이 터졌다. 하여튼 쓸데없는 걱정까지 사서 하는 꼬마다.

"잠깐만요. 조금만 둘러보고 가요."

정원으로 꾸며진 펜션 주변을 둘러보려는 서온 때문에 지강은 또다시 레스토랑에 들어가지 못하고 잠시 그 자리에 서 있어야 했다.

"어? 서지강? 지강이 맞구나!"

가게에서 나오던 정후는 지강을 보자마자 달려와서 반갑게 포옹을 했다.

"언제 들어온 거야? 왔으면 왔다고 전화라도 했어야지."

"그래서 왔잖아. 잘 지냈지? 결혼식 참석 못 해서 미안."

반가워하는 정후에 비하면 지강은 담담함에 가까웠지만 그의 얼굴에 걸린 미소를 본 서온은 지강 역시 정후를 꽤나 반가워하고 있다는 것을 알 수 있었다.

"안 그래도 결혼식 안 왔다고 준희가 벼르고 있어. 근데 진짜 우리 보러 온 거야?"

"겸사겸사. 형은 여전하네. 김준희도 여전하겠고."

앞치마를 두르고 있는 정후의 옷차림을 보며 지강은 레스토랑 쪽을 바라봤다.

"그럼. 우리야 여전하지. 근데 저기 귀여운 아가씨는 누구야?"

두 남자의 시선이 자신에게로 향하자 서온은 당황스러워서 어색한 미소를 지었다. 지강은 그런 서온에게 다가왔다.

"이쪽은 영국에서 유학할 때 친하게 지냈던 형."

"나머진 내가 할게. 반가워요, 이정후예요."

정후가 반갑게 악수를 청하자 서온은 당황스러움을 지우고 미소를 지으며 손을 맞잡았다.

"안녕하세요. 민서온이라고 합니다."

"민서온? 어디서 들어본 이름인데. 아! 그 꼬마, 맞지?"

"여전히 쓸데없는 건 잘도 기억하네. 더워. 남은 건 들어가서 해."

지강이 서온의 어깨를 감싸 안고 걸음을 옮기려 하자 서온은 기겁을 하고 그의 손을 쳐냈다. 그리고 씩씩한 걸음으로 레스토랑을 향해 걷기 시작했다.

"저 아가씨가 그 꼬마란 말이지? 근데 상상했던 거랑은 좀 다르다."

지강의 어깨에 손을 두르고 걷던 정후는 서온의 뒷모습을 보며 말했다.

"뭐가?"

"네 얘기만 듣고 상상했던 건 마냥 귀여운 아이였거든."

"근데?"

"귀엽긴 한데 꼬마는 아니고 뭔가 묘한 분위기가 있는 레이디잖아."

지강은 정후의 팔을 밀어내고 서온의 뒤를 따라 걸음을 서둘렀다. 이유를 알 순 없지만 다른 남자들이 서온을 여자로 본다는 것이 불쾌했다.

레스토랑 입구로 이어진 자갈길로 들어선 서온은 서슴없이 걸음을 뗐지만 세 걸음도 가지 못하고 자갈을 잘못 밟아 휘청하며 발목이 꺾였다.

"아고!"

"이젠 제대로 걷지도 못하나?"

한참 뒤에 있을 거라고 생각했던 지강이 넘어지려는 서온의 어깨를 안아서 받치고 있었다.

"길이 울퉁불퉁해서 그런 거거든요!"

또다시 요란히 뛰기 시작하는 심장 소리가 지강에게 들릴까 봐 서둘러 그를 밀치고 섰다. 하지만 꺾였던 발목에 통증이 느껴져 자신도 모르게 인상을 찡그렸다.

"발목, 아픈 거지?"

아프다고 한 것도 아닌데 지강은 급하게 서온의 신발을 벗겨 발목을 살펴보려 했다.

"서온 씨 다쳤어?"

정후까지 발목을 보려 하자 당황한 서온은 지강의 손을 밀어내고 급하게 신발을 신었다.

"저 괜찮아요. 안 다쳤어요."

서온이 정후에게 미소 짓자 지강은 표정을 굳힌 뒤 곧장 그녀를 안아 들었다.

"아저씨, 뭐하는 거예요!"

"형. 안에 얼음 있지?"

"어? 그럼. 얼른 들어가자."

정후가 급하게 레스토랑으로 들어가자 서온은 창피해서 양손으로 얼굴을 가렸다.

"창피해 죽겠어, 진짜! 내려 줘요."

"들쳐 업혀 들어가고 싶지 않으면 발버둥 치지 마."

내려놓으라고 발버둥을 치려던 서온은 지강의 한마디에 움찔하고 동작을 멈추었다. 온몸은 후끈거렸고 급하게 뛰는 심장 소리가 지강에게까지 들릴 것 같아서 고개를 들지 못했다.

"어! 진짜 서지강이네. 근데 뭐야? 이 아가씨는 어디서 보쌈 해 온 거야?"

레스토랑에 들어서자마자 믿기지 않는 눈으로 지강을 보던 준희의 시선이 서온에게로 옮겨졌다.

"아, 안녕하세요."

지강의 품에서 바둥거려 봤지만 소용이 없자 서온은 민망한 미소로 준희에게 인사를 했다.

"인사하기는 좀 민망한 자세겠지만 그래도 반가워요."

"김준희. 인사는 나중에 하고 얼음 팩 좀 준비해 줘."

"얼음 팩? 다쳐서 이런 거야? 진작 말을 하지!"

준희가 얼음 팩을 가지러 급하게 안쪽으로 들어가고 정후는 지강을 구석진 창가 자리로 안내했다.

"병원 가 봐야 하는 거 아니야?"

"아니에요. 저 진짜 괜찮아요."

서온은 정후에게 미소를 지어 보이다 아무 말 없이 자신의 발목을 살피는 지강을 바라보았다. 왜인지 모르겠지만 그는 분명 화가 나 있었다.

"여기 얼음 팩. 많이 다친 거야?"

준희가 가져온 얼음 팩으로 서온의 발목을 찜질하기 바쁜 지강을 대신해서 정후가 대충 상황을 설명했다.

"찜질로 되겠어?"

"저 정말 괜찮아요. 원래 잘 넘어지고 부딪히고 그래서 이 정도는 아무것도 아니거든요. 아저씨, 괜찮으니까 그만해요."

준희까지 걱정스러워하자 서온은 발목을 빼내려고 했다. 하지만 단단히 발목을 움켜쥔 지강의 손은 풀어지지 않았다.

"형. 미안한데 파스랑 붕대 좀 있어?"

무섭게 자신을 바라보던 지강의 시선이 정후에게 옮겨지자 서온은 겨우 한숨을 내쉬었다.

"여기 웬만한 약들은 다 있어. 근데 진짜 병원 안 가 봐도 되겠어?"

"다행이 뼈는 이상 없는 것 같으니까 서울 가서 데려갈게."

정후가 준 구급상자에서 스프레이 파스를 꺼낸 지강은 서온의 발목에 뿌리고 압박 붕대를 꺼내 단단히 감기 시작했다.

"그만길 다행이다. 두 사람, 아직 식전인 거 맞지? 점심 준비할 테니까 같이 먹자."

무겁게 가라앉은 지강의 분위기를 눈치챈 정후는 준희를 데리고 부엌으로 들어갔다.

"별것도 아닌데 왜 이렇게 유난을 떨어요? 사람 민망하게."

서온은 붕대를 감고 있는 지강의 손을 밀어내려 했지만 그가 힘으로 저지한 뒤 발목을 이리저리 움직이기 시작했다. 서온은 발목의 고통 때문에 입 밖으로 튀어나오려는 신음을 억지로 삼키고 지강을 노려보았다.

"아프지? 그건 네 발목에 문제가 생겼기 때문이고, 이럴 땐 괜찮다, 아무렇지 않다가 아니라 아프다고 하는 거야. 알겠어?"

굳어진 표정만큼이나 딱딱한 지강의 말투에 서온은 더 이상 괜찮다고 말하지 못했다. 냉정한 말투였지만 붕대를 감는 손길은 조심스러웠고, 눈빛에는 아픔과 안쓰러움이 담겨 있었다.

"괜찮다니까."

엄마가 떠난 후 아프고 힘들어도 괜찮다는 말을 버릇처럼 했다. 사람들은 그 말을 그대로 믿었는데, 이 남자는 자꾸만 괜찮은 게 아니라고 하며 진심으로 걱정을 해 준다. 아버지의 명령 때문이라고 모른 척해 보려 했지만 더 이상 지강의 진심 어린 걱정을 부인할 수가 없었다.

테이블 위로 피자, 파스타와 함께 얼큰한 김치찌개와 밑반찬들까지 푸짐하게 차려지자 서온은 놀라서 눈이 휘둥그레졌다.

"괜찮아요?"

따뜻한 밥을 테이블에 내려놓은 준희가 옆자리에 앉으며 걱정스럽게 묻자 서온은 괜찮다며 미소를 지었다.

"여전히 이상한 조합이네."

화장실에 다녀온 지강은 테이블 위 음식들을 어이없게 쳐다봤지만 작은 뚝배기에 담긴 계란찜을 가지고 나온 정후는 대수롭지 않다는 듯 테이블 위에 내려놓았다.

"뭘 좋아할지 몰라서 이것저것 차렸으니까 입맛에 맞는 걸로 먹어요."

지강을 흘겨보던 준희는 서온을 보면서 다정하게 미소를 지었다. 따뜻한 미소를 따라 서온의 얼굴에도 미소가 그려지고, 그 모습을 보는 지강은 한결 마음이 놓였다.

"근데 진짜 그 꼬마가 맞아요?"

"네?"

호기심 가득한 준희의 시선을 마주한 서온은 영문을 알 수 없어서 지강을 봤다.

"꼬마가 아니라 민서온이야."

"나도 알아. 제대로 인사해요, 우리. 난 김준희라고 해요. 편하게 언니라고 불러 줘요. 난 꼬마 양이라고 부를게요. 그래도 되죠?"

"꼬마 양이 뭐야? 제대로 이름 불러."

"싫다. 꼬마 양이 뭐 어때서? 귀엽고 좋구만. 괜찮죠?"

지강의 핀잔에도 굴하지 않는 준희를 보며 서온은 고개를 끄덕였다.

어느 한 곳 모나지 않고 구김도 없이 밝은 사람. 서온의 눈에 비친 준희는 그런 사람이었다. 악수를 청하는 손을 잡자 준희는 힘차게 손을 위아래로 흔들었다. 덕분에 서온의 얼굴에는 어색함 대신 말간 미소가 그려졌다.

"근데 꼬마가 아니라 예쁜 아가씨가 됐네. 서지강, 아쉽겠다?"

식사를 거의 마친 지강이 무슨 소리냐는 듯 준희를 봤다. 서온 역시 무슨 얘긴가 싶어 포크로 집었던 피자 조각을 들고 준희를 봤다.

"이렇게 예쁘게 크는 걸 두 눈으로 못 봤으니 얼마나 아쉽겠어. 꼬마 양, 몰랐죠? 영국 있을 때 서지강 저놈 냉혈한으로 소문이 자자했거든요. 근데 유일하게 사람 같아 보일 때가 꼬마 양 얘기할 때였어요."

"아저씨가요?"

서온은 지강의 기억 속에 자신의 모습은 어땠을지 점점 궁금해지기 시작했다.

"아저씨? 꼬마 양한테 이제 서지강은 아저씬 거야? 푸하하하."

준희가 호탕하게 웃음을 터뜨리자 서온은 미안한 생각이 들어 지강을 보았다. 아무렇지 않은 듯 보였지만 지강의 표정에는 못마땅함이 묻어나고 있었다.

"제가 오빠란 단어를 좀 어색해서 마음대로 아저씨라고 불러요."

"아저씨 맞죠, 뭐. 아무튼 냉정한 서지강이 우리 꼬마 타령을 얼마나 했는지. 친한 친구들은 서지강의 꼬마에 대해 모를 수가 없었어요. 안 그래, 남편?"

"지강이 입에서 나오는 친밀한 단어는 우리 꼬마밖에 없긴 했지."

정후까지 거들고 나서자 지강은 민망해져 괜한 헛기침을 했지만 사실을 부정하진 않았다.

"지강이 다시 만나니까 어땠어요?"

"그게…… 사실 전 아저씨가 기억 안 나요."

"김준희. 쓸데없이 왕성한 호기심은 그쯤에서 관두지?"

미소를 짓고 있긴 하지만 서온의 눈빛에 옅은 아픔이 스쳐 가는 것을 알아챈 지강은 준희의 호기심을 제지했다.

"쓸데없다니. 예술가에겐 호기심만큼 좋은 재능이 없거든! 하여튼 여전히 밉상으로 말한다니까."

지강에게 핀잔을 준 준희가 테이블 위를 정리하기 시작하자 서온은 돕기 위해 자리에서 일어났다.

"제가 설거지할게요. 너무 맛있게 잘 먹었습니다."

"설거지라니 무슨 그런. 오늘 손님으로 온 거니까 맛있게 잘 먹고 편하게 쉬다 가면 되는 거예요. 조금만 기다려요. 후식 준비해 줄게요."

다정한 말투의 정후는 준희와 함께 테이블을 정리한 후 주방으로 갔다. 미안해서 어쩔 줄 몰라 하는 서온을 지강은 대수롭지 않게 보고 있었다.

"꼬마, 넌 네 집에 놀러 온 지인한테 설거지를 시켜야 마음이 편하겠어?"

"그게 말이 돼요? 집에 놀러 온 사람한테 무슨 일을 시켜."

"그러니까. 지금 네가 부엌으로 들어가면 그게 더 민폐가 된다고."

지강의 말을 이해한 서온은 얌전히 자리에 앉아 있는 쪽을 택했다.

"가게가 참 예뻐요. 그림도 많고."

서온은 자신을 뚫어지게 보는 지강의 시선을 피하느라 레스토랑의 실내 인테리어로 시선을 돌렸다. 전체적으로 따뜻한 느낌이 드는 연회색 빛 벽에는 풍경화가 주를 이룬 그림들이 전시 작품처럼 걸려 있었다.

"김준희 작품이야. 좀 정신없긴 하지만 제법 실력 있는 화가거든."

"그래서 예술가라고 하셨구나. 그럼 정후 아저씨는요?"

"후식 나왔습니다."

주방에서 나온 정후는 반짝거리는 초콜릿 조각 케이크와 아이스티를 서온의 앞에 놓아주었다.

"밀크 초코 무스 케이크랑 아이스티예요. 어울리는 조합이라 멋대로 준비했어요."

"케이크가 너무 예뻐요."

케이크에서 눈을 떼지 못하는 서온의 손에 지강이 포크를 쥐여 주었다.

"먹으라고 준 거니까 먹어. 그래야 만든 사람도 기분 좋지."

"이걸 직접 만드셨어요?"

서온이 놀라서 정후를 보자 정후는 쑥스럽다는 듯 미소를 지었다.

"정후 형은 영국에서 나름 잘나가던 셰프였어."

"나름이라니? 지금도 이정후하면 못 데려가서 안달인 레스토랑이 줄을 섰거든! 꼬마 양, 쿠키도 좀 먹어 봐요."

준희는 아기자기한 모양의 쿠키가 담긴 바구니를 테이블에 내려놓으며 지강을 못마땅하게 흘겨보다가 서온에겐 다정하게 미소를 지었다.

"그럼 서온 씨, 즐거운 시간 보내요."

딸랑하고 레스토랑 문이 열리는 종소리가 들리자 정후는 다정한 말을 남기고 입구 쪽으로 향했다. 하지만 서온의 옆자리에 앉은 준희는 움직일 생각이 없어 보였다.

"손님 왔잖아. 안 가?"

"간다, 가. 꼬마 양, 편하게 있다 가요. 작업실에 있을 거니까 갈 때 부르고."

지강이 대놓고 핀잔을 줘도 아랑곳하지 않은 준희는 서온이 케이크를 먹는 모습을 보고서야 자리에서 일어나 레스토랑 뒷문으로 사라졌다.

"좋은 분들 같아요. 준희 언니도 정후 아저씨도."

"정후 형은 좋은 사람이고 김준희는 괴짜야."

아이스티를 한 모금 마신 지강은 향이 꽤 괜찮다 싶어 서온에게 잔을 밀어 주었다.

"많이 달진 않은데 초코 맛은 엄청 진하네. 어떻게 만들면 이렇게 되는 거니?"

서온은 아이스티와 케이크를 먹으며 마치 음식들에게 얘기하듯 맛있다는 말을 연이었다. 지강은 음식들을 다정하게 바라보는 서온을 보고 있자니 마음이 편해졌다. 언제부턴지는 몰라도 민서온이 웃으면 그 역시 웃음이 나고, 민서온이 아파하면 그 역시 아프다. 생전 처음 느끼는 감정들이었지만 서온을 통해 느껴지는 모든 일들은 싫은 것이 없었다.

"근데 꼬마. 정말 나에 대해 기억나는 게 없어?"

말없이 창밖을 바라보던 서온은 지강 쪽으로 시선을 돌렸다. 작은 희망이라도 기대하는지 그의 눈빛은 꽤 진지해 보였지만 달리 기억나는 것이 없었다.

"없어요."

"마지막으로 본 게 아홉 살 무렵이었는데. 정말 기억 안 나?"

"안 나요. 기억하고 싶지도 않고."

엄마를 보낸 후 행복했던 시절의 기억은 떠올리지 않으려 애쓰며 살았다. 엄마에 대한 기억이 사라지는 것은 괴로웠지만 행복했던 때를 떠올리면 아버지에 대한 원망이 자꾸만 커져 갔다. 그래서 억지로라도 기억을 묻고 살아야 했다.

"우리 꼬마는 똑똑해서 잘 기억하고 있을 줄 알았는데."

지강의 기억 속에 남아 있는 자신의 모습이 궁금하긴 했지만 그건 벌써 10여 년 전 일이었다. 스스로도 기억하지 못하는 어린 시절의 자신의 모습을 남에게 묻고 싶진 않았다.

"내가 기억하는 민서온은 마주 보는 사람을 저절로 웃게 만드는 꼬마였어. 언제나 반짝거리고 윤이 나는 보석같이 예쁜 아이였고."

묻지도 않았는데 지강은 추억을 상기하듯 중얼거렸다. 그리고 문득 생각난 듯 지갑에서 사진 한 장을 꺼내 들었다.

"볼래? 꼬마 민서온."

지강이 보여 준 사진 속에는 하늘거리는 분홍빛 원피스를 차려입은 긴 생머리의 여자아이와 제법 멋지게 양복을 차려입은 남자아이가 서로의 손을 꼭 잡고 웃고 있었다.

"설마, 이거 나랑 아저씨예요?"

"꼬마 일곱 살 때야. 예쁘지?"

해맑게 웃고 있는 어린 자신의 모습이 낯설어서 서온은 한참 더 사진을 들여다봤다.

"뭐가 좋아서 이렇게 웃었을까?"

사진을 보던 서온은 혼잣말인 듯 중얼거렸다. 몇 년 후에 벌어질 일은 생각도 못하고 천진난만하게 웃고 있는 자신이 한심하고 바보 같았고, 한편으로는 이렇게 웃을 수 있었던 그 시절의 자신에게 질투가 나기도 했다.

"이때 꼬마 별명이 미소 천사였어."

낯간지러운 지강의 말에 서온은 자신도 모르게 인상을 찡그렸다.

"할아버지가 지어 주신 별명인데. 것도 기억 안 나나?"

"할아버지요?"

서온이 네 살 무렵 돌아가셨다던 할아버지 얘기는 엄마를 통해 듣긴 했었다. 하지만 할아버지가 자신에게 낯간지러운 별명까지 붙여 놓았다는 말은 누구도 해 주지 않았다.

"좋은 분이셨어. 나도 많이 예뻐해 주셨고, 언제나 우리 온이 잘 부탁한다고 그러셨지."

"기억 안 나요."

"괜찮아. 내가 잘 기억하고 있으니까."

왜 당신이 나를 대신해 기억하는 거냐고 괜한 오기와 심술이 섞여 지강에게 따져 묻고 싶었지만 서온은 끝내 입을 열지 않았다. 그저 손에 쥐고 있던 사진을 도로 내밀었는데 지강이 덥석 서온의 손을 잡았다.

"뭐하는 거예요!"

놀란 서온이 손을 빼내려 했지만 지강은 남은 한 손까지 잡아 보더니 심각하게 표정이 굳어졌다.

"꼬마, 너 추운 거지? 손이 얼음장이잖아."

"나 원래 손 차갑거든요. 이거 좀 놔요."

"담요 가져다줄게. 기다려."

"됐어요."

서온의 의사를 무시한 지강은 서둘러 자리에서 일어나 카운터로 향했다. 그 모습을 멍하니 바라보던 서온은 자신의 손을 물끄러미 내려다보았다. 사시사철 냉기를 내뿜는 손에 잠시지만 따뜻한 온기가 닿았던 탓인지, 불에 데인 것처럼 후끈거리는 것 같았다. 고작 손 닿은 걸로 이 지경이 되다니. 서지강 때문에 자꾸만 거추장스러워지는 게 늘어나는 것 같은데, 그게 싫지는 않아서 피식 웃음이 나왔다.

"덮을 만한 담요 좀 줘."

주방에서 요리하느라 정신없는 정후를 대신해 카운터에 앉아 스케치를 하던 준희는 뒤편에 놓여 있던 깨끗한 담요를 지강에게 건네주었다.

"꼬마 양, 슬퍼 보이더라."

담요를 가지고 돌아서려던 지강은 무심한 듯 나오는 준희의 말에 걸음을 멈추었다.

"갖고 있는 빛이 그래. 슬픔이 가득 차 있는 사람 같아서 위태로워 보여."

뜬금없긴 했지만 예민하고 날 선 예술가 기질을 가지고 있는 준희다운 말이었다. 평소 사람마다 가지고 있는 빛깔이 있다는 준희의 주장을 무시했었지만 오늘만큼은 코웃음을 치며 무시할 수가 없었다.

"맑고 반짝거리는 사람일 줄 알았는데, 왜 저렇게 된 거야?"

서온이 왜 저렇게 변한 건지 누구보다 궁금한 사람은 지강이었다. 하지만 조금 전, 아무것도 기억나지 않는다고 말하던 서온의 표정이 너무도 참담하고 아팠기에 어떤 것도 물을 수 없었다.

창밖을 바라보는 서온의 뒷모습이 너무 작고 약해 보여서 꼭 안아 주고 싶었지만 담요를 덮어 주는 것으로 대신하고 자리로 돌아와 앉았다.

"고맙습니다."

"병원은 가 봤어? 손이 왜 그렇게 차가운 건데?"

무뚝뚝한 것 같지만 걱정스러운 지강의 말투에 서온은 피식 웃음이 새어 나왔다.

"엄마 닮아서 그래요. 엄마가 그랬는데 마음이 따뜻해서 손 발이 차가운 거래요. 지금 생각해 보면 참 말도 안 되는 소린데. 어릴 땐 정말 그런 줄 알았어."

담담하게 말하긴 했지만 엄마를 떠올리자 마음이 아파 와 서온은 고요히 일렁이는 호수를 바라보는 것으로 쓸쓸함을 감췄다.

"엄마도 여기 와서 이 풍경을 봤으면 참 좋아했을 텐데."

차라리 눈물이라도 흘리면 덜 아플 것 같다고, 담담하게 말하는 서온을 보며 지강은 생각했다. 아무렇지 않은 척하는 그 담담함이 얼마나 아프게 느껴지는지 그녀만 모르고 있다고.

"꼬마 양, 잘 가요. 또 놀러 오고."

준희는 아쉬운 듯 서온의 손을 꼭 잡았다. 낯설지만 진심 어린 준희의 따뜻함이 좋아서 서온도 감사하다고 미소를 지어 보였고 지강과 정후는 그런 두 사람을 바라보았다.

"서온 씨랑 같이 또 와. 언제든 환영이니까."

"갈게."

정후에게 짧은 인사를 한 지강은 다리를 절면서도 걷겠다고 고집부리는 서온을 억지로 안아 들고 차로 향했다.

"걸을 수 있다니까요."

"둘러업길 바라는 거야?"

지강의 체온이 그대로 전해지자 심장이 벌렁거려서 서온은 고개를 푹 숙였다. 이상하게도 지강과의 접촉이 편하지는 않은데 그렇다고 싫지는 않았다. 솔직히 말하자면 지강의 체온을 느끼고 싶어 당황스러웠다.

"아저씨. 고마워요. 오늘."

서울로 돌아가는 길은 떠나올 때와는 달리 한결 마음도 가볍고 편안했다.

"고마우면 그 아저씨란 호칭 좀 고쳐 주지?"

"정감 있고 좋잖아요. 나중에 과외 끝나면 그때 고칠게요."

서온이 편안하게 미소를 짓자 지강 역시 미소가 지어졌다.

한여름, 두 사람의 첫 나들이는 달달한 쿠키와 맑게 일렁이던 호수의 풍경 속에서 따뜻하게 끝나고 있었다.

세상은 뜨겁고 답답한 공기로 가득했다. 평소보다 조금 일찍 수업이 끝난 서온은 로비로 내려와 수학 문제집을 펼쳐 놓고 지강을 기다리고 있었다.

"또 공식대로 안 하고 제멋대로 풀고 있네."

"아우! 깜짝이야!"

갑자기 나타나 어깨 위로 고개를 올리고 말하는 지강 때문에 서온의 목소리가 높아졌다. 그러거나 말거나 지강은 그녀의 얼굴을 뚫어지게 보고 있었다.

"왜 그렇게 봐요?"

지강은 민망해서 시선을 피하려는 서온의 이마에 대뜸 손을 짚었다.

"뭐, 뭐해요?"

"열 있나 확인."

"열은 무슨. 괜찮으니까 빨리 가죠?"

지강의 손을 밀어낸 서온은 서둘러 주차장으로 향했다. 유난스럽게 뛰는 심장 소리를 들킬까 봐 걸음이 빨라지고 있었다.

"천천히 가지? 그러다 또 넘어진다."

"빨리 오기나 해요."

지강은 종종거리며 걷는 서온을 뒤따라가며 자신의 손을 바라봤다. 손끝에는 서온의 이마를 짚었던 감각이 그대로 남아 있었다. 분명 미열이 있었다.

"머리 아프지 않아?"

차에 오르자마자 지강이 다시 서온의 이마에 손을 짚었다.

"안 아프다니까 왜 그래요, 자꾸."

"미열이지만 열이 있는데."

"나 원래 그래요."

서온은 지강의 손을 밀어낸 후 아무렇지 않은 척 창밖으로 시선을 돌렸다.

"혹시 모르니까 병원부터 가자."

"아픈 데도 없는데 병원을 왜 가요?"

"열나니까. 계속 나는 거면 검사해 보는 게 좋아."

"더운데 아저씨가 놀래켜서 그런 거거든요. 기척이나 하고 나타나든지."

민망함을 지우기 위해 창문을 열고 고개를 밖으로 내밀었지만 훅, 하고 밀려오는 더운 공기에 숨이 막혀서 창문을 닫아야 했다.

"여름이 끝나질 않네."

서온은 깊은 한숨과 함께 혼잣말을 중얼거렸다.

"민서온. 그거 습관이야."

뜬금없는 말에 서온은 무슨 소리냐는 듯 지강을 보았다.

"한숨. 습관적으로 하루에 최소 스무 번 이상은 쉬고 있어."

"그렇게까지 많이 쉰 건 아닌 것 같은데."

"많이 맞아. 의식도 못 하는 거 보니 확실히 습관성이네. 고쳐."

늘 그렇듯 간단한 명령이었다. 이젠 익숙해지긴 했지만 한숨까지 쉬지 말라니 서온은 슬그머니 부아가 치밀었다.

"자기는 맨날 명령질이면서. 것도 습관성이네."

자신도 모르게 투덜거림이 튀어나와 놀란 서온은 어색한 미소를 지으며 지강의 눈치를 살폈다.

"한숨 습관은 고쳐. 나도 명령질! 고쳐 볼 테니까."

명령질이란 말을 강조하긴 했지만 고쳐 보겠다는 말에 놀란 서온이 지강을 바라봤다.

"안 내릴 건가?"

"내릴 건데요. 근데 진짜 고칠 거예요? 그 명령조."

"꼬마 한숨 습관 고쳐지면."

먼저 차에서 내려선 지강은 조수석 문을 열고 서온이 내리기를 기다렸다.

"그럼 그렇지. 하여튼 뭐든 거래라니까."

툴툴거리며 차에서 내린 서온은 등 뒤로 지강이 웃는 것이 느껴지자 자신도 모르게 미소가 지어졌다. 그가 웃으면 설레면서 함께 웃는 일이 늘어나고 있다는 것을 서온은 깨닫지 못하고 있었다.

"수학 먼저 시작하면 되죠?"

작업실로 들어오자마자 책상에 앉아 문제집을 펼친 서온은 지강에게 채근하는 눈빛을 보냈다. 공부를 끝내야 일을 할 수 있어서 마음이 급해지고 있었다.

한 시간 남짓이 흐른 후, 서온은 문제가 풀리지 않자 한숨을 푹 내쉬다가 흠칫 놀라 지강의 눈치를 살폈다. 한 시간 동안 벌써 네 번째. 의식하고 보니 지강의 말처럼 한숨이 습관적으로 나오고 있었다.

"진짜 별게 다 습관이 되네."

씁쓸한 혼잣말에 또다시 한숨이 나오자 저도 모르게 흡, 하고 손으로 입을 막았다. 그 모습을 보던 지강은 어이가 없는지 피식 웃으며 서온의 머리를 쓰다듬었다.

"자꾸 쓰다듬을 거예요? 강아지 아니라니까."

이젠 지강과 눈만 마주쳐도 심장 박동이 빨라진다. 서온은 지강이 헝클어뜨린 머리를 매만지고는 뾰로통하게 시선을 돌리며 안정을 찾기 위해 노력했다.

"좀 줄이길 바란 거지, 눈치 보면서 참으라는 건 아니었어."

지강은 서온이 풀던 문제의 풀이 과정을 써 주며 무심한 듯 말했다. 서온은 지강을 물끄러미 바라보았다. 맥박이 안정되면

서 그를 바라보고 있는 이 시간이 참 좋다는 생각이 들었다.

"미쳤나 봐."

불편하고 싫은 사람이라고 생각하던 지강을 이젠 편안함이라는 단어와 연결하는 자신이 황당해서 서온은 고개를 흔들었다.

"문제 풀어 놓고 일해. 11시 전에는 들어올 거야."

"어디 가요?"

재킷을 집어 들던 지강이 멈칫하자 괜한 소리를 했구나 싶어 얼른 모른 척 책으로 시선을 돌렸다.

"자주는 아니고 당분간 잠깐씩 자리 비울 거야. 괜찮지?"

무슨 일이냐는 질문을 꾹 참은 서온이 책에 시선을 고정한 채 가라고 손을 휘휘 흔들었다.

"버릇없는 꼬마. 인사는 제대로 해야지."

서온의 머리를 쓰다듬으며 머리카락을 헝클어트린 지강은 못마땅해 하는 서온의 눈초리에도 미소를 지우지 않았다.

"사장 나 왔……!"

씩씩하게 작업실로 들어서던 유진은 지강이 서온의 머리를 쓰다듬는 모습을 보고 슬그머니 뒷걸음질을 치고 있었다.

"찐! 어디 가!"

"잠깐 커피라도 사 올까 해서. 선생님 커피 드실래요?"

헝클어진 머리를 쓸어내린 서온은 냉장고를 열어 캔 커피를 탁자 위에 올려놓았다.

"여기 커피 많아. 그리고 아저씨는 갈 거야."

"어디? 사장이랑 떨어지셔도 돼요?"

마치 어린애를 떠맡는 것 마냥 유진은 불안하지 않느냐는 듯이 지강에게 물었다.

"찐! 아저씨랑 나랑 붙어 있는 게 더 이상한 거거든."

"내가 선생님이면 너랑 떨어지는 게 불안할 것 같거든."

"내가 왜? 뭐가 불안……!"

쿵!

반발심에 자리에서 벌떡 일어나던 서온은 작업대에 허벅지를 부딪쳤고 순간 작업대 위에 유리컵이 넘어졌지만 반사적으로 컵을 붙잡았다.

"다행이다. 안 깨졌어."

미소를 짓는 서온과는 반대로 지강은 굳어진 표정으로 그녀의 다리를 보고 있었다.

"사장. 그 컵이 아니라 네가 문제거든. 다리 안 아파?"

욱신거리긴 했지만 심하게 아픈 건 아니라서 고개를 끄덕였는데, 반바지 아래로 벌겋게 변한 그녀의 무릎을 본 지강은 자신이 마련해 놓은 구급상자를 꺼내 들었다.

"또 파스 뿌리려고 그러죠? 그 정도 아니라니까."

"뿌려 둬야 가라앉기라도 하니까. 가만히 있어."

스프레이 파스를 질색하는 서온은 잔뜩 인상을 찡그렸지만 지강은 개의치 않고 파스를 무릎에 뿌려댔다.

"괜찮다는데 굳이."

"온몸을 멍으로 덮을 생각이 아니면 조심 좀 해."

구급상자를 제자리에 올려놓은 지강은 핀잔 어린 말을 잊지 않았다. 서온은 파스 냄새가 나는 무릎에서 최대한 몸을 뒤로 빼느라 그가 하는 말은 건성으로 흘려들었고, 그 모습이 어이가 없어서 지강은 또다시 피식 웃고 말았다.

"저녁 잘 챙겨 먹어."

"가요, 얼른."

서온은 눈도 마주치지 않고 지강을 보내놓고 그가 나간 문을 잠시 바라보았다. 문 사이를 비집고 들어왔던 뜨거운 공기가 실내에 잠시 머물렀지만 이내 에어컨이 뿜어내는 찬 공기 속에 사라져 버렸다.

코끝에 남은 파스 냄새만이 지강이 이 공간에 머물렀음을 알려 주었지만 동시에 부재라는 사실 역시 함께 알려 주고 있었다.

"있던 사람이 없으니까 좀 허전하네. 그치?"

"허전은. 원래 이랬는데, 뭘."

재봉틀 앞에 앉은 서온은 지강이 항상 앉던 자리로 향하려는 시선을 돌리느라 바쁘게 손을 움직였다.

그러나 저녁을 먹고 유진이 먼저 돌아간 후로는 지강의 지정석이 되어 버린 자리로 향하는 시선을 막지 못했다.

"일하자. 일."

스스로를 타박하듯이 중얼거렸지만 효과가 없었다. 지강이 있을 때는 신경 쓰여서 일에 집중이 안 된다 투덜거렸는데, 자리를 비우니 쓸데없는 허전함 때문에 집중이 되지 않았다. 차라리 그가 있는 편이 일의 능률은 더 높았던 것 같기도 해서 아쉬운 생각이 들 지경이었다. 어느새 서지강이란 사람이 익숙해지고 편해졌다는 것을 부정할 수가 없었다.

어느새 10시를 넘긴 손목시계를 보며 지강은 서둘러 차에 올랐다. 정식 발령을 받기 전 업무 파악을 위해 아버지의 회사로 나온 첫날이었다. 짧은 시간에 많은 양의 업무를 파악하기 위해 내린 결정이었지만 서온을 작업실에 놓고 돌아서는 순간부터 후회가 밀려왔다.

밥은 잘 먹었는지, 공부는 잘하고 있는지, 또 어디 부딪혀 다치지는 않았는지. 눈에 보이지 않으니 걱정이 배로 늘어났다. 늘 함께하던 시간에 떨어져 있는 탓인지 툴툴거리는 서온의 혼잣말이 그립기까지 했다. 하지만 파악해야 할 회사 상황은 왜 이리도 많고 복잡한지. 난생처음으로 일거리가 많다는 것에 불만이 쌓였다.

7시쯤 서온에게 저녁 챙겨 먹으라는 문자를 보낸 후로, 틈틈이 휴대폰을 체크했지만 답장은 없었다. 그래서 차의 액셀을 밟는 발끝에 조급함이 묻어나고 있었다.

작업실로 들어서자 테이블 위에 놓인 스탠드 불빛 아래 엎드려 있는 서온의 모습이 보였다. 고른 숨결로 작은 어깨가 조금씩 들썩이는 걸 보니 잠이 든 모양이었다.

지강은 조심스럽게 옆자리에 앉아서 잠이 든 서온의 얼굴을 찬찬히 바라보다 이마 위로 흘러내린 머리칼을 쓸어 올려 주고, 말갛게 빛나는 볼을 조심스럽게 손등으로 쓸어내렸다. 조잘조잘 혼잣말을 쏟아 내는 입술은 고집스럽게 다물어져 있었지만 어느 때보다 탐스럽게 보였다. 보드라운 입술이 손끝에 닿자 지강의 상체는 자연스럽게 서온 쪽으로 향했지만 고른 그녀의 숨결이 코앞에서 느껴지는 순간, 흠칫하고 입술에 닿아 있던 손길을 접었다. 손끝에 남은 아쉬움을 끝내 거두지 못하고 서온의 이마에 살며시 입을 맞추는 것으로 묵직하게 달아오른 자신의 몸을 달랬다.

"미친놈."

자조적인 웃음과 함께 스스로를 향한 욕설이 입 밖으로 튀어나왔다. 난생처음으로 여자를 보며 자제력을 잃을 뻔했다. 아니, 꼬마라고 생각하던 서온을 여자로 느끼는 자신의 모습이 낯설고 어이없기도 했다. 이성을 찾기 위해 자리에서 일어난 지강은 냉장고 문을 열고 차가운 생수를 마셨다.

"아저씨?"

잠에서 깨어난 서온은 느릿하게 테이블 위에서 몸을 일으켰다. 하지만 잠이 담긴 눈은 반쯤 감겨 있었고 안경은 코끝에 아슬하게 걸쳐져 있었다.

긴장감 없이 풀어진 서온의 모습에 정체 모를 감정으로 팽팽하게 당겨져 있던 긴장과 혼란스러움이 스르르 무너지면서 지강의 얼굴엔 저절로 미소가 지어졌다.

"잘 잤어?"

"언제 왔어요?"

지강은 기지개를 켜는 서온의 곁으로 자연스럽게 다가갔다. 잠들었을 때는 다물어져 있던 입술에 혈색이 돌아 탐스런 빛으로 오물거리고 있었다.

또다시 몸이 먼저 움직였다. 자제할 틈도 없이 뻗은 지강의 손 때문에 서온 역시 멈칫하고 그를 바라보았다. 또렷하게 빛나는 서온의 눈빛을 마주하자 지강의 가슴 한구석에는 묵직한 무언가가 쿵하고 내려앉았다.

"일어났으면 그만 가자. 짐 챙기고 나와."

서온의 머리를 쓰다듬은 지강은 서둘러 작업실을 빠져나갔다. 서온은 헝클어진 머리카락을 손가락으로 빗어 내리면서 쿵쿵 뛰기 시작한 가슴으로 손을 가져다 댔다.

잠들기 전까지도 온통 지강이 언제 올까만 생각하며 현관을 바라봤고 잠에서 깨어나자마자 그를 찾았다. 이젠 사소한 손길하나에도 마음이 설레었다. 서지강을 앞에 두고 아무렇지 않은 척하는 것이 점점 힘이 들지만 제일 두려운 것은 이 감정의 정체를 마주하고 인정해야 하는 순간이 오는 것이었다.

지강이 나간 현관문을 잠시 바라보던 서온은 가슴을 꾹 눌렀다. 두 사람의 혼란스러운 감정은 그렇게 설렘과 두려움이 섞이며 엉키고 있었다.

✸　　　✸　　　✸

이상하리만큼 고요한 시간이 흘러갔다. 그러나 뭔가 변하고 있었다. 지강은 서온과 눈이 마주치면 시선을 돌렸고 서온 역시 어찌할 바를 몰라 지강을 외면했다.

자연스럽게 서온의 머리를 쓰다듬던 지강의 손길이 사라져갔고 서온의 툴툴거리는 소리 역시 사라졌다. 표면적으로는 아무 일 없이 평소와 같아 보였지만 두 사람만이 알 수 있는 일이었다.

지강도 서온도 서로에게 한 걸음씩 물러나기 위해 안간힘을 쓰고 있었다.

"시험 전날 밤새는 게 제일 미련한 짓이야. 내일 시간 맞춰 데리러 올 테니까 푹 자. 전화하면 내려오고."

전과 다른 무뚝뚝함이 배어 있는 지강의 말에 서온은 아주 잠시 그를 마주했다. 하지만 지강이 시선을 피해 버리자 가슴에 따끔거리는 작은 통증이 느껴졌다.

"내일은 혼자 움직일게요. 바쁠 텐데 일 보세요."

"안 돼."

며칠 만에 듣는 지강의 단호함이 반갑기까지 했지만 또다시 외면당하고 싶지 않아 그를 바라보지 못했다.

"못 믿겠으면 시험 끝나고 곧장 집에 와서 전화할 테니까."

"못 믿어서가 아니야."

그럼 왜냐고 묻는 듯한 서온의 시선이 다시 지강에게 향했다. 잠시 두 사람의 시선이 부딪혔고 이번엔 서온이 먼저 고개를 돌렸다.

"못 믿는 게 아니면 시험 끝나고 문자 할 테니까 걱정 마요. 가요."

"기다려."

차에서 내리려는 서온을 붙잡은 지강은 조수석 쪽 보관함에서 작은 쇼핑백을 꺼내 그녀의 무릎 위에 올려줬다.

"반응 좀 하지?"

물끄러미 쇼핑백을 보던 서온은 그제야 이게 뭐냐는 질문을 담은 눈으로 지강을 마주했다.

"검정고시 잘 보고 힘내서 수능도 잘 준비해야 하니까. 미리 힘내라고 주는 거야."

"아저씨."

당신은 나와 이렇게 우습지도 않은 관계로 묶여 있는 게 힘들지 않느냐고 묻고 싶었지만 입이 떨어지질 않았다.

"요즘 바쁜 거죠?"

"회사 일이야. 신경 쓸 필요 없어."

"네. 신경 안 써요. 선물은 고맙습니다."

지나칠 정도로 공손하게 인사를 하고 내리는 서온의 뒷모습을 보며 지강은 걱정이 밀려왔다.

서온을 여자로 보고 있다는 것을 깨달은 후로 그녀를 마주 보면 이성이 순식간에 무너져 내릴 것 같아 외면할 수밖에 없었는데, 그를 따라 서온도 그를 바라봐주지 않았다. 아니, 그에게서 멀어지려 하고 있었다. 그 사실을 깨달은 순간, 갑자기 왜 이러는 거냐고 다그치고 싶은 충동을 붙잡느라 또다시 자신과 치열하게 싸움을 벌여야 했다.

자신은 거리를 두려고 하면서 서온이 멀어지려는 것은 싫었다. 하지만 더 이상 전과 같이 서온을 대할 수 없다는 사실이 그를 미치도록 답답하게 만들고 있었다.

작은 실내등 하나가 켜진 집 안으로 들어온 서온은 인기척이 없자 안심하고 2층으로 올라왔지만 하필이면 그때 방에서 나오던 현아와 마주치고 말았다.

"왜 또 기어들어 왔대? 콱 뒈져 버리지."

서온은 아무것도 들리지 않는 사람처럼 현아를 무시하고 방으로 들어갔다. 아무리 못되게 굴어도 자신과 주혜를 깨끗이 무시해 버리는 서온을 보며 현아는 화가 나 어쩔 줄 몰라 방문을 죽일 듯이 노려봤다.

방으로 들어온 서온은 답답한 곳에서 벗어난 사람처럼 긴 숨을 내쉬었다. 어둠 속에 잠들어 있던 방 안의 불을 켜자 엄마가 손바느질로 만들어 줬던 낡은 이불과 곰 인형이 늘 그래왔듯 서온을 기다리고 있었다.

"다녀왔습니다."

곰 인형을 품에 안은 서온은 책상 위에 놓인 엄마 사진을 보며 애써 미소를 지었다. 하루가 참 고단하고 길었다. 멍하니 엄마의 사진을 바라보다가 지강에게 받은 쇼핑백으로 시선이 향했다. 잠시 망설이다 쇼핑백에서 꺼낸 작은 벨벳 상자에는 핑크빛 실뭉치를 입에 물고 있는 아기 고양이 모양의 크리스털 조각상이 있었다.

"예쁘다."

백열등 아래 반짝거리며 빛을 내는 크리스털에서 눈을 떼지 못하던 서온은 한참 만에야 함께 담겨 있던 카드를 펼쳤다.

이 녀석 너랑 꼭 닮았더라. 그동안 수고했고 수능까지 힘내자.

"그냥 계속 차갑게 대해 주지. 이런 건 뭐한다고."

카드 내용을 보자마자 이유 모를 설움에 눈물이 나고 가슴이 아팠다. 이대로 울음이 터지면 걷잡을 수 없을 것 같아서 몇 번의 심호흡으로 겨우 울음을 삼켜 낸 서온은 서둘러 화장실로 향했다. 찬물로 몸과 마음을 진정시켜야 했다. 그렇게라도 무너지지 않기 위해 버텨야 했다.

서온이 화장실로 향하는 소리가 들리자 현아는 기다렸다는 듯이 방문을 열고 나와서 서온의 방 안으로 들어갔다. 현아는 서온의 방을 볼 때마다 욕심이 났다. 아니, 솔직히 말하자면 JM 그룹의 딸이라는 타이틀부터 이제껏 서온이 누리고 살아온 모든 것들과 망나니처럼 살아온 대가로 생긴 과외 선생님, 서지강까지. 모든 것이 욕심나 죽을 지경이었다.

"더럽게 이런 건 왜 가지고 있는 거야?"

책상에 고이 앉혀 둔 낡은 곰 인형을 더러운 쓰레기마냥 휙 던져 버린 현아의 눈에 크리스털 고양이가 들어왔다. 그리고 옆에 놓인 지강의 카드를 펼쳐 보고는 이거다 싶은 생각과 함께 비열한 미소가 지어졌다.

"서지강, 생각보다 유치하네."

카드를 책상 위로 던진 현아는 크리스털 고양이를 들어 올렸다.

"여기서 뭐하는 거야?"

샤워를 끝내고 방으로 들어온 서온은 현아가 크리스털 고양이를 들고 있는 모습을 보자 온몸의 피가 차갑게 식었다.

"무슨 보물을 숨겨 놔서 방문을 걸어 잠그고 다니나 했더니. 값나가는 거라고는 꼴랑 이 고양이 새끼뿐이네."

"그거 내려놔."

얼음장 같은 서온의 목소리만으로 현아는 움찔했지만 단단히 약이 올라 있는 탓에 평소처럼 쉽게 물러나지 않았다.

"쓸데도 없고 돈도 안 되는 이딴 걸 선물로 주냐? 센스 없게."

"좋게 말할 때 그거 내려놓고 나가."

현아는 고양이의 꼬리를 손가락으로 잡고 흔들며 서온을 약 올리려 애썼다.

"자세히 보니까 덜떨어진 게 너 닮긴 했다. 싫다, 싫다 하더니 과외 선생이랑 붙어먹는 게 좋긴 한가 봐? 하긴, 엄마가 너 다른 건 못 해도 남자 후리는 재주는 있을 거랬어."

"마지막 경고야. 내려놓고 나가."

"아이구, 무서워 죽겠네. 이럴 줄 알았으면 나도 그냥 날라리처럼 막살걸 그랬어. 그랬으면 너네 아버지가 나도 이딴 거 사 주는 과외 선생님 달아 줬을 텐데."

"과외는 충분히 받았을 텐데. 그래도 실력 안 돼서 우리 아버지 돈으로 특기생 딱지 사서 대학 들어갔잖아."

"어, 어디서 그딴 헛소리를!"

"내가 알 정도면 네가 말하던 그 바닥 사람들은 다 알지 않겠어? 네가 민현아가 아니라 임현아라는 사실을 다 아는 것처럼."

알코올 중독자였던 현아의 친아버지가 걸핏하면 폭력을 쓰다 결국은 사람을 죽여 교도소에 있다는 얘기를 재혼 전 철온에게 들었었다. 현아가 친아버지와 같은 임씨라는 것조차 끔찍하게 생각해서 재혼을 하자마자 현아의 성씨를 바꿔 준다는 얘기도 함께. 덕분에 재혼 이후로 현아를 임씨로 부르는 사람은 없었다.

"민현아야, 나. 임현아가 아니라 민현아라고!"

악을 쓰는 현아를 보니 서온은 씁쓸함에 한숨이 나왔다. 이렇게까지 자극할 생각은 아니었는데, 차라리 싸움을 벌여서 한바탕 감정을 쏟아 내고 싶다는 순간의 잘못된 선택이 일을 크게 만들고 말았다.

"알았으니까 그만하고 나가."

"네까짓 게 뭘 아는데? 태어날 때부터 JM그룹 사장 딸로 태어나서 다 누리고 산 네가 뭘 아는데!"

크리스털 고양이를 손에 쥔 현아는 악에 받쳐 소리를 지르더니 서온의 옆으로 거칠게 던져 버렸다. 벽에 부딪힌 크리스털은 깨어진 채로 바닥에 떨어졌다.

"생각보다 약하네. 별로 세게 던지지도 않았는데 저렇게 부서지는 거 보면."

깨진 크리스털 조각을 조심스럽게 집어 드는 서온을 비웃으며 현아는 방문으로 향했다.

"기다려."

방을 나서려면 현아는 차가운 서온의 목소리를 듣고 걸음을 멈추었다. 그 순간 자리에서 천천히 일어난 서온은 있는 힘을 다해 현아의 뺨을 때렸다.

찰싹!

둔탁한 살의 마찰음과 함께 현아는 휘청거렸고, 그 순간 방문이 벌컥 열리며 철온과 주혜가 방으로 들어왔다.

"현아야!"

"엄마!"

현아가 서럽게 울며 주혜의 품에 안기자 철온은 아무 말 없이 서 있는 서온을 바라봤다.

"너 대체 동생한테 무슨 짓을 한 거냐!"

대체 무슨 일이냐고 먼저 묻기만 했다면 오늘만큼은 사실대로 말하고 싶었는데. 철온은 언제나와 같이 서온을 다그치기만 했다.

"전 동생 같은 거 없다고 분명히 말씀……."

철썩!

서온의 말이 끝나기도 전에 철온의 손이 서온의 뺨을 내려쳤다. 입술을 꽉 물고 있던 탓에 입술에는 순식간에 피가 맺혔지만 철온의 눈에는 서온의 상처가 보이지 않았다.

"현아야, 미안하다. 내가 대신 사과하마."

서럽게 울고 있는 현아의 손을 잡고 달래 주는 철온을 보며 이미 너덜너덜하게 찢겨 버린 서온의 가슴 속 상처에서 뜨거운 피가 쏟아지고 있었다.

"언니가 방에 들어오는 거 싫어하는 거 알면서 왜 들어왔어?"

"언니 시험 앞뒀으니까 힘내라고 얘기라도 하고 싶어서…… 언니, 정말 미안해. 내가 잘못했어."

주혜가 핀잔을 주자 현아는 눈물까지 글썽이며 서온에게 사과를 했다. 그 모습이 어찌나 애처로운지. 서온은 기가 막혀 헛웃음만 나왔고 철온은 웃는 그녀를 보며 더욱 차갑게 굳어졌다.

"고작 방에 들어왔다고 동생을 때려? 대체 어디서 배워 먹은 버릇이야!"

"여보. 현아 잘못도 있으니까 그만하고 나가세요. 서온아, 미안하다. 쉬어."

"그 못된 버르장머리, 이번엔 그냥 넘어가지 않을 테니까 각
오해 둬!"

철온은 주혜에게 밀려 방을 나가며 엄포를 놓았다.

"봤지? 네 아빠 내 편이야. 네가 아니라 내가 아빠 딸이라고."

목소리를 낮춘 현아는 통쾌하다는 듯 웃으며 방을 나갔다.
쾅, 하고 요란하게 문이 닫히자마자 서온은 그 자리에 무너지듯
주저앉았다.

방바닥엔 깨어진 크리스털 조각이 나뒹굴고 있었다. 서온은
처참하게 깨어진 크리스털 조각들이 꼭 자신 같아서 서러운 눈
물이 흘렀다.

"엄마. 엄마 딸 참 바보 같다. 그치?"

서온은 책상 위에 놓인 엄마의 사진을 보며 슬프게 중얼거렸
다. 원해서 만든 상황이긴 했지만 너무 쉽게 자신에게 등을 돌
려 버린 아버지를 보는 일이 이토록 아플 줄 몰랐다. 가슴이 너
무 아파서 숨도 제대로 쉬어지지 않았다.

그렇게 한참을 숨죽여 울다 보니 어두웠던 창밖에 희미히지
만 빛이 들고 있었다. 시험 전날 밤샘이 미련한 짓이라는 지강
의 말이 불현듯 떠올랐지만 이미 날이 밝아오고 있었다. 망설일
것도 없이 집에서 빠져나온 서온은 대문 밖으로 나오자마자 저
도 모르게 항상 지강의 차가 서 있던 곳으로 시선이 향했다.

"습관이 무섭다더니."

텅 빈 공간을 보며 허한 혼잣말이 흘러나왔다. 지강으로부터
비롯된 모든 것들이 어느새 습관이 되어 버렸다. 이럴 줄 알았

다면 끝까지 과외 따위 하지 않겠다고 버텼어야 했는데. 뒤늦은 후회가 밀려왔지만 이제 와 무슨 소용인가 싶었다.

시험이 시작되고, 서온은 눈앞에 펼쳐진 시험지를 물끄러미 보다가 담담하게 문제를 풀어 나가기 시작했다. 문제를 푸는 동안 자신의 머리가 생각보다 나쁘지는 않다는 것에 안도감이 들기도 했다.

큰 문제가 생기지 않는 이상 아버지가 그렇게 바라던 고등학교 졸업장은 안겨 줄 수 있을 것이다. 그 덕은 지강에게 돌아갈 테니 나쁜 결과는 아니었다.

늦은 오후가 돼서야 시험장을 나선 서온의 걸음은 더위와 피로에 지쳐 무거웠다. 버스에 타서 지강에게 시험은 잘 봤고 오늘은 좀 쉬고 싶다는 문자를 보내자마자 전화가 걸려 왔다.

─시험장 거의 다 왔어. 집에 데려다줄 테니까.

"저 이미 버스 탔어요. 집으로 곧장 갈 거니까 못 믿겠음 확인 전화하세요."

─……오늘만이야. 집으로 가기 싫으면 작업실로 가서 쉬어.

"감사합니다. 그럼 끊을게요."

심란하고 복잡한 마음을 들키지 않아서 다행이라고 생각하며 전화를 끊은 서온은 갑자기 비위가 상하더니 구역질이 올라오기 시작했다.

급하게 버스에서 내려 가로수를 붙들고 헛구역질을 한참 뱉어 내니 온몸에 진이 빠져 바닥에 털썩 주저앉았다.

"왜 이러지…… 나 왜 이래?"

덜컥 겁이 나고 온몸이 벌벌 떨려왔다. 힘겹게 자리에서 일어
난 서온은 서둘러 택시를 잡아탔다.

"아저씨. 한국병원으로 가 주세요."

달리는 택시 안에서 오한이 밀려오는 몸을 두 팔로 꼭 껴안고
제발 아무 일도 아니기를 간절히 바라고 또 바랐다. 하지만 검
사 결과를 듣기 위해 기다리던 서온을 마주한 조 교수의 표정은
그리 밝지 않았다.

"서온아, 아무래도 다시 진행되기 시작한 것 같다."

병이 진행되기 시작했다는 조 교수의 말을 듣는 순간 서온은
이상하게도 지강의 얼굴이 떠올랐다. 더 이상 자신을 쳐다봐 주
지도 않는 사람인데 이 순간 그가 몹시도 보고 싶어졌다.

"서온아. 일단 입원부터 하자."

"죄송한데 입원은 싫어요. 아직 정리해야 할 일도 있고요."

서온은 최대한 담담하게 현실을 받아들이는 것처럼 보이기
위해 애를 쓰며, 무리하지 않겠다는 약속을 한 후 진료실을 빠
져나왔다.

하지만 인적이 드문 비상구로 들어서자마자 눈물이 치올랐
다. 오래전부터 세상을 떠날 준비를 해 왔으니 죽음을 담담하게
받아들일 수 있을 거라 생각했는데. 복병처럼 나타난 지강을 좋
아하게 돼 버린 게 문제였다.

"바보 민서온. 아저씨는 이제 날 제대로 봐주지도 않는데."

죽음을 목전에 두고서야 지강을 좋아하게 됐음을 인정하게
된 것도 어이가 없는데, 죽는다는 사실보다 지강에게 외면당하
고 있다는 게 더 마음 아픈 것 같아 실소가 흘러나왔다.

"그만 끝내자. 그래야 되는 거야."

더 늦기 전에 지강과 끝을 내야 했다. 그러기 위해선 넘어야 할 산들이 많아 남은 힘을 모두 쏟아 내야 할 것 같았다.

4. 좋은 이별은 없다

"드릴 말씀이 있어요."

집으로 돌아온 서온은 곧장 철온이 있는 서재로 들어갔다.

"집안을 발칵 뒤집어 놓고 시험까지 망친 게냐?"

날카롭게 비꼬인 철온의 말투가 가슴에 박혔지만 서온은 애써 미소를 지었다.

"시험은 잘 봤어요."

"결과가 나와야 아는 거지."

혀를 쯧쯧 차는 철온 앞에 서온은 미리 준비해 온 가채점 답안지를 내놓았다.

"이 점수면 졸업장은 나올 거예요. 그래서 말씀드리는데, 과외 그만두게 해 주세요. 수능은 저 혼자 준비해서 대학 갈게요."

"한동안 잠잠하다 했더니. 네 주제에 무슨 수로 혼자 수능을 준비해서 대학을 가? 고등학교 졸업장도 지강이 덕분에 겨우 따놓고."

"혼자 준비해서 대학 갈 수 있어요. 아저씨 없이도 학원 다니고 공부할 테니까⋯⋯."

"네 녀석 말은 콩으로 메주를 쑨다고 해도 못 믿는다."

"대학 떨어지면 유학 갈게요. 그럼 믿어 주시겠어요?"

서온이 먼저 유학을 가겠다는 말을 하자 철온의 눈빛에 의아함이 담겼다.

"갑자기 이러는 이유가 뭐냐? 유학이라면 질색을 하더니."

"대학에 가고 싶어졌어요."

서온은 자신을 불신하는 철온을 설득할 방법은 공부밖에 없다고 생각했다. 그리고 유학이란 말에 반색을 하는 철온을 보자 그 생각이 틀리지 않았다는 확신이 들었다.

"대학? 네 녀석이?"

"네."

철온이 의심스런 눈빛을 거두지 않자 어쩔 수 없이 준비해 온 계획서와 유학 자료들을 펼쳐 놓았다.

"대학원까지 가겠다? 정말 이 계획서대로 하겠다고?"

"네."

간절한 서온의 눈빛에 마음이 약해졌는지 철온은 조금 누그러진 말투였다.

"과외 그만두면 다시 제멋대로 살려는 건 아니고?"

"아저씨한테 평생 절 감시해 달라고 하실 건 아니잖아요. 그러니까 그만두게 해 주세요. 대학 떨어지면 유학 갈 거예요."

확신에 찬 서온의 모습 때문인지 철온은 계획서를 찬찬히 읽어 내려가며 고개를 끄덕였다.

"두고 볼 거다. 수능까지 얼마 안 남았어."

"네. 그만 가 볼게요."

공손히 인사를 하고 사장실을 나온 서온은 깊은숨을 몇 차례 내쉬었다. 넘기 힘들 거라 생각했던 고개 하나를 겨우 넘은 기분이었다.

✻　　　✻　　　✻

동이 트자마자 집을 나선 지강은 서온의 집으로 향하기 위해 차에 올라탔다. 막 차를 출발시키려는 찰나 작업실에서 일을 해야 하니 점심때 보자는 서온의 문자가 도착했다. 지강은 곧장 통화 버튼을 누르려고 했지만 잠시 머뭇거리다 결국 휴대폰을 내려놓고 한숨을 내쉬었다.

점점 자신에게서 멀어지려는 서온을 지켜보기가 힘들어서 지강은 감정을 인정하고 받아들여야 한다는 생각이 들었다. 서온에게 이 마음을 어떻게 표현해야 할지 아직은 알 수 없었지만 당장은 서온이 다시 그를 마주 보게 하고 싶은 마음뿐이었다. 더 이상 머뭇거릴 이유가 사라진 지강은 차를 작업실로 몰기 시작했다.

어제저녁 늦게 작업실에 도착해 밤새 종종거리며 만든 것들을 포장까지 끝낸 서온은 긴 한숨을 내쉬었다. 그와 동시에 현관문 벨소리가 들려 문을 열자 예상대로 지강이 서 있었다.

"아직 아침인데요."

"이미 출발한 후에 문자를 봤어. 앞으론 가능하면 문자 말고 전화로 얘기해."

간단명료하게 설명을 끝낸 지강은 옅은 미소를 짓고 서온을 바라봤다. 오랜만에 마주하는 지강이 반갑고 좋았지만 내색할 수가 없어서 서둘러 시선을 돌려 버렸다.

"민서온."

작업실로 들어온 지강은 서온의 팔을 붙들고 시선을 마주하려 했다. 하지만 서온은 그를 마주 보기가 쉽지 않아 또다시 시선을 돌리고 말았다.

"아저씨. 저 부탁이 좀 있는데요."

"나 보고 똑바로 얘기해."

서온은 짧은 한숨을 내쉬는 것으로 마음을 다잡고 지강을 마주 봤다.

"이제 얘기해."

"전에 갔던 호수요."

"정후 형네 가고 싶어?"

대답 대신 고개를 끄덕인 서온이 애써 미소를 지었다. 그러자 잠시 말없이 바라만 보던 지강이 부드럽게 그녀의 머리를 쓰다듬었다.

"시험 보느라 고생했으니 보상은 해 줘야지. 가자."

커다랗고 따뜻한 지강의 손이 자연스럽게 서온의 손을 잡았다. 겨우 손 하나 내어 줬을 뿐인데 손끝부터 전해지는 낯선 감각들이 기분 좋은 설렘을 만들고 있었다.

딱 오늘만. 오늘만 즐겁고 행복하자.

예전 같았다면 억지로라도 손을 뿌리쳤겠지만 오늘만은 커다 랗고 따뜻한 지강의 손을 맞잡은 채로 웃고 싶었다.

"가요."

지강의 손을 잡고 짐을 챙겨 든 서온은 이상할 만큼 밝은 미 소를 짓고 있었다. 그 미소가 왜 이리도 불안해 보이는지 짐을 뺏어 든 지강은 혹시라도 놓칠까 그녀의 손을 꽉 움켜쥐었다.

차에 타자마자 들고 온 커다란 쇼핑백에서 퀼트로 만든 방석 들과 쿠션을 꺼낸 서온은 자리마다 방석을 깔고 쿠션을 올려놓 았다.

"이게 다 뭐야?"

"차가 너무 썰렁해서 만들었어요. 선물이에요."

고작 방석과 쿠션이 놓였을 뿐인데 이상하게도 차 안에 온기 가 느껴지는 것 같았다. 심플함을 추구하는 그의 취향과는 거리 가 멀었지만 서온은 꽤나 마음에 드는지 연신 미소를 그리고 있 었다.

"주는 사람이 더 좋은 선물이네."

"맞아요. 이번 선물 콘셉트는 받는 사람은 배려하지 않기라서 요."

새침한 표정으로 자신을 보는 서온이 귀여워서 지강은 피식 웃음이 터졌다. 서온과 마주하는 편한 시간이 너무 그리웠던 탓 에 지강도 오늘만큼은 아무 생각 말자며 현실을 잠시 외면하고 있었다.

"출발한다."

미소 띤 지강의 얼굴을 본 서온은 마음 한구석에 제멋대로 비집고 들어오려는 쓸쓸함을 모른 척하며 방긋 웃어 보였다. 밤새 지강을 위해 만든 방석과 쿠션이 제자리에 놓인 모습은 생각보다 더 마음에 들었다.

"어서 와요!"

놀라움과 반가움이 뒤섞인 준희의 우렁찬 목소리 덕분에 주방에 있던 정후까지 고개를 내밀었다.

"안녕하셨어요?"

"우리야 안녕하죠. 또 보니까 좋다. 가서 앉아요."

"말 편하게 하세요, 언니."

"그럴까?"

준희는 호탕하게 웃으며, 서온의 손을 잡고 지난번 앉았던 자리로 향했다.

"왔어? 자주 보니 좋네."

"꼬마가 오고 싶다고 해서."

그냥 왔다고 해도 뭐라 할 사람도 없는데 지강은 정후에게 방문의 이유가 서온 때문이라는 것을 분명히 했다.

"안 그래도 준희가 서온 씨 생각난다고 했는데. 잘 왔어."

"안 지 얼마나 됐다고."

준희에게 서온을 빼앗긴 것 같아서 지강의 말투에는 투덜거림이 묻어났다.

"그냥 신경이 쓰인다더라. 가서 앉아. 아직 식전이지?"

정후에게 고개를 끄덕인 지강은 천천히 두 여자가 있는 자리로 향했다. 준희의 이야기를 들으며 웃고 있는 서온의 표정은 밝고 즐거워 보였다.

"뭐가 그리 재밌어?"

"여기 앉으려고? 딴 데 앉지? 꼬마 양이랑 수다 놀이 중인데."

"나 신경 쓰지 말고 계속해."

지강이 서온의 옆자리를 차지하자 준희는 못마땅한 듯 눈을 흘기긴 했지만 곧 다시 환하게 웃어 보였다.

"그래서요? 아저씨랑 언니랑 싸웠어요?"

"에이. 차라리 그랬으면 덜 재수 없었을 거야. 그냥 무시하더라고."

"아저씨답네요. 근데 어떻게 무시를 당한 거예요?"

"김준희 말 좀 골라 쓰지? 금방 따라 하잖아."

잠자코 있던 지강이 나무라자 준희는 못마땅하다는 듯 눈을 부라렸다.

"지금 나 가르치냐? 내가 그래서 널 싫어하는 거야."

"그긴 피차 마찬가지야."

"이씨! 근데 왜 왔어? 가 버려!"

"유치하긴."

두 사람의 모습을 재밌게 보던 서온의 앞으로 정후가 고소한 냄새가 나는 수프를 내려놓았다.

"또 시작했네. 서온 씨 먼저 먹어요. 저 둘 저렇게 10분은 가요."

준희는 노려보고 지강은 무시하고 있지만 둘은 분명히 신경

전을 벌이는 중이었다. 정후는 어쩔 수 없다는 듯 웃으며 주방으로 돌아갔고, 서온은 둘의 신경전이 어떻게 끝날지 기대하며 고소한 수프를 한 입 떠먹었다.

"내가 데려다줄 거니까 그냥 가라고. 나 너한테 음식 안 팔아!"

"꼬마 보호자는 나야. 네가 뭔데?"

"애기도 아니고 보호자는 무슨. 그치?"

"그럼요. 저 스무 살인데."

서온이 수저를 입에 문 채로 대답하자 지강은 콩하고 그녀의 머리를 쥐어박았다.

"스푼 입에 물고 말하지 마. 다쳐."

준희가 바락바락 소리를 지르거나 말거나 지강은 서온만 보고 있었다.

"입에 수저 물고 말한다고 다친다는 말은 처음 듣네."

"그쵸? 저도 그런 말 처음 들어요."

준희의 말에 열심히 고개를 끄덕인 서온은 새초롬히 지강을 보았다. 어이가 없는지 허, 하고 실소를 터뜨린 지강이 다시 서온의 머리를 콩 쥐어박았다.

"얼마나 봤다고 김준희 편을 들어?"

"편든 거 아니거든요. 유치하긴."

지강의 말투를 따라 하며 자못 건방지게 팔짱까지 낀 서온은 못마땅하게 굳어지는 그의 표정을 보자 픽 웃음이 터져 나왔다.

귀엽게 웃는 그녀를 따라 지강 역시 미소를 지었다. 음식을 가지고 나오던 정후와 준희는 두 사람의 모습을 묘한 시선으로 바라봤다.

넉넉하게 차려진 음식을 배불리 먹고 나자 레스토랑에는 몇 몇 손님들이 들어왔다. 준희와 정후가 손님을 맞기 위해 자리에서 일어난 후 서온은 찬찬히 레스토랑을 둘러봤다.

"오늘은 손님이 좀 있네요."

"손님 없어도 저 둘이 먹고사는데 지장 없으니까 걱정 마."

"기왕이면 손님 많은 게 좋잖아요."

"김준희는 싫어할 거야. 바쁘고 정신없는 거 질색하니까."

"다행이에요. 아저씨 옆에 좋은 사람들이 있어서."

서빙을 하느라 바쁘게 가게를 오가는 준희를 보며 서온은 쓸 쓸하게 중얼거렸다. 하지만 입가에는 옅은 미소를 짓고 있어서 지강은 지금 서온의 마음이 어떤지 정확히 알 수가 없었다.

"이젠 너한테도 좋은 사람들이 된 거야. 김준희는 나보다 널 더 좋아하잖아."

대답 없이 웃기만 하던 서온은 창밖으로 고개를 돌렸다. 한낮의 뜨거운 햇살이 사그라진 호수에는 어느새 붉은 노을이 내려 앉고 있었다.

"예쁘다."

지강은 옅은 미소를 머금고 있는 서온을 바라봤다. 노을빛이 번진 서온의 얼굴은 어느 때보다 예뻤지만 이상하게도 실재하는 것 같지가 않았다. 불안한 느낌에 손을 뻗어 서온의 볼에 손등을 대자 옅은 온기가 느껴졌다. 놀란 서온이 흠칫 뒤로 물러나자 지강은 억지로 손을 거둬들였다.

"뭐 묻었어요?"

"아니."

서온은 지강이 쓸어내린 볼을 쓱쓱 문지르며 못마땅하게 흘겨보고는 다시 창밖으로 시선을 돌렸다.

"아저씨, 그거 알아요? 햇살이 비치는 자리는 크게 변하지 않는데요."

"해의 위치가 바뀌지 않는 한 그렇겠지."

"햇살이 항상 그 자리를 비춰 주는 것처럼 변함없이 그 자리에 있어 줄 수 있는 사람이 있을까요?"

지강은 엉뚱한 질문의 의미를 생각해 보려 했지만, 서온은 대답을 기다리지 않았다.

"나도 그럴 수 없을 텐데. 햇살 자리 같은 사람? 그런 게 가능할 리가 없지."

삶은 기쁨과 행복도 있지만 고난과 불행이 더 많다고 했다. 그런 삶을 살다 보면 사람은 변하는 게 당연하다. 그렇지만 단 한 사람쯤은 변하지 않고 늘 같은 모습으로 그 자리에 있어 주면 좋겠다고 생각했고, 그 한 사람이 아버지이길 바랐다. 엄마의 빈자리를 아파하는 것보다 함께 추억할 수 있었다면, 자신도 변하지 않고 살 수 있었을 텐데. 부질없는 넋두리를 입 밖으로 내뱉자 왈칵 눈물이 쏟아질 것만 같았다.

"꼬마. 괜찮은 거야?"

서온은 눈물을 삼키기 위해 긴 한숨을 내쉬고는 아무렇지 않게 웃어 보였다. 그 모습을 본 지강의 표정이 굳어졌지만 서온은 그저 웃을 수밖에 없었다.

"아저씨. 너무 사랑해서 보고만 있어도 행복해지는 사람이랑

사고 치고 말썽만 부려서 생각하기도 싫은 사람이랑 두 종류의
사람이 있다면, 어떤 사람을 잊는 게 더 쉬울 것 같아요?"

"갑자기 무슨 말이야?"

"그냥 문득 궁금해서요."

질문을 하며 미소를 짓고 있는 서온을 보며 지강은 이상하게
가슴이 아파 왔다.

"생각하는 것조차 싫은 사람이라면 점점 생각을 안 하게 될
테니 저절로 잊혀지겠지."

"하긴. 사랑하는 사람도 쉽게 잊는데, 싫은 사람은 더 금방
잊혀지겠죠. 다행이다."

미소 뒤에 숨어 있는 서온의 감정들이 무엇인지 알 수가 없어
지강은 답답하기만 했다.

"대체 그런 질문들은 왜 하는 거지? 다행이란 건 또 뭐고."

"뭐든 아저씨가 그렇다고 하면 그게 정답인 것 같아서요. 똑
똑한 서씨 아씨니까."

"이상해, 오늘."

못마땅하게 굳어진 지강을 보며 더 환한 미소를 지은 서온은
가방을 뒤적거리기 시작했다.

"언니!"

서빙하고 돌아서던 준희가 다가오자 서온은 가방에서 꺼낸
작은 상자 두 개를 내밀었다.

"이게 뭐야?"

"별거 아니에요. 매번 반갑게 맞아 주시고 맛있는 음식도 해
주신 게 감사해서요."

상자를 연 준희는 앞치마를 두르고 팔레트를 들고 있는 작은 여자 인형 열쇠고리를 꺼내 들고 놀라서 서온을 봤다.

"이게 뭐야? 나랑 좀 닮았어, 요거. 남편! 이리 좀 와 봐."

주방에서 나온 정후에게 상자를 넘긴 준희는 신기한 듯 열쇠고리를 이리저리 살폈다.

"좀 유치한데 그냥 뭔가 드리고 싶었어요."

상자를 연 정후가 요리사 복장의 남자 인형 열쇠고리를 꺼내자 준희는 냉큼 뺏더니 정후의 얼굴 옆으로 바짝 붙여 들었다.

"닮았다, 닮았어. 나도 닮았지?"

여자 인형 열쇠고리를 얼굴에 딱 붙이고 묻는 준희를 보며 정후는 고개를 끄덕이다 못해 휴대폰을 꺼내 사진을 찍어 댔다.

"고마워요."

"별것도 아닌데요. 맛있는 음식 해 주셔서 제가 더 감사해요."

정후와 서온이 서로 인사를 챙기는 동안 준희는 서온의 옆에 앉아 감탄하며 열쇠고리를 살펴봤다.

"어떻게 이런 걸 만들 생각을 했지? 그냥 있어도 예쁜데, 하는 짓까지 예쁘네. 고마워!"

옆에 앉은 서온을 품에 안은 준희는 서온의 볼에 쪽 소리가 나게 뽀뽀까지 했다.

"김준희. 뭐하는 짓이야!"

놀란 서온의 눈이 동그랗게 커지고, 뜨악한 지강이 인상을 썼지만 준희는 개의치 않고 나머지 한쪽 볼에도 뽀뽀를 하고 자리에서 일어났다.

"예뻐서 그런다. 왜! 부럽냐?"

얄밉게 혀를 쏙 내밀어 보이고 도망치듯 작업실로 가는 준희를 보며 남은 세 사람은 어쩔 수 없다는 듯 웃고 말았다.

"이해해요. 준희가 좋아하는 사람한테는 애정 표현이 서슴없어서."

"괜찮아요."

정후가 주방으로 가자 지강은 굳어진 얼굴로 서온을 보고 있었다.

"왜요?"

"아무한테나 뽀뽀까지 당해 놓고 괜찮다는 말이 나오지?"

"준희 언니가 왜 아무나예요? 그리고 여잔데, 뭐."

"하여튼 무방비해서는."

지강은 못마땅한 얼굴로 서온의 볼에 묻은 립스틱 자국을 닦아 냈다.

"주문 때문에 잠잘 시간도 부족하다면서 저런 건 뭐 하러 만들어."

"잘 알지도 못하는 사람이었는데, 반갑게 맞아 주고 맛난 음식도 잔뜩 해 주셨잖아요."

"겨우 그 정도로 선물까지 하면서 매일 챙겨 주고 일까지 도와주는 사람한테는 왜 그러지? 차별인가?"

지강답지 않은 투덜거림에 서온은 웃음이 터져 나왔다.

"서운했어요? 내가 아저씨 선물은 안 챙겨서?"

"객관적인 입장에서 말한 것뿐이야."

"본인 일인데 어떻게 객관적 입장이래요? 웃긴다. 그냥 서운했다 하면 될 것을."

"그런 게 아니라……."

당황했는지 서둘러 변명하려는 지강의 앞에 서온이 작은 상자를 내밀었다. 곱게 포장된 상자를 본 지강이 이게 뭐냐고 물으려 하자 서온은 또 다른 상자를 하나 더 내밀었다.

"미워한 거 미안해서 하나, 도와주고 봐준 거 고마워서 하나."

선물 상자를 본 지강은 복잡한 시선으로 서온을 바라봤다.

"고맙고 미안해서 드리는 거니까 그만 뜯어보시죠?"

"정말이야?"

서온이 열심히 고개를 끄덕이고 나서야 지강은 선물 상자의 포장을 벗겼다.

"팍팍 뜯어요. 선물은 팍팍 뜯어야 복도 같이 들어오는 거래요."

지강이 피식 웃으며 상자를 열자 심플한 디자인의 넥타이핀과 커프스 버튼이 들어 있었다.

"회사 일 시작하면 매일 와이셔츠 입고 넥타이도 맬 것 같아서요. 다음 상자도 봐요."

찬찬히 살펴볼 틈도 없이 다음 상자를 밀어대는 서온 때문에 지강은 두 번째 선물 포장을 벗겨 냈다. 상자 안에는 지강의 차와 비슷한 모양의 펠트 열쇠고리와 슈트 차림의 남자 인형 열쇠고리, 그리고 꽃무늬 치마를 입은 여자 인형 열쇠고리가 들어있었다.

"이거 나야?"

지강은 상자에서 열쇠고리를 꺼내 들고 진지하게 살폈다.

"안 닮았죠? 그래서 우겨 보려고 이름도 달아 줬어요. 거기 발바닥에."

둥근 구두 모양 바닥을 보니 J.K라는 이니셜이 작게 새겨져 있었다. 디테일까지 귀여워서 지강은 결국 웃음이 터져 나왔다.

"그럼 이건 내 차고?"

자동차 모양 펠트를 꺼내 들자 서온은 얼른 고개를 끄덕였다.

"비슷한 색깔 찾느라 고생했어요. 그 색깔 이름이 인디고블루래요. 그래서 내 맘대로 이름 지어서 라벨 달았어요."

자동차 모양 뒤쪽에 달린 라벨에는 인디블이라는 이름과 함께 made by S.O라는 수가 새겨져 있었다.

"설마 인디고블루라 이름을 인디블이라고 지은 거야?"

"영화 트랜스포머 봤죠? 거기 나오는 범블비랑 어감이 비슷하지 않아요? 범블비, 인디블. 또 알아요? 짠! 하고 범블비처럼 변신해 줄지."

자신이 한 말이지만 황당하긴 해서 서온도 큭큭 하고 웃음을 터뜨렸다.

"그럼 이 인형은 민서온이야?"

좀 민망해지긴 했지만 서온은 고개를 끄덕였다. 지강의 인형과 마찬가지로 서온의 인형 발바닥에는 S.O라는 이니셜이 새겨져 있었다. 세 개의 인형을 나란히 꺼내 놓은 지강은 연신 흘러나오는 웃음을 숨기지 못했다.

"유치하다고 비웃는 거죠?"

"아니. 너무 마음에 들어. 특히 민서온 인형. 아주 닮았어."

곧장 차 키를 꺼내 자동차 모양 열쇠고리를 매단 지강은 나머지 두 개의 인형을 다시 상자에 넣었다.

"기쁘게 받아 줘서 고마워요."

"고맙다는 말은 선물받은 사람이 하는 거야. 이런 것까지 알려 줘야 되나?"

"받는 사람도 고맙고, 주는 사람도 고맙고 그럼 더 좋은 거죠."

서온이 피식, 하고 웃자 지강 역시 기분 좋게 웃음을 터뜨렸다.

"나중에 또 놀러 와. 알았지?"

환하게 웃은 서온은 정후와 준희에게 꾸벅 인사를 하고 차에 올랐다.

"둘 다 꼬마한테 잘해 줘서 고마워."

"왜 안 하던 인사치레야?"

"고맙다, 미안하다는 말은 제대로 해야 된다고 해서."

"누가?"

지강은 조수석에 타서 열리지 않는 창문을 열어 보려 낑낑거리고 있는 서온을 잠시 바라봤다. 그제야 두 사람은 알겠다는 듯 웃음을 보였다.

지강이 운전석에 올라 창문을 열어 주자 서온은 냉큼 고개를 내밀었다.

"오늘도 맛있는 음식 감사했습니다."

"우리야말로 선물 고마워요. 또 와요."

아쉬움을 뒤로 하고 지강의 차는 레스토랑에서 멀어지기 시작했다. 자꾸만 뒤를 돌아보던 서온은 레스토랑이 시야에서 사라지고서야 바로 돌아앉았다.

"아쉬워할 거 없어. 또 데려와 줄게."

다음은 없다는 말을 대신해 희미한 미소를 지어 보인 서온은 더 이상 아무 말도 하지 않았다. 지강의 시선이 잠깐씩 자신에게 향하는 것을 느꼈지만 차마 마주할 수 없었다. 그렇게 집 앞에 도착한 서온은 잠시의 망설임을 끝으로 입을 열었다.

"아저씨…… 그동안 고마웠어요."

시동을 끈 지강은 굳어진 표정으로 서온을 마주했다. 하지만 서온은 마음이 약해질까 봐 그를 쳐다보지 못했다.

"민서온, 나 봐. 대체 왜 이러는 거야?"

"오늘이 마지막이거든요. 우리 과외, 오늘로 끝이에요."

끝이라는 말과 함께 차 안에는 침묵이 내려앉았고 더 이상 할 말이 없어진 서온은 차에서 내리기 위해 문을 열었다. 하지만 잠시 넋을 놓은 듯 있던 지강이 빠르게 차 문을 닫아 버렸다.

"지금 장난치는 거야?"

"아뇨. 장난 아니에요. 오늘로 과외는 끝이에요."

"너한테 그런 결정권 준 적 없어."

당황한 기색도 없이 지강은 단호했다. 하긴, 펄펄 뛰며 말도 안 된다는 반응을 보이는 건 서지강답지가 않다는 생각에 서온은 작은 웃음이 흘러나왔다.

"아버지도 허락하셨어요. 못 믿겠으면 직접 물어봐요."

"갑자기 이러는 이유가 뭐야?"

잠시 말이 없던 지강은 이 상황이 서온만의 억지가 아니라는 것을 받아들이고 있었다.

"처음부터 웃기지도 않는 이유로 묶였던 사이를 끝내는데 무슨 이유가 필요하겠어요? 그냥 끝이니까 끝인 거지."

서온은 아주 홀가분하다는 표정을 짓기 위해 애썼지만 자신을 꿰뚫듯 보고 있는 그의 앞에서 아무렇지 않은 척 웃을 수 없었다. 이대로 함께하다가는 모든 것을 들키고 무너지게 될지도 모른다. 그러니 오늘을 끝으로 이 남자를 만나지 않는 것이 맞았다.

"안 돼."

"이해를 못했나 본데 이제 아저씨한테 결정권은 없어요. 과외는 오늘로 끝이고 아저씨랑 나, 이렇게 보는 거 오늘이 마지막이에요. 그만 갈게요."

뒷일은 아버지에게 맡기는 게 서로를 위해 나을 것 같아 서온은 서둘러 차에서 내렸다.

"기다려!"

서온을 따라 차에서 내린 지강은 도망치듯 집으로 향하는 그녀의 팔을 붙잡았다. 하지만 서온이 손을 비틀면서까지 빠져나가려 하자 지강은 그녀를 가까운 벽으로 밀어붙였다.

"왜, 왜 이래요?"

벽과 지강의 팔 사이에 꼼짝없이 갇힌 서온은 당혹스러움을 감추기 위해 시선을 돌렸다. 하지만 지강은 서온의 턱을 붙들어 억지로 시선을 마주했다.

"제대로 나 봐. 보고 다시 말해."

낮은 목소리로 윽박지르는 지강을 마주하기가 두려웠지만 여기서 약해지면 끝낼 수 없다는 생각으로 서온은 그를 똑바로 보았다.

"원한다면 얼마든지 말해 줄게요. 과외는 끝났어요. 아저씨가 내 보호자 노릇하는 거 오늘이 마지막이라고요."

"그래서였나? 선물 떠안기고 쓸데없이 미안하다, 고맙다. 혼자 이별 파티를 했어?"

차라리 평소처럼 차가운 목소리였다면 서온 역시 냉정해질 수 있었을 텐데, 지강은 흔들리는 눈빛으로 그녀를 보며 말했다.

"이별이란 말, 좀 웃기지 않아요? 아저씨랑 내가 친구나 연인같이 좋은 관계도 아니고, 웃기지도 않는 과외 때문에 억지로 만난 악연인데."

"민서온."

"그렇게 불러도 이젠 안 무서워요. 내가 떠안긴 물건들은 별뜻 없이 준 거니까 기분 나쁘면 버려요."

자신의 이름을 낮게 부르며 경고하는 지강의 목소리에도 서온은 더 이상 움찔하지 않았다. 이젠 정말 끝이었다. 이대로 헤어지면 다신 볼 일도 없을 테니 그를 보며 마음 복잡해지는 일도 더 이상 겪지 않게 될 것이다.

"할 말 다했으니까 그만 놔줘요. 나중에라도 우연히 보게 될지 몰라서 좋게 끝내고 싶었는데 내 욕심이었나 보네요."

씁쓸하게 중얼거린 서온은 고개를 돌리려 했지만 지강은 손에서 힘을 빼지 않았다.

"이런 식으로 멋대로 끝내고 다신 안 보는 게 너한텐 그렇게 쉽고 좋은 일이야?"

"그럼요. 안 좋을 게 뭐 있어요? 이젠 아버지한테 감시당할 일도 없고 보호자랍시고 사사건건 간섭하는 아저씨를 다시 만나지 않아도…… 읍!"

작정을 하고 독한 말을 쏟아 내던 서온의 입술을 지강이 자신의 입술로 막아 버렸다. 너무 놀란 서온은 뜨거운 지강의 입술을 느낀 순간 있는 힘을 다해 그를 밀어내려 했다. 하지만 양팔을 붙든 지강의 힘을 이길 수가 없었다. 반항하면 할수록 뜨겁고 집요하게 입속을 헤집는 지강 때문에 서온은 정신이 혼미했다. 이대로는 안 된다는 생각으로 입술을 강하게 물었다.

"윽!"

정신없이 서온의 입술을 탐하던 지강은 입술에 강한 통증을 느끼고 서온에게서 떨어졌다. 그제야 자신이 무슨 짓을 저질렀는지 보이기 시작했다. 입술에 피가 맺힌 채 온몸을 부들부들 떨며 힘겹게 서 있던 서온은 그가 손을 뻗자 흠칫 놀라서 더 이상 물러설 곳도 없는 벽에 등을 바짝 붙였다.

"난, 나는……."

더 이상 손을 뻗지 못하고 그대로 멈춰 선 지강은 무슨 말을 해도 변명처럼 들릴 것 같아 말을 이어 가지 못했다. 이건 실수가 아니었다. 서온이 이별을 말하는 순간, 냉정을 잃었고 진작부터 마음이 원하던 대로 몸이 움직인 것이었다. 서온에게 상처를 준 사실은 부인할 수가 없었다.

"왜 그랬어요, 왜……! 이러면 안 되는 건데."

이젠 지강을 우연이라도 편하게 볼 수 없게 돼 버렸다. 그 사실이 서온을 너무 아프게 하고 있었다.

"미안하다."

미안하다는 지강의 말에 서온의 마음은 한 번 더 무너져 내렸다.

"가요. 제발 가 줘요."

"너 집으로 들어가는 것만 보고."

"걱정해 주는 척 그만하고 제발! 제발 좀 가요. 내 눈앞에서 사라져 달라고요!"

폭발하듯 터져 나오는 서온의 목소리에 지강은 더 이상 다가가지 못하고 그대로 멈춰 섰다. 서온이 울고 있었다. 이제껏 그의 앞에서 단 한 번도 눈물을 보인 적 없이 잘 버텨 오던 그녀가 무너져 내리고 있었다.

힘겹게 자리에서 일어난 서온은 위태롭게 비척거리는 걸음으로 집으로 향했다. 지강은 서온이 혹시나 쓰러질까 급하게 뒤를 따랐지만 안으로 들어간 그녀는 그대로 커다란 대문을 닫아 버렸다.

철컹.

육중한 소리와 함께 닫힌 대문 앞에 선 지강은 한참을 그 자리에서 움직이지 못했다. 잔뜩 겁에 질려 질끈 눈을 감던 서온의 모습이 아직도 눈앞에 선했다.

"미안하다. 정말 미안해."

철문을 앞에 두고 아프게 중얼거리는 지강의 목소리에 대문을 등지고 있던 서온은 다시 스르르 바닥으로 주저앉았다.

그렇게 바라던 과외가 끝났다. 현실을 받아들이는 순간 터져 나오는 울음을 막기 위해 서온은 양손으로 입을 막았다.

역시 세상에 좋은 이별이란 없다. 이별은 언제나 사람을 아프고 힘겹게 만든다. 대문을 사이에 둔 지강과 서온은 이별의 아픔을 소리 없는 울음으로 삼키고 있었다.

"이렇게 번듯한 계획도 있는데, 하루라도 빨리 유학 보내 주는 게 낫지 않겠어요?"

서온이 작성해 온 계획서를 본 주혜의 말에 철온은 고개를 끄덕였다.

"내 생각에도 그게 좋을 것 같긴 한데. 서온이가 한국에 있고 싶어 하는 것 같아서……."

"에이. 지금이야 그렇지만 넓은 세상에서 좋은 거 누리다 보면 돌아오기 싫다고 할걸요?"

"그렇겠지?"

주혜는 최대한 부드럽고 너그러운 표정을 짓고 있었다. 속으로야 회심의 미소가 지어졌지만 그건 철온이 몰라야 할 일이었다.

주혜가 서재에서 나오자마자 2층으로 끌고 올라온 현아는 조급했는지 대뜸 물었다.

"뭐래? 보내겠대?"

"조금만 더 구슬리면 될 거야. 남자들은 원래 여자 생기면 자식이고 뭐고 안 보이게 되거든. 그러니까 걱정 말고 있어. 저거 보내 버리면 회사랑 이 집이랑 다 우리 차지가 되는 거니까."

"회사는 그냥 쟤 아빠가 하고, 나는 엄마랑 편하게 돈 펑펑 쓰면서 지금처럼 살면 좋겠어. 머리 아프게 회사 경영 같은 거 신경 쓰기도 싫어."

"경영은 몰라도 지분은 제대로 챙겨야 돼. 저 양반 잘못 돼도 지금처럼 편하게 살려면."

"아, 몰라. 엄마가 알아서 해. 난 그냥 지금처럼 살다가 집안, 능력 다 되는 남자 만나서 결혼할 거야."

싱긋 웃는 현아를 보며 주혜 역시 그게 제일이라고 고개를 끄덕였다.

"여자 팔자 뭐 있니? 엄마 봐. 남자 하나 잘 만나서 팔자 폈잖아."

"그러니까, 내가 엄마 보고 일찍부터 현실을 파악했잖아."

신이 난 두 여자의 웃음소리가 계단 밑까지 새어 나왔다. 2층 계단 벽을 등지고 서 있던 서온은 자신도 모르게 주먹을 꽉 말아 쥐었다. 당장 두 여자에게 달려가 그 입 다물라고, 이 집에서 나가라고 소리라도 치고 싶었다. 그러나 이제 와서 할 수 있는 일은 아무것도 없다고 스스로에게 변명을 하며 외면할 수밖에 없었다.

"또 어딜 가려고? 따라 들어와."

서재에서 나오던 철온의 명령 때문에 서온은 현관으로 향하던 걸음을 멈추고 서재로 따라 들어갔다.

"지강이랑 같이 있다 들어오는 거냐?"

지강이라는 말을 듣는 순간 서온의 가슴이 덜컹 내려앉았다.

원치 않게 입술을 빼앗긴 것도 모자라 그의 앞에서 눈물을 보이며 끝을 통보한 지 몇 시간도 지나지 않았다. 하지만 정말 그런 일이 있었던 건가 싶을 정도로 현실감이 들지 않았다.

"네."

"과외 끝낸다고 얘기하면서 고맙다는 인사도 제대로 했고?"

"……네."

과한 인사를 챙긴 게 오히려 화가 됐다는 뒷말을 삼키느라 서온은 짧은 한숨을 내쉬었다. 순간 한숨이 습관이라던 지강의 목소리가 귓가에 울리는 것 같아 고개를 저어야 했다.

"지강이 덕분에 네가 이만해졌으니. 제대로 보상을 해 줘야겠어."

그 순간, 서온은 머리를 한 대 얻어맞은 것처럼 멍해졌다. 지강이 과외 선생을 맡은 이유가 철온에게 받을 보상 때문이라는 것을 잊고 있었다.

"그 보상이 뭐예요?"

"원하는 걸 한 가지 들어준다고 했다. 서 사장 말로는 우리 회사 미디어 쪽을 흡수하고 싶어 할 것 같다던데. 아주 배포 큰 녀석이야. 내가 너 때문에 큰 손해를 보게 생겼어."

말은 그렇게 했지만 철온은 문제아 딸이 고등학교 졸업장이라도 따게 된 것이 다행인 눈치였다. 하지만 서온은 찬물을 뒤집어쓴 채로 한겨울의 칼바람을 맞고 있는 기분이었다.

"과외 끝낸 거야 그렇다 치고. 내가 생각해 봤는데 수능까지 볼 거 없이 바로 떠나라. 가서 어학 코스 밟고 대학 진학 준비하는 게 여러모로 이익이니까."

냉정한 철온의 통보에 서온은 울컥 설움이 밀려와서 잠시 말을 잇지 못했다.

"넓은 세상 경험하면 생각도 넓어지고, 견식도 쌓이고 얼마나 좋냐. 남들은 못 가서 안달인데 돈 걱정 없이 유학 생활할 수 있는 것만 해도 감사해야지."

오래전 아버지, 아니 아빠라는 호칭의 철온은 서온을 남에게 보여 주기도 아깝다며 심하게 과보호를 하던 따뜻하고 든든한 사람이었다. 하지만 이제 그런 아빠는 없었다. 엄마가 떠난 후 너무 쉽게 엄마를 잊어버린 철온은 서온에게도 등을 돌리고 있었다.

"갈게요."

딸이 떠난다는 말에 표정이 밝아지는 철온을 더는 마주할 자신이 없어서 서온은 서둘러 자리에서 일어났다.

"한국 떠나면 조용히 공부나 열심히 하면서 지내라. 되도록 돌아올 생각은 말고. 그것만 잘 지키면 네가 원하는 건 뭐든 들어줄 테니까."

다신 돌아오지 말라는 철온의 말에 서온은 처참하게 무너진 가슴이 욱신거리기 시작했다. 병에 걸린 것을 알게 된 후 철온이 자신 때문에 아플까 봐 미움 받는 쪽을 택했지만 다신 돌아오지 말라는 말을 듣게 될 줄은 몰랐었다.

"절 보지 않게 되신다니까 속이 시원하세요?"

"그래. 네 녀석만 없으면 두 발 편히 뻗고 잘 수 있을 거다."

하나뿐인 딸에게 모진 말로 상처를 주고 있는 것조차 의식하지 못하는 철온을 보며 서온은 자신이 어리석었다는 것을 뒤늦

169

게 깨달았다. 철온은 자신이 살기 위해 과거의 기억 따윈 묻어 버리고 편하게 살 수 있는 사람이었다. 그러니 더 이상 걱정이나 미련을 남겨 둘 필요가 없었다.

"준비되면 알려 주세요. 그때까진 제 생활에 간섭하지 말아 주시고요."

"최대한 빨리 준비할 거다. 그때까지 얌전히 지내."

대꾸하는 대신 방문을 열고 나오자 문에 바짝 기대 있던 주혜와 현아가 얼른 몸을 떼어 내고 딴청을 피우며 서 있었다. 통쾌한 미소를 감추지 못하는 두 여자를 무시한 서온은 2층으로 발걸음을 옮겼다. 그때 주혜가 거칠게 서온의 어깨를 잡아 돌려세웠다.

"가거든 다신 돌아오지 마. 너만 없으면 네 아버지 아주 행복해하면서 살 거니까. 알았어?"

목소리를 낮춘 주혜는 살기를 띤 눈으로 서온을 보고 있었다.

"그런 얘기, 아버지 앞에서도 똑같이 해 보시죠? 아니면 제가 아버지한테 얘기해 볼까요?"

"어디 한번 해 봐. 네년이 하는 말을 믿어 주기나 하겠어?"

당당한 주혜 때문인지 아니면 엉망이 되어 버린 마음 때문인지 서온은 평정심을 유지하기가 어려웠다.

"내 말은 안 믿어 주실지 몰라도 당신들 목소리가 그대로 녹음된 파일이 있다면요? 아, 목소리뿐 아니라 영상도 있을 텐데."

"뭐?"

놀라서 목소리까지 높아진 주혜를 그대로 두고 서온은 2층으로 올라왔다. 겨우 문을 잠그고 나자 긴 한숨이 쏟아지듯 나왔다.

"한숨이 정말 버릇이었네. 아저씨 말이 맞았어."

지강이 대가를 받게 된다는 사실을 알게 됐는데도 미워할 수가 없었다. 오히려 일을 했으니 당연한 거라며 합리화를 하고 있었다. 씁쓸한 웃음과 함께 지강이 마지막으로 남긴 입술의 상처를 쓸어내렸다. 지강을 떠올리며 걱정하고 마음 아파하는 자신의 모습이 참 우스워서 또다시 한숨이 흘러나왔다.

해가 뜨고 얼마 지나지 않은 시간이었다. 조용히 대문 밖으로 나온 서온은 늘 지강의 차가 주차되어 있던 곳을 바라봤다. 텅 빈 공간이 허전하게 느껴졌지만 금방 익숙해질 거라고 자위하며 고개를 돌렸다.

"금방 익숙해지겠지."

중얼거리며 몇 걸음을 옮기는 찰나, 차가 서온의 앞을 막아서더니 지강이 차에서 내려섰다. 이틀 만에 보는 지강의 얼굴은 조금 까칠하게 보였다. 반가움과 걱정스러운 감정들이 뒤섞였지만 지강을 무시하고 걸음을 옮기기 시작했다.

"얘기 좀 하자."

스쳐 지나가려는 서온의 팔을 붙들긴 했지만 냉한 시선을 마주한 순간 지강은 꽉 잡았던 손을 놓아줄 수밖에 없었다.

"이렇게 끝내는 거, 납득 못 해."

"그쪽 납득 같은 거 필요 없어요. 이미 끝난 일이니까."

지강은 돌아서려는 서온의 팔을 붙들어 조수석에 밀어 태운

후 빠르게 운전석에 올라 차를 출발시켰다. 반항해 봐야 소용없을 거란 생각이 든 서온은 조수석 문을 열려는 시도도 하지 않았다.

낯선 곳으로 향할 거라 생각했던 차는 서온의 작업실 앞에서 멈춰 섰다.

"내려."

차에서 내린 지강은 서온이 내리자마자 작업실 건물로 들어가서 멋대로 현관문을 열고 서온에게 들어가라는 듯 문 옆에 서 있었다.

별수 없이 작업실로 들어온 서온은 지난 밤 작업의 흔적으로 번잡한 실내 분위기에 저도 모르게 인상을 찡그렸다.

"앉아."

마치 작업실에 주인이라도 되는 것처럼 테이블 앞에 앉은 지강과 마주 앉고 보니 서온은 과외를 끝내면서 겪었던 일들이 모두 꿈이었나 싶은 생각이 들었다.

"전화는 일부러 꺼 놓은 거야?"

이틀 동안 휴대폰을 꺼내 본 적이 없으니 아마도 배터리가 다 닳았겠거니 생각했지만 서온은 아무 말도 하지 않았다.

"처음부터 검정고시만 패스하고 나면 끝내겠다는 생각이었나?"

"그게 왜 궁금한데요?"

한참 만에 듣는 서온의 목소리는 거의 들릴 듯 말 듯한 정도로 가라앉아 있었다.

"그런 계획을 세워 놓고 아무렇지 않게 내 얼굴 보면서 웃고,

재잘거리고. 내가 아는 민서온은 그럴 수 있는 사람이 아니니까."

"나에 대해 얼마나 안다고."

서온은 마른 웃음과 함께 혼잣말이 나왔다.

"4개월이야. 사람 하나 파악하기까지 충분한 시간이었어."

"그래서요? 그쪽이 파악한 민서온은 바보처럼 헤헤 웃기나 해야 하는데. 갑자기 멋대로 과외를 끝내겠다니까 속은 것 같아서 억울해요?"

"비꼬지 마. 납득이 안 가서 이러는 거니까."

"다 파악했다고 생각했는데 그게 틀리니까, 납득도 안 가고 분하겠죠."

마음이 너무 아파서 나약해진 모습을 감추기 위해 서온은 모난 말로 지강에게 상처를 입히고 있었다.

"어떤 게 진짜 민서온인 거지?"

자신이 봐 왔던 모습이 진짜라고 말하지 못하는 지강을 보며 서온은 또다시 마음에 생채기를 입고 있었다.

"그딴 게 무슨 상관이에요? 이제 다시 볼 일 없을 텐데."

"민서온!"

낮게 내지르는 지강의 윽박에 움찔하는 대신 서온은 그를 똑바로 마주했다.

"내 선생이 되는 조건으로 우리 아버지한테 받기로 한 게 있다던데. 임무 완료했으니까 가서 받아요."

"너 누구한테 무슨 소릴 들은 거야?"

"처음부터 알고 있던 사실을 멍청하게 잊어버렸다가 다시 깨닫게 된 것뿐이에요."

차가운 조소를 보이며 서온은 자리에서 일어나 몸을 돌렸다. 욱신거리는 가슴의 통증 때문에 저절로 새어 나오는 한숨을 들키고 싶지 않아 숨소리를 죽여야 했다.

"나 봐. 민서온."

지강은 돌아선 서온의 어깨를 붙들어 돌려세우려 했지만 기척을 느끼자마자 반사적으로 그에게서 한 걸음 물러났다.

"다신 내 몸에 함부로 손대지 마요."

지강은 뻗었던 손이 그대로 굳어진 채 그 자리에서 움직이지 못했다.

"미안하다."

"미안할 거 없어요. 그쪽 탓이 아니라 내 탓이니까. 병신처럼 질질 끌려다녔으니 얼마나 쉽고 우스웠겠어."

"민서온!"

비꼬는 말로 그를 공격하는 것 같지만 서온은 스스로를 상처 입히고 있었다. 지강은 돌아선 서온의 어깨를 양손으로 잡고 돌려세워 마주했다. 하지만 서온은 냉정하게 그의 손을 쳐냈다.

"내 말이 우습게 들리나 본데 내 몸에 손대지 말라고요. 당신이란 사람, 이젠 소름 끼치게 싫어."

할 수 있는 한 가장 못된 말들만 골라 뱉었으니 지강은 충분히 상처를 받았을 것이다. 아버지에게 그랬던 것처럼 지강에게도 상처를 주는 것으로 자신을 포기시켜야 했다.

"그만 돌아가요. 그리고 다신 보지 마요, 우리."

"아니. 난 그렇게 못 해. 그리고 이젠 너한테 직접 네 얘길 들어야겠어."

무슨 뜻인지 알 수 없는 지강의 말에 서온은 인상부터 찡그렸다.

"복잡할 거 없어. 지금까지 민서온이 살아온 삶에 대해 듣고 싶은 거니까."

"이제 와서 그런 게 다 무슨 소용이라고."

"민서온이 마음을 열고 지난 시간들에 대해 얘기해 줄 때를 기다리고 있었어. 그렇게 만들 자신도 있었고. 근데 더는 기다리기 싫어졌어."

멋대로 키스한 것부터 옛날 얘기를 들어야겠다고 억지를 쓰는 것까지. 과외 선생이라는 명분이 씌워져 있을 때와는 다른 지강에 모습이 당황스럽기만 했다.

"납득이 안 돼서가 아니라 기분이 더러워서 이러는 걸 거예요."

"뭐?"

"계획과 다르게 억지로 과외를 끝내게 됐으니까. 완벽하게 일을 끝내지 못했다는 생각이 들겠죠. 찝찝하고 기분이 더러워서 이러는 거라고요."

"무슨 말을 해도 상관없어. 난 민서온이 살아온 얘기를 직접 듣고 싶은 거니까."

"말 정말 못 알아듣네. 마음대로 해요. 그쪽이 안 나간다고 하면 내가 나가면 그만이니까."

도망치듯 작업실을 나온 서온은 서둘러 골목으로 가 건물 사이로 몸을 숨겼다. 차가운 벽의 감촉이 온몸으로 전해지자 다리에 힘이 풀려 스르르 바닥으로 주저앉았다. 지금까지의 삶도 그리 녹록지 않았지만 과외를 끝내는 것으로 지강에 대한 감정과 시간을 정리해야 하는 지금이 너무 버겁기만 했다.

"늦어서 죄송합니다."

서둘러 사장실로 들어선 지강의 깍듯한 인사에 근수는 별말 없이 소파로 와 앉았다.

"늦긴 했구나. 서온이 일 때문에 회사 일에 지장이 생기는 건 안 된다."

"네. 알고 있습니다."

평소에는 유순하고 너그러운 성품의 근수지만 회사 업무에 관해선 칼같이 냉정했다. 더구나 시간 약속을 어기는 것은 금지된 일과 마찬가지였다. 그런데 정식 발령 첫날부터 지각을 했으니 이 정도의 핀잔은 당연히 감수할 일이었다.

"첫날이니까 마케팅 부서 직원들한테 인사부터 하고 업무 시작해라."

"네."

마케팅 부서에 들러 부서 사원들에게 인사를 하고 자신의 사무실로 오기까지 지강은 평소와 다름없는 모습을 유지했다. 하지만 집무실로 들어와 온전히 혼자가 된 순간 밀려오는 답답함을 참지 못하고 넥타이를 느슨하게 풀어냈다.

불과 몇 시간 전, 서온과 마주했던 일이 꽤나 아득하게 느껴졌다.

"서 실장님 계십니까?"

분명 집무실 앞에 대기하고 있는 비서가 있음에도 노크도 없이 들어온 윤호는 능청스러운 미소를 짓고 있었다.

"죄송합니다. 김 변호사님이 말릴 새도 없이……."

당혹스런 기색의 여비서에게 윤호가 괜찮다고 했지만 그녀는 지강의 눈치를 살피고 있었다.

"괜찮으니까 나가 보세요."

비서가 나가고 지강은 풀어 놓았던 넥타이를 다시 고쳐 맸다.

"설마 첫날이라고 긴장한 거야? 넥타이까지 풀어 놓고. 서지강답지 않은데."

"연락도 없이 어쩐 일이야?"

"서신그룹 고문 변호사로서 새로 오신 마케팅 실장님한테 인사를 드려야 할 것 같아서."

어린 시절 영국으로 유학을 떠났을 때 만나 지금까지 가장 가깝게 지내는 윤호의 장난을 평소라면 피식 웃는 것으로 넘겼겠지만 오늘은 한숨이 먼저 나왔다.

"혹시 서온이랑 또 무슨 일 있었던 거야?"

유학을 끝내고 귀국하자마자 서온의 과외를 맡았다는 이야기를 한 후로 지강은 서온 때문에 난생처음 겪는 일들이 많아진다며 복잡한 심경을 토로하곤 했었다. 그 모습을 보며 윤호는 지강이 서온에게 갖고 있는 감정이 보통의 것은 아니라고 말했었지만 그는 지금처럼 아무 대답도 하지 않았었다.

"두 사람, 잘 지내기 진짜 어렵다."

"잘?"

쓴웃음이 새어 나왔다. 잘 지내는 게 아니라 이젠 얼굴조차 볼 수 없어졌다. 폭언에 가까운 서온의 말을 들으며 지강은 변명조차 생각나지 않았다. 머릿속이 하얗게 변한다는 말을 이제서야 실감하게 된 것이다.

"하나만 묻자."

서류철을 펼치던 지강이 빨리 끝내라는 듯 윤호를 다시 보았다.

"꼬마에 대한 네 감정. 제대로 보고 있는 거야?"

"……보고 있어."

"정말? 그럼 여자로 보고 있는 네 마음 인정한 거야?"

놀라서 묻는 윤호를 보며 지강은 고개를 끄덕였다. 서온에게 향하는 감정을 제대로 마주하고 받아들이기까지 꽤 먼 길을 돌아왔다. 차라리 처음부터 인정하고 다가갔다면 이렇게 되진 않았을 텐데. 지강은 뒤늦은 후회를 하고 있었다.

"표정을 보니 이게 마냥 좋은 소식만은 아닌 것 같네. 무슨일 있는 거야?"

"나중에 얘기하자."

지강이 한숨을 삼키자 윤호는 더 이상 묻지 못하고 자리에서 일어났다.

"무슨 일인지 모르겠지만 얘기할 생각 생기면 연락해라. 기다리고 있을 테니까."

윤호의 말에 지강은 흐릿한 미소를 지었다. 하지만 그가 돌아간 후 억지로 붙잡고 있던 서류를 내려놓자 무섭게 자신을 노려보던 서온의 얼굴이 떠올랐다.

"징그럽고 소름 끼치는 존재가 된 건가?"

지금껏 누군가가 뱉은 말 때문에 아파본 적은 없었다. 하지만 오늘 서온이 쏟아 낸 말들은 칼날이 되어 가슴에 박혀 아릿한 통증을 더했다. 보이지 않는 상처 때문에 느껴지는 생소한 아픔이 어이가 없어서 실소가 흘러나왔다. 이런 상황이 되고서야 자신이 얼마나 오만하고 어리석었는지 깨닫게 된 것도 기가 막혔다.

어찌할 바를 모르고 멍하니 앉아 있던 지강은 습관처럼 서온의 휴대폰으로 전화를 걸었다. 그리고 전화기가 꺼져 있다는 안내 음성을 끝까지 듣고 있었다.

❋　　　❋　　　❋

지강은 더 이상 꺼져 있는 서온의 휴대폰에 전화를 걸지 않았지만 머릿속에선 그녀의 생각이 떠나질 않았다. 회사 일을 하다가도 책상 위에 올려놓은 서온을 닮은 열쇠고리를 볼 때마다 속이 바짝바짝 타들어 가서 몇 번을 자리에서 일어나야 했다. 이러다가는 아무리 강한 이성을 소유했다 한들 제대로 일을 할 수가 없을 것 같아서 한숨만 새어 나왔다.

"어. 나야. 저녁에 좀 보자."

답답한 마음을 어떻게 할 수 없어 윤호와 약속을 잡고 전화를 끊자마자 곧장 인터폰이 울렸다.

"실장님. 손님 오셨습니다."

비서의 목소리가 인터폰으로 들림과 동시에 집무실 문이 벌컥 열렸다.

얼굴을 볼 새도 없이 단번에 품으로 달려와 안기는 여자를 겨우 품에서 떼어 내자 친근하게 그의 볼에 입을 맞추고 방긋이 웃는 선아의 얼굴을 볼 수 있었다.

"서프라이즈! 오랜만이야."

한껏 들떠 반가워하는 선아와 반대로 무덤덤한 표정의 지강은 문 앞에 놀란 채로 서 있는 비서에게 나가 보라는 말을 하고 선아를 마주했다.

"언제 들어온 거야?"

"3일 전에. 근데 우리 반년 만에 재회인데. 좀 반겨 주지?"

"벌써 그렇게 됐나?"

"벌써라고? 런던에 혼자 남은 나는 하루가 1년 같았는데."

"일하느라 바빴다며. 틈틈이 메일 보냈잖아."

무심한 듯 말했지만 지강의 눈빛에는 옅은 반가움이 담겨 있었다. 대학 시절 알게 된 선아는 윤호만큼은 아니지만 그에게 특별한 존재였다. 취향이나 성격도 비슷해서 통하는 것도 많았고 함께 있으면 편하다는 느낌을 주는 유일한 여자기도 했다.

"있을 때는 몰랐는데 너 가고 나니까 너무 외롭더라고. 그래서 다 정리하고 들어왔지."

선아는 대학을 졸업하자마자 잘 나가는 디자이너 밑에서 수습 디자이너 일을 시작했고, 지금은 유럽 쪽에서 인지도를 쌓아 가고 있었다. 재능도 있었지만 게으름을 부리지 않고 성실하게 노력하던 선아를 가장 가까이서 봐 온 지강은 그녀의 성공이 거저 이루어진 것이 아님을 알고 있었다.

그런데 겨우 외롭다는 이유로 정리하고 귀국했다는 건 농담

거리도 되지 않았다. 편한 심사였다면 피식 웃고 넘겼을 말이었지만 지금은 농담에 웃을 만한 상황이 아니라 별다른 대답을 하지 않았다.

"농담 아니야. 나 런던 생활 완전히 정리하고 들어왔어."

"농담이 아니라면 이유가 있어서겠지."

"이유가 있긴 하지."

"그렇겠지. 커피 괜찮지?"

대수롭지 않게 선아의 말을 흘려듣던 지강은 인터폰을 하기 위해 자리에서 일어났다.

"지강. 너 우리가 했던 약속 기억하지?"

비서에게 커피를 부탁하고 책상에 놓인 열쇠고리로 향하는 시선을 막지 못한 지강은 또다시 서온을 떠올렸다. 덕분에 선아의 질문을 제대로 듣지 못했다.

"나 오늘 너희 어머니 뵙고 왔어."

"우리 어머니?"

"응. 그리고 조금 전에 아버님도 뵙고 왔고."

지강을 보기 위해 런던에 올 때마다 미현은 지강보다 선아와 더 많은 시간을 보내곤 했다. 그러니 미현을 만난 것은 이해가 됐지만 근수를 만날 이유는 없었다.

"왜냐고 안 물어?"

"설마 너······."

대수롭지 않게 흘려들었던 모든 말들이 한순간에 정리되면서 선아가 원하는 것이 무엇인지를 알려 주고 있었다.

"맞아. 지강아, 우리 결혼하자."

더없이 밝게 웃고 있는 선아와 반대로 지강은 밀려오는 불안함을 떨치기 위해 열쇠고리를 꼭 움켜쥐었다.

호텔 바에 들어서서 지강을 발견하고 반갑게 손을 들던 윤호는 순간 놀라서 한걸음에 테이블 앞으로 왔다.

"뭐야? 진짜 이선아잖아!"

테이블 앞에 선 윤호는 지강의 옆에 선 선아와 반갑게 포옹을 했다.

"좀 앉지?"

서로를 반기던 윤호와 선아는 자리에 앉아서도 시선을 떼지 못했다.

"근데 어떻게 된 거야? 예고도 없이."

"내가 서프라이즈 하고 싶다고 아무 말도 하지 말라고 했어."

선아는 무표정한 지강을 다정하게 바라보며 말했다.

"제대로 서프라이즈네."

"아직 놀라긴 일러. 또 다른 게 남았거든."

의미심장한 표정의 선아는 다정하게 지강의 팔짱을 꼈다.

"우리 결혼해. 진짜 서프라이즈지?"

놀라는 윤호의 시선을 외면한 지강은 관자놀이를 꾹 눌렀다.

"갑자기 결혼이라니. 이건 서프라이즈 수준이 아닌데."

행복하게 웃고 있는 선아를 보며 윤호는 난감하게 미소를 지었다.

"이렇게 결정하고 진행할 일은 아닌 것 같은데."

"지강, 너 우리 약속 잊은 건 아니지? 너한테 결정권은 없어."

지강은 무슨 말을 해야할지 몰라 옅은 한숨이 새어 나왔다.

"약속이라니?"

윤호의 물음에 선아는 의미심장한 미소를 지으며 자리에서 일어났다.

"자세한 건 지강이한테 들어. 나 선약 있는데 윤호 네 얼굴 보려고 잠깐 온 거거든. 다음에 제대로 보자. 갈게."

환한 미소를 지으며 선아가 바에서 나가자 지강은 잔에 담긴 양주를 한 모금에 털어 넣었다. 입안에 가득 찬 양주를 넘겨도 답답함은 가시지 않아 다시 한 잔을 연이어 털어 넣었다.

"정말 선아랑 결혼 약속이라도 했던 거야?"

"넌 내가 결혼 약속까지 한 여자를 두고 꼬마한테……."

지강은 차마 서온을 마음에 담았다는 말을 하진 못하고 뒷말을 삼켰다.

"너랑 선아, 특별하게 지내던 사이니까. 혹시나 싶어서 물어본 거야."

대학 시절부터 지강과 선아는 친구라기에는 너무 가깝고 애인이라기엔 어정쩡한 관계였다.

남들은 둘이 분명히 사귀는 거라고 했지만 당사자인 지강은 친구라고 했고 선아는 친구이자 연인이라는 말을 장난스럽게 하곤 했다. 그 모습을 가장 가까이서 지켜본 윤호는 두 사람이 연인이 되어도 좋을 거라고 생각했지만 지금은 상황이 달라져 있었다.

"다시 만날 때까지 사랑하는 사람이 생기지 않으면 자기랑 결혼하자고. 이선아가 억지로 약속을 하자고 했어."

"상황이 바뀌었다고 말했으면 됐잖아."

"선아 상처. 생각보다 깊어."

대학을 졸업한 직후 선아는 운명 같은 사랑을 만났다면서 발그레하게 들뜬 표정으로 지강에게 한 남자를 소개했었다. 하지만 선아의 사랑은 그리 오래가지 못했다. 한량에 가까웠던 남자는 제법 실력 있는 음악가였지만 심한 여성 편력을 가지고 있었다. 그에게 선아는 지금껏 겪어 보지 못한 남다른 여자였을 뿐이었다. 결국 그는 너무 쉽게 다른 여자에게 눈을 돌렸고 온 마음을 다해 사랑을 했던 선아는 상처투성이로 버려졌다.

선아가 영양실조와 탈진으로 쓰러진 후 지강은 그녀가 그대로 망가지는 것을 볼 수 없어서 내내 옆을 지켰다.

좋아한다거나 사랑한다는 감정은 아니었지만 선아는 지강에게 친구라는 단어로는 부족한 친밀하고 소중한 존재였다. 다행히 선아는 몸도 마음도 회복하긴 했지만 사랑에 대한 상처는 쉽게 아물지 않았다.

"지강. 세상에 사랑 같은 게 있는 것 같아?"

카페에 앉아 책을 읽던 지강은 뜬금없는 선아의 질문을 듣고서도 책에서 시선을 떼지 않았다.

"대체 사랑이라는 게 뭐지? 함께 있으면 좋고, 헤어지기 싫고…… 그럼 너랑 나도 사랑인 거니?"

어이가 없어 피식 웃음이 터진 지강은 그제야 선아를 봤다. 그녀의 눈빛엔 자못 진지함이 담겨 있었다.

"난 요즘 너랑 있는 게 세상에서 제일 편하고 좋아. 전에도 그렇긴 했지만 요즘은 정말 그래. 헤어지려면 섭섭하고. 너도 그런 거 아니야?"

지강 역시 선아와 함께 있는 시간이 편한 것은 사실이었다. 서로에 대해 잘 아는 만큼 신경 쓸 일도 많지 않았고, 함께한 시간이 많은 만큼 서로에게 익숙해져 있기도 했다.

"설레고 두근거리고 안 보면 미칠 것 같은 그런 사랑은 너무 힘들더라. 그러니까 지강, 너도 그런 사랑은 하지 말고 나랑 지금처럼 같이 사는 건 어때?"

장난스럽다 싶은 선아의 말을 웃어넘긴 지강이 다시 책으로 시선을 돌리자 선아는 책을 뺏어 들었다.

"농담 아니야. 바로 결정하라는 건 아니지만 대신 약속은 하자. 시간이 지나도 내 마음이 지금 같고 너도 특별한 사람…… 아니다. 기다려 봐."

생각해 보다 선아는 종이에 무언가를 한참 적은 뒤 지강에게 종이를 내밀었다.

"읽고 사인해."

나 서지강은 이선아가 결혼하자고 결정한 시점까지 사랑하는 여자가 없다면 이선아의 뜻에 따라 결혼해서 평생 행복하게 산다. 단, 사랑하는 상대가 있더라도 둘의 마음이 같지 않거나, 이루어질 수 없는 상황이라면 서지강은 이선아와 결혼한다.

"억지야."

"잘 생각해 봐. 너랑 나 같이 살면서 나이 먹어 가는 것도 행복할 것 같지 않아? 나는 그럴 것 같아."

선아는 더 이상 장난스럽게 말하지 않았다. 웃어넘길 일이라고 생각했던 지강은 할 수 없이 책을 덮고 선아가 써 놓은 문장들을 다시 마주해야 했다.

"이런 거 너답지 않아."

"뭐 어때? 당장 하자는 것도 아니고 시간 가는 동안 나도 잘 생각해 볼 거야. 근데 지금 마음으로 너 놓치기 싫으니까. 이건 보험 증서라고 할래. 얼른 사인해."

마지못해 서명을 했지만 그때에는 선아와 함께하는 삶도 나쁘지 않을 것 같았다. 한편으로는 사랑에 상처 받은 선아가 더 이상 다치지 않길 원하는 마음도 있었다.

"그래서? 선아가 또 상처를 받을까 봐 결혼을 하겠다고?"

당장은 서온을 보고 싶다는 생각밖에 없다는 말을 차마 하지 못하고 지강은 애꿎은 술만 마셨다.

"미친놈 같다는 생각이 든다."

"뭐?"

한참을 말없이 술잔만 기울이던 지강은 낮게 중얼거리기 시작했다.

"온 신경이 민서온을 향해 있는 것 같아. 다른 건 아무것도 보이지가 않아."

"목소리라도 듣고 싶고. 목소리 들으면 보고 싶고. 보고 있어도 보고 싶지?"

지강은 윤호의 말을 부정하진 않았다. 당장은 서온의 목소리라도 듣고 싶었다.

"하필 왜 지금이냐고. 선아한테 처음으로 화가 나더라. 지금은 서온이만으로도 벅차니까."

무겁게 가라앉은 지강을 보면서도 윤호는 슬그머니 미소를 짓고 있었다.

"서지강도 사랑을 하니 별수 없는 그냥 남자구나."

"사랑?"

"왜, 아니라고 하고 싶어?"

사랑이 아니라면 이 감정을 설명할 것이 없긴 했다. 하지만 아직 서온에게도 말하지 못한 마음을 윤호 앞에서 순순히 인정하고 싶지는 않아 입을 다무는 쪽을 택했다.

"사실 난 지강이 네 삶에 이런 사랑이 없을 줄 알았어. 집안에서 정해 주는 여자 만나서 그럭저럭 괜찮다 싶으면 결혼해서 살게 될 줄 알았거든."

"나도 그럴 줄 알았는데. 이젠 서온이가 아니면 결혼하고 싶은 생각이 없다."

어떤 상대를 만나던 비슷한 삶을 살 거라 생각했다. 회사와 일로 대부분의 시간을 보낼 것이고 가정은 그저 잠시 휴식을 취하는 곳이 되면 그만이라 여겼으니까.

하지만 지금은 아니었다. 서온과 함께 일상을 나누며 행복하게 살고 싶다는 욕심이 생겼다.

"이번에는 이성이 아니라 마음이 하자는 대로 해. 그게 널 위해서도, 서온일 위해서도 좋은 길이니까."

고마움을 대신해 겨우 미소를 짓긴 했지만 지강의 마음은 여전히 무거웠다. 윤호의 말처럼 이번만은 마음이 하는 말만 듣고 싶었다. 그럴 만한 각오도 되어 있었다.

복병처럼 나타난 선아가 문제였다. 몇 년 전 너무 쉽게 결혼이란 보험증서에 서명을 해 버린 스스로가 한심해서 지강의 한숨은 점점 깊어지고 있었다.

"말씀드린 날짜에 옮겨 주세요. 잘 부탁드립니다."

트럭 위에 마지막 짐을 올려놓은 운전사에게 서온은 돈 봉투와 주소가 적힌 메모지를 건넸다.

"걱정 마세요. 잘 옮겨드릴게요."

운전사가 돌아가고 작업실로 돌아온 서온은 휑해진 실내를 천천히 둘러봤다. 마지막 주문 상품을 발송한 후 곧장 짐 정리를 시작했고, 집과 작업실에 있는 물건들을 보내고 나니 남은 것은 재봉틀과 가구 몇 개밖에 없었다. 그나마도 중고상에서 가지러 오기로 했으니 며칠 안에 작업실은 비워질 것이다.

"뭐야? 그새 다 정리한 거야?"

수업이 마치자마자 서둘러 왔는지 숨이 차서 작업실로 들어온 유진은 휑해진 공간을 못마땅하게 둘러봤다.

"정리하고 말 것도 없었어."

"뭐가 그렇게 급해."

2년이 넘도록 사용해 온 테이블을 쓸어 보던 서온은 대답 없이 빙그레 웃기만 했다.

"계약한 사람이 다음 주에는 들어온다니까. 비워 줘야지."

"꼭 가야 되는 거야?"

모두가 원하기 때문이라는 대답을 삼킨 서온은 가방에 넣어 뒀던 봉투를 꺼내 유진에게 내밀었다.

"그동안 수고하셨습니다. 알바님."

"뭔데? 나 퇴직금 주는 거야?"

고개를 끄덕거리는 서온을 한참 쳐다보던 유진은 심난한 표정을 지우지 못하고 한숨을 내쉬었다.

"찐. 한숨도 습관 든대. 자꾸 한숨 쉬지 마."

"누가 그런 헛소리를 해? 한숨이 무슨 습관이라고."

"그러게. 나도 그런 줄 알았는데."

침실 쪽으로 가는 유진의 뒷모습을 보며 서온은 작게 중얼거렸다. 지강이 아니었다면 습관이 될 수 있다는 사실을 알지 못했을 것이라는 생각이 들어서 쓸쓸한 웃음이 나왔다.

"이 작업실 얻은 게 엊그제 같은데, 벌써 2년이 넘었네."

침대에 걸터앉은 유진이 쓸쓸하게 말하자 얼른 옆자리에 앉은 서온은 맞은편 창밖을 바라봤다.

"생각나? 내가 작업실 얻겠다고 하니까, 찌니 너 통장까지 들고 와서 보태 쓰라고 했던 거."

"그런 건 잘도 기억한다. 결국 받지도 않았으면서."

철온이 재혼한 후 집 안에서 서온의 자리가 사라지고 있다는 것을 먼저 알아챈 유진은 서온에게 마음 편히 쉴 곳이 필요하다고 말했었다.

덕분에 작업실을 만들었고, 집에서 벗어나 직접 디자인한 옷을 판매까지 해 볼 수 있었다. 유진이 덕분에 어릴 적부터 품었던 디자이너의 꿈을 이룬 것이다.

"고마워, 찐. 10년 넘게 나한테 좋은 친구이자 가족이 되어 줘서."

"하지 마. 더 말하면 쓸데없이 눈물 날 것 같으니까. 잠깐 나가서 커피 사 올게."

서둘러 눈물을 훔친 유진이 밖으로 나가고 서온은 눈물을 삼켜냈다. 그때 철온의 문자가 도착했다.

〈준비 끝났다. 연락해라.〉

짧은 문자를 바라보던 서온의 눈에서 멋대로 눈물이 흘러내렸다. 슬퍼서가 아니었다. 화가 나는 것도 아니었고 아픈 것도 아니었다. 이젠 철온 때문에 힘들어할 여력도 남아 있지 않았다. 차라리 하루라도 빨리 떠날 수 있는 것이 다행이라고 생각했다. 잠시 작업실을 둘러보던 그녀는 손등으로 눈물을 닦아 내고 집으로 향하기 위해 가방을 챙겨 들었다.

육중한 대문을 열고 들어오기까지 한참의 시간이 필요했고, 현관문을 열기까지도 몇 번의 망설임을 되풀이했다. 마지못해 문을 열고 집 안으로 들어서자 요란한 기계 소리 때문에 저절로 인상이 찡그려졌다.

텅 비어 있는 거실과 2층에서 들리는 요란한 소리들은 서온에게 또 참고 견뎌 내야 하는 일들이 기다리고 있음을 알려 주고 있었다.

"깨끗하게 떼어 버려요. 여긴 싹 뜯어고칠 거니까."

주혜의 목소리가 쩌렁하게 울리는 2층으로 올라오자 두 명의 인부들이 서온의 방문을 떼어 내고 있었다.

"엄마. 쟤 왔어."

서온을 발견한 현아가 주혜의 팔을 툭툭 쳤지만, 주혜는 서온이 보이지 않는 것처럼 인부들에게 이것저것 잔소리만 해 댔다.

"비켜요."

반쯤 떨어진 문짝을 붙들고 선 인부들은 서온의 낮은 목소리에 그대로 동작을 멈추고 주혜를 보았다.

"걘 무시하고 하던 것 마저 해요."

"이분이 비켜 주셔야 작업을 하죠."

인부들이 머뭇거리는 사이 서온은 거리낌 없이 방으로 들어갔다.

"이러시면 저희 작업 못 해요."

"기다려요! 저게, 진짜. 야! 너 안 나와?"

찢어질 듯한 주혜의 목소리가 들렸지만 서온은 아무것도 들리지 않는 것처럼 방 안을 둘러봤다. 이제 막 일을 시작했는지 아직은 손이 타지 않은 방 안은 나갈 때와 달라지지 않았다.

"나오라는 소리 안 들려? 2층 싹 뜯어고쳐서 현아 혼자 쓸 거야. 네 아버지한테 다 허락받은 일이니까……."

"알았으니까 조용히 해요."

돌아보지도 않고 주혜의 말을 잘라 낸 서온은 장롱에 넣어 놓았던 커다란 트렁크를 꺼냈다.

"짐 챙겨서 나갈 거니까 그 후에 뜯든지 부수든지 해요."

주혜는 순순히 짐을 챙기는 서온을 미심쩍게 바라보다가 돌아섰다.

"한 시간 정도만 쉬다 와요. 현아, 넌 엄마 방 가서 그거 좀 가져와."

현아는 그게 뭐냐고 입 모양으로 묻다가 아하, 하며 신이 난 걸음으로 아래층에 내려갔다 왔다.

"엄마, 여기."

현아가 내미는 봉투를 받아 든 주혜는 트렁크에 옷을 챙겨 넣고 있던 서온에게 휙 하니 내던졌다.

"비행기 표랑 여권 뭐 그딴 거라고 하더라. 출발 날짜랑 거기 다 있으니까 제발 눈에 띄지 말고 사라져."

"이봐요."

방을 나가려던 주혜는 서온의 낮은 목소리에 멈춰 섰다.

"더 욕심부리지 말고 지금처럼 살아요. 아버지한테 잘해 드리면서."

생각지도 못했던 말이었는지 주혜는 그대로 굳어졌지만 이내 코웃음을 치며 서온을 노려보았다.

"너만 없으면 네 아버지랑 우리 아무 문제 없어. 같잖지도 않은 게 어디서 충고질이야?"

"우리 아버지 돈으로만 보지 말고 살라고요. 부탁이니까."

이 여자들에게 부탁이란 말을 하기 위해 몇 번이나 망설이고 스스로를 다독였는지 아무도 모를 것이다. 그래도 마지막이란 마음으로 꼭 해야 할 말이었다. 이젠 철온에게 가족이 돼 줄 사람들은 주혜와 현아밖에 없었다.

"이게 왜 안 하던 짓이야? 막상 가려니 네 아버지가 가진 거 다 우리한테 줄 것 같아서 겁나니?"

"아무것도 모르고 당신들 가족으로 받아들인 우리 아버지 더 불쌍하게 만들지 마요. 돈 욕심 부리는 것도 이쯤에서 그만하고."

"이게 어디서 건방지게!"

철썩!

매섭게 날아든 손에 뺨을 맞고 서온의 몸이 휘청 흔들렸지만 돌아간 고개를 돌려 주혜를 마주하자 차가운 실소가 흘러나왔다.

"웃어? 네년이 아주 실성을 했구나!"

차가운 서온의 시선을 마주한 주혜는 마치 자신이 상대할 가치조차 없다는 느낌을 받아 약이 올랐다. 짜증스럽게 날이 선 목소리와 함께 다시 손이 올라갔지만 서온이 주혜의 손목을 강하게 움켜쥐었다.

"한 번 참아 준 건 당신이 나보다 살아온 세월이 많기 때문이야."

강하게 손을 뿌리치자 주혜는 과하게 휘청거리며 현아에게로 쓰러지듯 몸을 기댔다.

"현아야. 네 아버지한테 전화해. 저년이 지금 나를 밀치고 막말을 해 댄다고."

"엄마. 진짜 해?"

주혜는 눈치 없이 목소리를 낮춰 되묻는 현아를 쏘아보곤 자세를 바로잡고 서 서온을 노려보았다.

"그냥 넘어갈 줄 알아? 네년, 이런 거 네 아버지한테……."

"말해요. 그럼 나도 당신이 한 짓을 말할 수밖에 없으니까."

"아직도 네 아버지가 널 믿을 거라고 생각하나 본데."

짧은 한숨을 뱉은 서온은 주머니 속에 넣어 둔 작은 녹음기를 꺼내들었다. 재생 버튼을 누르자 방금 전까지 주혜가 쏟아 놓은 말들이 고스란히 녹음되어 바깥으로 흘러나왔다.

"그, 그게…… 겨우 그거 가지고 네 아버지가 믿을 것 같아?"

주혜는 당황한 기색을 감추기 위해 목소리를 높였지만 서온은 별 동요 없이 녹음기의 버튼을 눌러 한참 전 녹음이 되어 있던 파일을 재생시켰다. 안 죽고 또 들어왔다는 말로 시작된 폭언이 흘러나오자 주혜와 현아의 표정은 당황과 절망으로 얼룩져 가기 시작했다.

"아버지랑 재혼하고 바로 다음 날부터 돌변한 당신 덕분에 녹음하기 시작했어. 그게 이젠 습관이 됐네."

"독한 년! 그거 이리 내!"

달려드는 주혜의 양팔을 서온은 있는 힘을 다해 붙들어 밀쳐 냈다. 이번엔 제대로 바닥으로 나동그라진 주혜는 다시 달려들려 했지만 서온은 녹음기를 주머니에 넣어 버렸다.

"지금까지 아버지 몰래 돈 빼돌리고 회사에 낙하산으로 사람 심어 놓은 것도 알고 있어. 그건 아버지도 아시면서 모른 척하고 계신 것 같지만."

"뭐? 너희 아버지가 혹시 무슨 말이라도 한 거야?"

분노와 당황, 그리고 혼란스러움이 더해져 이미 평정심을 잃어버린 주혜를 보며 서온은 이 여자가 아주 똑똑하진 않다는 것이 새삼 다행스러웠다. 욕심이 많은데 머리까지 좋았다면 혼자서는 절대 당해 낼 수 없었을 것이다.

"이 집 안주인 노릇 오래 하고 싶으면 욕심부리지 말고 아버지한테 잘하면서 살아요."

"고깟 녹음 몇 개 한 걸로 네가 아주 기세가 등등한 모양인데."

"그만 나가요. 당신들 바라는 대로 짐 챙겨서 나가 줄 테니까."

더 이상 언쟁을 벌일 힘조차 남지 않아 서온은 주혜에게 등을 돌렸다. 할 말은 전부 했으니 이제 더 이상 미련도 없었다.

"엄마. 그만 가. 저거 또라이잖아. 더 건드려 봤자 좋을 거 없다니까."

"놔! 내가 나갈 거야."

부축하는 현아를 밀치고 선 주혜는 분해서 어쩔 줄 몰라 하면서도 더 이상 서온에게 악다구니를 쓰지 못했다. 주혜가 씩씩거리며 1층으로 내려갔고 현아 역시 서온의 뒤통수를 죽일 듯 노려보다 아래층으로 내려가 버렸다.

"하아……."

참았던 긴 한숨이 쏟아져 나오고 짐을 챙기던 손이 툭 바닥으로 떨어졌다. 온몸에 기운이 빠져나가는 것 같아 그대로 쓰러져 버리고 싶었지만 한시라도 빨리 이 집에서 벗어나야 했다.

몇 가지 안 되는 옷을 챙겨 넣고 엄마의 사진과 곰 인형, 그리고 낡은 이불까지 꾹꾹 눌러 트렁크에 넣고 나자 다시 긴 한숨이 새어 나왔다. 엄마와 자신의 손때가 묻은 물건을 모두 챙겨 가고 싶었지만 고작 트렁크에 넣은 것이 전부였다.

거실에 앉아 저들끼리 속닥이던 주혜와 현아를 무시하고 밖으로 나온 서온은 마지막으로 정원과 집을 한참 바라보았다. 이제 가면 다시는 보지 못할 곳이었다. 행복했던 추억과 아픈 기억이 함께 남은 집을 등지고 대문 밖으로 나오자 잠시 어디로 가야 할지 몰라 걸음이 멈춰졌다.

"아, 비행기 표."

가방에서 주혜가 던져 놓은 봉투를 꺼내 여권에 끼워진 비행기 표를 확인했다. 출발 날짜를 확인한 순간 자신의 눈이 의심스러워 한참을 비행기 표에서 시선을 떼지 못했다.

"정말 꼴도 보기 싫으셨나 보네."

허탈한 웃음과 함께 멋대로 눈물이 고이기 시작하자 서온은 양손으로 두 눈을 꾹 눌렀다. 주혜에게 맞은 뺨이 부어올랐는지 통증이 느껴졌지만 마음의 통증에 비하면 아무것도 아니었다.

꾹 삼킨 눈물과 함께 입술 끝에 맺힌 핏방울을 닦아 낸 서온은 더 이상 머뭇거리지 않고 걸음을 옮기기 시작했다.

5. 부디 행복하시길

"실장님. 사모님 오셨습니다."

비서의 인터폰 소리에 결재 서류로 향해 있던 지강의 시선이 문으로 향했다.

"강아."

"회사까지 어쩐 일이세요?"

집무실 안으로 들어온 미현은 들고 온 짐들을 옆에 내려놓으며 소파에 앉았다.

"이따 호텔 연회장으로 바로 올 것 같아서. 갈아입고 오라고."

미현은 들고 온 슈트 케이스를 탁자 위로 올려놓았다.

"지금 옷차림으로도 무리 없어요."

"명색이 회사 창립 기념 파티잖아. 너 회사 들어오고 처음 있는 큰 행사기도 하고."

지강에겐 업무의 연장일 뿐이었지만 남의 이목을 중요하게 생각하는 미현에겐 이번 창립 기념 파티가 꽤 중요한 일이었다.

"근데 강아. 혹시 선아는 만났니?"

며칠 전 예고 없이 나타나서 결혼이란 폭탄을 던졌던 선아는 그 후로 감감무소식이었다. 며칠간 아무 말이 없던 미현은 오늘에서야 선아에 대해 묻고 있었다.

"선아 만나셨죠?"

"응. 귀국 인사한다고 일부러 왔더라. 선아 만난 거지?"

"네."

미현은 진작부터 선아를 마음에 들어 했다. 그러니 일이 더 복잡해지지 않으려면 선아가 던져 놓은 결혼 얘기가 미현에게 들어가는 일은 없어야 했다.

"바쁠 텐데 일해. 이따 저 옷으로 꼭 갈아입고 와."

"네. 들어가세요."

미현이 나간 후 탁자 위에 올려진 슈트 케이스를 잠시 바라보던 지강은 책상 앞으로 돌아와서 휴대폰을 들고 습관처럼 서온에게 전화를 걸었다. 그런데 전화기가 꺼져 있다는 안내 음 대신 신호가 가기 시작했다. 길게 이어지는 신호음을 들으며 혹시나 서온의 목소리를 들을 수 있을지도 모른다는 기대와 무슨 말을 제일 먼저 해야 좋을까, 하는 불안함이 섞여 갔다. 기대감이 무색하게 전화를 받을 수 없다는 안내 음이 들려오자 허탈한 웃음만 나왔다.

보지 못하는 시간이 길어지는 만큼 서온을 향한 그리움이 커져 갔다. 보고 싶다는 말이 입 밖으로 나올 만큼 누군가 보고 싶은 것은 처음이었다. 그 흔한 사진 한 장 찍어 놓지 않은 사실이 후회가 되는 것도 처음이었다. 온통 처음 겪는 감정과 후회들 속에 지강은 점점 평정심을 잃어 가고 있었다.

✳   ✳   ✳

"회의 곧 끝날 거예요."

"네. 감사합니다."

비서가 탁자 위에 따뜻한 차를 내려놓고 나가자 서온은 예의 상 짓고 있던 미소를 지워 내고 무표정으로 돌아왔다.

비행기 표를 본 순간 원망과 서운함이 뒤엉켜 달려오긴 했는데, 철온은 회의로 자리를 비운 상태였다. 텅 빈 집무실에 앉아 있으니 이제 와서 이런 감정들이 다 무슨 상관이 있나 싶어졌다. 자신에게 남겨진 일은 모두가 바라는 대로 사라져 주는 것이었다.

그만 돌아가야겠다는 생각으로 일어나려는 찰나 가방 속에서 진동이 울리기 시작했다. 휴대폰을 꺼내자 서씨 아씨라는 글자가 액정에 떠올라 있었다. 지강의 목소리라도 듣고 싶은 생각은 간절했지만 전화를 받으면 또 마음에 없는 독한 소리를 하게 될지 모른다는 생각 때문에 휴대폰을 꼭 손에 쥐었다. 다행히 진동은 곧 멈췄고 아쉬움인지 안심인지 모를 한숨이 입 밖으로 새어 나왔다.

"연락도 없이 어쩐 일이냐?"

막 집무실을 나가려는데 철온이 안으로 들어왔다. 근 일주일

203

만에 마주하는 두 사람이었지만 누구도 반가운 기색을 보이진 않았다.

"집에 다녀왔어요."

"아주 나간 줄 알았더니."

"조금 전에 아주 나왔어요. 2층 공사 허락하셨다면서요?"

"유학 갈 때까지 밖으로 돌 줄 알고 그랬다."

서온의 시선을 따라 트렁크를 바라본 철온은 당당한 표정으로 집무실 중앙에 놓인 소파에 앉았다.

"집에 들렀다니 얘긴 들었지? 수속 다 해 놨으니까 그대로 가면 된다."

아무리 미워도 하나뿐인 딸을 떠나보내는 것인데. 철온은 속이 시원하다는 기색을 감추지 않았다. 서온은 밀려드는 서글픔을 막을 수가 없었다.

"근데 지강이한테 제대로 고맙다고 한 거냐? 계산 확실한 녀석이 왜 일 끝낸 대가를 받으러 오겠다는 연락이 없어?"

지강이 대가를 받지 않았다는 소식을 듣자 왠지 모를 위로를 받는 기분이 들었지만 그런 자신의 모습이 한심해서 허한 웃음이 터져 나왔다.

"네 녀석이 뭔들 제대로 했을 리가 없지. 잘됐다. 오늘 저녁에 서 사장 회사 창립 기념 파티 있으니까, 너도 참석해."

"제가 왜요?"

"왜는! 가서 지강이랑 서 사장네 식구들한테 그동안 감사했다, 제대로 인사해. 봉투 안에 유학 가서 쓸 신용카드 넣어 놨으니까 그걸로 제대로 된 옷 좀 사 입고 머리도 하고 이따 6시까지 서울호텔 연회장으로 와. 또 전화 끄고 새지 말고. 마지막이니까 아버지 체면 생각해서 말 들어."

"마지막인 걸 아시네요."

자리에서 일어나 책상으로 향하던 철온은 또 무슨 헛소리를 하는 건가 싶은 표정으로 서온을 돌아보았다.

"돌아올 곳이 없다는 걸 확인하게 해 주셔서 감사해요. 건강하게 안녕히 계세요."

주혜와 현아에게 모든 것을 맡기고 방관자가 되어 버린 철온 덕분에 서온은 이제 우리 집이라고 부를 공간은 없다는 사실을 깨달았다.

집무실에서 나온 서온은 누구의 시선도 미치지 않을 곳을 찾아 비상구로 도망치듯 들어왔다. 철온과의 이별은 아픈 것보단 참담했다. 눈물을 참기 위해 고개를 들어 올리고 한참 호흡을 가다듬어 봤지만 가슴의 통증은 점점 더 심해지기만 했다.

그때 문자가 왔는지 손에 쥐고 있던 휴대폰에서 짧은 진동이 느껴졌다.

〈전화 좀 받아. 부탁이다.〉

어쩌자고 이럴 때 기막히게 타이밍을 맞추는 거냐고. 당장이라도 지강에게 전화를 걸어 따지기라도 하고 싶었다. 철온 때문에 생긴 아픔과 갖가지 감정들의 잔재를 괜한 지강에게 쏟아 내고 싶었다.

지강의 문자를 바라보던 서온은 한참 만에야 마음을 진정시키고 건물을 빠져나왔지만 가슴에 남은 통증은 쉽게 사그라지지 않았다.

유진에게 짐을 좀 맡아 달라는 문자를 보낸 후 택시를 타고 그녀의 집 앞에 도착하기까지 서온은 아픈 가슴을 꾹 누르고 있었다.

"이 짐들은 다 뭔데?"

집 앞에서 서온을 기다리고 있던 유진은 트렁크를 보며 굳어진 표정으로 물었다.

"나 집에서 나왔어. 완전히."

유진은 무슨 말이냐고 묻지도 않고 서온을 품에 꼭 안았다. 유진의 품이 너무 따뜻해서 눈물이 날 것 같았지만 애써 미소를 지었다.

"들어가자."

집으로 들어가자고 손을 잡아끄는 유진을 보며 서온은 고개를 저었다.

"나 갈 곳이 있는데. 찌니, 네 도움이 좀 필요해."

철온의 명령으로 지강의 회사 파티에 참석해야 한다는 설명을 하자 유진의 표정은 더욱 굳어졌지만 가지 말라고 고집을 부리는 대신 백화점과 헤어숍에 동행하는 쪽을 택했다.

"나 어때?"

머리를 곱게 세팅하고 메이크업까지 한 뒤 평소에는 입지 않는 원피스까지 차려입은 서온은 환한 미소를 지어 보였다.

"예뻐."

"정말?"

"그래. 원래도 예쁜데 꾸미면 더 예쁜 게 당연하지."

유진의 말투에는 불만이 담겨 있었다. 걱정과 염려를 투덜거림으로 대신하는 유진 때문에 서온은 아무렇지 않은 듯 해맑게 웃기 위해 애를 썼다.

"가서 인사만 하고 올 거야. 마지막이니까 제대로 인사는 하고 싶어."

"아주 안 올 사람처럼 자꾸 마지막이라고 그럴 거야?"

"살아 보고 거기가 더 좋으면 눌러살지 모르잖아."

농담인 양 웃어 보이는 서온을 유진은 못마땅하게 흘겨보았다.

"너희 아버지부터 그 집 여자들 전부 다 너무 싫어. 해도 해도 너무 하잖아."

"그러게. 너무 하지?"

"또 남 일처럼 얘기한다."

유진은 웃기만 하는 서온을 뽀로통하게 바라봤지만 이런 일들을 무덤덤하게 넘기기까지 서온이 얼마나 많은 대가를 지불했는지를 알고 있어 더 이상 아무 말도 하지 않았다.

"무슨 일 있으면 바로 전화해. 알았지?"

택시에 오른 서온에게 몇 번이나 당부하고서야 문을 닫아 준 유진은 택시가 한참 멀어질 때까지 그 자리에 서 있었다. 멀어지는 유진을 돌아보던 서온은 눈물이 날 것 같아서 긴 심호흡을 내쉬었다. 떠날 때가 다가오니 자꾸만 마음이 약해져서 힘이 들었다.

"너 뭐야? 네가 여길 왜 왔어?"

호텔 연회장으로 들어가기 전 화장실에 들른 서온이 손을 닦고 있는데 등 뒤로 현아의 목소리가 들렸다. 화려하게 치장을 한 현아는 자신을 무시하고 가려는 서온의 어깨를 거칠게 돌려 세웠다.

"이게 진짜! 왜 여기 있냐고 묻잖아!"

화장실 가득 크게 퍼지는 현아의 짜증스러운 목소리에 서온은 저절로 인상이 구겨졌다.

"멍청해서 주제 파악이 안 되니? 아니면 마지막 발악으로 서지강한테 꼬리라도 쳐 보고 싶어?"

나도 오고 싶어서 온 건 아니라고. 대답하는 대신 서온은 침묵을 지키는 쪽을 택했다. 더 이상은 현아를 상대로 시간과 감정을 낭비하고 싶지 않았다.

"우리 엄마가 그러는데 서지강은 처음부터 네 일 맡는 거 싫어했대. 네 아버지가 조건만 안 걸었으면 너 같은 건 거들떠도 안 봤을 거라고."

서온에게 상처를 주기 위해 갖은 애를 쓰는 현아가 오늘은 진심으로 딱해 보였다.

"멍청해서 못 알아듣는 거야? 서지강은 받을 게 있어서 너한테 잘해 준 거라고!"

무딘 도끼날 같은 현아의 말에 상처를 입는 건 아니었지만 서온은 지쳐 가고 있었다. 피하는 것밖에 방법이 없어 막 돌아서려는 순간, 화장실 칸 쪽에서 물 내리는 소리가 들렸다. 당황한 현아가 돌아보자 화장실 칸의 문이 열리고 미색의 세련된 튜브

톱 롱드레스를 입은 여자가 걸어 나왔다. 그리고는 아무것도 못 들은 것처럼 세면대로 가서 손을 닦기 시작했다.

"우리 엄마 너 보면 혈압 올라서 쓰러질지도 모르니까 좋게 말할 때 꺼져."

현아는 여자를 신경 쓰느라 곁눈질을 하면서도 목소리를 낮추지는 않았다.

"옷이랑 머리가 참 예쁘네요."

페이퍼 타월로 손에 물기를 닦아 내던 선아는 아주 예쁜 미소를 지으며 현아에게 말을 건넸다. 현아는 잠시 당황하긴 했지만 뜻밖의 칭찬이 기분 좋은지 미소를 지었다.

"감사합니다."

"본의 아니게 안에서 두 사람…… 아니, 일방적인 한 사람 목소리라고 해야 하나? 어쨌든 듣다 보니 말 한번 참 못돼 먹게 하기에 이런 장소에 어울리지 않는 여자겠구나, 했거든요. 근데 그쪽 겉모습은 돈 많은 부잣집 아가씨네요. 말하는 건 아주 싸구려데."

선아가 상냥한 미소를 지으며 말하자 현아는 수치심 때문에 얼굴이 붉으락푸르락해지며 어쩔 줄 몰라 하기 시작했다.

"당, 당신이 뭔데 참견이야!"

"그쪽 막말에 포함되어 있던 서지강이랑 좀 가까운 사이라서 나도 모르게 참견을 했네. 근데 서지강을 어떻게 알죠? 강이한테 당신에 대해 들은 적이 없어서."

"그러는 당신은 서지강 씨랑 어떻게 아는 사이인데?"

"약혼자예요. 당신은요?"

약혼자란 소리에 놀란 현아는 자신도 모르게 들고 있던 가방을 떨어뜨렸다.

"우, 웃기지 마. 그런 소리 들은 적 없어."

놀라서 말까지 더듬는 현아와는 달리 서온은 지강의 약혼자라고 밝히는 여자를 조용히 바라봤다. 선한 눈매를 가지고 있지만 강단 있어 보이는 눈빛을 띤 여자는 가녀리고 단아한 외모의 아름다운 사람이었다.

"당신 따위가 알 수 있는 일이 아니니까요."

당당한 선아의 태도에 반박도 못 한 현아는 멍하니 서 있는 서온을 쏘아보았다.

"너 알고 있었어? 너희 아빠랑 엄마는 아무 말 없었단 말이야!"

"계속 떠들 거야? 너 지금 굉장히 우스워 보여."

덤덤한 서온의 말에 현아의 얼굴이 붉게 달아올랐다.

"너, 파티 오지 말고 꺼져! 다신 집에도 들어오지 말고 나가서 죽어 버리라고!"

현아는 마지막 발악하듯 소리를 지르고 화장실을 나가 버렸다. 그 모습을 잠시 바라보던 서온은 선아와 시선이 마주치자 꾸벅 인사를 했다.

"괜한 참견을 한 건 아닌지 모르겠네요."

"아닙니다. 덕분에 짧게 끝났어요. 감사합니다."

"민망하게 감사는요. 근데 지강이랑은 어떻게 아는 사이예요? 미안해요. 먼저 소개부터 해야 하는데. 이선아라고 해요."

"민서온이라고 합니다. 지강 아저씨랑은 집안 어른들끼리 아는 사이세요."

지강과 자신의 관계를 정의 내리자 서온은 그와 자신이 정말 아무것도 아니라는 생각이 들었다.

"민서온? 정말 그 민서온이에요?"

친근하게 손을 잡으며 몇 번이고 되묻는 선아를 보자, 그녀가 지강과 아주 가까운 사람이라는 것을 다시 깨달았다. 지강과 가까운 사람들은 서지강의 그 꼬마냐며 자신들과도 아주 가까운 사람인 것처럼 서온을 반겨 주었다. 그들의 순수한 반가움과 친근함은 고마웠지만 예고 없이 나타난 지강의 약혼자인 선아의 순수한 마음은 고맙게 받아들일 수가 없었다.

"이렇게 만나게 되네요. 강이한테 얘기 들을 때마다 진짜 만나고 싶었는데."

선아는 나란히 걸어가며 서온의 얼굴을 보기 위해 몇 번이나 시선을 마주했다.

"진짜 예쁜 아가씨였구나. 강이가 하도 꼬마, 꼬마해서 난 서온 씨가 완전 애기일 줄 알았거든요."

서온은 할 말을 찾지 못하고 어색하게 미소를 지었다. 마음 같아서는 이대로 호텔을 나가고 싶었지만 친근하게 손을 잡고 있는 선아를 뿌리칠 수 없어서 그대로 연회장에 들어섰다.

"어머, 우리 선아 왔구나!"

연회장으로 들어서자마자 한걸음에 선아에게 다가온 미현은 함께 서 있는 서온의 존재는 안중에도 없었다.

"어머님. 오늘 너무 고우시네요."

"그래? 날이 날이니만큼 평소보다 조금 더 신경 쓰긴 했는데.

211

과하진 않아?"

"과하긴요. 너무 고우세요."

단아하지만 세련된 한복 드레스를 입은 미현은 기분 좋게 미소를 짓다 선아의 곁에 서 있는 서온을 발견하고는 잠시 표정이 굳어졌다. 하지만 주변 이목을 생각해서 이내 미소를 되찾으며 서온에게 말을 건넸다.

"서온이 맞지? 나 지강이 엄마야. 기억나니?"

"안녕하셨어요."

기억은 나지 않지만 서온은 예의를 갖춰 미현에게 인사를 했다.

"그래. 검정고시 패스했다던데. 늦었지만 축하해."

"감사합니다. 그럼 전 아버지 뵈러 가 봐야 해서요."

서온은 덤덤히 인사를 하고 두 사람에게서 돌아섰다. 그 순간 억지로 그려졌던 미소는 사라지고 마음이 아려 오기 시작했다.

사람들과 인사를 나누던 철온은 옆으로 다가온 서온을 한참 동안 알아차리지 못했다. 사람들에게 친근하게 인사를 하고 이야기를 나누는 철온의 모습이 낯설었다. 한때는 한없이 자상하고 좋은 아버지였지만 이젠 웃는 모습조차 낯설어져 버린 사람. 그 사실이 쓸쓸하기만 했다.

"저 왔습니다."

"아, 예. 안녕……."

무심결에 인사를 하려던 철온은 서온을 보고 놀랐는지 잠시 말을 잃었다.

"그래도 마지막이라고 말을 들었구나."

"어이구! 이게 누구야? 서온이 맞지? 나 지강이 아버지야. 기억하려나?"

불쾌함으로 굳어지는 주혜와 현아를 모른 척하는 서온의 앞에 근수가 반갑게 다가왔다.

"안녕하셨어요."

"그래. 우리 서온이가 너무 예쁘게 커서 몰라볼 뻔했네."

따뜻하고 포근한 근수의 미소는 지강과 묘하게 닮은 구석이 있었다. 그래서인지 지강이 더 보고 싶어졌다.

"창립 기념일 축하드립니다."

"녀석, 강이랑 몇 달 같이 지내더니 말투까지 배웠구나. 아저씨한텐 그렇게 깍듯이 안 해도 돼요. 서온이 넌 내 딸이나 마찬가진데."

웃고 있긴 했지만 마음이 편하지 못해 입꼬리가 잘 올라가지 않는 것 같았다. 등 뒤로는 현아와 주혜의 살기 어린 눈초리가 느껴졌고 근수와 함께 있는 탓에 힐끔거리는 사람들의 시선도 부담스러웠다.

행사 진행을 위해 근수가 무대로 향하고나자 서온은 연회장 구석진 곳으로 숨어 사람들의 시선을 피할 수 있었다.

"참석해 주신 여러분께 감사의 말씀 전하면서 또 하나 여러분께 축하받을 일이 있어서 염치 불구하고 이렇게 앞에 섰습니다."

마이크를 잡은 근수에게 모든 이목이 집중되고 서온은 근수의 곁에서 몇 걸음 떨어져 서 있는 지강을 발견했다.

"그에 앞서 먼저 이번 마케팅 부서의 새로운 수장이 된 서지강 실장을 소개하겠습니다."

고요한 분위기 속에 박수가 쏟아지자 지강이 근수의 곁으로 다가섰다. 조명이 쏟아지는 무대에 선 지강은 빛이 나는 것처럼 멋있어 보였다.

"그리고 또 한 명 소개할 사람이 있습니다."

근수가 다정히 손을 뻗자 선아가 환한 미소로 지강의 곁에 섰다. 지강은 갑작스런 상황에 당황스러워서 잠시 무표정이 무너졌지만 가까이 서 있던 선아만이 그 사실을 알아챌 정도였다.

"서프라이즈야. 미안."

다정하게 팔짱을 끼는 선아의 말에 지강은 잠시 후 근수가 말한 축하받을 일이란 것이 자신의 약혼 소식이라는 것을 알아차렸다.

"오늘 이 자리에서 제 아들 녀석과 여기 제 예비 며느리가 간소하게 약혼식을 올리려고 합니다. 갑작스러우시겠지만 기쁜 마음으로 축하해 주시면 감사하겠습니다."

근수의 말이 끝나자마자 사람들의 박수가 쏟아지고 지강과 선아의 앞으로 케이크가 들어왔다. 한쪽에선 미현이 골라 놓은 반지가 지강에게 건네졌다.

"이선아. 이런 식으로 행동할 줄은 몰랐는데."

"놀란 건 알지만 어차피 진행될 일이잖아. 어머님이 약혼식은 해야 한다고 하셔서 간소하게 할 방법 찾다 보니 딱 오늘이더라고."

딱딱하게 굳은 얼굴로 소곤거리는 지강을 보며 선아는 애교 있는 눈웃음과 함께 찡긋 윙크를 했다. 터져 나오는 한숨을 삼키며 시선을 돌리던 지강은 연회장 구석에 서 있는 서온과 눈이 마주쳤다.

그 순간 지강은 자신이 헛것을 본 건 아닌지 의심하며 한참이나 서온을 바라봤다. 낯선 옷차림과 머리 모양 때문에 긴가민가 싶었지만 시선을 피하지 않고 그를 바라보는 여자는 분명 서온이었다.

"강아. 인사해야지."

축하 인사를 하는 사람들에게 답을 하기 위해 억지로 시선을 돌려야 했다. 아주 잠깐 시선을 돌린 사이 서온이 서 있던 자리는 텅 비어 있었다. 축하 인사를 하려고 다가오는 사람은 많아지는데 지강은 서온의 모습이 보이지 않자 제정신이 아닌 사람처럼 선아를 두고 연회장을 빠져나갔다.

"민서온!"

호텔 로비로 천천히 걷던 서온은 자신의 팔을 붙잡은 누군가에 의해 몸이 돌아섰다. 멀리 떨어져 조명 속에 있는 모습을 본 탓인지 눈앞에 있는 지강을 보면서도 현실감이 들지 않았다.

"여긴 어떻게 온 거지?"

"어떻게라뇨. 차 타고 왔죠."

마치 어제도 만난 사람처럼 장난스럽게 말하는 서온과 반대로 지강은 심각하게 굳어졌다.

"왜 온 거냐고 묻는 거야. 이런 모임 싫어하잖아."

"그러게요. 억지로 오긴 했는데 덕분에 아저씨 약혼식을 보게 됐네요."

서온은 아무렇지 않은 척하기 위해 애를 썼지만 목소리 끝이

미세하게 떨려왔다.

"왜 하필 여길 와서……."

하고 많은 날이 있을 텐데 하필이면 왜 자신이 참석한 자리에서 약혼식을 치른 거냐고 따지고 싶은 서온이었다. 애써 마음속에서 외치는 진심을 누르며 빙그레 미소를 지었다.

"내가 와서 약혼식에 방해라도 됐나? 그랬다면 미안하구요."

"그런 뜻이 아니야. 약혼식은……."

"강아!"

아직 제대로 된 말 한마디 나누지 못한 상황에서 선아의 목소리가 들리자 지강은 저절로 한숨이 새어 나왔다.

"여기서 뭐해? 다들 축하해 준다고 기다리시는데."

핀잔을 주던 선아는 반가운 표정으로 서온의 손을 잡았다.

"서온 씨, 여기 있었네요! 다행이다. 인사도 못 하고 벌써 갔나 싶어서 아쉬웠는데."

"약혼 축하드려요."

지강에게는 쉽게 나올 것 같지 않은 축하 인사가 선아에게는 쉽게 나왔다. 고맙다며 밝게 웃는 선아에게 죄라도 지은 것처럼 작아지는 자신을 발견했다. 아무도 모르게 혼자서 지강을 좋아한 것인데 그 사실만으로 선아에게 미안했다.

"두 사람. 아는 사이야?"

"아까 우연히 만났어. 그렇죠?"

다정하게 지강의 팔짱을 끼는 선아를 보며 서온은 미소를 지을 수밖에 없었다.

"근데 서온 씨, 가려는 거예요? 조금만 있음 끝나니까 기다렸다 차라도 한잔 같이해요. 나 서온 씨랑 얘기해 보고 싶어요."

"죄송해요. 선약이 있어서 그만 가 봐야 해요."

"이 시간에 무슨 선약? 말해. 어디서 누구 만나기로 한 건지."

습관 혹은 버릇처럼 서온의 일정을 캐묻는 지강의 모습이 낯설어 선아는 놀란 눈으로 그를 바라봤다.

"무슨 말을 그렇게 해? 꼭 잘못한 어린애 추궁하듯이."

"아저씨 눈엔 제가 아직도 여섯 살 꼬맹이 같나 봐요."

"아무리 그래도. 다 큰 아가씨한테."

지강은 서온을 보고, 서온은 선아만 보고 말하고 있었다. 이어색하고 불편한 자리를 빨리 끝내려면 돌아서는 방법밖에 없었다.

"두 분 약혼 다시 한 번 축하드려요."

"고마워요, 서온 씨. 우리 다음에 꼭 같이 밥이라도 먹어요."

지킬 수 없는 약속 대신 미소를 택한 서온은 어떻게 해야 할지 잠시 망설이다 지강에게 악수를 청하듯 손을 내밀었다.

"마지막으로 악수해요, 우리."

마지막이란 말이 지강의 심기를 건드렸다는 걸 알고 있었지만 모른 척하며 손을 더 내밀었다.

"민서온."

"거참. 기다리는 분도 계시니까 얼른 해요."

"그래. 얼른 해."

내키지 않아 하는 지강의 손을 선아가 억지로 맞잡게 하곤 만족스럽게 팔짱을 껴 두 사람을 지켜보았다. 서온은 처음으로 지강의 손을 꼭 붙잡았다.

"잘 지내요, 아저씨. 행복하고 또 행복하게."

"그게 무슨 말이야?"

"강아! 선아야!"

이대로 서온을 놓칠 수는 없다는 생각에 지강은 서온의 손을 움켜쥐었다. 하지만 지강의 등 뒤로 미현의 모습이 보이자 서온은 손을 밀어냈다.

"저는 그만 가 볼게요."

미현이 가까워지기 전에 두 사람에게 인사를 한 서온은 서둘러 호텔 로비를 빠져나갔다. 따라 나가려는 지강의 팔을 선아가 붙들며 눈짓으로 미현을 가리켰다.

"너희 여기서 뭐하니? 손님들 다 기다리시는데."

선아는 서온의 뒷모습을 안타깝게 바라보는 지강의 표정을 보았지만 채근하는 미현 때문에 어떤 말도 할 수가 없었다.

"얼른 들어가자."

"네, 어머님. 강아. 그만 들어가자."

"잠깐만. 저 녀석 저렇게 보내면 안 돼."

"지금은 우리 일이 먼저야. 너답지 않게 왜 이래?"

지강이 모르게 진행한 약혼식이었지만 축하를 받은 이상 그에게도 끝맺음할 의무가 있었다. 그건 약혼식이 아닌 회사 기념일에 찾아 주신 분들에게 지켜야 할 도리였다. 마지못해 선아를 따라 연회장으로 들어선 지강은 서둘러 서온에게 문자를 보냈다.

〈전화 꺼 놓지 마. 내일 연락할게. 할 말 있어.〉

택시에 타자마자 지강에게 온 문자를 확인한 서온은 가슴이 먹먹해져 왔다. 지강의 약혼녀와 약혼식을 보고 축하의 인사까지 했다는 사실이 믿어지지 않았지만 아릿하게 아려 오는 통증이 조금 전까지 겪은 일이 모두 사실이라는 것을 알려 주고 있었다.

"별일 없었어?"

곧 도착한다는 문자를 받고 집 앞에서 기다리고 있던 유진은 서온이 택시에서 내리자마자 걱정을 쏟아 놓았다. 그 순간 아무렇지 않게 웃으려던 서온의 눈에서 굵은 눈물이 떨어졌다.

"어? 이상하네. 왜 눈물이 나지?"

"무슨 일이 있었던 거야?"

분명 웃고 있는데 자꾸만 눈물이 흘러내렸다. 제대로 울지도 웃지도 못하는 서온을 유진이 품에 안았다.

"웃지 말고 울어. 그냥 울라고, 이 바보야."

울라는 말을 해 놓고 정작 서럽게 울기 시작한 것은 유진이었다. 엉엉거리며 우는 유진을 품에 안고 토닥토닥 달래는 서온의 눈에서도 쉼 없이 눈물이 흘렀다. 떠나기 전 마지막 밤은 서온을 대신해 서럽게 울어 주는 유진의 울음소리로 깊어 가고 있다.

약혼식이 끝난 후 선아를 데려다주기 위해 차에 오른 지강의 얼굴은 딱딱하게 굳어 있었다.

"난 공식적으로 서지강이 내 남자가 돼서 좋은데. 서지강 씨는 그렇게 화만 내실 건가요?"

"이선아."

쪽.

지강이 선아 쪽으로 고개를 돌린 순간, 선아는 지강에게 입을 맞추고 애교 섞인 눈웃음을 지었다.

"서지강 입술은 이런 맛이구나. 유치한데 왜 이렇게 좋지?"

수줍게 얼굴까지 붉히며 웃고 있는 선아와 달리, 지강의 마음은 무겁기만 했다. 머릿속은 온통 서온으로 가득 찼는데 다른 여자와 약혼을 하고 입까지 맞추고 있는 자신의 처지가 한심했다.

"아참. 서온 씨 말인데, 그쪽 집안에 대해 뭐 들은 거 없어?"

"무슨 뜻이야?"

"아까 화장실에서 서온 씨 처음 만났거든. 근데 비슷한 또래 여자애가 서온 씨한테 너무 막말을 해서 내가 좀 끼어들었어."

"자세히 얘기해 봐."

차를 도로 한쪽에 세운 지강은 오늘 처음으로 선아를 제대로 마주했다.

"서온 씨 얘기가 나오니까 제대로 봐주네. 너, 저녁 내내 나랑 눈도 안 마주친 거 알아?"

"그 얘기부터 자세히 해 봐. 그래서 꼬마는?"

"얘기하고 말 것도 없어. 그 여자애는 못 잡아먹어서 안달 난 사람처럼 덤벼드는데 서온 씨는 익숙한 일인 것처럼 덤덤하더라. 그 집안, 무슨 문제 있는 거야?"

"집안사람인 거 확실해?"

"서온 씨 또래였고 너희 아버지, 우리 엄마 그렇게 말도 했으니까. 아, 맞다! 집에 들어오지 말고 나가서 죽어 버리라고. 그런 막말까지 하더라."

서온의 얘기만 나오면 안쓰러워하던 현아를 기억하고 있었기에 지강은 선뜻 믿을 수가 없었다. 하지만 집 안에서 편히 쉴 수 없어 하던 서온의 행동이 어쩌면 새어머니와 그녀의 딸 때문일지도 모른다는 생각이 들었다. 왜 단 한 번도 그런 생각을 하지 못했는지. 스스로에 대한 한심함이 배로 커지고 있었다.

"마음대로 끼어들어서 미안하다니까 서온 씨는 내 덕분에 짧게 끝났다며 고맙다고 하더라."

말해 주길 기다리기보단 무슨 일이 일어났던 거냐고 먼저 물었어야 했는지도 모른다. 그런 일을 덤덤히 넘기기까지 서온에게 얼마나 많은 일들이 있었을지 그로서는 상상조차 되지 않아 가슴이 무너져 내렸다.

"다음에 서온 씨랑 자리 좀 마련해 줘. 나 서온 씨랑 친해지고 싶어."

집 앞에 도착해 차에서 내린 선아는 여전히 밝은 얼굴이었다. 그런 선아에게 지강은 결혼을 취소하자는 말을 하지 못했다. 당장은 복잡하게 무너져 내린 마음을 수습하고 서온을 만나야 한다는 생각밖엔 아무것도 떠오르지 않았다.

이른 아침이지만 공항은 많은 사람들이 번잡하게 오갔고 그 속에서 환영과 이별이 뒤섞인 묘한 공기가 떠돌았다.

"도착하면 바로 연락해. 누가 친절하게 대해 준다고 막 웃어 주지 말구."

"찐. 나 어린애 아니거든."

"걱정되니까 그렇지. 멀리까지 혼자 보내는 거 처음이니까."

"꼭 엄마 같네."

"아줌마 살아 계셨으면 너 혼자 이렇게 떠나는 일은 없었을 텐데."

잘 참는 것 같더니 기어이 훌쩍거리기 시작하는 유진을 서온이 품에 안으며 미소를 지었다.

"찐. 이번엔 보내는 사람이 되었으니까 다음엔 떠나는 사람이 되어 봐. 좋은 사람이랑 같이."

"왜, 떠나는 사람이 되니까 좋아?"

"남겨지는 것보단 떠나는 게 좋은 것 같아서. 대신 넌 좋은 사람이랑 같이 떠나고 같이 돌아와. 그래야 쓸쓸하지 않을 테니까."

유진의 눈물을 닦아 준 서온은 다신 보지 못할 친구에게 예쁘고 좋은 모습으로 기억될 수 있도록 최대한 환하게 미소를 지었다.

"행복하게 잘 지내. 찐, 네가 있어서 나 정말 너무 감사했어."

"다신 안 볼 사람처럼 그런 말 하지 마. 방학하면 그쪽으로 갈 거야. 잘 지내고 있어."

그러겠다는 대답을 차마 할 수가 없어 미소로 답을 대신하고는 출국장으로 걸음을 옮겼다. 출국장 문이 닫힐 때까지 울음을 참으며 손을 흔드는 유진의 모습이 사라지는 순간, 서온의 얼굴에선 애써 지은 미소가 사라지고 두 눈에는 눈물이 차올랐다.

아직도 문 뒤에 서 있을 유진 때문에 쉽게 걸음을 옮기지 못한 채 한참 동안 닫힌 문을 바라보고 있었다.

✳   ✳   ✳

이럴 수는 없었다. 도저히 납득할 수 없었다. 벌써 몇 번째 서온에게 전화를 걸어서 더 이상 사용되지 않는다는 안내 음을 들었지만 지강은 현실을 받아들이지 못하고 있었다.

"젠장!"

휴대폰을 책상 위로 거칠게 내려놓았지만 답답함은 커져만 갔다. 겨우 하루도 지나지 않았는데 서온은 더 이상 그를 만나지 않겠다는 듯이 전화번호를 바꿔 버렸다. 이대로 뒀다가는 서온을 영영 잃을 것만 같다는 생각에 지강은 서둘러 집무실을 나섰다.

"계약한 건 한참 전이구요. 이사는 며칠 전에 했어요."

소리 내어 문이 닫혔지만 지강은 한참 동안 서온의 작업실 앞을 떠나지 못했다. 멋대로 과외를 끝낸 건 시작에 불과했던 것이다. 소통이 될 수단을 모두 차단하고 증발하듯 서온이 사라져 버렸다. 속이 까맣게 타들어 가기 시작한 지강은 급하게 유진에게 전화를 걸었다.

"다시 말해 봐. 어딜 갔다고?"

─유학이요. 오늘 아침에 뉴욕으로 떠났어요.

유진은 전과 다른 냉랭한 목소리로 서온의 소식을 전했다.

"말도 안 돼. 어떻게 그럴 수가 있지? 어제 만났는데……."

—마지막 인사하러 간 거였어요. 약혼하셨다면서요? 차마 축하드린다는 인사는 못 하겠네요. 이만 전화 끊을게요.

아직 묻지 못한 말들이 많아 다시 전화를 걸었지만, 유진은 전화를 받지 않았다.

"어디 다녀오시나요, 실장님?"

반쯤 넋을 놓은 상태로 집무실로 들어서자 선아가 소파에 앉아 지강을 반겼다.

J약혼 소식이 회사 안에 퍼진 탓인지 비서는 선아가 와 있다는 사실조차 알리지 않았다.

"비서 아가씨한테 뭐라고 하지 마. 내가 비밀로 해 달라고 한 거니까."

"회사 출입은 자제하는 게 좋을 것 같다."

지강은 딱딱한 말투로 말한 후, 그대로 책상 앞에 앉아 서류를 펼쳤다. 내용이 눈에 들어오지 않았지만 지금은 선아를 마주하기가 편치 않았다.

"무슨 일 있었어? 어디 갔는지 비서도 모른다고 하고."

"여기 회사야. 개인적인 얘기는 나중에 밖에서 하자."

뾰로통해지는 선아의 표정을 봤지만 지강은 다시 서류에 시선을 고정했다.

"이봐, 서 실장님. 댁 얼굴 보겠다고 두 시간이나 기다린 약혼녀한테 너무하는 거 아냐?"

당장은 어떤 말도 편하게 할 수가 없어서 지강은 침묵으로 일관했다.

"나 좋은 소식 있어서 제일 먼저 너한테 알리러 온 거야."

선아는 가방에서 도면과 인테리어 사진 등이 담긴 파일을 꺼내 지강의 앞에 펼쳐놓았다.

"나 숍 계약했어. 런던 본점, 서울 분점이야."

파일과 함께 선아가 내민 명함은 조명 아래에서 반짝거리며 빛났다. 그리고 선아의 미소도 밝게 빛나고 있었다.

"이제 마지막."

선아는 가방에서 반지 케이스를 꺼내 책상 위에 올려놓았다.

"커플링이야. 약혼식 날 주고받는 건 너무 과할 것 같아서, 직접 디자인해서 만드느라 좀 늦어졌어."

선아는 케이스를 열고 반지를 꺼내더니 그에게 손을 달라는 듯 손짓했지만 지강은 손을 내밀 수가 없었다.

"빨리 손 줘. 껴 봐야지."

"미안하지만, 나 그 반지 못 껴."

선아의 표정은 한순간에 굳어졌고 반지를 들고 있는 손이 미세하게 떨려왔다.

"우리 약혼했잖아. 그럼 반지는 나눠 껴야 하는 거 아냐?"

"약혼, 그만두자."

이미 약혼식까지 한 뒤라 그만두자는 말이 맞진 않았지만 달리 표현할 말이 떠오르지 않았다. 잠시 멍하게 지강이 뱉은 말을 되새기던 선아는 반지를 테이블 위로 내려놓았다. 꽤 큰 충격을 받았음에도 표정은 담담했고 설핏 허한 미소를 짓고 있는 것 같기도 했다.

"진짜 서프라이즈네. 지금 파혼 선언하는 거야?"

"미안하다."

미안이란 말을 끝으로 침묵을 지키는 지강을 보며 선아는 피식 웃음이 나왔다.

"참 서지강답다. 어떻게 변명 한마디를 안 해?"

"무슨 말을 해도 변명이 될 테니까."

"그래도 해. 변명이든 이유든 들어야겠어."

"……미안하다."

겨우 입을 연 지강은 사라져 버린 서온을 자신의 변명거리로 만들고 싶지 않아 미안이란 말만 되풀이했다.

"변명조차 안 하겠다면 나도 납득 못해."

"이선아."

"내가 납득하고 물러나기 전까지 파혼은 없어. 그러니까 나한테 조금의 미안함이라도 있다면 반지 껴."

선아는 억지로 지강의 왼손 약지에 반지를 끼워 넣었다.

"내가 빼라고 할 때까지 절대 빼지 마. 나 서지강 상대로 쿨한 척하는 거 이제 안 해."

남은 반지를 자신의 손에 끼운 선아는 그대로 집무실을 나갔다. 선아가 약혼을 진행하기까지 얼마나 망설이고 고민했을지 알고 있었다.

그래서 억지로 끼워진 약혼반지를 차마 빼지도 못하고 깊은 한숨만 내쉬고 있는데 집무실 밖에서 요란스러운 소리가 들리기 시작했다.

"이봐요! 그렇게 멋대로 들어가면!"

당황스러운 비서의 목소리와 함께 집무실 문이 열리고 유진이 들어왔다.

"이렇게 막 들어가시면 안 됩니다. 죄송합니다, 실장님."

"괜찮으니까 나가 보세요."

비서가 마지못해 집무실을 나가자 지강은 반가운 기색은 감추고 유진을 보았다.

"다신 안 볼 사람처럼 전화를 끊더니 여긴 무슨 일이지?"

"혹시 서온이한테 연락 온 적 있어요?"

울음을 참고 있는 유진의 목소리가 불안하게 떨리고 있었다.

"설마, 꼬마랑 연락 안 되는 거야?"

상황을 설명하기 위해 급한 걸음으로 지강에게 가까이 다가선 유진은 그의 왼손 네 번째 손가락에 끼워진 반지에 시선이 닿았다.

유진의 시선을 따라 자신의 손가락에 끼워진 반지를 본 지강은 주먹을 쥐었다. 족쇄처럼 끼워진 반지를 차마 빼지 못한 것은 선아에 대한 미안함 때문이기도 했지만 아무렇지 않은 척 축하 인사를 하고 사라져 버린 서온을 붙잡지 못한 죄책감 때문이기도 했다.

"죄송합니다. 아무리 정신이 없었어도 서지강 씨한테 찾아올 일은 아니었는데. 실례했습니다."

지강은 돌아서는 유진을 억지로 돌려세웠다. 그런데 유진의 눈에는 눈물이 한가득 고여 있었다. 그 눈물은 유진의 불안과 절망을 대신 말해 주고 있었다.

"연락이 안 된다거나…… 그런 건 아니지? 다른 사람은 몰라도 너한테는 연락하는 녀석이잖아."

"나도 그럴 줄 알았어요. 나한테까지 연락을 끊진 않을 거라고 믿었는데. 당장 찾을 수도 없는 곳으로 가서 사라져 버렸어요. 돌아온다는 말도 없었는데."

유진의 팔을 붙잡고 있던 지강은 서둘러 집무실을 빠져나왔다. 두 번 다신 서온을 보지 못할 것 같은 불안함 때문에 마음이 급해지고 있었다.

❋　　　　❋　　　　❋

"지강 씨, 어서 와요."

한껏 목소리를 높여 지강을 반갑게 맞이하는 주혜의 뒤로 못마땅한 듯 팔짱을 끼고 선 현아의 모습이 보였다. 현아는 전과 달리 까딱하는 고갯짓으로 인사를 했지만 지강은 그마저도 무시하고 집 안으로 들어섰다.

"어. 지강이 왔구나."

소리를 듣고 서재에서 나온 철온은 지강을 반기면서도 어딘지 편치 못해 보였다.

"앉자."

"죄송하지만 따로 여쭤볼 게 있어서 들렀습니다."

당연하게 거실 소파에 앉으려던 철온이 알겠다며 서재로 향하자 지강도 그의 뒤를 따랐다.

"뭔데 저래? 재수탱이도 간 마당에 둘이서 무슨 할 얘기가 있다고?"

"골칫덩이 해결해 줬으니 받을 게 있겠지. 원래 있는 인간들

228

이 더 하는 법이거든."

"돈이라면 서지강도 넘치게 많을 텐데. 돈 말고 딴 거 받는 거 아냐? 엄마, 뭐 들은 거 없어?"

집안일은 전적으로 주혜의 몫이었지만 그건 말 그대로 집안 살림에 대한 것뿐이었다.

"하긴. 저 아저씨 엄마한테 그런 얘기 안 하지? 가끔 보면 저 아저씨가 엄말 진짜 부인으로 생각하는지도 잘 모르겠다니까."

"그래서 나도 다 생각이 있어. 등신처럼 부엌데기로 평생 살 줄 알아?"

유일한 방해물이었던 서온이 사라지자 주혜는 JM기업의 제대로 된 안주인 노릇까지 하고 싶다는 과한 욕심을 품기 시작했다.

"안 그래도 한 번 보자고 할 참이었다. 지강이 네 덕분에 서온이가 정신을 차렸는데 인사가 너무 늦었지?"

"서온이 지금 어디에 있습니까?"

"뉴욕은 지금 아침일 테니 학교에 가 있겠지?"

"모른 척하시는 겁니까? 아니면 정말 모르시는 겁니까?"

단도직입적인 지강의 질문에 태연한 척하던 철온의 표정이 잠시 굳어졌지만 이내 아무렇지 않은 듯 미소를 지었다.

"서온이한테 연락이 없었나보구만. 그 녀석이 원체 무심하고 저만 아는 녀석이라서 그러려니 이해해라. 적응 좀 하면 메일이라도 한 통 보낼 거야."

"아파트에서도 나가고 어학 코스 등록도 취소했다는 거 확인했습니다. 이미 보고받으셨을 거라 생각하는데요."

유진에게 받은 연락처를 통해 서온의 행방을 쫓았지만 짧은 시간 알아낸 것은 지금 말한 것들이 전부였다. 그래서 달려온 것인데, 철온은 서온이 사라진 사실을 숨기는 일에만 급급해 보였다.

"기껏 사람 만들었다 생각했을 텐데, 내가 정말 널 볼 면목이 없다."

"어디 있는지 찾아보고는 계신 겁니까?"

딸이 사라졌다는 소식을 들은 사람치고 철온은 너무 평온했다. 딸에 대한 걱정보다는 남의 이목을 신경 쓰며 자신의 체면을 챙기기에 급급한 그를 이해할 수 없었지만 그래도 뭔가 손써 놨을 거라고 믿고 싶었다.

"막상 넓은 세상을 보니까 또 헛바람이 들어서 그럴 거야. 철딱서니 없고 엉뚱하기가 이루 말할 수가 없는 애라서."

쨍그랑!

찻잔을 받친 쟁반을 가지고 방으로 들어오던 주혜는 기겁을 한 듯 놀라서 들고 있던 쟁반을 떨어뜨렸다.

"앗, 뜨거!"

"당신 괜찮아? 이 사람이 정말! 조심해야지."

놀란 철온이 재빨리 다가와 부축을 하자 주혜는 그대로 그의 품에 안기듯 주저앉았다.

"어디 봐. 데인 것 같은데."

"난 괜찮으니까, 얘기 좀 해 봐요. 서온이가 또 사라진 거예요?"

철온에게 부축을 받아 자리에서 일어난 주혜가 사색이 되어 물었다.

"당신까지 신경 쓸 거 없어. 학비에 아파트 보증금 환불하고 카드 한도까지 죄다 빼 갔으니 한동안은 연락 없을 거야. 돈이나 떨어지면 들어오겠지."

"정말 해도 해도 너무하네요. 아무리 저밖에 몰라도 그렇지. 어떻게 가자마자 그 많은 돈을 다 빼서 사라질 수가 있어요?"

주혜와 철온은 서온에 대한 비난을 쏟아 내고 자신들을 위로하기 바빴다. 덕분에 이 집안에서 서온을 걱정하는 사람은 아무도 없다는 것을 지강은 몸소 느끼는 중이었다.

"지강아, 정말 미안하다. 네가 많이 고생했는데 결국 이렇게 돼서."

"나도 미안해요, 지강 씨. 어떻게 해도 안 될 애를 맡겨서. 나라도 그러지 말자고 말렸어야 했는데……."

아무것도 모르는 사람들의 눈에는 구제 불능 문제아인 서온을 진심으로 걱정하는 착한 새엄마처럼 보이기에 충분한 행동들이었다.

하지만 지강은 더 이상 속지 않았다. 주혜 모녀는 서온을 걱정하는 것이 아니었다. 그저 서온을 이용해 남들에게 동정심과 연민을 얻고 철온에겐 딸을 멀리할 구실을 만들고 있었던 것이다.

오늘에서야 그 사실을 확인한 지강은 탄식에 가까운 한숨이 쏟아져 나왔다.

"민 사장님, 지금 제정신이십니까? 당신 딸이 사라진 겁니다.

그것도 하나밖에 없는 당신 친딸이."

"지강 씨, 무슨 말을 그렇게 심하게 해요? 지강 씨는 겨우 몇 달을 지내서 모르는 거예요. 우리라고 처음부터 이랬겠어요? 걸핏하면 집 나가서 사고 치는 애를 봐주는 것도 한두 번이지."

"그 입 다무시죠. 당신이 뭐라고 민서온을 봐주고 말고 합니까?"

"어, 어떻게. 감히 나한테 그런 말을!"

주혜는 울상이 되어 편을 들어주길 바라며 철온을 보았다. 생각지도 못한 지강의 비난 때문에 굳어져 있던 철온은 못마땅한 기색을 몇 번의 헛기침으로 대신했다.

"지강이 넌 이해가 안 되겠지만 이번 일만 해도 제정신 박힌 놈이면 할 수 있는 일이 아니지 않냐? 그나마 딸이니까 이만큼 봐준 거지. 남이었으면 진작에 내쳤을 거다."

가슴에 커다란 못이 박힌다는 게 어떤 느낌인지 지강은 그동안 알지 못했다. 사람의 말이 얼마큼이나 사람을 아프게 할 수 있는지 어렴풋이 알기만 했지, 직접적으로 아파 보기는 처음이었다.

서온은 그동안 이런 아픔들을 견디며 살아왔던 걸까. 가장 큰 사랑을 받아야 할 사람에게 비난과 조롱이 섞인 가시 돋친 말들을 들으며 얼마나 많은 피눈물을 흘렸을지 감히 짐작조차 할 수 없었다.

"그렇게 착하던 당신 딸이 갑자기 변했는데, 민 사장님은 넌 구제 불능에 세상에 필요 없는 아이라고 서온이를 다그치고 비난하면서 몰아세우기만 하셨던 겁니까?"

"아무리 모진 말을 해도 한 귀로 흘려버리고 결국 저 하고 싶은 대로 하던 녀석이야. 내 말이 비난인지 칭찬인지도 몰랐을 걸? 나나, 이 사람이니까 그나마도 관대하게 봐준 거지."

분명한 비난이었는데도 철온은 표정 하나 바뀌지 않았다. 오히려 옆에 서 있는 주혜에게 동조를 구하며 고개를 끄덕이기까지 했다. 그 모습을 보고 나자 지강은 서온에게 아버지라는 그늘이 없다는 것을 알게 되었다.

"구제 불능은 서온이가 아니라, 민 사장님이시네요."

"서지강 씨! 어떻게 어른한테 그런 막말을 해?"

흥분한 주혜의 목소리가 높아졌지만 지강은 그녀를 무시해 버렸다.

"겨우 중학생이었습니다. 그 어린 나이에 엄마를 잃었고, 아버지란 사람은 기다렸다는 듯이 새로운 여자를 엄마라고 데려왔죠."

"무슨 소리가 하고 싶은 거냐? 겨우 몇 달 데리고 있었다고 그 녀석을 다 안다고 판단하지 마."

"엄마는 죽었는데 아버지는 새로운 여자와 행복하게 사는 걸 보면서 서온이 심정이 어땠을 것 같습니까? 그 녀석은 견디고 있었던 겁니다. 그렇게라도 이 집에서, 아버지란 당신 곁에서 살고 싶어 했던 건지도 모른단 말입니다."

"웃기는 소리 마! 아무것도 모르는 주제에. 그게 우리 속을 얼마나 썩였는지 당신은 몰라. 그딴 걸 견디느라 속이 썩어 들어간 건 우리라고!"

주혜는 지강에게 달려들기라도 할 듯이 소리를 질러댔다.

서온의 일이라면 언제나 좋은 말만 하던 주혜가 돌변하자 철온은 당황스럽게 바라보고 있었다.

"돈 많은 부모를 믿고 대책 없이 사고 치는 아이들이 어떤지 모르십니까? 민서온이 정말 철없는 구제 불능이었다면 겨우 말썽 정도에 그치는 일만 벌이진 않았을 겁니다."

학교에서 잘린 것을 제외하면 서온이 벌인 일들은 사고가 아니라 말썽이란 단어가 어울리는 것들이긴 했다. 하지만 철온에겐 납득할 수 없는 일이었다.

"그만. 그 얘긴 그만하자. 애초에 서온이를 너한테 맡긴 게 내 실수였어. 사람 한번 만들어 보겠다고 창피한 줄 모르고 집안 허물을 다 보였으니……. 지강이 너한테는 미안하게 됐다. 앞으로는 신경 쓰이게 할 일 없으니까 서온이는 잊어버려라."

"아니요. 이제 민서온은 제가 책임집니다."

"지강이 너한테 맡겼던 보호자 노릇은 끝났어. 괜한 동정심 때문에 이러면 내가 너희 아버지 볼 낯이 없어지니까 그만해라."

이런 상황에서도 자신의 체면과 남의 이목만을 먼저 생각하는 철온은 이미 아버지로서 자격이 없는 사람이었다. 조금만 더 빨리 알았다면 서온을 지켜 줄 수 있지 않았을까란 생각이 들자 지강은 아무것도 하지 못했던 자신에게도 화가 났다.

"대가를 지불하겠다고 하셨습니까? 제가 원하는 대가는 지금부터 영원히 민서온의 보호자가 되는 겁니다. 앞으로는 민서온 일에 관여할 생각은 하지 않으시는 게 좋을 겁니다. 어차피 찾을 생각도 없겠지만."

"그게 무슨 말도 안 되는……!"

"낳아 주고 돈만 쥐여 줬다고 해서 부모 역할을 다 한 게 아닙니다. 그러니까 더는 서온이 일에 관여하지 마십쇼. 이제 민서온 보호자는 접니다."

당황한 철온에게 꾸벅 인사를 하고 밖으로 나온 지강은 차에 올라타 시동을 걸었지만 참을 수 없이 분노가 치밀어 쉽게 진정이 되지 않았다.

"젠장!"

주먹을 쥔 손으로 거칠게 핸들을 내려쳤지만 아픔 따윈 느껴지지도 않았다. 긴 시간 서온이 겪어 냈을 일들을 상상하는 것만으로 끔찍하고 가슴이 아팠다. 모두들 변해 버린 서온을 탓하기만 했지 왜 변하게 됐는지는 묻지 않았던 것이 문제였다.

다른 사람은 몰라도 그는 서온의 상처를 알아챘어야 했다. 너무 아파서 차마 숨기지 못하고 몇 번이나 그의 앞에서 주저앉았던 모습을 봤으면서도 알아차리지 못한 자신이 너무 한심하기만 했다.

"찾을 거야. 무슨 수를 써서든 찾아낼 거야."

지금은 후회하는 시간조차 사치였다. 곧장 휴대폰을 꺼내 든 지강은 서온의 행방을 찾는 일을 부탁했던 비서실장에게 전화를 걸었다.

"접니다. 뉴욕으로 출국한 날짜부터 입국 기록에 민서온이 있는지 확인 좀 해 주십쇼. 최대한 빨리 부탁드립니다."

전화를 끊은 지강은 정신을 차리기 위해 심호흡을 내뱉고 지체하지 말자며 마음을 다잡았다. 철온에게 선언하듯 말한 것처럼 이제 서온을 찾아 보호하고 책임질 사람은 그뿐이었다.

"입국 확인됐습니다. 이틀 전에 뉴욕에서 인천공항으로 입국한 명단에 민서온 씨가 있습니다."

비서실장이 건네주는 입국자 명단 중 형광펜으로 표시된 부분에 분명히 서온의 이름이 있었다.

"입국 후 행방에 대해서는 아무것도 나온 게 없는 겁니까?"

"아직은 그렇습니다."

"알겠습니다. 작은 거라도 단서가 잡히는 게 있으면 바로 보고 부탁드립니다."

비서실장이 나간 후 입국자 명단에 있는 서온의 이름을 잠시 바라보고 있는데 집무실 문이 벌컥 열리고 윤호가 들어왔다.

"변호사님. 그렇게 막 들어가시면……."

난처한 표정으로 뒤따라 들어온 비서에게 괜찮다는 눈빛을 보낸 지강은 아무 말 없이 소파로 가서 앉았다. 하지만 윤호는 그 자리에 서서 못마땅하게 지강을 보고 있었다.

"너 선아랑 약혼했다며?"

따지듯 묻는 윤호를 보며 지강은 한숨을 내쉬었다.

"그건 나중에 얘기하자. 민서온이 없어졌어."

"뭐?"

한숨을 쉬는 지강의 표정이 전과 다르다는 것을 윤호는 그제야 알아차렸다.

"자세히 얘기해 봐."

"유학을 간다고 떠났는데 이틀 전에 한국으로 들어왔어. 그

녀석 찾는데 네 도움이 필요해."

"유학? 무슨 일이 이렇게 빵빵 터지냐? 근데 잠깐만. 하나만
더 묻고."

"약혼식 얘기라면 묻지 마라. 나도 모르는 사이에 벌어진 일
이니까."

"내 예상이 맞았네. 또 이선아의 서프라이즈였던 거지?"

"그래. 그리고 더 미치겠는 건 그 자리에 민서온이 있었다는
거야."

"뭐?"

너무 놀란 탓인지 윤호는 목소리를 높였다.

"나만 몰랐던 내 약혼식이 시작되는데, 민서온이 그 자리에
있더라."

"진짜 미치겠네. 그래서 서온이 붙잡았어?"

어떻게 설명을 해도 윤호를 이해시킬 수는 없을 것 같아 지강
은 쓴웃음을 지었다.

"하기야 그 상황에 뭘 할 수 있었겠냐. 아, 진짜 무슨 일이 이
렇게 꼬이는 거냐?"

"그만하자. 지금은 민서온부터 찾아야 되니까."

"일단 찾는 게 우선이긴 한데, 약혼 문제도 빨리 정리하는 게
좋을 것 같아. 시간 끌수록 선아 상처만 깊어질 거야."

"내가 알아서 할 테니까 넌 민서온 찾는 일만 도와줘."

"그래. 찾고 생각하자. 뭐부터 해야 되는 거야?"

"그 녀석 신상부터 하나도 빠지지 말고 알아봐 줘."

어깨를 툭툭 쳐 주는 것으로 위로를 대신한 윤호가 돌아간 후

지강은 손가락에 끼워진 반지를 바라봤다. 윤호의 말처럼 선아의 상처가 더 깊어지기 전에 깨끗이 정리하는 것도 서온을 찾는 일만큼이나 시급했다.

6. 민서온 찾기

뉴욕 공항에 도착한 서온은 철온의 비서가 섭외해 놓은 가이드를 따라 학교 근처 아파트에 도착한 후로 온전히 혼자가 되었다. 집 안으로 들어서자마자 푹신하지만 이질감이 드는 카펫을 밟으며 신발을 벗어야 할지 말아야 할지 망설이다 피식 웃음을 흘렸다.

　"큰 결정은 쉽게 해 놓고 고작 신발 벗는 걸 고민하네."

　현관에 신발을 벗어 놓고 원룸 구조의 공간을 잠시 둘러보던 서온은 곧장 침대로 향했다. 지친 몸을 침대에 누이자마자 잠이 쏟아졌다. 덕분에 뉴욕에서의 첫날 밤은 꿈도 꾸지 않고 편히 보낼 수 있었다.

　하지만 이른 아침 햇살에 눈을 뜬 순간 타국에 홀로 있다는 사실을 실감할 수 있었다. 지난밤 편히 잠을 잤다는 것이 믿기지 않을 만큼 낯선 이질감만이 실내에 떠다니고 있었다.

뭐부터 해야 할지 몰라 잠시 허둥거리긴 했지만 비행기 안에서 해야 할 일들을 적어 놓은 수첩을 꺼내 책상 앞에 앉자 한결 차분해지는 기분이었다.

"아파트 정리랑 학비 환불하고, 돈 정리부터 해야겠네."

결국 우선순위가 돈이 될 수밖에 없는 현실이 쓸쓸하면서도 당장 살기 위해서 어쩔 수 없는 일이라고 받아들일 수밖에 없었다.

그렇게 서온은 일주일도 채 되지 않는 시간을 뉴욕에서 보내고 한국으로 돌아왔다.

"안 좋아지는 것 같으면 바로 전화부터 해야 된다."

"걱정 마시라니까요. 제 단축 번호 1번 선생님이에요. 열만 조금 나도 꼭 누를게요."

한국에 돌아오자마자 검사를 하느라 입원했던 서온은 병원 로비까지 배웅을 나온 조 교수에게 애써 미소를 지어 보였다.

검사 결과가 좋지 않아 수심 가득한 표정의 조 교수를 뒤로하고 병원 밖으로 나오자 손에 들린 약봉지가 괜스레 묵직하게 느껴져서 긴 한숨이 나왔다.

약을 먹고 있지만 구토하는 횟수는 잦아졌고 상태는 나아지지 않았다. 이렇게 하늘을 볼 수 있는 것도 얼마 남지 않은 건 아닐까? 하는 생각이 들었지만 아직 약해져서는 안 된다고 마음을 다잡고 택시를 잡아탔다.

서울 시내를 벗어난 차창 밖 풍경은 어느새 익숙한 나무와 풀, 꽃이 보이는 길로 바뀌어 있었다. 택시에서 내리자 맑은 풀내음이 서온을 반겨 주었다. 집 근처에 심어진 나무들은 탐스러웠던 빛의 나뭇잎들을 하나둘씩 떨구고 있었지만 쓸쓸함보다는 집에 돌아왔다는 안도감으로 마음이 편해졌다.

집 안으로 들어서자 언제나 그랬듯 따뜻한 햇살이 거실을 가득 채우고 있었다. 햇살이 쏟아지는 창가 곁 장식장 속에 있는 엄마의 사진 역시 변함없이 환한 미소로 서온을 바라보고 있었다.

"다녀왔습니다……."

미소를 지어 보려 했는데 왈칵 눈물이 쏟아져 내렸다. 그대로 바닥에 주저앉은 서온은 무너지듯이 울음을 토해 냈다. 누구에게도 들키지 않기 위해 애쓰고 또 애써 왔지만 이젠 그럴 필요가 없었다. 이곳은 아무도 찾지 못할 곳이었고 온전히 혼자가 되어 삶을 정리할 공간이었다. 엄마를 보낸 후 처음으로 서온은 목 놓아 한참을 울고 또 울었다.

✳   ✳   ✳

회의를 끝내고 사무실로 들어온 지강은 자신을 기다리고 있던 선아와 마주 섰다.

"같이 저녁 먹으려고 기다렸어."

아무 일도 없었던 것처럼 말하는 선아를 보며 지강은 더 이상 시간을 지체하면 안 된다는 생각을 했다.

"나가자."

선아는 미소를 지으며 지강의 팔짱을 끼려 했지만, 그는 손을 풀어내고 앞서 걷기 시작했다. 선아가 슬픈 표정을 짓고 있단 걸 알았지만 멈출 수는 없었다.

"전부터 묻고 싶었는데."

차에 탄 후로 아무 말이 없던 선아가 가라앉은 목소리로 말을 꺼냈다.

"이 차 안에 있는 방석하고 뒷자리 쿠션들. 혹시 서온 씨가 가져다 놓은 거야?"

지강은 쿠션을 갖다 놓으며 좋아하던 서온의 모습이 떠올라 마음이 아파 왔다.

선아는 쿠션을 보며 흔들리는 지강의 표정을 놓치지 않았다.

"여자의 본능이란 거. 정말 무서운 건가 봐."

"무슨 소리야?"

선아는 지강이 파혼하자는 이유가 서온 때문일지 모른다고 생각했었다. 본능적으로 그런 생각이 들었는데, 쿠션을 바라보는 지강의 아픈 눈빛을 보자 확신이 들었다.

"서온 씨 만나고 싶어. 연락처 알려 줘."

잠시의 침묵 끝에 선아는 질문이 아닌 요구를 택했다.

"그럴 수 없어."

"왜? 내가 서온 씨한테 못 할 말이라도 할까 봐 그래?"

"아니. 내가 아는 이선아는 그런 못난 짓을 할 사람이 아니란 거 알아."

"그럼 왜 알려 줄 수 없는데?"

"꼬마가 사라졌어. 그래서 알려 줄 연락처가 없다."

"사라지다니? 무슨 큰일이라도 생긴 거야?"

"아니. 스스로 사라진 거야. 그 녀석, 숨는 거 하난 기막히게 잘하거든."

지강은 씁쓸한 미소가 흘러나왔다. 혼자 여행을 다녀왔다고 했을 때 목적지가 어디였는지 알아냈어야 했다. 또다시 뒤늦은 후회만 밀려왔다.

"대체 무슨 말이야? 그럼 너도 서온 씨가 어디에 있는지 모른다는 소리야?"

"찾는 중이야. 곧 찾을 거고."

"찾으면? 그 후에는 어쩔 건데?"

"곁에 두고 지킬 거야. 다신 사라지지 못하게."

1초의 망설임도 없는 지강의 대답에 선아는 기가 막혀 헛웃음이 나왔다.

"미안하다."

"미안할 짓 다신 하지 말라고 분명히 말했던 것 같은데. 나 오늘 얘기 못 들은 걸로 칠래. 그러니까 넌 앞으로도 미안할 짓 안 하면 되는 거야."

서둘러 차에서 내리는 선아를 붙잡기 위해 지강도 급하게 차에서 내렸다.

"이선아. 내 말 들어. 반복되면 너만 더 상처 받을 거야."

지강이 억지로 돌려세우자 선아는 원망 가득한 눈빛으로 그를 바라봤다.

"나 민서온 포기할 수 없어."

"그만해."

선아는 두 손으로 귀를 틀어막았다.

"같이 지내는 동안 나도 모르게 민서온을 여자로 보기 시작했고, 점점 그 녀석이 내 사람이길 바라는 욕심이 생겼어."

"그만해!"

"정말 미안하지만 너한테는 솔직히 말해야 할 것 같다. 그러니까 들어 줘."

귀를 틀어막던 선아의 손이 힘없이 툭 떨어졌다. 지강은 그제야 꽉 붙들었던 선아의 어깨를 놓아주었다.

"내 감정을 부정하느라 서온이를 잃게 됐어. 잃고 나서야 상처투성이로 살아온 그 녀석의 삶이 보이기 시작하면서 내가 민서온을 많이 사랑하고 있다는 것도 알게 됐어."

묵직하게 울리는 지강의 사랑 고백이 선아는 아프기만 했다.

"세상에 상처 없는 사람이 어디 있는데? 다시 생각해 봐. 사랑이 아니라 동정일 수도 있어."

"처음에는 나도 각별했던 동생이라는 생각으로 감정을 부정했고 다음엔 냉정히 분석까지 해 봤어."

"그런데도 결론이 사랑이야?"

"그래. 사랑이야."

감정 표현에 야박하기만 한 냉혈한 서지강이 사랑하고 있음을 스스로 인정했다. 그 상대가 자신이 아니라 선아는 너무 아프고 괴로웠다.

"미안하다."

"그 미안이란 말은 날 위한 게 아니라 네 죄책감을 덜기 위한 거야. 그러니까 다신 나한테 미안이란 말 하지 마. 가. 지금은 너 보고 싶지 않으니까."

돌아서 가는 선아를 더 이상 붙잡지 못한 지강은 멀어지는 그녀의 뒷모습을 한참 동안 바라보고 있었다.

"아무리 뒤져도 단서가 될 만한 게 없어."

윤호는 서온에 대한 서류들을 지강의 앞에 내려놓으며 말했다.

지강은 윤호가 가져온 서류를 펼쳐 들었다. 생각보다 세세하게 조사된 신상 정보를 보면서 새삼스럽게 서온에 대해 아는 것이 많지 않다는 생각이 들었다.

"며칠 동안 JM쪽부터 서온이 관련된 건 다 찾아봤어. 근데 좀 이상한 게 민철온 사장 쪽이 너무 조용해. 서온이 사라진 걸 알긴 하는 거지?"

철온이 여전히 방관하고 있다는 것을 알게 되자 지강은 씁쓸함에 웃음조차 나오지 않았다.

"다시 한국을 떠난 건 아닐까?"

"출국 기록은 계속 확인하고 있어. 한국에 있는 거 확실해."

서류에서 눈을 떼지 않는 그를 윤호는 걱정스럽게 지켜봤다.

"묻고 싶은 거 있으면 그냥 질문하지?"

지강은 시선을 서류에 둔 채로 말했다.

"선아랑은 어떻게 되어 가고 있는 거야?"

"처분을 기다리는 중. 내가 할 수 있는 건 다 했어."

지강은 손가락에 끼워진 반지를 봤다. 쉽게 빼 버리면 그만인 반지였지만 제대로 끝을 맺은 뒤 선아에게 돌려주고 싶었다.

"일단은 민서온부터 찾자. 그래야 서지강이 제대로 숨이라도 실 것 같으니까."

"고맙다."

누구도 서온을 향한 마음이 잘된 일이라고 말해 주지 않았지만 윤호는 진심으로 지강을 응원하며 돕고 있었다. 그것으로 충분했다.

"잠깐, 잠깐만."

회사로 돌아가려는 윤호를 불러 세운 지강이 형광펜으로 표시된 서온의 재산 목록을 다시 살폈다.

"여기, 좀 이상한데."

지강이 넘겨준 페이지를 본 윤호는 뭐가 문제냐는 표정을 지었다.

"이 집 증여받은 걸로 되어 있는데. 다른 자료는 없어?"

"있었던 것 같은데……."

서류를 뒤적거린 윤호는 금세 건물에 대한 자료를 찾아 지강에게 넘겨주었다.

"원래는 서온이 어머니 이름으로 계약된 집이야. 유연서 씨가 사망한 후로 서온이한테 증여됐어. 그 후로는 계속 빈 집인 것 같던데."

"어쩌면……."

서류 속 주소를 급하게 메모한 지강이 겉옷을 챙겨 들었다.

"설마 거기 있을 거라고 생각하는 거야?"

"민서온이 주기적으로 사라졌던 이유가 그 집 때문이었을지도 몰라. 고맙다. 나중에 연락할게."

지강은 급하게 집무실에서 나가 버렸다. 어디서 저런 확신이 나오는 건지, 서지강답지 않은 무모함이었다. 그럼에도 변하고 있는 지강을 보며 윤호는 기분 좋은 웃음을 지을 수 있었다.

서울에서 벗어나 겨우 30분을 달려 도착한 곳은 작은 시골 마을이었다. 내비게이션이 없었다면 찾기조차 힘든 시골길 끝에 위치한 작은 집 앞에 멈춰 선 지강은 차에서 내려서 집주변을 둘러봤다.

작은 마당을 끼고 있는 작은 황토빛 집에는 낮은 울타리가 둘러져 있었다. 울타리 문을 열고 마당으로 들어선 지강은 현관문으로 향하는 낮은 계단을 올랐다. 넓은 창문이 있긴 했지만 커튼이 쳐져 있어 집 안을 볼 수 없었다. 윤호의 말대로 빈집인 채로 방치되어 있는 건지도 모른다는 생각이 들었지만 일말의 기대를 버릴 수가 없었다.

머뭇거리듯 벨을 누르자 삐삐거리는 오래된 벨 소리가 작게 들려왔다. 하지만 아무런 인기척도 없었다. 처음 망설이던 손길과 달리 다시 벨을 눌렀지만 한참이 지나도 집 안은 고요하기만 했다.

쾅!

답답함에 현관문을 주먹으로 내려친 지강은 그대로 바닥에 주저앉았다. 여기까지 달려오는 동안 생기던 기대감이 실망으로 바뀌면서 절망을 안겨 줬다. 또 어디서부터 찾아야 할지 막막하기만 했다.

현관문을 등지고 앉아 있길 한참, 주위가 완전히 어둑해지고 길가에 가로등이 켜지고서야 자리에서 일어난 지강은 천천히 마당을 가로지르기 시작했다. 그 순간 등 뒤로 집 안에 옅은 불빛이 들어오더니 달그락거리는 소리와 함께 조심스럽게 현관문이 열렸다. 뒤를 돌아본 지강은 현관문 밖으로 나온 서온을 마주했다.

"민서온!"

한걸음에 현관으로 달려온 지강을 마주하는 순간 서온은 반사적으로 현관문을 닫으려 했지만 지강의 몸이 먼저 안쪽으로 밀고 들어왔다.

"뭐하는……!"

당황한 서온은 지강을 밀어내 보려 했지만 강한 힘이 그녀를 당겼다. 그렇게 서온은 지강의 품에 안겼다.

"민서온……."

지강의 목소리가 떨리고 있었다. 그의 온기가 느껴지고 체취도 코끝으로 전해지자 서온은 이 순간이 꿈이 아니구나 싶었다.

"숨 막혀요."

숨이 막힌다는 말을 듣고서야 품에서 놓아준 지강은 서온의 어깨를 붙잡고 한참을 바라만 보았다. 아주 오랜만에 심장의 뜀박질이 빨라지고 얼굴도 화끈거리는 것 같아서 서온은 지강의 시선을 피할 수밖에 없었다.

"민서온. 우리 꼬맹이 맞네."

서온의 얼굴을 양손으로 감싸 안은 지강은 환하게 미소를 지었다. 몇 날 며칠 속이 까맣게 타들어 갔던 것쯤은 다 잊어버리고 눈앞에 그녀가 있다는 사실이 감사하기만 했다.

하지만 서온은 지강의 손을 밀어내고 한걸음 뒤로 물러났다.

"여길 어떻게 알고…… 설마 우리 아버지가 시켰어요?"

"일단 좀 들어가자."

지강은 막무가내로 집 안으로 들어갔다. 집을 둘러보는 지강을 보며 서온은 짧은 한숨을 내쉬고는 주방으로 들어갔다.

"거기, 나가는 문 있는 거 아니지?"

혹시나 하는 생각에 주방 쪽을 살펴본 지강은 나가는 문이 없다는 것을 확인하고서야 다시 거실로 나왔다.

햇살이 잘 드는 아담한 거실 한쪽에는 재봉틀과 좌식 소파가 놓여 있고 장식장에는 아기자기한 소품들로 가득했다. 그중에는 그가 선물로 준 크리스털 고양이가 처참하게 깨진 모습으로 놓여 있었다. 깨진 조각까지 놓아둔 걸 보면 일부러 깨뜨린 것은 아닌 것 같다는 생각이 들면서 이상하게 마음이 아파 왔는데 그건 고양이 옆에 놓인 서온의 엄마 영정 사진 때문인 것 같았다.

"앉아요."

거실로 나온 서온은 탁자 위에 김이 모락모락 오르는 찻잔을 내려놓았다. 지강은 눈을 떼면 서온이 사라질 것 같은지 한시도 그녀에게서 시선을 떼지 않았다.

"사라지는 것도 잘하더니 숨는 일에도 재능이 있는 줄 몰랐네. 이렇게 장소까지 마련해 두고."

"여기 어떻게, 아니. 왜 왔어요? 우리 아버지가 나 여기 있는 거 아는…… 하, 아니까 아저씨한테 가르쳐 줬겠죠."

여러 가지 질문들이 한꺼번에 떠오른 탓에 말이 뒤죽박죽으로 나오자 서온은 잔뜩 인상을 찡그렸다.

"여전해서 다행이다."

지강의 미소는 보고 있는 것만으로 위로가 될 만큼 부드럽고 따뜻했다. 그러던 것도 잠시, 약해지면 안 된다는 생각으로 애써 지강을 외면했다.

"이미 찾아냈는데 어떻게 알았는지가 뭐가 중요하다고. 등신처럼 쓸데없이."

낮게 중얼거리는 서온을 보며 지강은 무슨 생각인지 벌떡 일어나 그녀의 옆자리로 가서 앉았다.

"뭐, 뭐예요?"

당황하거나 말거나 지강은 그대로 서온을 품에 안았다. 서늘하게 식어 버린 몸에 그의 온기가 전해지자 서온은 어쩔 줄을 몰라 떨어지려 했지만 이번에도 쉽게 놓아주질 않았다.

"진짜! 왜 이래요? 놔요."

"이제 다신 안 놔."

여기까지 찾아온 것만으로도 복잡하고 심란해 죽겠는데, 놔주지도 않겠다는 말은 또 무슨 뜻이냐고 따지기라도 해야 하는데 서온은 지강의 품에 안긴 채 버둥거리기도 벅찼다.

"이것 좀 놓으라니까요!"

있는 힘을 다해 지강을 밀쳐 낸 서온은 씩씩거리는 채로 그를 노려보았다.

"힘으로 끌고 갈 생각이면 포기하고 돌아가요. 또 찾아오면 다른 곳으로 도망갈 거니까."

"안 돼. 이제 민서온은 아무 데도 못 가. 내가 그렇게 안 둬."

"혹시 받기로 한 대가 아직 못 받았어요? 아버지가 나 찾아야 주시겠다고 해서 이러는 거냐고요."

아무리 생각해도 지강이 여기까지 찾아온 이유는 과외를 끝나고 받았어야 할 대가뿐이었다.

"민서온."

"그것 때문이라면……."

서온은 지강의 앞에 무릎을 꿇었다. 이젠 도망갈 곳도 없었고 도망칠 힘도 없었다. 그래서 제발 모른 척해 달라고 빌기라도 해야 했다.

"뭐하는 짓이야?"

"부탁할게요. 아버지한테는 저 여기 없었다고 해 주세요. 이번 한 번만 모른 척해 주세요."

"이젠 네가 그 집으로 돌아간다고 해도 내가 안 보낼 거니까 이러지 마."

지강은 서온을 다시 품에 안았다. 아프게 하려고 찾아온 것이 아닌데 서온이 그 때문에 아파하고 있었다.

서온이 그제야 지강을 제대로 봐주었다. 눈빛에는 그럼 왜, 어떻게 찾은 거냐는 의문이 담겼지만 몇 주 만에 제대로 자신을 보는 것만으로 안심이 돼서 자꾸 미소가 지어졌다.

"지금 한 말, 무슨 뜻이에요? 아버지가 부탁해서 찾아온 거 아니에요?"

그래도 아버지니까. 아무리 말썽을 부려도 자신을 찾는구나, 하고 위안을 삼았는데. 뜻을 알 수 없는 지강의 말 때문에 서온은 혼란스럽기만 했다.

"민 사장님 때문이 아니야. 내가, 나한테 민서온이 필요해서 찾은 거야."

"그게 무슨……."

무슨 뜻인지 몰라 인상을 찡그리는 서온을 보며 지강은 그녀의 미간에 잡힌 주름을 손가락으로 꼭꼭 눌러 펴 주기 시작했다. 그 순간에도 눈치 없이 심장은 왜 그리 빨리 뛰는지 서온은 지강의 손을 밀어내고 시선을 돌려 버렸다.

"민서온이 그 집에서 혼자 힘들고 아팠다는 거, 얼마 전에야 알았어. 미안하다. 좀 더 일찍 알아차리지 못해서."

"뭘 알았다는 건진 모르겠지만 그건 아저씨가 상관할 문제가 아니에요. 그러니까 미안할 필요도 없어요."

"아니. 이젠 너에 관련된 일은 전부 내 일이야."

"무슨 뜻이에요? 아까부터 이상한 말만 하고."

"이상한 말이 아니라 고백하는 거잖아."

"그게 무슨……."

"처음에는 민서온을 상대로 이런 감정을 갖는다는 게 말도 안 된다고 생각했어. 그래서 모른 척하고 부정하느라 널 상처 입히면서 시간만 낭비했고."

마치 고해성사를 하듯 지강은 대본이라도 읽는 것처럼 머뭇거림조차 없었다. 하지만 서온은 생각지도 못한 고백이 당황스러워서 시선조차 마주할 수 없었다.

"꼬마. 이럴 땐 나 봐줘야지."

서온의 얼굴을 손으로 감싸 쥐고 자신을 바라보게 만든 지강은 막상 말로 마음을 표현하려니 쉽지가 않은지 짧은 한숨을 내쉬었다.

"안 되겠다. 넌 복잡하게 얘기하면 어려워하니까 쉽게 얘기하

자. 나 이제 민서온 없이 안 되겠어. 제대로 사람답게 살려면 네가 꼭 필요해."

서온은 놀라서 아무 말도 할 수가 없었다. 서지강의 고백이라니. 단 한 번도 이런 순간은 상상조차 해 보지 못했다.

"이렇게 말해도 어려운가? 그럼 더 쉽게. 민서온, 사랑한다."

충격적인 고백이 이어졌다. 서온은 제 귀로 듣고도 지강이 한 말이 맞는지 헷갈리기 시작했다.

"헛소리가 들렸는데. 지금 이상한 소리가 들려서……."

지강은 당황스러워서 어쩔 줄 모르는 서온을 품에 안았다. 난생처음 여자에게 사랑한다는 말을 하면서 생각보다 낯간지럽지 않음이 놀라웠고 사랑한다는 말을 이상한 소리라고 하는 서온이 귀엽기만 했다.

"헛소리 아니야. 나 민서온 사랑해. 그러니까 이젠 아무 데도 못 보내."

"분명 잘못 들었어. 말도 안 돼. 전부 다 잘못 들은 거야."

지강을 밀쳐 낸 서온은 벌떡 자리에서 일어났다. 이건 있을 수 없는 일이고, 일어나서도 안 될 일이었다.

"아니야. 아저씨 지금 착각하는 거예요. 내가 말도 없이 사라져서 다신 못 볼 것처럼 되니까. 키우던 강아지를 잃어버려도 그렇잖아요. 한동안 아무것도 못 하고 밤잠 설치면서 걱정하고 자책하느라 지쳐서 동정을 사랑이라고 착각하게 된 거예요."

"착각 아니야. 나한테 민서온은 잃어버린 강아지가 아니라 제일 소중한 사람이고, 유일하게 갖고 싶은 여자니까."

지강의 진심이 전해질수록 마음이 산산이 부서져 내렸다. 차라리 다른 여자와 행복한 모습을 보며 아파하는 것이 지강을 상처 입혀야 하는 지금보단 훨씬 나을 것 같았다.

"아저씨 감정이 착각이든 아니든 상관없어요. 나는……."

떨리는 목소리를 애써 가다듬은 서온은 할 수 있는 한 가장 차갑고 무섭게 지강을 마주 보았다. 어차피 상처를 줘야 한다면 깨끗하게 베어 내듯이 냉정하게 잘라 내야 했다.

"나는 아저씨한테 아무 감정 없거든요. 고맙고 미안한 마음은 있지만 그게 다예요. 그러니까 그만 돌아가요. 약혼까지 한 사람이 이러는 거 약혼녀한테 나쁜 짓하는 거잖아."

"변명하고 싶진 않지만 약혼은 내 뜻이 아니었어. 그래서 파혼할 거고."

"그러지 마요. 약혼녀 좋은 사람 같아 보이던데, 아프게 하지 말고 꽉 잡아요. 바보처럼 놓쳐서 후회하지 말고."

엄마를 보내고 남은 사람이 된 서온은 떠난 사람을 혼자 품고 사는 것이 얼마나 아프고 힘든 일인지 뼈저리게 깨달았다. 그래서 세상을 떠난 후에는 자신을 기억하는 사람이 많지 않기를 바랐고, 오래 기억되지 않도록 추억도 남기지 않으려 애썼다. 그저 키우던 강아지를 잃어버리고 아파하는 만큼, 딱 그 정도의 시간만 자신을 기억해 주길 바랄 뿐이었다.

"내가 필요한 사람은 민서온이야. 다른 사람은 필요 없어."

"미안하지만 나는 아저씨 필요 없어요. 그만 돌아가요."

분명 지강의 가슴에 비수를 꽂는 말인데, 말을 하는 서온의 가슴에도 칼날이 꽂히는 것처럼 고통이 전해졌다. 자신도 모르게 심장이 있는 부근을 손으로 꼭 누른 서온은 등을 돌리려 했지만 지강에 의해 다시 제자리로 돌아왔다.

"밀어내고 싶으면 밀어내고, 보기 싫으면 지금처럼 돌아서도 상관없어. 근데 사라지진 마. 너 사라지고 정말 지옥 속에 있는 기분이었어."

어깨를 붙들고 사정하듯 말하는 지강을 보자 서온은 참아볼 틈도 없이 눈물이 흐르기 시작했다.

"정말 왜 이래요? 고작 몇 달 같이 지낸 걸로 사랑이니 뭐니, 그런 게 다 뭐라고. 대체 왜 이제 와서!"

자신을 품에 가두는 지강을 밀어내려 바동거리던 서온은 힘이 다 빠진 주먹으로 그의 가슴팍을 때리기 시작했다.

"차라리 아버지가 시켜서 온 거라고 해요. 억지로라도 끌고 갈 거라고 하라구요!"

"그 집에 다신 안 돌려보내. 이제부터 민서온은 내 사람이니까. 네가 아무리 싫다고 밀어내도 난 계속 네 옆에 있을 거야."

혹여 놓치기라도 할까 봐 지강은 그녀를 안은 두 팔에 꽉 힘을 주었다. 때리는 것도 지쳐서 그대로 품에 안긴 서온은 여전히 울음을 멈추지 못하고 있었다.

"그러지 마요. 제발. 제발 나 좀 모른 척해 줘요. 나 아저씨 보고 싶지 않아. 그냥 이대로 혼자 조용히 살고 싶어. 그러니까 제발 가요."

가라앉다 못해 갈라진 목소리로 울부짖듯이 서온은 지강을 밀어냈다. 떠미는 서온을 충분히 막을 수 있었지만 지강은 그녀가 미는 대로 떠밀려 현관 밖으로 나왔다.

"가요. 가서 다신 오지 마요. 부탁이야……."

손목을 꽉 움켜쥔 지강의 손을 풀어낸 서온은 망설이지 않고 현관문을 닫아 그대로 바닥에 주저앉았다.

"으흡."

터져 나오는 울음을 손으로 막고 기다시피 거실로 들어온 서온은 엎드린 채로 울음을 쏟아 내기 시작했다.

"만나게 하지 말지. 나 같은 거 만나지 않았으면 저 사람 잘 살았을 텐데. 왜 다시 만나게 만들어서. 왜 나한테만 이래요? 엄마 데려간 걸로도 부족한 거예요? 왜 이렇게 나한테만······."

아무리 아프고 힘들어도 소리 내서 원망의 말을 해 본 적 없었다. 하지만 오늘은 엄마가 죽고 자신에게도 병이 있다는 걸 안 이후 처음으로 하늘을 원망하고 싶었다.

늦가을의 새벽 공기는 싸하고 서늘했다. 아직 어스름이 거치지 않은 세상 속에 지강은 서온의 집 현관문을 등지고 앉아 있었다. 밤새 들리는 서온의 울음소리 때문에 그 역시 가슴으로 울고 또 울었다.

"후······."

답답함을 조금이라도 덜어 보기 위한 깊은 한숨은 찬 공기 속에 하얀 연기가 되어 퍼져 나갔다. 사랑한다는 말을 하기까지 많이 힘들고 오랜 시간이 걸렸는데 서온을 온전히 얻으려면 더 많은 시간과 노력이 필요할 것 같았다. 사랑이란 게 정말 쉽지 않다는 생각에 끊임없이 한숨만 새어 나왔다.

굳어 있던 몸을 일으킨 것은 하늘에 언뜻 빛이 내리기 시작할 때쯤이었다. 걱정하고 있을 윤호에게 문자라도 보내 줄 생각에 휴대폰을 가지러 주차해 놓은 차로 향했다. 서온을 찾았다는 간단한 문자를 보내고 다시 현관으로 걸음을 옮기려는데, 집 안쪽에서 요란한 알람 소리가 울리고 있었다.

"몇 시간 못 잤을 텐데."

요란한 알람 소리는 집 밖까지 고스란히 들릴 정도였다. 아무리 깊이 잠이 들었다고 해도 장시간 들리는 시계 소리를 무시하고 잘 수는 없었다. 그제야 지강은 걱정이 되기 시작했다.

"민서온. 서온아!"

쿵쿵 거칠게 문을 두드리며 서온을 불렀지만 예상대로 아무런 인기척이 없었다.

"민서온! 제발. 제발 대답이라도 좀 해 봐!"

한참을 불러도 대답이 없자 지강은 더 이상 참지 못하고 현관문에서 몇 걸음 물러나 있는 힘을 다해 문을 걷어찼다. 몇 번의 발길질 끝에 문고리가 부서지며 문짝이 떨어져 나갔다. 서둘러 집 안으로 들어가자 서온이 거실 바닥에 쓰러져 있는 모습이 보였다.

"서온아! 정신 좀 차려 봐. 민서온."

축 처진 서온의 몸을 안아 올린 지강은 눈물자국으로 엉망이 된 그녀의 얼굴을 감싸 안았다. 서온의 몸이 열로 펄펄 끓고 있다는 것을 알게 되었다.

"젠장."

다급하게 주변을 살핀 지강은 소파 위에 놓인 담요로 서온을 감싸 안고 차로 달려갔다. 품에 안긴 서온은 축 늘어져서 거칠어진 숨을 뱉고 있었다.

"조금만 참아. 조금만."

조수석 의자를 젖혀 서온을 눕힌 지강은 차에 올라타자마자 미친 듯이 액셀을 밟았다. 서온이 잘못되기라도 할 것 같아서 핸들을 쥔 손끝이 떨리고 있었다. 일방적으로 쏟아 놓은 그의 사랑 고백이 서온을 이 지경으로 만들었다. 병원으로 내달리면서 지강은 모든 것이 자신의 탓이라며 스스로를 상처 입히고 있었다.

응급실 앞에 차를 멈추자 연락을 받은 지호가 이동 침대와 함께 지강을 기다리고 있었다. 지강이 차에서 내리기도 전에 서온을 이동 침대로 옮긴 지호와 간호사들은 서둘러 응급실로 들어갔다. 지강 역시 차를 주차장에 내던지듯 대충 대놓고 응급실로 달려 들어갔다.

"BT(Body temperature)*가 39로 기준치를 넘습니다. BP(Blood pressure)* 100에 60으로 낮구요."

"일단 검사부터 하자. 김 선생 CT실부터 잡아."

"저, 서 선생님. 이 환자 외과 조 교수님 환잡니다. 조 교수님 지금 바로 나오신다고⋯⋯."

"그게 무슨 소리야?"

외과 인턴의 말을 자른 지호는 대답을 기다리는 대신 차트를 보기 위해 데스크로 이동했다. 하지만 차트를 찾아보기도 전에 조 교수가 급하게 응급실로 들어섰다.

---

*BT(Body temperature):체온.
*BP(Blood pressure):혈압.

"민서온 환자 어디 있어?"

조 교수는 인턴의가 가리키는 방향으로 곧장 이동해서 서온의 상태를 살폈다.

"상태는?"

"의식 없는 채로 들어왔고 BP 100에 60이고 BT가 39까지 올라갑니다. 다른 바이탈도 흔들리고."

"CT부터 찍고 입원실 잡아서 올려 보내. 탈진 증상 있으니까 D/W(Dextrose in water)* 달고 해열제 넣고, CBC(Complete blood count)* 응급으로 보내."

조 교수의 오더가 떨어지자마자 인턴의는 PDA폰을 들고 사라졌고 간호사가 서온의 팔에 주삿바늘을 꽂아 수액을 매달았다.

"선생님, 잠시만요."

지강은 서온의 상태를 보던 조 교수를 다급하게 붙잡았다.

"이 녀석, 상태가 어떤 겁니까?"

"누구십니까?"

"보호자입니다."

잠깐의 망설임도 없이 나온 지강의 말에 조 교수뿐만 아니라 나설 타이밍을 놓쳐서 뒤로 빠져 있던 지호까지 놀랐다.

"이 환자, 어떻게 ER(Emergency room)*로 들어왔지?"

---

*D/W(Dextrose in water):포도당 수용액.
*CBC(Complete blood count):혈액 검사.
*ER(Emergency room):응급실.

"서지호 선생님이……."

간호사가 머뭇거리듯 지호를 보자 조 교수의 시선도 지호에게 향했다.

"안녕하십니까. 저는……."

"소아외과 서지호 선생. 서 선생에 대한 건 알고 있으니까 이 환자가 어떻게 서 선생을 통해 들어왔는지 설명해 봐."

"환자랑은 어릴 때부터 잘 알던 사이입니다. 환자 보호자라고 나선 사람이 제 동생인데. 연락을 받고 대기하고 있었던 겁니다."

"그럼 동생분한테 물어봐야겠군. 환자가 어쩌다 의식을 잃은 겁니까?"

조 교수는 다시 지강을 봤다. 하지만 지강은 열에 들떠 숨결조차 편치 못한 서온을 보느라 조 교수의 시선 따윈 신경 쓸 겨를도 없었다.

"저 때문입니다. 저 때문에 밤새 울다가……."

"상황은 알았으니 그만 돌아가세요."

가뜩이나 힘든 일만 많았던 서온이 난데없이 나타난 남자 때문에 울다 탈진했다니, 조 교수는 멋대로 보호자라고 나선 지강이 전혀 반갑지 않았다.

"선생님. 서온이…… 왜 이러는 겁니까?"

"환자 상태를 제삼자에게 알려 줄 수는 없습니다. 그만 돌아가시죠. 서 선생, 동생분 모시고 나가지."

"민서온 보호자로서 묻는 겁니다."

돌아서려는 조 교수의 앞을 가로막은 지강은 물러날 기색이 없었다. 하지만 조 교수 역시 쉽게 물러나진 않았다.

"환자한테 보호자 얘긴 들은 적 없습니다. 보호자라면 증명할 수 있는 서류를 가져오시죠."

"교수님. 병실 잡았습니다."

때마침 응급실로 돌아온 인턴의를 본 조 교수는 더 이상 지강을 상대하지 않고 걸음을 옮겼다.

"환자 검사 끝나면 절대 안정이니까 면회 금지 시켜. 내 허락 없인 누구도 병실 출입 금지니까."

"네."

응급실을 나가는 조 교수를 붙잡는 대신 서온의 곁으로 돌아온 지강은 불덩이 같은 그녀의 이마를 조심스럽게 쓰다듬었다.

"저, 환자 지금 검사실로 옮겨야 하는데요."

인턴의가 곤란한 듯 지호를 보자 그는 지강을 억지로 서온에게서 떼어 냈다. 이동 침대에 눕혀진 채 실려 나가는 서온을 지강이 뒤따르려 하자 지호는 그를 말려 응급실 밖으로 이끌었다.

"외과 과장님이 주치의라고 나서신 거 보면 서온이, 전부터 우리 병원에 다녔다는 소린데. 알고 있었어?"

아무것도 몰랐다. 지난 몇 달을 함께 지냈으면서 서온이 혼자 떠안고 있는 것들을 무엇 하나 알아차리지 못했다.

"민서온부터 봐야겠어."

"외과 과장님 오더면 보호자가 아닌 이상 면회 못 해. 일단 민 사장님한테 연락하고."

"안 돼. 그 사람은 더 이상 민서온 보호자가 아니야."

"그게 무슨 소리야? 대체 무슨 일이 있었는데, 네가 서온이 보호자라고 나서?"

"나중에. 지금은 민서온부터 봐야겠어."

"일단 서온이 상태 좀 알아보고 올 테니까 기다려."

"병실부터 알아봐 줘. 못 들어가도 그 앞에 있어야 돼."

지강의 고집을 꺾지 못할 것을 안 지호는 곧장 병원으로 들어 갔다. 혼자 남은 지강은 다리가 풀려서 벤치에 주저앉았다. 진 정이 되지 않은 손끝이 미세하게 떨리고 있었다. 모든 것이 자 신의 탓이라는 자책과 아무것도 알아차리지 못했다는 후회, 그 리고 미안함이 뒤엉켜 견딜 수 없이 괴롭기만 했다.

시간이 더디게 흘러갔다. 휴대폰을 손에 쥔 지강은 앉지도 못 하고 불안하게 주변을 서성거렸다. 한 시간쯤 지나고 나서야 지 호가 병원 밖으로 나왔다.

"병실은 1110호야. 면회 금지니까."

"다른 건? 꼬마 상태는 어떤데?"

"조 교수님이 특별 지시라도 내렸는지 차트도 볼 수 없어. 외 과에 있는 동기 말로는 서온이랑 조 교수님 개인적으로도 친분 이 있는 것 같다는데. 서류상으로 보호자라고 증명하지 않는 이 상 면회는 힘들 것 같다."

"이렇게 있을 수는 없어. 주치의 선생님 어디 계셔?"

지호는 지강을 조 교수의 진료실 앞으로 데려갔다. 하지만 조 교수는 진료가 밀렸다는 핑계로 몇 시간 동안 얼굴조차 보여 주 지 않았다.

지강은 속이 타서 미칠 지경이었지만 기다리는 것밖에는 아 무것도 할 수가 없었다. 몇 시간이 흐르고, 진료 시간이 끝나갈 늦은 오후가 돼서야 조 교수는 방문을 열어 주었다.

"먼저 인사부터 드리겠습니다."

지호와 함께 조 교수의 방으로 들어온 지강은 명함을 내밀었다. 명함을 받아 든 조 교수는 보는 둥 마는 둥 하고 책상 위에 내려놓았다.

"서온이의 상태에 대해 듣기 위해서 왔습니다."

"함부로 환자 상태를 누설하는 건 불법이라는 거 서 선생도 잘 알 텐데."

"교수님. 서온이는 저희한테 친동생이나 다름없습니다."

"친동생이나 다름없다는 건 결국 남이란 소리지. 더 얘기할 거 없으니 그만 나가 보게."

"민서온은…… 제가 사랑하는 여잡니다."

포기하고 자리에서 일어나려던 지호와 달리 지강은 생각지도 못한 말을 하고 있었다.

"강아. 그게 무슨……."

"부탁드립니다. 서온이 상태에 대해 알려 주십쇼."

놀라서 입이 벌어진 채로 있는 지호는 보이지도 않는지 지강은 조 교수에게 고개까지 숙이며 정중하게 부탁했다. 조 교수 역시 놀라기는 했지만 쉽게 서온의 상태를 알려 줄 순 없었다.

"서온이도 같은 마음입니까? 두 사람이 서로 사랑하는 사이냐고 묻는 겁니다."

"아닙니다. 아직은 일방적인 제 감정입니다."

아니라는 말을 하면 서온을 못 만날 것이 예상돼서 잠시 머뭇거리긴 했지만 거짓말을 할 수는 없었다. 예상대로 조 교수는 더 이상의 대화는 불필요하다는 듯이 자리에서 일어났다.

"일방적인 감정에서 끝날 관계일 테니 서온이 상태에 대해서는 더더욱 알려 드릴 이유가 없군요. 회진이 있어서 먼저 실례하죠."

"선생님! 상태가 심각한 겁니까? 제발 그것만이라도 알려 주십쇼."

지강의 간절함 앞에 조 교수 역시 잠시 머뭇거리긴 했지만 끝내 침묵을 지키며 방을 나갔다.

"강아. 그만 나가자."

지호가 채근하자 조 교수의 방에서 나온 지강은 서온의 병실 앞으로 돌아왔다. 하지만 절대 안정, 면회 금지라는 팻말이 걸린 채 굳게 닫힌 병실 문 앞을 지킬 뿐, 아무것도 할 수 있는 일이 없었다.

긴긴밤 지강은 절망으로 서온의 병실 앞을 지키고 있었다. 이대로 병실로 들어가면 서온을 볼 수 있겠지만 그 때문에 상태가 악화될 수도 있었다. 더구나 병실 안에 들어간 사실을 조 교수가 알게 된다면 그를 향한 악감정만 키우는 결과가 될 것이다. 차라리 한 치 앞만 보는 성격이었다면 좋을 텐데. 이런 순간조차 앞일을 계산하고 있는 자신의 어쩔 수 없는 모습에 지강은 씁쓸한 조소를 흘렸다.

7. 소녀의 아픈 비밀

하루가 지나 다음 날 오후까지도 지강은 병실 앞에서 움직이지 않았다. 꼬박 이틀 동안 병실 앞에서 꼼짝도 안 하는 지강은 금세 외과병동의 화젯거리가 되었다. 훤칠한 남자가 사랑하는 여자의 병실 앞만 지키고 있다는 꽤나 그럴싸한 한편의 로맨스에 저러다 쓰러지겠다는 말까지 보태져 조 교수에게까지 전해지기 시작했다.

"저기, 보호자님. 이거라도 좀 드세요. 이러다 환자분 깨어나는 거 보기 전에 탈진하시겠어요."

간호사가 내미는 물병을 받아 든 지강은 고개인사로 고맙다는 말을 대신하고 다시 병실 문으로 시선을 돌렸다. 그 모습이 너무나 애잔해서 간호사는 자신도 모르게 입을 열었다.

"환자분 많이 안정되셨어요. 곧 깨어나실 수 있을 거라고 하니까 기운 내세요."

"감사합니다."

낮은 지강의 목소리가 매력적으로 들렸는지 간호사는 얼굴까지 붉어져선 뭔가 더 말을 하려 했다. 그러나 정면에서 다가오는 조 교수를 보고 줄행랑을 치듯 돌아서 가 버렸다. 조 교수는 간호사의 모습을 보고 못마땅하게 혀를 찼지만 지친 듯 앉아 있는 지강의 모습이 안쓰럽게 보이긴 마찬가지였다.

지강이 자리에서 일어나 인사를 했지만, 조 교수는 별다른 대꾸 없이 서온의 병실로 들어섰다. 병실에 들어서자 잠들어 있던 서온이 힘겹게 몸을 뒤척이고 있었다.

"서온아. 내 말 들리냐?"

눈꺼풀이 무거운지 서온은 힘겹게 눈을 뜨고는 고개를 끄덕였다.

"선생님, 저 집에 갈래요. 조금만 더 자고…… 일어나서 퇴원할게요."

서온은 다시 잠이 들고 있었지만 그 와중에도 퇴원하겠다는 말을 몇 번이나 반복했다. 제정신으로 돌아오지 않은 상태에서도 퇴원부터 하겠다고 하니 약 기운에서 깨어나면 서온은 당장에 병원에서 도망칠 게 뻔했다. 이 상태로는 퇴원이 불가능한데 서온을 설득할 방법이 없어서 조 교수는 무거운 마음으로 병실을 나왔다.

"서온이는……."

지강은 며칠 동안 그랬던 것처럼 똑같이 조 교수에게 말을 걸었다.

"환자에 대해서는 말해 줄 수 없다고 몇 번을 말했는데."

"죄송합니다. 그래도 부탁드립니다. 아직도 못 깨어나고 있는 겁니까?"

조 교수는 지강을 안쓰럽게 바라봤다.

"서 있기도 힘들 텐데 좀 앉읍시다."

조 교수가 먼저 병실 앞 의자에 앉자 지강은 뜻밖이긴 했지만 무거운 몸을 의자에 의지했다.

"이러다가 탈진해서 쓰러지기라도 하면 내가 서온이 상태를 말해 줄 거라고 생각합니까?"

"아닙니다. 저는 단지, 서온이가 깨어나면 문밖에서라도 지켜보고 싶은 것뿐입니다."

정말 그게 다냐고 묻는 듯한 조 교수의 시선을 마주한 지강은 옅은 한숨을 내쉬었다.

"집안끼리 친분이라면 오래 알고 지냈을 텐데, 왜 이제 와서 이러는 겁니까?"

"유학 생활이 길었던 탓에 서온이를 다시 만난 건 몇 달 전이었습니다. 그런데 서온이는 어릴 때처럼 웃지 못했고 하루하루를 버티듯이 살아가고 있었습니다. 왜 그러는지 이유를 알고 싶어서 곁에 있었는데 그사이 제가 저 녀석을 사랑하게 되어 버렸습니다. 사랑이라는 감정을 인정하느라 시간을 낭비해서 저 녀석이 그동안 얼마나 힘들고 아픈 삶을 살아왔는지 너무 늦게 알아차렸구요."

살면서 이렇게 많은 말을 한 적이 있을까 싶을 정도로 지강은 한꺼번에 늘어놓았다. 자신의 감정에 대해 솔직히 털어놓기는 처음이었다. 그 덕분인지 지강을 보는 조 교수의 시선이 한

충 부드러워져 있었다.

"서지강 씨의 얘길 들었으니 내 얘기도 해 주는 게 예의인 것 같아 간단히 하겠습니다. 나는 서온이 엄마의 대학 선배입니다. 졸업 후에 동문회에서 보면 반갑게 인사하는 정도였지만 서온이 엄마가 병에 걸리면서 주치의로 재회했고, 병원 생활이 길어지면서 서온이를 친조카처럼 아끼게 됐습니다. 집안끼리 친분이 있다니 서온이 엄마가 어떻게 세상을 떠났는지는 알 거라고 생각하는데."

"많이 아프셨다는 것밖에는 듣지 못했습니다."

"하긴. 서온이가 그런 얘길 할 놈이 아니긴 하죠. 일단 일어납시다. 서 선생도 같이 있는 자리에서 얘기하는 게 좋을 것 같으니까."

조 교수는 뭔가 결심한 듯 자리에서 일어났다. 어정쩡하게 따라 일어나던 지강은 이틀 동안 먹은 게 없는 탓인지 다리에 힘이 풀려 휘청했고 조 교수는 지강의 팔을 붙잡아 주었다.

"일단 뭐든 먹어야겠네요. 안 그랬다간 얘기를 듣기도 전에 쓰러질 것 같으니까."

"저는 괜찮습니다."

괜찮다는 지강을 억지로 의자에 앉힌 조 교수는 지나가던 의사를 불러 세웠다.

"소아외과 서지호 선생 호출해서 동생분 밥 먹이고 내 방으로 오라고 전해 줘요."

지시를 내린 조 교수는 복도 끝으로 사라져 버렸다. 호출을 받고 달려온 지호는 억지로 지강을 일으켜 세우며 말했다.

"일단 밥부터 먹자. 조 교수님한테 가서 뭐라도 알아내려면 기운이 나야지."

서온이 병실에 누워 있는 상황에서 밥이 넘어갈 것 같진 않았지만 방으로 오라는 조 교수의 말에 희망을 갖고 지강은 억지로 식당으로 향했다. 지금은 조 교수가 죽으라면 죽는시늉이라도 해서 서온에 대해 들어야 했다. 넘어가지 않는 밥 한 끼를 억지로 떠넘기는 건 아무것도 아니었다.

지호와 함께 조 교수의 방으로 들어선 지강은 자신의 앞에 놓인 검사표들과 CT 촬영 결과를 보긴 했지만 무슨 뜻인지 알 수가 없었다. 하지만 검사표를 보면서 점점 굳어지는 지호의 표정을 보니 불안함이 커지기 시작했다.

"교수님. 이건……."

"서온이 검사 결과야. 서 선생을 부른 이유는 알겠지?"

"아무리 봐도 저는 모르겠습니다. 대체 병명이 뭡니까?"

"병이라니? 형. 지금 무슨 소리를 하는 거야?"

"교수님."

불안하게 묻는 지강에게 대답해 줄 생각도 못한 채 지호는 조 교수만 보고 있었다. 그의 시선을 따라 지강 역시 애타게 조 교수를 봤다.

"이 병을 처음 봤을 때 나는 타이로신혈증이라는 판단을 내렸었네. 하지만 진행 속도가 너무 빨랐고 다른 장기까지 문제가 생기기 시작했어."

"학회에 보고되어 있는 병입니까?"

"아직은 없네. 딱 한 번 같은 병이었던 환자가 있었는데, 그 건 서온이 엄마였고."

의사들이 하는 말을 정확히 알아듣기에는 지강의 의학적 지식이 턱없이 부족했지만 서온의 어머니와 같은 병이라는 것은 제대로 알아들었다.

"아직 이름도 없는 병이었습니다. 서온이 엄마를 통해 이런 병이 생길 수도 있다는 걸 알았고. 서온이도 같은 병에 걸린 것은 4년 전쯤 검사를 통해 알게 됐습니다."

"4년 전이라면……"

"서온이 엄마가 사망한 직후였어요. 혹시나 하는 마음에 검사를 했고, 같은 병이라는 결론을 내리기까지만 1년이 걸렸죠. 그 만큼 이 병은 예측할 수가 없었습니다. 더구나 서온이는 병이라는 사실을 자각하고 음식 조절과 약을 꾸준히 복용한 덕분에 괜 찮은 상태였습니다. 그런데 두 달 전쯤부터 이상이 생기기 시작했습니다."

"교수님. 그러면 치료법은……"

"서온이 엄마는 간 이식을 시도했지만 개복하고 보니 신장 쪽까지 이상 증상이 시작되고 있었어. 합병증까지 걱정된다는 말에 서온이 아버지는 수술을 포기했고 결국 아무것도 할 수가 없었지만 서온인 달라. 나이도 어리고 체력도 좋은 편이니까 입원 치료부터 시작하면 좋아질 수도 있을 걸세."

"어째서 민서온이 아프다는 걸 아무도 몰랐던 겁니까?"

4년 전이면 서온은 고작 열여섯이었다. 그 어린 나이에 어머니를 잃고 또 어머니와 같은 병에 걸렸다는 것을 알았는데, 그

누구도 서온이 병에 걸렸다는 것을 알지 못한다니. 지강에겐 이 상황이 당황스럽기만 했다.

"당시의 서온이 아버지는 부인의 죽음을 받아들이지 못하고 있었습니다. 모든 게 수술을 강요한 내 탓이라고 생각하면서 병원을 상대로 소송까지 시도했으니까요. 서온이는 그런 아버지에게 병을 알리지 말아 달라고 사정했지만 난 보호자에게 알려야 한다고 생각했습니다."

조 교수는 당시의 일을 지금도 잊지 못했다. 철온의 회사와 집으로 수십 번 전화를 걸고 찾아갔지만 경비에게 끌려나오는 수모까지 겪어야 했다. 그 일이 있고 얼마 후 병원으로 찾아온 서온이 그의 앞에 무릎을 꿇었다.

"아버지는 지금도 매일 술을 마시고 서재에서 숨어 우세요. 그런데 저까지 엄마랑 같은 병인 걸 알게 되면 제가 죽기 전까지 아버지나 저에게 그 시간들은 지옥이 될 거예요."

교복 차림의 작은 여자아이가 무릎을 꿇고 울며 사정하던 모습이 아직도 조 교수의 눈에 선하게 그려졌다.

"독하게 마음먹고 안 된다고. 나는 알릴 수밖에 없다고 하니, 계속 제 아버지에게 연락을 취하면 다신 병원에 나타나지 않겠다고 협박을 하더군요. 포기할 수는 없어서 마지막이라 생각하고 몇 번 더 서온이 아버지에게 연락을 했지만 역시나 받아 주질 않았습니다. 그 후에 서온이는 두 달이 넘도록 병원에 나타나지도 않았고, 연락도 받지 않았습니다. 어떻게 진행될지 모르는 병이라서 혹시라도 잘못되지 않았을까 얼마나 노심초사를 했던지. 다행히 서온이가 병원으로 찾아왔지만 병에 대해 누구에게도 말하지 않아야만 치료를 받겠다고 했고 그게 지금까지 온겁니다."

"고작 열여섯 살짜리 애였습니다. 보호자가 필요한 어린 나이였다고요."

"나 역시 그 생각은 변하지 않아서 이후로도 연락을 시도했었지만 서온이 아버지가 얼마 후 재혼을 하더군요. 서온이는 작정을 하고 제 아버지 눈 밖에 날 짓만 골라 하기 시작했고, 가족에 대해 물을 때마다 웃기만 했는데 차라리 우는 게 덜 아프겠다 싶었어요. 그래서 더 이상 서온이 아버지에게 알릴 생각을 하지 않았습니다. 화가 나고 괘씸해서. 나중에 두고두고 후회하라고."

조 교수의 목소리는 조금씩 격양되어 갔다. 어린아이가 자신이 죽을병에 걸렸다는 사실을 숨기는 것이 가능했던 이유는 아버지의 무관심이 있었기 때문이었다.

"서온이 저 녀석. 깨어나자마자 퇴원하겠다고 고집을 부릴 겁니다. 퇴원을 안 시켜 주면 병원에서 도망이라도 칠 녀석이에요. 서지강 씨가 서온이를 설득해 주세요."

비척거리는 걸음으로 서온의 병실 앞에 도착한 지강은 문 앞에 멈춰 섰다.

"어쩌면 서지강 씨가 서온이에게 살고 싶은 이유가 될 수도 있을 것 같습니다. 그러니까 부탁합니다. 서온이에게 살아갈 이유가 되어 주세요."

조 교수의 말을 떠올리며 지강은 떨리는 손으로 병실 문을 열었다. 서온은 일정한 기계음 속에서 고른 숨결을 내쉬며 잠들어 있었다. 침대 옆으로 다가선 지강은 조심스럽게 그녀의 손을 잡았다. 열 때문인지 평소와는 다르게 온기가 도는 손을 잡고 아직 뜨겁게 느껴지는 볼을 조심히 쓸어내렸다. 그 순간 지강의 눈에서 눈물이 떨어졌다. 눈물을 참기 위해 서온에게 잠시 시선을 돌려 고개를 젖혔지만 흐르는 눈물은 쉽게 멈추지 않았다.

✻ ✻ ✻

길고 어지러운 꿈을 꾼 것 같았다. 전부 다 기억나진 않지만 꿈속에서 지강을 만났던 것은 또렷하게 기억이 났다. 지강은 약혼녀와 결혼식을 올리고 있었다. 붙잡고 싶었지만 행진곡과 함께 멀어져 가는 그를 바라볼 수밖에 없었다.

그 후에는 아무것도 기억이 나지 않았다. 무거운 눈꺼풀을 들어 올리자 병원 특유의 공기가 잠에서 깨어났다는 것을 알려 주었다. 아직은 죽은 게 아니구나 싶어서 긴 한숨이 나왔다. 정신을 잃기 전까지 찢어질 듯 아팠던 가슴의 통증이 아직도 옅게 남아 있어서 서온은 다시 지강을 떠올렸다. 동시에 눈물이 차오르기 시작했다.

"왜 울어? 나쁜 꿈 꿨어?"

분명 꿈에서 깨어났다고 생각했는데 조심스럽게 눈물을 닦아 주는 지강이 눈앞에 보였다. 그제야 멈춰 있던 서온의 사고가 다시 움직이기 시작했다.

"여기 어디예요?"

"병원. 민서온, 밤새 울다 쓰러졌었어."

놀란 서온은 서둘러 침대에서 일어나 손등에 꽂혀 있던 주삿바늘을 빼내고 침대에서 내려섰다. 하지만 오래 누워 있던 몸이 마음대로 움직여 줄 리가 없었다. 바닥에 발을 내딛자마자 휘청이며 쓰러지려는 서온을 지강이 서둘러 부축해 안았다.

"뭐하는 짓이야!"

"놔요. 퇴원할 거야."

"이런 몸으로 말이 되는 소리를 해!"

"상관 말고 그만 가요."

당장 퇴원하지 않으면 지강이 모든 사실을 알게 될지도 모른다는 불안감에 서온은 절박해지고 있었다.

"놔요. 놓으라고요!"

"안 돼. 이젠 민서온 못 놔. 절대 안 놔."

지강은 거칠게 발버둥을 치는 서온을 억지로 안고 다신 놓아주지 않겠다는 말만 반복했다.

"아저씨가 뭔데! 싫다고요. 난 아저씨 필요 없다고. 제발 놔요! 놔!"

서온이 발버둥 칠수록 지강은 그녀를 더 강하게 안았다. 지금은 이렇게라도 서온의 퇴원을 막는 것밖에는 할 수 있는 일이 없었다.

"나 좀 모른 척해 달라고 했잖아요. 부탁했잖아……."

서온의 목소리에 애처로운 울음이 섞이기 시작하자 지강은 어쩔 수 없이 품에서 그녀를 놓아주었다.

"아저씨, 제발요. 제발. 이렇게 빌게요. 그만 돌아가요. 제발 내 앞에서 좀 사라져 줘요."

무릎을 꿇고 손까지 모아 비는 서온의 앞에 그 역시 무릎을 꿇고 앉았다.

"내가 얼마나 이기적이고 못된 놈인지 알지? 지금도 날 위해서 이러는 거야. 내가 민서온이 필요해서, 온전히 갖고 싶어서 이러는 거라고. 그러니까 나 밀어내지 마."

지강은 간절하게 서온의 어깨를 붙들었다. 하지만 눈물만 쏟아 내던 서온은 그의 손을 밀어냈다.

"전에도 말했잖아요. 아저씨한테 나는 키우다 잃어버린 강아지 같은 거예요. 책임감 강한 사람이니까, 끝까지 책임져 주지 못한 게 마음 아파서 사랑이라고 착각한 거라고요. 그러니까 그만 돌아가요."

"민서온은 강아지 따위가 아니야. 내 감정이 지금만큼 명확하게 잘 보인 적도 없어. 그러니까 고집 그만 부리고 제발 부탁이니까, 치료받자."

강철처럼 휘어지지 않을 거라고 생각했던 지강이 무릎을 꿇어 사정하고 있었다. 서온은 지강이 이렇게까지 하는 이유가 자신의 처절한 사정을 알게 됐기 때문이란 것을 깨달았다.

"무슨 치료요? 나 아무렇지도 않아요. 겨우 기절 한 번 한 걸로……."

억지를 써서라도 자신의 병을 숨겨야 한다는 생각에 서온은 아무렇지 않은 척 지강을 봤다. 하지만 절망으로 얼룩져 있는 그의 얼굴을 마주한 순간 자신의 억지가 그다지 효과가 없다는 것을 알게 되었다.

"무슨 일입니까?"

서온이 호출 버튼을 누른 덕분에 급히 병실로 달려온 조 교수는 무릎을 꿇고 앉은 지강을 안쓰럽게 바라보다 서온에게 다가섰다.

"일어나자마자 주사부터 뽑은 거냐?"

"선생님, 이 사람 좀 내보내 주세요. 안 그러면 제가 병원에서 나갈 거예요."

조 교수는 어떻게 해야 할지 몰라 잠시 망설였지만 일단 서온을 진정시켜야 한다는 생각으로 지강을 바라봤다.

"일단 나가시죠. 김 선생, 이분 모시고 나가. 서온이 넌 당장 눕고."

"저 사람 나가면요."

지강은 더 이상 고집을 부리지 못하고 병실 밖으로 나왔다. 지금은 서온의 안정이 가장 우선이었다.

"매스껍거나 어지러운 건?"

침대에 누운 서온이 다시 주삿바늘을 꽂고 나자 조 교수는 상태를 체크하기 시작했다. 탈진 증상을 제외하고는 큰 이상이 없었지만 안심할 상태는 아니었다.

"왜 말씀하셨어요? 하필이면 왜 저 사람한테……."

"서지강 씨가 널 사랑한다더구나."

"사랑이 아니에요. 저 사람은 착각한 거예요. 선생님처럼 절

예뻐해서……."

"이 녀석아. 내가 살아온 세월이 얼만데 그 정도도 구분 못할 것 같으냐? 다른 건 몰라도 저 사람 마음은 거짓이 아니다. 너 정신 잃은 동안 병실 출입도 못 하게 했는데 이틀 내내 병실 앞을 지키더라."

"제가 이틀이나 못 깨어났어요?"

"그래. 그동안 서지강 씨도 물 한 모금 제대로 못 넘겼어. 그래서 나도 항복한 거다. 저 사람 마음이 거짓이 아니라는 걸 알아서."

"그러지 마셨어야 했어요. 저 사람은 아무것도 몰라야 했는데, 저 사람만은 제가 죽었다는 것도 모르길 바랐는데……."

멈췄던 눈물이 또 흐르기 시작했다. 아무래도 눈물샘을 조절하는 장치가 이번 일로 고장이 난 게 분명했다. 그렇지 않고서는 이렇게 멋대로 눈물이 쏟아질 리가 없었다.

"내 예상이 틀리진 않아 다행이구나."

조 교수는 안심이 됐다는 듯 미소를 짓고 있었다.

"네놈 마음도 서지강 씨랑 크게 다르지 않은 것 같아서."

"아니에요, 선생님. 잘못 보신 거예요."

들키면 안 되는 사실을 들킨 사람처럼 서온은 아니라는 말을 연신 반복했다.

"아니어야 한다고 생각하는 거겠지. 왜 그러는지도 이해는 한다만."

"아니에요. 아니어야 하는 게 아니라 아니라고요."

"밀어내기만 하는 건 두 사람 모두를 위한 일이 아니야. 네가 서지강 씨 입장이라면 어떨 것 같은지 한 번이라도 생각해 봐라."

"저만 아니면 예쁘고 멋진 약혼녀랑 결혼도 할 거고 행복하게 살 수 있을 텐데. 언제 죽을지도 모르는 주제에 어떻게 나 같은 걸 봐 달라고 해요? 그럴 수 없어요. 그러면 안 되는 거예요."

지강을 좋아한단 사실을 깨닫는 순간부터 이 사람은 내 사람이 될 수 없다고 생각했다. 너무 힘이 들어서 저 사람만 옆에 있었으면 좋겠다는 생각을 한 적도 있지만 그건 정말 순간의 치기 어린 감정일 뿐이었다. 서온은 자신 때문에 지강이 불행해지길 원하지 않았다.

"약혼을 했어?"

"네. 그러니까 선생님이 도와주세요."

조 교수는 지강의 약혼 사실이 당황스러웠다.

"분명 널 사랑한다는 말은 진심이었는데. 파혼을 생각하고 있는 건가?"

"그러면 안 돼요. 선생님. 저 퇴원한다고 안 할게요. 치료도 받을 테니까 저 사람, 여기 못 오게 해 주세요."

서온을 설득하기 위해 지강에게 사실을 알리긴 했지만 조 교수가 원한 것은 이런 것이 아니었다. 간절하게 살고 싶은 이유가 생겨도 이겨 내기 힘든 병인데, 지금처럼 상처투성이인 상태로 병을 이겨 낼 확률은 아주 희박했다. 하지만 서온의 뜻에 따라 주지 않으면 또다시 퇴원을 하겠다고 고집부릴 것을 알기에 조 교수는 씁쓸한 마음으로 병실을 나와야 했다.

"선생님. 서온이는 괜찮습니까?"

병실 밖에서 안절부절못하고 서 있던 지강은 조 교수를 보자 다급히 물었다.

"약혼했다는 말은 왜 안 했습니까? 알았다면 서온이 병은 절대 알려 주지 않았을 겁니다."

"무슨 말을 해도 변명으로 들리시겠지만, 약혼은 제 뜻이 아니었습니다. 곧 정리될 문제기도 하구요."

모든 것을 내던질 각오라도 하고 있는 것 같은 지강의 마음이 안타깝고 그런 사람을 밀어낼 수밖에 없는 서온도 안쓰러웠다.

하지만 조 교수는 의사였다. 당장은 서온의 병이 나아지는 길을 택해야 했다.

"서온이가 치료를 받겠다는군요."

"정말입니까?"

"대신 서지강 씨를 보고 싶지 않다고 합니다. 제대로 치료를 받게 하고 싶다면 다신 서온이 앞에 나타나지 말아 주세요. 병실도 출입 금집니다."

다시 서온을 보지 못한다는 사실에 지강은 숨이 턱 막히는 것 같았다.

"선생님. 약혼 때문에 이러시는 거라면……."

"서온이가 원하는 일입니다. 병실 앞을 지키는 것도 원하지 않으니까 서온이를 위한다면 그만 돌아가 주시죠."

마음이야 조 교수를 밀치고라도 병실로 들어가고 싶었지만 지강은 아무것도 하지 못한 채 병실 문을 바라보기만 했다.

"잠깐만 보고 돌아가겠습니다. 부탁드립니다."

지강이 간절히 고개를 숙이며 부탁을 하자 조 교수는 별수 없이 물러나 주었다.

병실 문이 열리고 지강이 들어온 것을 알았지만 서온은 눈을 뜨지 않았다.

"너 원하는 대로 해 줄게. 다신 너랑 마주치지 않을 테니까, 선생님 말씀 잘 듣고 치료 잘 받아."

서온의 머리를 쓰다듬어 준 지강은 천천히 병실을 나갔다. 문이 닫히는 소리가 들리고 병실 안이 다시 고요함으로 가득 차자 서온은 천천히 눈을 떴다. 잘된 일이라고 생각하면서도 가슴이 아픈 건 어쩔 수가 없었다.

＊　　　＊　　　＊

며칠 만에 회사로 돌아온 지강을 기다리는 것은 쌓여 있는 결재 서류들과 인내심을 발휘해서 아들을 봐주고 있는 근수의 호출이었다.

"죄송합니다."

"아무것도 설명하지 않겠다는 뜻이냐?"

지강은 단 한마디의 변명조차 하지 않고 고개를 숙였다.

"하나만 묻자. 지금 네 행동들이 혹시 서온이 때문이냐?"

아니라고 답하지 못하는 지강 때문에 근수는 한숨이 터져 나왔다.

"민 사장한테 네가 서온일 찾겠다고 했다던데 찾아서 뭘 어쩌겠다는 거냐?"

"서온이 이젠 제가 책임질 겁니다."

"지강아. 서온이는 더 이상 어린 꼬마가 아니야. 네가 책임지고 말고 할 사람이 아니라고."

"알고 있습니다."

"알아? 아는 녀석이 그런 말을 하면 어쩌자는 거냐?"

"아버지. 저 서온이 평생 제 곁에 두고 같이 살고 싶습니다."

"뭐? 너 지금 네가 무슨 말을 하는지 알고 있는 게냐?"

근수는 지강을 낯설게 쳐다봤다. 지나치게 냉정하고 이성적인 아들이었기에 이런 황당한 말을 지강에게서 듣게 될 거라곤 꿈에도 생각하지 않았다.

"서온이를 여자로 보고 있었던 거냐?"

"네. 저도 모르는 사이 서온이를 사랑하게 됐습니다."

걱정이 실린 근수의 한숨 소리가 지강의 마음을 묵직하게 울렸다.

"미리 말씀드리지 못해서 죄송합니다."

"약혼은 어쩔 생각인 거냐?"

"곧 정리될 겁니다."

"너희 엄마 말만 믿고 약혼을 진행하는 게 아니었는데. 아들 놈 마음은 들어보지도 않고 약혼까지 허락한 내가 어리석었지."

예상대로 근수는 남보다 자신을 책망하는 일을 가장 먼저 하고 있었다.

"정말 죄송합니다."

"나 좋자고 사람을 다치게 하는 건 죄를 짓는 거나 마찬가지야. 선아 입장도 있는데 다시 생각해 봐라."

"그럴 수 없습니다."

"서온이도 너와 같은 마음인 거냐?"

"아직은 아닙니다. 하지만 꼭 그렇게 만들 겁니다."

서온을 사랑하게 됐다는 것도 받아들여 주기 힘든데 짝사랑이라니. 근수는 어이가 없어서 허, 하고 실소가 터졌다.

"그런 상태라면 더더욱 찬성 못 한다. 다시 생각해."

"그럴 수 없습니다."

고집으로 굳어진 두 남자의 눈빛이 매섭게 부딪쳤고 누구도 먼저 시선을 돌리지 않았다.

"서온이는 안 돼."

"문제아라는 소문 때문입니까? 아버지는 그런 소문으로 사람을 판단하시는 분이 아니라고 생각했는데요."

지강의 눈빛에 담긴 실망과 좌절을 마주하면서도 근수는 아무 말도 하지 않았다. 가끔은 모두를 위해 악역이 되어야 할 때도 있다는 것을 잘 알고 있기 때문이었다.

근수의 방에서 나온 지강은 긴 한숨을 뱉었다. 한시라도 서온의 옆에서 떨어져 있고 싶지 않았지만 그럴 수 없었다. 더구나 자신의 선택에 대한 책임을 지기 위해 그에게는 아직 할 일이 많이 남아 있었다.

안내를 받고 레스토랑 룸으로 들어서자 선아는 곧장 자리에서 일어나 지강을 끌어안았다. 걱정과 안심, 그리고 반가움이 뒤섞인 선아의 감정이 고스란히 전해져 왔지만 지강은 선아를 품에서 떼어 냈다.

"앉자."

"사흘 가까이 잠수 탄 사람치곤 너무 당당하네."

"미안하다."

연락이 안 된 이유를 듣고 싶었는데 지강은 겨우 미안이란 말뿐이었다. 참 한결같은 남자다 싶어서 선아는 실소가 흘러나왔다.

두 사람이 마주 앉고 주문한 차가 앞에 놓인 후에도 지강은 침묵을 지키고 있었다. 결국 참다못한 선아가 먼저 입을 열었다.

"서온 씨 때문이지?"

선택에 대한 책임은 자신의 몫이라고 생각했는데, 근수도 선아도 그의 선택에 대한 책임을 서온에게 돌리고 있었다. 자신에게 쏟아지는 비난이라면 얼마든 견뎌 낼 수 있었지만 서온에게 향하는 비난은 도저히 참을 수가 없었다.

"그 녀석도 피해자야. 일이 이렇게 된 건 그 녀석을 욕심내는 내 마음 때문이니까."

"너 때문에 서온 씨가 비난 받게되는 건 견디기 힘들지? 근데 네가 서온 씨를 선택하면 그 책임은 서온 씨한테 갈 수밖에 없어. 그것까진 예상 못 했나 보네."

이런 일까지 예상했어도 서온을 포기할 수 없단 것을 알고 있었다. 포기는커녕 자신으로 인한 비난들이 서온에게까지 향하지 않도록 더 철저하게 지켜야 한다는 생각뿐이었다.

"서온 씨 찾은 거지?"

"그래. 찾았어."

"그럼 이제 나만 물러나면 두 사람은 해피엔딩인가?"

지강은 대답 대신 반지를 빼서 테이블 위로 올려놓았다.

"이젠 미안이란 말도 안 하네. 내가 끝까지 파혼 못 하겠다 버티면 우리 어떻게 되는 거니? 나도 다른 여자들처럼 서온 씨 찾아가서 너 못 준다고 막말하고 그러면……."

"이선아."

지강은 안 된다는 말 대신 낮게 이름을 불렀다. 예전부터 선아는 지강의 이런 모습이 좋았다. 싫은 소리를 늘어놓는 대신 너는 그렇게 후진 사람이 아니라는 위로가 담긴 목소리로 이름을 불러 주는 게 좋아서 일부러 말도 안 되는 짓을 해 보겠다고 말한 적도 있었다. 그런데 오늘은 그런 지강의 목소리가 참 아팠다.

"그럼 안 되나? 서지강은 내 건데, 네가 뭔데 나타나서 채 가냐. 욕도 좀 섞어서 무섭게 해 보다가 안 되면 사정이라도 해 보고……."

"……미안하다."

"매달려도 안 되는 거지?"

"난 그럴 만한 가치가 있는 놈이 아니야."

"저기요, 서지강 씨. 그런 건 내가 정하는 거거든."

피식 웃는 선아를 보면서도 지강은 웃어 주지 못했다. 행복하기 위해서 선택한 길이라고 생각했는데 그 과정이 참 고되고 아프다. 선아의 말처럼 서지강과 민서온의 끝이 해피엔딩이 될 수 있을지 알 수도 없었다.

"매달리진 않을게. 근데 나 기다려 볼 거야. 아직 어리고 예쁜 서온 씨 마음이 변해서 서지강을 뻥 차 버릴 수도 있으니까."

"그 녀석이 싫다고 해도 난 민서온 옆에 있을 거야. 그러니까 기다리지 마라."

"그것도 내 마음이거든. 너도 네 마음이 시키는 대로 하는 거니까 나도 내 마음이 시키는 대로 할 거야. 내가 기다리는 거 알아만 둬. 종종 생각하면서 나 버린 것에 대해 죄책감도 좀 느껴 주면 좋고."

아무것도 모르는 사람이 봤다면 두 사람의 이별은 참 쿨하고 멋진 모습이었지만 선아의 장난스러움 속에 숨어 있는 아픔을 지강은 잘 알고 있었다.

"이제까지 살면서 내 성격이 싫은 날은 없었는데, 너 때문에 처음으로 이런 내 성격이 싫어졌어."

좋으면 좋고 싫으면 싫은 것이다. 깔끔하고 심플한 게 좋고 한 번 결정한 일에 대해선 후회하지 않는다. 남들 눈에는 쿨하고 멋진 사람으로 보였고, 선아 역시 자신의 그런 성격이 좋았지만 오늘만큼은 울며불며 지강을 붙잡을 수 없는 자신이 참 싫었다.

"고맙다."

"고마울 거 없어. 이 일에 대한 책임은 전부 서지강이 질 거니까. 난 아무것도 안 할 거거든. 너 기다리면서 열심히 서온 씨 미워할 거야."

"부탁인데, 그 녀석한테는 나쁜 마음 갖지 말아 줘."

"정말 한결같이 이기적이다. 이제 네 세상에는 민서온 딱 한 사람밖에 없다는 걸 그렇게까지 알리고 싶니?"

지금은 누구 한 사람이라도 서온을 미워하거나 원망하면 그 마음이 서온의 병을 더 깊게 만들지 않을까 하는 말도 안 되는 걱정과 노파심이 생길 만큼 불안했다. 하지만 지강은 달리 변명을 하지 않았다.

"천하의 냉혈한 서지강이 팔불출이 될 줄은 몰랐다. 너 그럴수록 서온 씨가 더 미워지는 거 알아?"

"그래도 그 녀석한텐 나쁜 마음 갖지 말아 줘. 부탁한다."

"서지강. 너 지금 정말 힘들어 보이거든. 그거 파혼하려고 연기하는 거면 진짜 연기 대상감이야."

대답 대신 피식 웃어 보인 지강의 얼굴에 드리워진 어두운 기운을 선아는 쉽게 외면하지 못했다.

"파혼당하는 마당에 약혼자 얼굴이 불행하든 말든 알게 뭐니? 당분간은 편하게 보기 힘들 테니까 연락 안 할게. 부모님들은 네가 알아서 해. 난 정말 아무것도 안 할 거야. 간다."

테이블 위에 놓인 반지를 챙겨 나가려던 선아는 문을 열고 잠시 멈춰 섰다.

"사실 네가 서온 씨 사랑한다는 말하고 나서 나, 서온 씨 엄청 미워하고 원망하고 싶었어. 근데 이상하게 그게 안 되더라. 너도 알지? 나 영국 있을 때부터 너한테 듣던 꼬맹이 얘기들 좋아했던 거. 거기다 약혼식 날 진짜 서온 씨 만나고 나선 이상하게 마음이 짠하더라. 그날 안 만났으면 속 편히 미워할 수 있었을 텐데……. 간다."

결국 선아는 서온을 조금도 미워하지 않는다는 말로 지강의 마음의 무게를 덜어 주었다. 지강은 잘 알고 있었다. 웃는 얼굴로 돌아서긴 했지만 선아가 오늘 밤 내내 혼자 울며 그를 잡지 않은 것을 후회할 것을. 그리고 다시 만났을 때는 아픔을 숨기고 웃어 주리라는 것을.

"다녀왔습니다."

"많이 늦었네. 저녁은 먹었니?"

자정에 가까운 시간이었지만 미현은 지강을 기다리고 있었다. 걱정 가득한 미현의 얼굴을 보며 그는 곧장 방으로 향하지 않고 거실 소파에 앉았다.

"가서 쉬지 왜 앉아?"

"드릴 말씀이 있어요."

다른 날과 달리 자신과 마주해 주는 아들이 좋아서 미현은 서둘러 주방으로 들어가 따뜻한 차를 내왔다.

"홍삼차야. 피곤할 텐데 마셔."

쌉쌀한 홍삼의 향이 공기 중에 섞이고 지강은 따뜻한 차를 한 모금 삼켰다.

"근데 강아. 혹시 선아 외국이라도 나갔니? 연락이 안 되는데."

"어머니. 저희 파혼했습니다."

머뭇거림조차 없이 나온 지강의 폭탄 같은 발언에 미현은 잠시 할 말을 잃고 멍해졌다.

"그게 무슨 말이야? 파혼이라니!"

예상했던 대로 미현은 자리에서 벌떡 일어나다 못해 목소리까지 높였다. 소란스러움을 느꼈는지 서재에 있던 근수가 거실로 나왔다.

"무슨 일들이야?"

"말도 안 돼. 왜 파혼을 해? 아니야. 그럴 리가 없어."

"어머니."

흥분과 당황으로 어쩔 줄 모르는 미현을 진정시키려 했지만 지강의 팔을 뿌리친 미현은 뒤에 서 있던 근수에게로 돌아섰다.

"여보. 당신 들었어요? 강이가……."

"선아도 동의한 거냐?"

"네."

화를 내기는커녕 모든 사실을 알고 있는 듯한 근수의 모습이 황당해서 미현은 부아가 치밀었다.

"강이 너! 네 아버지한테는 미리 알린 거야? 당신은 파혼하겠다는 말 듣고도 가만히 있었어요? 어떻게 이래? 어떻게!"

미현을 진정시키기 위해 근수가 곁으로 다가왔지만 별 소용이 없었다. 미현은 뿌리쳤던 지강의 손을 붙잡았다.

"선아랑 다툰 거지? 그래서 홧김에 그런 거지?"

"어머니……."

"결혼 앞두고 그럴 수 있어. 헤어진다, 만다. 그래. 그럴 수 있는 거야."

스스로 합리화를 하듯이 미현은 억지 미소까지 지었지만 굳어진 두 사람을 번갈아 보고서는 점점 울상으로 변해 갔다.

"말도 안 돼. 강이 너랑 선아가 얼마나 잘 어울리는데. 선아, 선아랑 통화해야겠어!"

흥분한 미현의 손에서 휴대폰을 빼앗은 근수는 지강에게 그만 올라가라는 눈짓을 했다.

"진정하고 그만 들어갑시다."

"기다려요. 이유라도 들어야지. 파혼을 한다잖아요!"

"들어가, 그만."

근수가 미현을 부축해 방으로 들어가는 모습을 지켜보던 지강은 무거운 걸음으로 방으로 올라왔다. 하루라도 빨리 서온의 곁으로 가고 싶은데, 마음처럼 쉽지가 않아서 깊은 한숨만 나왔다.

다음 날 아침, 일찌감치 출근한 지강을 만나기 위해 근수가 지강의 집무실로 찾아왔다.

"선아랑은 확실하게 얘기가 끝난 거냐?"

"네. 정말 죄송합니다."

지강이 정중하게 고개를 숙이자 근수는 더 이상의 질문을 하지 않았다. 잠시 침묵으로 분위기가 무겁게 가라앉은 그때 집무실 문이 벌컥 열렸고 윤호가 들이닥쳤다.

"서지강! 나 목 빠져 죽겠······! 어, 사장님. 죄송합니다. 계신 줄 모르고."

요란스럽게 집무실 안으로 들어왔던 윤호는 근수를 보고는 놀라서 꾸벅 인사를 했다.

"김 변호사 오랜만이네. 난 막 나가려던 참이었으니까 얘기들 나눠. 그리고 지강아. 당분간 너희 엄마한테 신경 좀 쓰는 게 좋을 거다."

근수는 편치 않아 보이는 지강의 어깨를 툭툭 두드리고 집무실을 나갔다.

"연락 준다고 해서 마냥 기다리다 목 빠지는 줄 알았다. 뭐가 어떻게 되어 가고 있는 거야? 서온이는?"

"나중에 하자. 피곤해."

"그래. 엄청 피곤해 보이긴 하는데. 기다린 사람도 좀……."

자리에서 일어난 지강은 재킷을 벗고 책상 앞에 앉으려 했지만 그 순간 눈앞이 캄캄해지면서 아무것도 보이지 않았다.

"지강아!"

멀어지는 의식 속에 윤호의 목소리가 들려왔지만 지강은 그대로 정신을 잃고 쓰러져 버렸다.

8. 날개 없는 바보 천사

"꼬마. 오늘 하루도 잘 보내."

설핏 잠에서 깨어난 것 같았는데 잠결에 지강의 목소리가 어렴풋이 들렸다. 목소리가 들리자마자 곧장 눈을 떴다고 생각했는데 맑은 햇살이 쏟아지는 병실 안은 잠들기 전과 마찬가지로 서온 혼자였다.

"또 헛소리가 들린 거지. 정말 가지가지 한다, 민서온."

억지를 써서 지강을 떠밀어 보낸 지 일주일이 지나고 있었지만 새벽마다 지강의 목소리를 들었다. 날이 갈수록 커지는 그리움 때문에 환청까지 듣는 것 같아서 서온은 쓸쓸하게 한숨을 내쉬고 침대에서 일어났다.

"이러고 나가면 많이 추울 텐데."

옷장을 열고 선 서온은 지강이 찾아왔던 날 입고 있었던 얇은 실내용 원피스를 꺼내 들었다. 비워 놓은 집이 걱정되어 조 교수에게 사정해서 겨우 외출을 허락받았는데 이렇게 나갔다가는 감기에 걸려서 혼이 날 게 뻔했다.

집에 가 봐야 한다는 생각이 간절해서 일단 옷을 갈아입고 조교수에게 돈이라도 빌려야겠다는 생각으로 병실 문을 열었다. 그런데 문 앞에 처음 보는 의사 선생님이 서 있었다.

"꼬맹이 많이 컸네."

"누구세요?"

"기억 못 하나 보네. 나 지호야. 지강이 형."

지강도 기억이 안 나는데 지호가 떠오를 리 없었지만 서온은 일단 꾸벅 인사를 했다. 지호는 간단히 자신이 이 병원의 의사고 지강과 함께 서온의 병에 대해 들었다는 얘기를 했다.

"근데 꼬맹아."

지호는 잠시 망설이다가 서온에게 사실을 알리는 게 맞다는 결론을 내리고 말을 이어 갔다.

"놀라지 말고 들어. 지강이가 쓰러졌어."

서온은 정신이 아득해져서 휘청했지만 벽을 짚으며 겨우 버텨 자세를 바르게 했다.

"괜찮아?"

"괜찮아요. 지강 아저씨 지금 어디 있어요?"

지호의 뒤를 따라 병실에 도착한 서온은 침대에 죽은 듯 누워 있는 지강을 본 순간 더 이상 버티지 못하고 바닥에 주저앉고 말았다.

"괜찮아?"

지호의 부축을 받으며 자리에서 일어난 서온은 곧장 침대로 향했다.

"아저씨가 왜 여기 누워 있어요? 대체 왜?"

서온은 지강에게 눈을 떼지 못하고 누구라도 대답해 주길 원하는 듯 중얼거렸다.

"과로성 탈진이야. 무리해서 그런 거니까 쉬면 괜찮아질 거야."

"나 때문이에요. 전부 다 나 때문이야."

눈물이 가득 고인 채로 지강에게 눈을 떼지 못하는 서온을 보며 지호는 한숨을 내쉬었다. 서로를 위하느라 정작 자신을 돌보는 일은 뒷전인 두 사람을 어떻게 해야 할지 모르겠다는 조 교수의 말처럼 지호도 이 모든 상황이 안쓰럽기만 했다.

"매일 새벽마다 병원 들렀다가 밤늦게까지 일하고. 정신적으로도 힘든데 여러 가지 무리해서 그럴 거야. 좀 쉬면 괜찮아질 거니까 너무 걱정 마."

"그게 무슨 말이에요? 아저씨가 왜 매일 병원에 와요?"

아차 하는 표정이 된 지호는 막 병실로 들어온 윤호를 봤지만 그는 당장 눈앞에서 벌어지고 있는 상황을 파악하느라 정신이 없어 보였다.

"이것까지 말하면 강이한테 정말 혼날 텐데."

"뭔데요? 나도 궁금해요, 형."

도와 달라고 쳐다봤더니 오히려 질문을 던지는 윤호가 원망스러웠지만 지호는 차라리 잘됐다 싶은 마음으로 서온을 봤다.

"너랑 다신 마주치지 않겠다고 약속했는데 그렇게는 못 산다고."

새벽녘 잠결에 헛소리를 들었다고 생각했던 지강의 목소리와 부드럽고 따뜻했던 손길은 꿈이 아니었던 모양이다.

"잠든 모습이라도 보겠다고 새벽마다 병실에 들렀어. 그렇게라도 안 보면 못 견딘다고. 그러니까 강이 좀 봐줘."

"안 돼요. 제 옆에 있으면 아저씨가 더 많이 힘들고 아플 거예요."

"네 옆에 못 있어서 아픈 거야. 너무 보고 싶은데 마음껏 보지 못해서 힘든 거고. 강이 그만 힘들게 하고, 저 녀석 하고 싶은 대로 하게 해 줘."

"그렇지만……."

함께하는 시간과 추억이 늘어나면 떠나는 자신이야 행복하게 갈 수 있겠지만 남겨진 지강은 추억을 되새김질하며 고통 속에 살아갈 것이다. 서온은 그의 삶이 고통 속에 놓이길 원하지 않았다. 그래서 힘든 선택을 했는데 지호는 그것이 지강을 더 아프게 하고 있다고 말했다.

"내 부탁은 여기까지. 남은 얘긴 강이랑 해 봐. 잘 부탁한다."

서온이 대답을 찾느라 머뭇거리는 사이, 지호는 윤호의 등을 떠밀며 병실을 나왔다.

"잠깐만요, 형. 난 아직 서온이랑 정식으로 인사도 못 했는데."

"나중에. 강이 정신 좀 차리면 천천히 해라."

"알았어요. 형, 지강이가 서온이한테 차였어요? 분명 고백했을 텐데 옆에 못 있게 했다는 거 보면 차인 것 같고. 근데 매일 병실에 갔다니……. 서온이가 입원 중이에요? 옷은 환자복이 아니던데."

윤호는 혼란 속에 빠져 질문을 해 댔지만 지호는 뭐하나 명확히 답을 주지 않고 닫힌 병실 문을 걱정스럽게 보고 있었다.

"나중에 강이한테 직접 듣는 게 좋을 것 같다. 어? 아버지!"

지강의 비서의 연락을 받고 병원으로 달려온 근수는 병실 문 옆에 걸린 지강의 이름을 바라봤다.

"대체 무슨 일이냐?"

"과로예요. 좀 쉬면 나을 테니까 너무 걱정하지 않으셔도 돼요."

"환자 혼자 두고 왜 나와 있어?"

지호는 서온과 지강 두 사람의 시간을 지켜 주기 위해 병실로 들어가려는 근수의 앞을 막아섰다.

"잠시만요, 아버지. 강이는 나중에 보시구요. 저랑 얘기 좀 하세요."

"강이부터 보고."

"저랑 얘기부터 하세요. 윤호, 너도 따라와."

지호는 근수를 억지로 떠밀어 휴게실로 안내했다. 어차피 알려야 한다는 생각으로 입을 열었다.

"서온이가 많이 아파요. 서온이 어머니랑 같은 병이랍니다."

설명이랄 것도 없는 지호의 짧은 말을 들은 근수는 잠시 할 말을 잃었다.

"무슨 병인데요? 심각한 거예요?"

원인도 모르는 이름 없는 병이니 치사율이 몇 퍼센트인지조차 판단을 내릴 수가 없었다. 아무것도 모르는 윤호는 속이 타들어 가는데 지호는 더 설명해 주진 않을 모양이었다.

"그럼 서온이가 지금 이 병원에 있는 거냐? 상태는?"

"좋은 상태는 아니에요. 워낙 예측 불허인 병이라서 어떻게 될지도 알 수 없고요."

아직 살날이 구만리 같은 아이인데 어쩌자고 그런 몹쓸 병에 걸렸는지. 근수는 하늘이 원망스러웠다. 거기다 그런 서온을 사랑하게 돼 버린 아들 녀석은 또 어떻게 해야 하는 건지. 절망과 안타까움으로 한숨이 깊어져 갔다.

"당분간 강이는 출장 가 있는 걸로 할 테니까 엄마한테는 아무 말도 하지 마라."

지강이 서온 때문에 파혼을 하겠다고 한 것도 모자라 힘들어 쓰러지기까지 했다면 미현은 이 상황을 가만히 두고 보지 않을 것이다. 그러니 잠시라도 지강을 쉬게 해 주려면 미현은 아무것도 몰라야 했다. 그의 뜻을 알아들은 지호는 대답 대신 고개를 끄덕거렸다.

많이 야윈 채로 잠들어 있는 지강의 모습이 낯설어서 서온은 이 모든 일이 차라리 꿈이었으면 좋겠다는 생각이 들었다.

"미안해요. 정말 미안해."

서온은 울음이 터져 나왔다. 잠든 지강이 깰까 봐 두 손으로 입을 꼭 막았지만 손 틈 사이로 비집고 나오는 울음소리는 고요한 실내에 퍼져 나갔다.

"꼬마. 울지 마."

고개를 숙이고 울고 있던 서온은 느리고 작은 목소리와 함께 머리에 느껴지는 손길에 번뜩 고개를 들었다. 천천히 눈을 뜬 지강이 옅은 미소를 짓고 있었다.

"아저씨. 나 보여요? 누군지 알겠어요?"

"내 꼬마. 민서온."

"다행이다. 선생님 불러올게요."

서온은 서둘러 자리에서 일어나려 했지만 지강의 손이 서온의 팔목을 붙잡았다.

"나 괜찮으니까. 그냥 여기 있어."

서온은 옅은 한숨을 내쉬고 의자에 앉을 수밖에 없었다.

"선생님한테 상태 체크받아야 그에 맞는 처방이 내려지는 건데."

"그걸 아는 녀석이 깨어나자마자 주삿바늘 뽑고 퇴원하겠다고 했지?"

지강이 피식 미소를 짓자 서온은 그제야 안심이 돼서 긴 한숨이 흘러나왔다.

"나 때문에 한숨 쉬지 마. 그거 진짜 별로다."

"나 때문에 이 지경이 돼 놓고 그런 말이 나와요?"

"꼬마 때문 아니야. 회사 일이 바빠서."

"거짓말."

"나 거짓말 안 해. 정말 회사 일이 많고 바빴어. 꼬마 네 생각은 하나도 안 날 만큼."

"다신 병실에 찾아오지 않는다고 약속한 것도 어기더니 이젠 거짓말까지 하네. 아저씨 진짜 별로다."

낮은 중얼거림과 함께 또다시 눈물이 차올라서 서온은 고개를 들 수가 없었다.

"우리 형 입이 이렇게 가벼운 줄 몰랐네. 꼬마한테 말하지 말라고 그렇게 당부했는데."

분위기를 바꾸려 장난스러운 말을 해도 서온은 고개를 들지 않았다. 아무래도 안 되겠다는 생각에 지강은 무거운 몸을 억지로 일으켰다.

"뭐하는 거예요? 아직 일어나면 안 돼요."

"이렇게 해야 꼬마가 고개를 들겠다 싶어서."

옅은 두통이 남아 있었지만 자리에 앉은 채로 서온의 눈가에 맺힌 눈물을 닦아 냈다.

"울지 마. 나 때문에 우는 거……."

"별로인 거 알아요. 근데 아저씨만 보면 자꾸 눈물이 나는 걸 어떡해. 멀쩡하게 잘살고 있던 아저씨 인생을 내가 망가뜨린 것 같아서 정말 미치겠어."

서온은 두 손으로 얼굴을 가리고 터져 나오는 울음을 삼키기 위해 애를 썼다.

"너 때문 아니야. 말했잖아. 나 때문이라고. 그러니까 제발 울지 마."

서온의 작은 어깨가 들썩이는 게 너무 애처로워서 지강은 그녀를 품에 안았다. 서온을 달래려 안았지만 왠지 자신이 위로받는 듯 안도감이 밀려왔다.

"네가 나 싫어하는 거 알지만."

"안 싫어요. 나 아저씨 안 싫어해."

반사적으로 튀어나온 말이었지만 사실이었다. 지강의 사랑

고백을 매몰차게 거절했지만 그건 병을 숨기기 위해 어쩔 수 없이 했던 말이었다.

"싫다고 하면 떠날 줄 알았어요. 나 같은 거 쉽게 놓고 잊어버릴 거라고 생각해서 그랬는데."

"그 정도 마음이었으면 시작도 안 했어. 네가 싫다고 해도 절대 안 놓을 거라고 했잖아. 날 위해서 그럴 거라고."

"아저씨 내 병 다 알았잖아요. 나 당장 내일 죽을 수도 있는 시한부예요."

"민서온!"

자신의 죽음을 마치 타인의 죽음처럼 무감각하게 말하는 서온을 보며 지강은 목소리를 높였다.

"너 안 죽어. 내가 꼭 낫게 만들 거야. 무슨 짓을 해서든 낫게 할 거야."

"소용없어요. 이 병, 내가 제일 잘 알거든요. 여기서 그만 나 놓고 마음 편하게 살아요."

"안 돼. 그동안 혼자 충분히 아프고 힘들었으니까 이젠 혼자 참게 안 해. 네가 아무리 싫다고 해도 절대 혼자 안 둘 거야."

"아저씨만은 모르길 바랐는데. 너무해, 정말."

서온은 울음을 꾹꾹 눌러 참느라 버거운 숨을 뱉었다. 그게 더 아파서 지강 역시 눈물을 삼키며 서온을 더 꼭 껴안았다.

"내 옆에 있으면 아프고 힘들기만 할 거예요. 엄마 곁에 있어봐서 잘 알아. 같이 아프고 힘들다가 떠나보내고 나면 혼자 남아서 또 힘들고 아파야 되는데. 아저씨 그렇게 만들고 싶지 않아요."

"힘들어도 같이 있으면 견딜 수 있어. 그러니까 옆에만 있게 해 줘. 좋아해 달라고도 안 할 거야. 꼬마 너 병 다 낫고 놓아 달라고 하면 그땐 놓아줄 테니까."

차갑고 냉정해 보이지만 사실은 자상하고 따뜻한 사람. 아프게 하고 싶지 않았는데, 모든 사실을 알게 된 지강에게 혼자 죽겠다고 고집을 부리는 것이 더 큰 상처가 되지 않을까. 서온은 이제야 생각을 바로잡고 있었다.

"바보예요? 아프고 힘든 것만 다 하고 놔준다는 사람이 어디 있어."

"민서온이 행복하면 나도 행복하게 살 수 있을 것 같으니까."

"놓지 마요. 나 놓지 마요, 아저씨."

한참을 망설이고 또 망설이던 서온은 겨우 마음에 있는 말을 입 밖으로 뱉어 냈다. 그리고 지강의 품에서 떨어져서 그를 마주했다.

"나, 아저씨가 좋아요."

생각지도 못한 서온의 고백을 듣게 된 지강은 잠시 멍한 표정이 되더니 이내 미소를 지었다.

"이런 주제에 그런 마음 갖는 거, 욕심이라고 생각했어요. 근데 좋아하는 마음이 접어지질 않아요. 나 같은 게 아저씨를 좋아해서 정말 미안해요."

병든 몸인 주제에 좋아한 것도, 욕심이 나는 것도 전부 미안해서 서온은 눈물이 멈추질 않았다. 지강은 그런 서온을 품에 안았다.

"먼저 사랑한다고 말한 건 나야. 민서온이 나한테 과분한 사람이라고."

지강의 품에 안긴 채로 서온은 아니라고 고개를 흔들었다. 그는 그런 서온의 머리를 부드럽게 쓰다듬으며 귓가에 대고 속삭였다.

"내 꼬마 민서온. 사랑한다."

서온은 눈물이 범벅된 얼굴로 지강을 보며 환하게 미소를 지었다. 그 모습이 애처로우면서도 예뻐서 조심스럽게 서온의 입술에 자신의 입술을 맞댔다.

입술이 맞닿는 순간 서온의 눈이 감기며 눈에 고였던 눈물이 지강의 볼로 옮겨 흘러내렸다. 마치 두 사람의 눈물인 것처럼. 입술을 맞댄 채로 서온과 지강은 함께 울고 있었다.

❉   ❉   ❉

지강은 출근하자마자 근수를 만나기 위해 사장실로 향했다. 지호에게 연락을 받았는지 근수는 지강을 담담하게 기다리고 있었다.

"괜찮은 거냐? 지호 말로는 며칠 쉬는 게 좋을 거라던데."

"괜찮습니다."

"안색이 좀 나아진 것 같아서 다행이긴 하구나. 서온이가 아프다는 얘기는 들었다."

"미리 말씀드리지 못해서 죄송합니다."

"그럴 수밖에 없었겠지. 근데 말이다, 지강아. 아픈 서온이를 지켜봐야 할 네가 더 힘들 텐데 감당할 수 있겠냐?"

깊은 근심이 서려 있는 근수를 보며 지강은 망설임 없이 고개를 끄덕였다.

"지금은 서온이를 마음껏 볼 수 있는 것만으로도 감사하고 있습니다."

"지금이야 그렇겠지만. 만약에 서온이가 잘못되면."

"그럴 일 없습니다. 절대 그렇게 만들지 않을 겁니다. 서온이가 곧 건강해질 거라고 좋은 마음으로 기도해 주세요. 부탁드리겠습니다."

누구보다 이성적이고 현실적이던 그였지만 한 사람이라도 더 기도해 준다면 서온의 회복이 좀 더 빨라지지 않을까, 하는 현실감 떨어지는 바람을 빌고 있었다.

"아비로선 네 선택을 반대할 수밖에 없다."

"잘 알겠습니다."

지강은 금방 체념을 하고 자리에서 일어났다. 근수가 반대해도 달라질 건 아무것도 없었다.

"일을 이 지경까지 끌고 왔으니 내가 반대하든 말든 네 뜻은 변하지 않겠지."

"죄송합니다."

"아비로선 네 선택을 반대하지만 남자로선 네 선택을 응원해주고 싶다."

예상 못 했던 근수의 말 때문에 지강은 말문이 막혔다.

"사랑하는 사람이 아픈 걸 지켜보는 게 얼마나 고통스러울지 알면서도 망설임 없이 서온이 곁을 지키겠다니. 내 아들이지만 참 멋있더라."

"아버지."

"아마 상상도 못 할 만큼 힘든 일들이 닥칠 거다. 그 또한 잘 견뎌 내리라 믿는다. 아버지가 아니라 남자로서 응원할 테니까 끝까지 포기하지 마라."

"감사……합니다."

반대하지 않는 것만으로도 감사한데 믿고 응원해 주겠다니. 지강은 근수에게 진심으로 감사해서 깊이 고개를 숙였다.

시간은 오후 6시를 넘어가고 창밖엔 어스름이 내리기 시작했다. 시계를 한 번 보고, 창밖을 한 번 보고. 병실에 놓인 전화기를 한 번 보고, 병실 문을 보길 수차례. 침대에 기대앉은 서온은 그렇게 지강을 기다리고 있는 중이었다.

"시계는 아침부터 똑딱똑딱. 시계는 아침부터 똑딱똑딱. 언제나 같은 소리 똑딱똑딱. 부지런히 일해요."

똑딱거리며 움직이는 시계 소리를 멍하니 듣던 서온은 자신도 모르게 동요를 흥얼거렸다. 무심결에 1절을 다 부르고 나니 피식 웃음이 나왔다. 이런 노래를 알았던가 싶은데 익숙하게 멜로디가 흥얼거려졌다.

"시계는 밤이 돼도 똑딱똑딱. 시계는 밤이 돼도 똑딱똑딱. 모두들 잠을 자도 똑딱똑딱. 쉬지 않고 가지요. 시계 너 참 힘들겠다."

내친김에 2절까지 불렀는데 단순한 가사가 시계의 고단함을 담고 있어서 끊임없이 일하는 시계가 안쓰럽다는 생각이 들었다. 그리고 연쇄 반응처럼 지강에게 연결됐다.

"아저씨도 내 옆에 있어 주려고 이것저것 많이 힘들었겠지?"

둘이 같이 행복해지려고 선택한 길이지만 지강에게만 많은 짐을 지게 한 것 같았다. 그래서 하루 종일 백번도 넘게 자책과 후회를 했다. 그러면서도 그가 보고 싶었다.

이러지도 저러지도 못하는 마음 때문에 연거푸 한숨을 내쉬는데 병실 문이 열리고 기다리던 지강이 병실 안으로 들어왔다.

"아저씨."

지강을 보자마자 저절로 미소가 그려지고 눈은 반짝거리며 반가움을 담아 냈다.

"잘 지내고 있었어? 저녁도 잘 먹었고?"

몇 번이나 고개를 끄덕이는 서온은 영락없이 주인을 반기는 강아지 같았다. 그런 서온을 마주하는 것만으로 지강은 하루의 고단함이 모두 사라지는 듯 입가에 미소가 걸렸다.

"어디 보자. 열은 내렸나?"

서온의 맞은편에 앉은 지강은 서온의 이마에 손등을 올려보곤 영 모르겠다 싶었는지 자신의 이마에도 손을 올려보았다.

"아직도 미열이 좀 있는 것 같은데."

"좀 전에 체온 쟀어요. 괜찮아요."

"혈압이랑 심장 박동 수도 쟀고?"

"네. 다 괜찮다고 했어요. 근데 아저씨 꼭 의사 같다. 오자마자 그런 것부터 묻고."

"걱정되니까. 진짜 하고 싶은 건 지금 할 거야."

뭐냐고 묻기도 전에 지강은 서온을 조심스럽게 품에 안았다.

"갑, 갑자기 뭐하는 거예요?"

"하루 종일 이렇게 안고 싶었거든. 이제 좀 살겠다."

서온을 품에 안은 지강은 한참 심호흡을 하고서야 놓아주었다.

"아저씨 이상해졌어요."

"뭐가?"

"내가 알던 아저씨는 이런 달달한 사람이 아니었는데."

"달달한 게 어떤 건데?"

일부러 짓궂게 묻는데도 서온은 심각하게 달달함에 대해 고민하기 시작했다.

"그러니까. 손발이 오글거리고 닭살이 돋고 근데 듣긴 좋은 말들을 막 하고. 아무 때나 안고 만지고."

"그럼 이런 것도 달달에 포함인가?"

지강은 서온의 이마에 쪽, 입을 맞추었다. 놀란 서온이 어버버거리며 아무 말도 못 하자 지강은 볼에도 입을 맞추었다.

"아저씨!"

"왜. 달달한 거 싫어?"

"아니. 그런 게 아니라. 달달은 그게 아니고……."

"방금 아무 때나 안고 만지고 그게 달달이라고 하지 않았나?"

아, 또 말렸다. 그것도 아주 오랜만에 대책 없이. 서온은 제대로 대꾸조차 못 했지만 어이가 없어 픽 웃음이 터져 나왔다.

"진짜 이상해졌어. 내가 알던 서지강 씨가 아니에요."

"지금이 진짜 서지강이니까 빨리 익숙해지도록."

서온의 머리를 흐트러뜨린 지강이 자리에서 일어났다.

"아저씨."

재킷을 벗어 옷걸이에 거는 지강의 뒷모습을 보던 서온은 몇 분 전까지 혼자 하던 생각이 다시 떠올라 조심스럽게 입을 열었다.

"응."

곧장 돌아서는 지강을 마주하니 어제 일은 없던 일로 하자는 말을 하고 싶지 않았다. 할 수 없는 것이 아니라 하고 싶지가 않았다. 이젠 정말 지강을 놓고 싶지 않다. 사람들에게 이기적이고 나쁜 년이라고 손가락질받아도 사는 동안 이 사람과 행복해지고 싶었다.

"……저녁은 먹었어요?"

"응. 꼬마도 잘 챙겨 먹은 거지?"

"네. 근데요, 아저씨."

머뭇거리는 마음을 눈치채기라도 한 것처럼 지강은 다시 서온의 앞에 앉아 눈을 마주했다.

"나는 널 이렇게 볼 수 있는 것만으로도 행복해. 그러니까 넌 나쁜 생각은 아무것도 하지 마. 좋은 생각만 하고 좋은 것만 먹고 즐겁고 행복하게. 이제부터 네 삶의 모토는 그거야."

"그렇지만 아저씨는……."

"내 삶의 모토는 꼬마의 행복이야. 날 행복하게 해 주려면 네가 행복해야 되는 거야. 무슨 소린지 알아듣지?"

더 이상 고민하지 말라는 지강의 말을 알아들었지만 서온은 쉽게 고개를 끄덕일 수가 없었다.

"대답."

"나 때문에 쉬지도 못하고 계속 움직여야 하는 불쌍한 시계처럼 살 텐데. 그러면 아저씨만 너무 힘들잖아요."

지강은 자연스럽게 벽시계로 시선이 향하면서 결국 웃음을 터뜨렸다.

"정말 한결같네, 우리 꼬마. 어떻게 여섯 살 때랑 생각하는 게 똑같지?"

"무슨 말이에요?"

서온은 떠오르지 않는 기억을 떠올려 보려 애쓰느라 인상을 찡그렸다.

"시계는 아침부터 똑딱똑딱. 시계는 밤이 돼도 똑딱똑딱. 이 노래 기억 안 나?"

"어? 아저씨도 아네. 아까 시계보다 생각난 노랜데."

"내가 가르쳐 준 노래니까."

열네 살 이전의 기억은 모두 가물가물해서 여섯 살 때의 기억이 쉽게 떠오를 리는 없었지만 아주 어렴풋이 맑은 남자아이의 목소리가 떠오르는 것 같기도 했다.

"그때도 지금처럼 시계가 불쌍하다고 그랬어."

"내가요?"

"그래. 쉬지도 못하고 계속 가야 하는데 얼마나 힘들겠냐고. 진짜 안 됐다면서 울기까지 했는걸?"

"거짓말."

"진짠데. 그때 민서온 엄청 울보였어. 동화 읽다가도 툭하면 누가 불쌍하다고 울고. 동요 듣다가도 울고."

어쩐지 울보였을 것 같은 자신의 모습이 그려져 서온은 또다시 잔뜩 인상을 찡그렸다.

"인상 그만 써. 이마에 주름 생긴다."

서온의 이마를 손가락으로 톡, 하고 가볍게 때린 지강은 여전히 미소를 짓고 있었다.

"어릴 때 난 바보였나 보네요. 동화랑 동요를 듣고 질질 울기나 한 거 보면."

"좀 바보 같긴 했지."

금세 바보라고 인정하는 그를 서온은 못마땅하게 흘겨봤다.

"꼬맹이 민서온은 동화나 동요 속에 나오는 사람들은 불쌍하다고 울어 주면서, 넘어지거나 제 몸이 아플 때는 괜찮다고 배시시 웃던 녀석이었거든. 그러고 보니 지금이나 그때나 남만 생각하는 것도 똑같네. 참 한결같다, 우리 꼬마."

한결같다는 말이 좋긴 한데 왜 가슴 아프게 느껴지는 건지 서온은 알 수가 없었다. 웃지도 울지도 못한 어정쩡한 표정이 되어 버린 서온을 보며 지강은 푸욱 한숨을 내쉬었다.

"또 어려운 거지?"

냉큼 고개를 끄덕거리는 서온을 보니 지강은 한숨 대신 웃음이 나왔다. 이런 솔직함까지 한결같아서 그는 민서온이 참 좋았다.

"남 생각하지 말고 꼬마 널 위해서. 네가 하고 싶은 대로 하라고. 그게 나를 위한 일이기도 하니까."

"그래도……."

"시계한테 힘드냐고 직접 물어본 적 없지?"

뜬금없는 질문에 서온이 대답을 못 하자 지강은 벽에 걸린 시계를 쳐다봤다.

"시계 입장에선 시간을 알려 주려고 쉬지 않고 바늘을 움직이는 게 보람이고 행복일 수도 있는 거야. 행복이란 건 남이 판단하는 부분이 아니니까."

"내 기준으로 아저씨가 행복할 방법을 정하지 말라는 뜻이에요?"

"우리 꼬마 똑똑해졌네."

"그렇지만……."

"꼬마 네 기준으로 사람들의 행복을 결정하지 마. 누구나 자신의 기준이 있는 거니까."

엄마가 떠난 후 혼자 너무 아팠던 나머지 자신을 사랑해 준 사람들에게는 그런 아픔을 남기지 않으려 했던 것뿐이었다. 그런데 배려라고 생각했던 그 마음이 남겨질 사람에게 상처가 될 거란 생각은 하지 못했다.

"진짜 바보네요 나. 정말 나밖에 몰랐어."

"그 자책하는 습관도 이제 그만."

"그렇지만……."

"다시 말하지만. 날 행복하게 해 주고 싶으면 네가 하고 싶은 대로 하면서 행복해지면 되는 거야. 어렵지 않지?"

머릿속이 복잡해져서 정리가 쉽지 않았지만, 한 가지 분명한 것은 사람들에게 상처 주고 싶지 않다는 이유로 미움 받으려 애쓴 것이 어리석었다는 사실이었다.

"바보다. 나 진짜 바보 같아요."

"착한 바보지. 그래서 사람들이 민서온을 좋아하는 거야."

울먹거리는 서온을 다시 안으려는데 밖에서 소란스러운 소리가 들리기 시작하더니 요란하게 문이 열렸다. 그리고 거친 숨을 몰아쉬는 유진이 문 앞에서 서온과 지강을 바라보고 있었다.

놀라움과 당황, 곤란함과 미안함 등의 감정들이 공기 중에 떠돌기 시작했고, 유진은 울먹임을 참으며 무섭게 서온을 노려보았다.

"찐."

서온이 침대에서 내려서자 지강은 자연스럽게 그녀를 부축했다.

병원에 도착하기 직전 유진에게 연락을 해서 서온의 상태를 설명해 주었는데, 그 길로 달려온 모양이었다.

"민서온. 너 진짜 못됐다."

유진의 의외의 말은 서온을 그대로 멈춰 서게 만들었고 지켜보던 지강도 당황하게 만들었다.

"갈래."

유진은 더 이상 서온을 보지 않고 돌아서 버렸다.

"찐. 잠깐만."

서온은 병실을 나가려는 유진을 붙잡아 보려 했지만 손등에 꽂힌 주삿바늘 때문에 움직이지 못했고 대신 지강이 유진의 팔을 붙잡았다.

"놔요."

"꼬마 대신이야. 보다시피 저 녀석 움직이기가 쉽지 않아서."

별 상관없다는 투로 말하긴 했지만 지강은 뿌리치려는 유진의 손목을 놓아주지 않았다.

"서온이 봐줘. 보고 싶다고 숨도 안 쉬고 달려왔잖아."

유진은 지강의 손을 뿌리치고 서온을 노려봤다.

"10년이 넘게 붙어 다니면서 내가 민서온을 세상에서 제일 많이 안다고 생각했는데. 난 아무것도 몰랐어. 어떻게 이럴 수가 있어? 대체 너한테 난 뭐였냐고!"

"찐. 미안해. 정말 너무 미안해."

서온은 느린 걸음으로 유진에게 다가가서 손을 잡았다. 하지만 유진은 냉정하게 서온의 손을 뿌리쳐 버렸다.

"뭐가 미안한데? 저 사람이 너 찾지 않았으면 결국 넌 네 계획대로 혼자……"

죽음이란 말이 입 밖으로 나오지 않아 말을 멈췄지만 지강과 서온은 유진이 하려던 이야기를 알아들을 수 있었다.

"그만하자. 네 마음도 이해는 가지만 일단 이 녀석 환자고."

"아저씨는 나서지 마요. 이건 나랑 유진이 문제예요."

지강에게 나서지 말아 달라고 단호하게 말한 서온은 다시 유진을 봤다.

"유진아. 사실 나, 엄마 떠나보내고 너무 힘들고 아팠거든. 네가 나 때문에 똑같은 아픔을 겪게 될까 봐 무서웠어. 그래서 숨겼던 거야. 이제 와서 이런 말들 변명밖에 안 되지만. 미안해. 정말."

"이 바보야. 너도 잘한 거 없다고 화를 내야지. 속인다고 그렇게 속아 넘어가느냐고. 모른 척한 거 아니냐고 욕을 해야지!"

유진의 눈가에 순식간에 눈물이 맺혔고 그 모습을 본 서온 역시 눈가가 촉촉이 젖어 들기 시작했다.

"아무것도 묻지 않는 게 널 위하는 거라고 생각했단 말이야.

네가 말하고 싶을 때까지 기다리는 게 널 편하게 해 주는 거라고 생각했는데. 바보 같은 짓이었어. 위한다고 한 짓이 결국 서로한테 상처가 되는 짓인 줄도 모르고. 으허어엉."

아이 같은 유진의 울음소리가 병실을 울리기 시작했다.

"미안해. 미안해, 찐. 미안해."

서온은 바닥에 주저앉아 서럽게 우는 유진을 품에 안았다. 두 사람의 모습이 어찌나 애틋하고 아픈지 뒤에서 지켜보던 지강까지 코끝이 시큰해져 왔다.

"꼬맹아, 지강이는 왔……."

병실 문을 열고 들어오던 지호는 두 여자가 부둥켜안고 울고 있는 모습을 보고 그 자리에 굳어졌다. 지강은 서둘러 지호를 병실에서 떠밀어 밖으로 나갔다.

"뭐야, 저 상황은?"

"꼬마 친구야. 꼬마가 아픈 걸 알게 돼서."

"설명 한 번 간단명료하다. 네가 얘기해 준 거야?"

지강은 고개를 끄덕였다. 혼자 떠나려고 생각하는 것이 사랑하는 사람들에게 더 상처가 된다는 것을 서온에게 알려 주기 위해서 한 일이었는데. 잘한 일이라는 생각이 들었다.

"보통은 자신이 많이 아픈 것만 생각하는데. 꼬맹인 어쩌자고 자기 때문에 다른 사람은 아프지 않으면 좋겠다는 생각을 하는지 모르겠다."

"민서온은 보통 사람이 아니니까."

지호는 무슨 소리냐는 듯이 지강을 쳐다봤다.

"들어가자. 계속 울게 두면 우리 꼬마 또 탈진해."

"우리 꼬마? 어째 호칭이 점점 아기자기해진다. 그리고 서온이가 보통 사람이 아니면 뭔데?"

병실로 향하는 지강을 따라가며 지호는 계속 질문을 해 댔다.

"어이, 서지강. 대답 안 해? 보통 사람이 아니면 뭔데? 설마 천사니 뭐 그런 거냐?"

칭찬 한마디도 인색한 지강이 어깨를 으쓱하며 긍정의 표시를 하자 지호는 기가 막혀서 허, 하고 입이 떡 벌어졌다.

"봐. 저 바보 천사. 날개 안 보여?"

병실 문을 열자 유진과 소파에 나란히 앉아 유진의 눈물을 닦아 주는 서온의 모습이 보였다. 눈이 마주치자 서온은 울면서도 환한 미소를 지었고 지강 역시 미소를 지으며 병실로 들어갔다.

"변해도 너무 변했다. 냉혈한 서지강이 아주 바보 팔불출이 됐어."

"그만하고 가서 환자나 봐."

고개를 설레설레 젓던 지호는 손 인사를 하고 돌아섰다.

"진정이 좀 됐나?"

유진은 민망해서 눈물을 닦고 자리에서 일어났다.

"연락 주신 건 감사해요. 근데……."

유진은 약혼 얘기를 차마 꺼내지 못하고 말을 삼켰다.

"꼬마 몸 상태도 있으니까 오늘은 그만했으면 좋겠는데."

지강의 말에 유진은 알았다고 고개를 끄덕이며 자리에서 일어났다.

"내일 다시 올게."

"응. 찐, 이제 그만 울어. 알았지?"

유진은 고개를 끄덕이긴 했지만 쉽게 돌아서지지가 않아서 서온을 다시 한 번 꼭 껴안고는 병실을 나섰다.

"배웅해 주고 올게. 누워 있어."

서온을 부축해 침대에 눕힌 지강은 병실 밖에 서 있는 유진과 마주했다.

"서온이한테 얘긴 들었어요. 근데 약혼하신 건……."

"걱정 마. 정리했으니까."

지강은 더 이상 어떤 설명도 하지 않았고 유진 역시 아무 말도 하지 않았다.

"서온이가 사람한테 욕심이 났다고 말한 건 처음이었어요. 그러니까."

또 눈물이 날 것 같아 유진은 잠시 숨을 골라야 했다.

"우리 서온이 잘 좀 부탁드려요."

"나 역시. 알아서 잘하겠지만 서온이 자주 들여다봐 줘."

애써 미소를 짓고 돌아가는 유진의 뒷모습을 보며 지강은 한숨을 삼켜 냈다.

유진이 돌아간 후, 서온은 지강이 염려했던 대로 온몸에 납덩이라도 매단 것처럼 손가락 하나 움직일 기운 없이 아침을 맞이했다. 힘겹게 눈꺼풀을 들어 올리자 걱정스럽게 자신을 내려다보고 있는 지강과 그 뒤로 조 교수의 모습이 보였다.

"꼬마. 정신 들어?"

서온은 겨우 고개를 끄덕였지만 눈꺼풀이 자꾸만 감겼다.

"아저씨. 나…… 아파요?"

"응. 조금."

눈도 뜨지 못하는 서온을 보던 지강은 뒤에 선 조 교수가 뭐라도 말해 주길 바랐다. 하지만 조 교수는 작은 한숨을 뱉으며 병실을 나갔다.

"선생님."

뒤따라 병실을 나온 지강의 부름에 멈춰 선 조 교수는 근심 가득한 얼굴이었다.

"따라와요."

조 교수의 방으로 간 지강은 심각한 표정으로 그를 쳐다봤다. 지강의 눈길에 조 교수가 입을 열었다.

"서온이와 마음을 나눴다고 하니 나도 편하게 말할게요."

"그렇게 하시죠."

조 교수는 지강에게서 검사표가 띄워진 모니터로 눈길을 돌렸다.

"이게 지난주. 그리고 이건 이번 주 검사 결관데. 간 상태가 점점 나빠지고 있어."

"저렇게 기운을 못 차리는 것도 간 때문인 겁니까?"

"워낙 특수한 경우라서 간 때문이라고 확답할 수는 없지만 당장 제일 큰 문제는 간 기능이 떨어지고 있다는 거야. 앞으로 조금만 무리해도 피로감 때문에 힘들어하게 될 걸세."

"그럼 어떻게 해야 합니까?"

"이식 수술을 했으면 하네."

"간 이식…… 말씀이십니까?"

조 교수는 고개를 끄덕였다. 서온의 엄마는 상태가 나빠서 이식 수술을 못 했지만 서온은 아직 늦지 않은 상태라고 설명했다.

"일단은 서온이가 수술에 동의를 하는 게 먼저지만, 수술을 받겠다고 해도 공여자가 없으면 불가능하니까."

"제가 공여자가 되겠습니다."

단 1초도 망설이지 않는 지강을 보며 조 교수는 그럴 줄 알았다는 듯 미소를 지었다.

"일단 검사부터 해 보세. 그리고 서온이를 설득하는 일도 부탁하네. 제 엄마 일도 있고 해서 이식 수술에 거부감이 심한 녀석이라 쉽게 수술받겠다는 말을 안 할 거야."

병실로 돌아온 지강은 잠들어 있는 서온을 한참 동안 바라봤다. 어렵게 그와 함께하는 삶을 살아 보겠다 결심하고 병을 이겨 내려 애쓰고 있지만, 그런 노력을 비웃기라도 하듯 병은 몸을 잠식해 갔다. 지쳐 잠들어 있는 서온을 보는 지강의 마음은 살얼음 위에 서 있는 것처럼 위태롭고 불안해지기 시작했다.

9. 아픈 진실 밝히기

"최대한 빨리요. 조건은 병원에서 가까우면 됩니다."

전화를 끊은 지강은 메모지에 적은 리스트 중 병원 근처 숙소 구하기란 글자 위에 ing라고 써넣었다.

"아저씨?"

잠에서 깨어난 서온은 눈 뜨자마자 소파에 앉아 있는 지강을 발견하고 입을 열었다. 갈라진 자신의 목소리가 마음에 들지 않아 인상을 찡그렸다.

"어디 불편해?"

곧장 서온의 곁으로 다가온 지강이 걱정스럽게 물었다.

"아니요. 목소리가 이상해져서."

"오래 자서 그렇지. 괜찮아. 예뻐."

지강은 서온의 머리를 부드럽게 쓰다듬었다.

"이상해, 진짜."

"뭐가?"

"아저씨 빈말 못 하는 사람이었는데 이젠 빈말만 하니까."

지강은 피식 웃음이 터져 나왔다. 잠에서 깨어나자마자 서온은 그를 웃게 했다.

"빈말 아니야. 기다려. 교수님 모셔 올 테니까."

"아저씨."

서온은 시계로 향했던 시선을 지강에게 옮겼다.

"저 시계 제대로 된 거 맞죠? 지금 오후 2시예요?"

"맞아."

손목시계를 확인한 지강의 말에 서온은 뜨악한 표정으로 침대에서 일어나 앉았다.

"회사는요? 이 시간까지 여기 있으면 어떻게 해요."

"쓸데없는 걱정 말고 누워. 다녀올게."

병실에 혼자 남은 서온은 미안함과 걱정으로 한숨이 나왔다. 지강의 생활에 지장을 주고 싶지 않은데 몸이 말을 듣질 않아서 답답하기만 했다.

"목소리가 엉망이면 얼굴도 엉망일 텐데."

침대 옆에 둔 거울을 보려던 서온은 실수로 그가 올려놓은 수첩을 바닥으로 떨어뜨렸다. 수첩을 주워 제자리에 놓으려고 했지만 펼쳐진 페이지에 적힌 내용이 눈에 들어왔다.

"병원 근처 숙소 구하기, 간병인 구하기, 휴직계 혹은 사직서……."

리스트를 읽어 내려가던 서온은 사직서란 말에 입이 다물어져 버렸다. 자신 때문에 지강의 삶은 이미 사라지고 있었다.

"꼬마. 교수님 지금 수술 중이라 조금 있다가……."

병실로 돌아온 지강은 서온이 수첩을 보고 있는 모습을 보고 말을 멈추었다. 그리고는 의자를 가져와 침대에 걸터앉은 서온과 마주 앉았다.

"회사 그만둘 거예요?"

"허락 없이 보는 건 좋은 버릇이 아니야."

수첩을 빼앗아 소파로 던진 지강은 서온의 이마에 살짝 꿀밤을 주었지만 그녀의 표정은 풀어지지 않았다.

"나 때문에 그러지 마요. 일 좋아하잖아요."

"지금은 민서온이 제일 우선이야. 너 때문이 아니라 나 때문에 그렇게 하는 거고."

"그러지 마요. 회사 그만두고 집까지 나오면 내가 아저씨를 어떻게 봐."

"꼬마 보려고 그러는 건데 어떻게 보긴. 이렇게 봐주면 되는 거지."

고개 숙인 서온의 얼굴을 두 손으로 감싸 쥐고 시선을 마주한 지강은 달달한 미소를 짓고 있었지만 서온은 차마 웃지 못했다.

"하루 종일 나랑 병실에 있어도 달라지는 거 없어요. 내가 해봐서 알아. 아픈 사람 지켜보는 게 얼마나 힘든 일인데."

"어머니 지켜보면서 힘들기만 했어?"

서온은 잠시 생각하다 고개를 저었다. 방과 후 병원으로 달려와 엄마와 함께 웃으며 일상을 나누던 시간은 지금도 그리웠다.

"난 민서온이랑 이렇게 마주 보고 웃고 이야기하고. 그런 순간들이 제일 행복해. 그러니까 나한테 제일 좋은 선택을 하는 거야."

"그렇지만."

"또 그렇지만. 그거 하지 말라고 했지?"

"그……."

그렇지만이란 말을 또 하려 했지만 지강이 서온의 입술을 자신의 입술로 꾹 막았다. 부드러운 입맞춤은 짧았지만 놀란 서온은 뒷말도 잊어버린 채 지강을 보며 눈을 껌벅거리기 바빴다.

"그렇지만이라고 말할 때마다 이렇게 할 거니까. 또 해 봐."

"예고도 없이 자꾸 이럴 거예요?"

정신을 차린 서온이 눈을 흘겼지만 지강은 웃으며 자리에서 일어났다.

"원래 예고 없이 하는 거야."

"이씨."

지강은 오랜만에 듣는 서온의 투덜거림에 저절로 웃음이 났지만 수첩을 챙겨 들기 위해 돌아선 순간 웃음이 사라졌다.

"사장!"

때마침 유진이 밝은 목소리로 병실로 들어오자 지강은 겉옷을 챙겨 들었다.

"유진이 왔으니까 회사 들어갔다 올게. 교수님 오시면 진찰받고 죽 사다 놨으니까 먹어."

"아저씨는요? 점심 먹었어요?"

"내 걱정 말고. 유진아, 좀 부탁한다."

"네."

유진의 대답을 들은 지강은 병실을 나가려다 다시 돌아서서 서온에게 다가왔다.

"잠깐 좀 돌아서지?"

"왜요?"

더 묻지 말고 돌아서라는 듯 손을 휘휘 젓는 지강을 보며 유진은 입술을 삐죽거리면서도 두 사람을 등지고 섰다.

"잘 지내고 있어. 퇴근하고 올게."

지강은 서온을 품에 안고 작게 중얼거렸다. 고작 며칠도 안 됐는데 이젠 지강이 안아 주는 일이 자연스러워 서온 역시 그를 꼭 안았다.

"아저씨도요. 밥 꼭 먹고요."

품에서 떨어진 서온이 미소를 짓자 지강도 미소를 지었다. 잠시지만 헤어지는 게 아쉬운지 입술에 쪽하고 짧은 입맞춤을 하고서야 병실을 떠났다.

"나 효과음은 들었는데 말이지."

"그런 건 못 들은 척해 줘."

서온은 짓궂은 표정의 유진에게 미소를 지어 주었지만 지강이 나간 병실 문을 걱정스럽게 바라볼 수밖에 없었다.

휴직계와 사직서를 각각 봉투에 담은 지강은 한숨이 나왔다. 이식 수술 얘기를 들은 후로 서온의 곁에서 떨어지고 싶지 않았다. 하지만 회사를 그만두면 안 된다는 서온의 말이 자꾸 떠올랐다. 뭐든 서온에게 걱정을 끼치고 싶진 않은데 마음처럼 되는 게 없었다.

일단은 서온이 원하는 대로 회사에 있을 때는 업무에 집중하기 위해 지강은 짧게 심호흡을 하고 서류를 펼쳐 들었다.

그런데 휴대폰 문자 알림 음이 울렸다.

〈지금 민 사장한테 서온이 소식 알린다.〉

근수의 문자를 보자마자 지강은 자리에서 벌떡 일어났다. 뒤늦은 출근이라 일거리가 쌓여 있었지만 가만히 있을 상황이 아니었다. 서류와 노트북을 가방에 챙겨 넣고 그대로 병원으로 향했다. 만약을 위해 서온의 곁을 지켜야 했다.

✳   ✳   ✳

한식당 룸에 도착해 자리를 잡고 앉은 근수는 망설임 끝에 휴대폰을 꺼냈다. 그리고 지강에게 문자를 보낸 뒤 양복 안주머니로 휴대폰을 밀어 넣었다.

"오랜만이야, 서 사장."

근수는 반가운 목소리로 인사를 건네는 철온을 반길 수 없었다. 하나뿐인 딸이 없어졌는데도 아무 일 없는 것 같은 철온을 근수가 걱정스럽게 봤다.

"무슨 일 있나? 얼굴이 영 안 좋은데."

"식사부터 하고 얘기하지."

"무슨 얘기길래 그렇게 분위기를 잡아? 궁금하니까 얘기부터 하세."

어디서부터 어떻게 얘기를 해야 하나. 이 얘기를 자신이 하는 것이 맞나. 몇 번을 생각해도 딱 떨어지는 답이 나오지는 않았지만 오랜 친구로서 모른 척하고 있는 건 철온에 대한 예의가 아닌 것 같았다. 한참을 망설이던 근수는 조심스럽게 서온의 이야기를 꺼내기 시작했다.

"그게…… 그게 대체 무슨 말인가? 자네, 무슨 말도 안 되는 소리를 하는 거야?"

충격으로 아득해지는 철온을 안타깝게 보면서 근수는 말을 이어 갔다.

"병에 걸린 걸 알고 일부러 모난 짓만 골라 한 모양이야. 자네가 너무 힘들어서 더 힘들게 하고 싶지 않다고. 자네 딸이 그렇게 바보스러울 정도로 착한 녀석이었어."

"말도 안 돼. 아니네. 절대 일어날 수 없는 일이야. 자네가 뭘 잘못 안 거야."

철온은 현실을 부정하며 굳은 얼굴로 근수를 바라봤다.

"민 사장, 정신 차려. 자네 딸이 많이 아프다고. 자네 와이프랑 같은 병에……."

"아니. 그럴 리가 없어. 자네 아들이 무슨 소리를 했는지 모르지만 서온이 찾았으면 집으로 돌려보내라고 하게. 먼저 일어나겠네."

잡을 틈도 없이 가 버린 철온의 빈자리를 보며 근수는 아이고, 하고 한숨이 터져 나왔다. 철온은 아내를 잃은 후로 현실을 부정하기 시작했고 그것이 점점 합리화가 되어서 모든 일을 자기 좋을 대로 받아들이게 돼 버린 상태 같았다. 치료가 필요할 정도로 그의 마음도 심하게 병들어 있다는 것을 근수는 지금에서야 알게 되었다.

✻ ✻ ✻

"제정신이 들면 찾아가 봐. 서온이 서울병원에 입원해 있어."

방금 들었던 말을 머릿속에서 되뇌이며 미친 사람처럼 식당을 빠져나온 철온에게 근수는 문자로 서온이 있는 병실을 알렸다. 제정신이 아닌 상태로 그럴 리 없다고 중얼거리며 거리를 배회하던 철온은 결국 서온이 입원해 있다는 병원으로 향했다.

병실 앞에 도착해서 문 옆에 걸린 서온의 이름을 보면서도 철온은 현실이 받아들여지지 않았다. 모든 게 서온이 꾸민 일이라고 생각했지만 한편으로는 근수의 말이 사실일까 봐 겁이 났다. 그래서 문을 열지도 못한 채 한참 서 있을 수밖에 없었다.

한편, 병실 밖 상황을 모르는 두 사람은 여느 날과 다르지 않게 투닥거리며 이야기를 나누고 있었다.

"나도 재봉틀 가져올래요. 아니면 뜨개질이라도 하게 실이랑."

"안 돼."

노트북에서 시선을 떼지 않은 채 지강은 단호하게 말했다.

"아저씨도 마음 편하게 일하고 나도 하고 싶은 거 하면 덜 심심할 텐데. 왜 안 된대?"

"혼잣말 가장해서 자꾸 말이 짧아지네. 반말 허락해 준 적 없을 텐데."

"이씨."

지강이 시선조차 주지 않자 서온은 침대에서 내려와서 그의 맞은편에 떡하니 섰다.

"가서 다시 눕지?"

"일도 좋지만 대화할 땐 이렇게 눈 좀 맞추죠?"

탁자 앞에 쪼그리고 앉아 지강과 억지로 눈을 맞춘 서온이 씨 익 웃자 지강은 풋, 하고 웃음이 터져 나왔다.

"잠깐만 잠깐. 그대로 있어."

"응?"

서온이 왜냐고 묻기도 전에 지강은 휴대폰을 꺼내 사진을 찍 었다.

"아저씨! 이런 걸 찍으면 어떻게 해요!"

"왜. 딱 꼬마다웠어."

"줘요. 지울래. 지워!"

"그럴 순 없지. 이건 내 거야."

휴대폰을 빼앗으려고 폴짝거리는 서온의 허리를 안은 지강이 그대로 침대에 눕혔다.

"환자는 얌전히 있는 거랬지."

"환자 아니거든요! 사진이나 지우죠?"

"내 거라고. 이것도. 이것도."

지강이 침대에 눕혀 뺨에 입을 맞추자 서온은 약이 올라 씩씩 거리기 시작했다.

"내가 왜 아저씨 건데요? 난 자주적인 여자거든요."

"자주적이라는 단어의 사전적 의미는 알고 쓰나?"

"나는 내가 책임진다, 뭐 그런 거지."

툴툴거리는 서온의 머리를 부드럽게 헝클어트린 지강이 피식하고 웃자 서온은 약이 올랐다.

"비웃었다. 그치? 그렇죠?"

"심심하면 거기 소설책 갖다 놨으니까 읽어."

"책 말고 재봉틀을 달라니까. 이건 또 언제 가져 왔어요?"

툴툴거리면서도 소설책을 손에 쥔 서온은 소파로 돌아가려던 지강이 멈춰 서 있는 것을 발견하고 그의 시선을 따라 병실 문을 바라봤다.

인기척도 없었는데, 소리 없이 열린 병실 문 앞에는 철온이 두 사람을 바라보고 있었다.

"네 방으로 가라. 지금은 혼자 있고 싶다."

서재의 작은 스탠드 불빛 아래 앉아 있던 철온은 분명 울고 있었다. 너는 아무 도움도 되지 않는다고 말하는 눈빛을 마주하며 서온은 엄마를 떠나보낸 현실도 아팠지만 아버지와 함께 울 수 없어서 더 아팠다.

그 이후 철온은 서온을 보려 하지 않았다. 어쩌다 눈이 마주치면 괴로운 듯이 시선을 피하곤 했는데, 서온은 아직도 그 눈빛을 잊을 수 없었다. 그런데 병실 앞에 서 있는 철온이 그때와 같은 눈빛으로 자신을 보고 있었다.

"아저씨."

"나 아니야. 하지만 책임은 있어. 민 사장님께 말한 사람이 우리 아버지시니까."

간단하고 솔직하게 상황을 설명하고 잘못까지 시인하는 지강에게 서온은 뭐라 할 말이 없었다. 하지만 고통으로 일그러진 철온을 마주하기가 너무 힘들어 이 순간만큼은 지강의 솔직함이 조금 미웠다.

"서온이 너, 너 이 녀석."

빠른 걸음으로 서온에게 다가서려는 철온의 앞을 지강이 가로막았다.

"지강이 넌 비켜서라."

"그럴 수 없습니다."

팽팽하게 맞서는 두 사람을 보고 있던 서온이 침대에서 내려섰다.

"아저씨. 괜찮으니까 비켜요."

"꼬마 넌 나서지 마."

등 뒤에 선 서온을 보지도 않은 채 두 사람은 서로를 무섭게 보고 있었다.

"서지강, 네 녀석이 낄 일이 아니다."

"그동안 무관심으로 방치해 놓고 이제 와서 아버지 노릇이 하고 싶어지셨습니까?"

"너랑은 할 얘기 없어. 서온이 너. 이렇게 아픈 척하고 있으면 내가 쉽게 용서해 줄 거라고 생각한 거냐? 그래서 서 사장이랑 지강이까지 속였어?"

"지금 무슨 말을 하시는 겁니까!"

하, 하고 헛웃음이 튀어나온 서온과 반대로 지강의 목소리는 낮게 으르렁거리는 듯했다. 철온 때문에 서온이 또다시 상처를 입게 할 수는 없었다.

"거짓말이 아니고선 이건 있을 수 없는 일이야. 사실대로 말해라. 아니지? 이게 다 네 녀석이 꾸민 일인 거지?"

링거 거치대를 꽉 쥐고 있는 서온의 손이 떨려 오기 시작했다. 철온에게 신용을 잃은 것은 스스로 자처한 일이었지만 그렇다고 죽을병에 걸렸다는 거짓말이나 하는 딸이 되길 바란 건 아니었다.

"그런 짓까지 할 정도로 아버지한테 잘못한 거 없어요."

"뭐?"

서온의 작은 목소리를 제대로 듣지 못한 철온이 앞으로 다가왔지만 지강은 그의 앞을 단단히 막아섰다.

"이 정도까지 최악일 거라고 생각 못 했는데. 당신이란 사람 정말 구제 불능에 최악이었네요."

철썩!

차가운 비웃음 섞인 지강의 말에 철온의 손이 있는 힘을 다해 그의 뺨을 내리쳤다.

"아버지!"

"건방진 자식! 네까짓 게 뭐라고 감히!"

놀란 서온의 목소리가 높아졌지만 이미 흥분 상태에 치달은 철온에겐 아무것도 보이지 않았다. 오히려 무섭게 자신을 노려보는 지강을 향해 다시 손이 올라갔다. 서온은 급하게 지강의 앞을 막아섰고 미처 멈출 틈도 없이 철온의 손이 서온의 작은 뺨을 내리쳤다. 그 힘이 얼마나 강했는지 서온은 그대로 바닥에 나동그라졌다.

"서온아!"

놀란 지강이 서온을 품에 안는 순간 열린 병실 문 앞으로 근수와 지호가 도착했다.

"이게 대체 무슨……."

지호는 서온에게 달려가 상태를 살폈다. 철온은 얼얼하게 느껴지는 자신의 손을 내려다보다 지강의 품에 안겨 있는 서온을 바라봤다.

"서온아. 나는 그럴 생각이 아니었다. 나는……."

지강은 서온을 지호의 품에 넘겨준 뒤 철온의 앞을 가로막았다.

"당신은 서온일 볼 자격도 없습니다. 돌아가세요!"

"아저씨. 그만해요. 나 괜찮아."

화가 난 지강이 소리치자 서온은 지호의 부축을 받아 자리에서 일어났다. 서온이 손을 내밀자 지강은 반사적으로 손을 잡고 그녀를 품에 안아 부축했다. 그렇게 서온은 철온과 마주 섰다.

"아버지."

"바보 같은 자식. 저놈이 뭐라고 감싸서 얻어맞기까지 해!"

미안하다는 말을 하면 좋을 텐데. 철온은 또다시 자신의 잘못을 남의 탓으로 돌리고 있었다.

"지강 아저씨가 아프면 저도 아파서요. 차라리 제가 아픈 게 나을 것 같아서 그랬어요."

서온은 지강의 마음을 풀어 주기 위해 미소를 짓고 다시 철온을 마주했다.

"아버지. 믿기지 않으시겠지만 저…… 엄마랑 같은 병에 걸렸어요."

"장난 그만해라. 그게 어떤 병인데. 그렇게 쉽게 걸리는 병이 아니야."

"저도 처음에는 말도 안 되는 거짓말이라고 생각했는데, 현실이 바뀌진 않더라고요."

서온은 씁쓸하게 미소 지으며 현실을 부정하기 바쁜 철온을 바라봤다.

"언제…… 알게 된 거냐? 대체 왜 숨겼어?"

"아버지가 아시게 되면 저도 엄마처럼 죽게 될 것 같아서 그랬어요. 어차피 죽을 거라면 사는 동안이라도 평범하게 살고 싶어서."

"이 몹쓸 놈! 못된 자식. 네 녀석이 어떻게 나한테 이래!"

절규에 가까운 소리를 내지르는 철온을 서온은 아프게 바라봤다.

"아버지. 전 아버지가 저 때문에 아프지 않으셨으면 좋겠어요."

목소리가 좀 떨리긴 했지만 서온은 담담하게 자신의 마음을 말했다. 충격을 받은 철온은 갑자기 서온의 손목을 잡았다.

"난 이 병원 못 믿는다. 병원 옮겨서 다시 검사받으면 결과가 다를 거야. 가자."

"민 사장님!"

지강은 서온을 끌고 나가려는 철온의 앞을 가로막았다. 하지만 철온은 막무가내로 서온을 끌고 나가려 했다.

"아버지. 그만요. 그만하세요."

꽉 붙들린 손목이 아팠지만 서온은 인상도 찡그리지 않고 자신의 손목을 움켜쥐고 있는 철온의 손을 잡았다.

"전 여기서 조 교수님한테 치료받을 거예요. 그러기로 약속했어요."

"안 된다. 조남철 교수는 믿을 수 있는 의사가 아니야!"

"아니요. 전 조 교수님 믿어요. 그분만큼 이 병에 대해 잘 아시는 분은 없어요."

"그 얘긴 나중에 하자. 서 사장, 미안하지만 자네 아들들 데리고 나가 주게."

"이보게, 민 사장."

근수가 말려 보려 했지만 철온은 막무가내로 짐을 챙기기 시작했다.

"서온이 보호자는 나야. 남이 이러쿵저러쿵할 이유가 없어."

짐을 가방에 욱여넣던 철온의 손을 서온이 간절하게 붙잡았다.

"저 치료받을 생각하게 된 거 다 지강 아저씨 덕분이에요. 그러니까 저한테서 아저씨 떼어 놓으려고 하지 말아 주세요."

"네 보호자는 나다. 저놈은 아무 상관도 없는 남이야."

"남 아니에요. 저희 서로 사랑해요. 아버지……."

"이 마당에 무슨 사랑! 말이 되는 소리를 해!"

"저, 병 걸린 거 알고 나서 살고 싶다고 생각한 적 없었어요. 아무 미련 없이 엄마한테 가면 행복하겠다고 생각했는데. 지금은 살고 싶어요. 지강 아저씨랑 같이 남들 사는 것처럼 살아보고 싶어요."

진심이 담긴 서온의 말에 철온의 눈빛은 단란했던 가족이 함께였을 때로 돌아왔다. 비록 그 눈빛엔 엄마를 바라보던 것과 같은 아픔이 담겨 있었지만 예전의 아버지의 눈빛을 본 것만으로 왈칵 울음이 터질 것만 같았다.

"나는……."

서온을 아프게 보던 철온은 무슨 말이든 하고 싶었지만 쉽게 입이 떨어지지 않아서 그대로 병실을 나갔다.

"저 친군 내가 따라가 보마. 서온인 몸조심하고 조만간 다시 들르마."

근수는 급히 철온을 따라 병실을 나왔다. 주변을 둘러보며 병원 밖까지 나와서야 벤치에 앉아 있는 철온을 발견했다.

"걸음도 빠르네. 한참 찾았어."

근수는 일부러 밝게 말하며 곁에 앉았지만 고개를 숙이고 있는 철온은 아무 미동도 없었다.

"서온이 말 너무 섭섭하게 듣지 말게. 그 녀석 혼자서 많이 힘들었을 거야."

"아무리 그래도 이럴 수는 없네. 어떻게 자식이 돼서 이럴 수가 있어? 저러다 만약에 잘못되면 나는 어떻게 살라고."

"자네가 어떻게 살지 걱정하는 것보단 서온이를 살릴 생각을 먼저 해야지."

"내가 아니라 자네 아들만 있으면 된다는 녀석인데, 내가 뭘 할 수 있겠나?"

"서온이가 그런 뜻으로 한 말이 아니지 않나. 그러지 말고, 자네 마음의 상처가 생각보다 깊은 것 같은데 상담부터 좀 받아 보는 게 어때?"

"난 아무렇지 않으니까 나한테 이런 말할 시간에 자네 아들이나 내 딸한테서 떼어 놔!"

철온은 그대로 자리에서 일어나 가 버렸고 혼자 남은 근수는 쓴 한숨을 뱉었다.

"예전에는 참 좋은 아버지였는데 어쩌다 이렇게 됐는지."

너무 다정해서 보는 사람도 웃음이 나던 부녀지간이었던 두 사람이 어쩌다 이 지경이 됐는지 근수는 무심한 하늘이 원망스러워지고 있었다.

"괜찮은 거야? 많이 부었는데."

서온의 뺨에서 얼음 팩을 떼지 않으며 지강이 걱정스럽게 물었다.

"멍만 안 들면 좋겠는데. 근데 넌 네 얼굴이나 좀 보는 게 어때?"

"맞아요. 아저씨 좀 혼내 주세요. 자기 얼굴도 땡땡 부었으면서."

서온이 귀엽게 지강을 흘겨보자 그는 협탁에 놓인 거울로 자신의 얼굴을 살폈다. 뺨이 좀 부어오르긴 했지만 서온처럼 피가 맺힐 정도로 심하진 않았다.

"난 아무렇지 않으니까. 이거 볼에 딱 붙이고 가만히 누워 있어."

서로 얼음 팩을 대 주려고 실랑이를 벌이는 두 사람이 귀여워서 지호는 심술부리듯 지강의 **뺨**을 톡, 하고 때렸다. 순간 욱신거리는 통증에 지강의 표정이 굳어지자 지호는 만족스럽다는 듯씩 미소를 지었다.

"아프지? 멀쩡한 거 아니니까 너도 얼음 팩 대고 있으라고."

"선생님 말 들어요."

서온은 얼음 팩을 지강의 **뺨**에 대 주고 만족스럽게 미소를 지었다. 지강은 서온의 머리를 살짝 쥐어박고는 지호가 여분으로 가져온 새 얼음 팩을 **뺨**에 대 주었다.

"차가워, 차가워!"

"떼지 말고 대고 있어."

"근데 강아. 어머니 전화 왔었는데. 좀 안 좋으신 것 같더라."

"아주머니가 왜요? 어디 편찮으세요?"

놀란 서온을 보며 지강은 지호에게 입을 다물라는 경고의 눈빛을 보냈다.

"어머닌 내가 알아서 할게. 형 안 가?"

"어? 어. 가야지, 가. 꼬맹아, 내일 또 들를게. 찜질 잘하고 푹 자."

지호가 나간 후 지강은 침묵을 지키며 서온의 **뺨** 위에 있는 얼음 팩에 집중했다.

"그렇게 봐도 할 말 없어. 괜히 쓸데없는 일에 관심 갖지 마."

뭐라도 대답하라고 자신을 뚫어지게 보는 서온의 시선 때문에 지강은 피식 웃으며 말했다.

"그게 왜 쓸데없는 일이에요? 아주머니가 안 좋으신 거 아저씨가 나 때문에 파혼까지 해서 그런 거잖아요."

"처음부터 내 뜻이 아닌 일이었어. 민서온 때문이 아니라 어차피 이렇게 끝날 일이었으니까 신경 쓰지 마."

"그 약혼녀분은요? 아저씨가 나 때문에 그런 거 다 알아요?"

"쓸데없는 거 또 신경 쓰지."

지강은 서온의 머리를 콩 쥐어박았다. 장난스러운 행동으로 분위기를 풀어 보려 했지만 무겁게 가라앉은 서온의 표정은 풀어지지 않았다.

"미안해요."

"꼬마. 네가 미안할 일 아니야. 오히려 내가 미안하지. 이런 일까지 신경 쓰게 하는 것도, 오늘 민 사장님 함부로 대한 것도."

묵직하게 울리는 지강의 사과에 서온은 엄마를 보낸 이후 처음으로 온전히 행복하다는 생각이 들었다.

"실은요. 생각보다 많이 힘들었어요. 미움 받으려고 작정하긴 했지만 막상 아버지가 진짜 날 미워하니까 생각보다 너무 아프더라고요. 너무 빨리 엄마를 잊고 재혼해서 행복해하는 아버지를 원망도 많이 했고요."

덤덤하게 말하려 애쓰긴 했지만 서온의 목소리가 떨리고 눈가도 촉촉이 젖어 왔다.

"새로 생긴 가족들이 나한텐 너무 나쁜 사람들이었거든요. 근데 모른 척했어요. 나한테만 나쁜 사람들이고 아버지한텐 좋은 가족이면 되는 거니까. 본인이 선택한 사람이니까 나중에 어떤 일이 생겨도 아버지가 감당하겠지. 난 떠나면 그만이라고 생각하면서. 나 좀 나쁜 딸이죠?"

눈물은 흐르는데 새초롬하게 미소를 짓는 서온을 지강이 아무 말 없이 꼭 안아 주었다.

"혼자서 참고 견디느라 고생했어. 우리 꼬마, 참 장하다."

지강은 부드럽게 머리를 쓰다듬어 주며 위로를 해 줬다. 잘 참고 있던 서온은 결국 울음을 터뜨렸다.

"미안해요. 정말 미안해, 아저씨."

"뭐가 또. 꼬마가 미안할 일 없다니까."

"이 지경이 됐는데 아저씨랑 살고 싶다고 해서 정말 미안해요."

"난 오히려 고마운데. 나랑 같이 살고 싶다고 해 줘서 정말 고마워."

소리 내서 울면 마음이 덜 아플 것 같은데 품에 안긴 서온은 숨죽여 울고 있었다. 자신의 울음소리가 지강의 마음을 아프게 할 거라는 사실을 알고 있기에 서온은 애써 제 감정을 삼키고 있었다.

✳   ✳   ✳

"검사 결과가 나왔는데 두 사람이 일치하는 항목이 하나도 없어. 다른 방법을 찾아봐야 할 것 같네."

조 교수의 말을 떠올리며 조수석에 놓인 검사표 봉투를 보는 지강의 입에서 깊은 한숨이 새어 나왔다. 간뿐 아니라 뭐든 다

떼어 줄 수 있는데 그의 장기는 서온에게 이식이 불가능하단다. 무슨 짓을 해서라도 서온을 지켜 내고 싶은데 한고비, 한고비가 높고 험한 산 같았다.

"다녀왔습니다."

무거운 마음으로 집 안으로 들어서자 근수와 미현이 거실에 앉아 있었다.

"어. 늦었구나."

지강을 돌아보는 근수와 달리 미현은 보란 듯이 관자놀이만 꾹꾹 누르고 있었다.

"드릴 말씀이 있습니다."

"파혼 없던 일로 하자는 거 아니면 앞으로 강이 네 얘긴 안 들어."

미현은 획, 하고 자리에서 일어났지만 지강은 붙잡을 생각도 없는지 소파에 앉았다.

"아버지. 저 독립하겠습니다."

"뭐?"

자리에서 일어났던 미현은 급하게 자리에 앉아 지강을 봤다.

"오피스텔을 구했습니다. 당장은 간단한 짐만 추려서……."

"파혼도 모자라서 이젠 집까지 나가려고? 강이 너 대체 왜 이러는 거야?"

"저 사랑하는 사람이 생겼습니다."

"그게 무슨 말이야? 선아 좋아하던 거 아니었어? 그래서 약혼까지 한 거잖아."

"제 뜻이 아니었다는 거 아시잖아요."

선아의 말만 듣고 무작정 약혼을 진행했던 미현은 말문이 막혔다.

"선아가 너랑 결혼하기로 약속했다고 하니까. 너도 마음이 있는 줄 알고 진행한 일이었어."

"알고 있습니다. 제가 그 자리에서 아니라고 말씀을 드렸어야 했는데. 일을 이렇게까지 만들어 두 분께는 드릴 말씀이 없습니다."

고개를 숙이는 지강을 근수는 안쓰럽게 바라봤고 미현은 이 모든 상황이 이해되지 않아 연거푸 한숨만 내쉬었다.

"선아가 아니면 사랑하는 사람이 누군데?"

"서온입니다."

잠시 숨소리조차 들리지 않을 정도의 정적이 실내를 가득 메웠다.

"서온이? 민 사장님 딸인 그 아이라고?"

미현에겐 뜬금없고 충격적인 폭탄 발언이었지만 두 사람은 침착하기만 했다. 그 모습이 부아가 치밀어서 미현은 근수를 무섭게 노려봤다.

"당신은 알고 있었던 거죠? 그래서 파혼도 반대 안 한 거고. 민 사장님도 이 사실을 아는 거야? 알면서도 다들 가만히 보고만 있었냐구!"

"당신 그만해. 강이 너도 그만하고 올라가라."

이미 이성적인 사고가 불가능해진 미현의 목소리가 높아지자 근수는 어떻게든 방으로 데리고 들어가려고 애를 썼다.

"죄송합니다. 내일부터 나가서 지낼 테니까 제 걱정 마세요.

그만 올라가 보겠습니다."

버티는 미현을 외면한 채 지강은 2층 방으로 향했다.

"거기 서! 나가긴 어딜 나가. 당신 좀 놔 봐요."

"그만하고 들어가. 나중에 차분히 다시 얘기하자고."

등 뒤로 근수와 미현의 실랑이 소리가 들렸지만 더 이상 할 수 있는 일이 없었다.

방에 들어온 지강은 곧장 트렁크를 꺼내 간단한 옷가지를 챙겨 넣고 침대 옆에 주저앉아 관자놀이를 꾹꾹 눌렀다. 당장 이식 수술을 받아야 하는데 해결책이 없어 긴 밤, 불안과 초조함으로 잠을 이루지 못하고 있었다.

병실 문고리를 잡았다 놓았다 한참을 망설이던 철온은 결국 문을 열지 못하고 돌아섰다. 그런데 병실 복도 끝쪽에서 조 교수가 그를 바라보고 있었다.

"오셨습니까?"

몇 년 만에 조 교수를 만나는 것이었지만 철온은 인사도 없이 지나쳤다. 조 교수는 그런 뒷모습을 안쓰럽게 바라봤다.

병원에서 나와 정신없이 차에 오른 철온은 연거푸 마른세수를 하며 아픔을 삼켜 냈다.

"사장님. 댁으로 갈까요?"

"집 말고……."

철온은 어디로 가야 할지 방향을 잃은 사람처럼 멍하니 병원을 바라봤다.

"사장님?"

"집으로 가게."

결국 갈 곳은 집밖에 없었다. 오래전 연서와 서온이 그를 위해 따뜻한 저녁을 해 놓고 기다리던 그 집에 이젠 주혜와 현아가 있었다. 자신이 원해서 만든 가족이지만 이제 와 생각해 보면 즐겁고 행복했던 적이 없는 것 같았다.

아니, 연서가 떠난 후 행복이란 감정을 서서히 잊어 갔다. 며칠 전 서온을 보고 온 후로 철온은 줄곧 멍하니 정신을 놓고 있었다.

병을 숨긴 서온에 대한 배신감과 함께 하나뿐인 딸을 돌보지 못했다는 죄책감이 그를 괴롭혔고 서온을 잃게 될까 봐 두렵기만 했다.

＊　　　＊　　　＊

"엄마. 오늘 간 청담동 숍. 거기 옷 별로인 것 같지 않아?"

"처음엔 좋다더니 왜? 마음에 안 들어?"

거실에 마주 앉은 주혜는 과일을 집다 말고 현아를 보았다. 현아는 옆에 놓여 있던 쇼핑백에서 옷을 꺼내 이리저리 대 보더니 획 던져 버리고 사과를 콕 집어 씹었다.

"마음에 드는 옷이 없어. 나도 파리나 갔다 올까? 요즘 쇼핑하러 다들 유럽으로 나간다는데. 엄마, 같이 갈래?"

"당장은 안 돼. 엄마가 지금 큰일 하나 진행 중이니까, 그 일마무리되면 가자."

"큰일? 뭔데?"

눈을 반짝거리는 현아를 보며 주혜는 회심에 찬 미소를 지었다.

"엄마. 혹시 이 집 아저씨 재산 노리는 거야? 그래서 비서실에다가 사람도 심어 놓고."

"다 생각이 있어서 한 일이긴 하지. 내가 고작 JM그룹 안주인으로 만족할까 봐? 사람은 목표가 커야 해."

주혜는 신이 나서 목소리를 높였다. 그때 현관 벨소리가 들리고 가정부가 철온의 도착을 알렸다.

"일단 잠자코 있어. 파리든 유럽이든 다 보내 줄 테니까."

"아싸!"

신이 나서 방방 뛰는 현아를 두고 주혜는 서둘러 현관으로 나갔다.

"여보. 어서 오세요."

아무 대답도 없이 거실로 들어선 철온은 소파에 널브러져 있는 쇼핑백과 옷가지에 잠시 시선을 뒀다. 그리고 천천히 거실을 둘러봤다.

"여보. 왜 그러세요?"

"집이 원래 이런 모습이었나?"

화려한 고가의 가구들과 색감부터 눈에 띄는 벽지, 대리석으로 된 바닥까지. 매일 드나든 집인데도 이상하게 생소한 느낌이었다.

"좀 칙칙하죠? 안 그래도 다시 공사할까, 하고 있었어요."

주혜의 말은 들리지도 않는 것처럼 철온은 잠시 집 안을 더 둘러보다 서재 방으로 향했다.

"왜 저래?"

"난들 아니? 요 며칠 계속 정신 나간 사람마냥 저러는데."

"진짜 정신 나가면 좋은 거 아냐? 그럼 이 집 재산 다 우리 거 되잖아."

스읍, 하고 말조심하라는 신호를 보냈지만 주혜는 철온이 들어간 서재를 바라보며 은근한 미소를 띠었다. 그런데 바로 서재 방에서 나온 철온이 곧장 침실로 향했다. 얼마 후 침실에서 작은 짐 가방을 챙겨 들고 밖으로 나왔다.

"여보, 어디 가시게요?"

"며칠 못 들어올 거야. 기다리지 마."

집 밖으로 나가는 철온을 보며 주혜는 기가 막힌다는 듯 코웃음을 쳤다.

"왜 저래?"

"진짜 정신 나간 것 같이 저러네. 며칠이 아니라 몇 달은 안 들어오면 좋겠다."

짜증을 내는 주혜를 보며 현아는 슬그머니 휴대폰을 들고 홍콩 여행 사진을 띄웠다.

"엄마. 이거 좀 봐. 어차피 집도 비는데 우리도 나가자. 여기 홍콩인데 짱 좋대."

"홍콩?"

주혜가 관심을 보이자 현아는 이때다 싶어 얼른 사진을 띄운 휴대폰을 내밀었다.

"여기 봐. 야경이 그렇게 끝내준대. 가서 쇼핑도 하고 스파랑 마사지도 받자."

"스파 좋지. 그래, 가자! 천하의 JM그룹 안주인이 홍콩쯤 못 가겠어? 비행기 표 알아봐. 당장 가자."

"아싸! 기다려, 엄마."

신이 나서 방방 들떠 있는 모녀의 목소리는 집 밖까지 들려왔다. 휴대폰을 잊고 나가 집으로 돌아온 철온이 열린 문 사이로 모녀의 목소리를 고스란히 전해 듣고 있다는 것을 두 사람은 알지 못했다.

"이식…… 수술이요?"

병원 대기실에 지강과 마주 앉은 유진은 서온에게 이식 수술이 필요하다는 얘기를 들은 후 잠시 말이 없었다.

"어려운 일이라는 거 알지만 일단 검사만이라도 받아 줬으면 해서."

아무리 친한 친구라 해도 몸의 일부를 떼어 주는 수술을 한다고 나서기가 쉽지 않단 것을 알지만 지강은 지푸라기라도 잡아야 하는 심정이라 달리 방법이 없었다.

"수술받으면 나을 수 있는 거예요?"

"수술을 받지 않으면 더 위험해질 거야."

힘들게 수술을 받아도 서온이 나아지리라는 확신은 없었다. 그렇다고 포기하면 남은 일은 죽음을 기다리는 것밖에는 없었다. 그러니 어떻게든 공여자를 찾아야 했다.

"강요하는 건 아니야. 아무리 친구라도 이식 수술까진 힘든 결정인 거 아니까."

"검사받을래요."

"결과가 좋아서 수술을 받아도 꼬마가 완치된다는 보장은 없어. 어쩌면 수술조차 무의미해질 수도 있고."

"상관없어요. 간 좀 떼 준다고 죽는 것도 아니고. 서온이가 살 수 있는 기회라도 생긴다면 그걸로 만족하니까."

고민도 없이 유진은 당장 검사를 받겠다며 자리에서 일어났다.

"고맙다."

"내 친구 살리려고 하는 일이니까 고마우실 거 없어요. 검사실은 어디예요?"

유진이 씩씩하게 검사를 받으러 간 후 지강은 서온의 병실로 돌아왔다. 뭐든 손을 움직이고 싶다고 노래를 부르던 서온은 유진이 가져다준 털실로 뜨개질을 하고 있었다.

"쉬라고 했을 텐데."

실과 뜨개바늘을 빼앗으려는 지강을 피해 서온은 얼른 실을 이불 속으로 넣고 혀를 빼꼼 내밀었다.

"앉아서 손만 움직이는 거거든요. 근데 찌니는요?"

잠시 할 얘기가 있다고 나가더니 지강 혼자 돌아오자 서온은 병실 문을 바라봤다.

"검사받고 있어."

"무슨 검사요? 찌니 어디 아파요?"

침대에서 내려오려는 서온을 억지로 앉힌 지강은 아니라고 고개를 저었다.

"아픈 것도 아닌데 무슨 검사를 받아요?"

"놀라지 않고 화도 내지 않고 억지 부리지 않는다고 약속해."

"대체 무슨 일이길래……."

"약속부터 해."

서온이 마지못해 고개를 끄덕인 후에도 지강은 쉽게 말을 꺼내지 못했다. 서온은 그답지 않은 망설임을 보며 점점 불안해지기 시작했다.

"꼬마 너. 간 이식 수술받기로 했어."

당사자가 동의한 적도 없는 수술을 받는다니. 말도 안 된다는 생각에 서온의 얼굴이 굳어졌다.

"수술받기 싫어하는 건 알지만 더 늦으면 안 돼."

지강을 원망스럽게 보던 서온은 침대에서 내려서서 병실을 나가려 했다.

"어디 가려고 이래?"

"놔요. 나 때문에 찌니 검사받게 하는 거 싫어."

서온은 잡은 손을 뿌리치려 했지만 지강은 손을 놓아주지 않았다.

"억지 부리지 않겠다고 약속했잖아."

"하나밖에 없는 친구한테 간 떼어 달라고 하는 게 억지예요. 놔요."

"나도 그런 부탁하고 싶지 않았어. 근데 내 건 꼬마한테 이식이 불가능하다니까. 어쩔 수 없이 부탁한 거야."

"그것도 싫다구요!"

서온은 화가 나서 격해진 목소리로 말했다.

"나 때문에 아저씨나 찌니가 그런 검사받는 것도 싫고, 아저씨가 그런 부탁하러 다니는 것도 싫어. 수술 안 받아요, 나."

"민서온한테 선택권 준 적 없어."

"내 몸이에요. 그러니까 선택도 내가 해요."

"아니. 민서온 내 거야. 그러니까 선택은 내가 해."

서온은 기가 막혀서 허, 하고 실소가 나왔다. 평소라면 저 말이 달달하게 들렸을지도 모르지만 지금은 아니었다.

"수술받아도 어차피 난 죽어요."

"민서온!"

"이 병은 완치 안 돼요. 엄마도…… 수술받았지만 한 달도 못 버텼어."

서온은 씁쓸하게 중얼거렸다. 싫다던 엄마를 억지로 수술받게 해서 남은 시간 동안 쓸쓸하게 병원에서 죽어 가야 했다.

"어머니는 수술실에 들어가셨지만 손쓰기엔 너무 늦어서 아무것도 못 하고 나오셨어. 그땐 꼬마 네가 상심할까 봐 조 교수님도 아무 말 못 하셨다고 하더라."

서온은 그제야 수술실 앞에서 엄마를 기다린 시간이 그리 길지 않았다는 것이 생각났다. 고작해야 두 시간 남짓이었는데 그때는 호흡기에 의지해 숨을 쉬고 있는 엄마를 보느라 상심에 찬 조 교수와 철온의 모습을 보지 못했다.

"그러니까 수술받자. 지금까지 힘들고 아팠던 거 잊고 행복하게 살고 싶다고 한 말 지켜야지."

눈물을 닦아 주는 지강을 아프게 보던 서온은 고개를 저었다.

"지금으로도 충분해요. 아저씨랑 찌니가 옆에 있어 주는 지금도 충분히 행복하고 감사하니까."

"아니. 난 충분하지 않아. 앞으로 꼬마랑 해야 할 일도 많고 해 보고 싶은 것도 얼마나 많은데. 그러니까 수술받아. 수술받고 치료도 잘 받고 다 나아서 퇴원하자."

혼자 참고 견디는 건 얼마든지 할 수 있지만 누군가의 희생을 담보로 생명을 이어 가는 일은 하고 싶지 않아서 서온은 고집스럽게 고개를 저었다.

"나 때문에 찌니까지 수술실에 눕게 할 순 없어요."

"유진이가 공여자가 될 수 있을지는 아직 모르는 일이니까 그것 때문이라면 고집 그만 부려. 널 위해서가 아니라 날 위해서야. 나를 위해서 민서온은 살아야 하니까."

"그렇지만."

"그렇지만 하지 말라고 몇 번을 말했지? 우는 것도 그만하고."

지강은 서온의 볼에 흐른 눈물을 닦아 주고 아무 곳에도 보내지 않으려는 듯 품에 꼭 안았다.

"미안해요. 정말 미안해."

"미안도 그만."

지강은 서온을 달래면서 그녀가 아팠던 만큼 행복해질 수 있게 해 달라고 간절히 빌었다.

"혈액형부터 달랐네. 안타깝지만 이번에도 안 되겠어."

조 교수의 방에 앉은 지강은 그가 건네주는 검사표를 받아 들었다. 유진 역시 서온에게 이식이 불가능하다는 결과가 적힌 서류들을 보자 막막함이 밀려왔다.

"일단 이식 센터에 대기자로 등록은 해 놨으니 기다려 보세.

가능하면 서온이 아버지도 검사를 받아 봤으면 하는데."

"네. 그래야죠."

지금까지 전화 한 통 없는 철온이 야속했지만 지금은 유일한 희망이었기에 망설일 시간이 없었다.

"사실 며칠 전에 서온이 아버지를 봤네. 서온이 병실 앞에서 한참 서 있다가 들어가지도 못하고 돌아가던데."

"미안해서 그러셨을 겁니다. 걱정 마세요. 제가 연락드려 보겠습니다."

이식 센터 말고도 공여자를 찾을 수 있는 방법에 대해 백방으로 알아보는 중이었지만 달리 방법이 없었다. 이대로 공여자를 찾지 못할까 봐 초조함은 커지고, 할 수 있는 일이 없다는 절망까지 더해지고 있었다.

10. 보고 있기도 아까운 사람

철온은 며칠 동안 목적지도 없이 이곳저곳 차를 몰기만 했다. 모든 것이 낯설어져 연서가 떠난 후 자신이 어떤 삶을 살았었는지 기억이 나질 않았다. 그 와중에 지강 때문에 살고 싶다던 서온의 모습이 계속 그를 괴롭혔다.

"사장님 오셨습니까?"

여행을 끝낸 철온은 곧장 회사로 나왔다. 그가 책상 앞에 앉자마자 비서실장은 밀린 결재 서류들을 가지고 들어왔다.

"갑자기 자릴 비워서 미안하네."

"아닙니다. 여행은 잘 다녀오셨습니까?"

대충 고개를 끄덕이고 철온은 곧장 서류들을 펼쳐 들었다. 뭔가 할 말이 남았는지 비서실장은 나가지 않고 서 있었다.

"뭐 보고할 일이라도 있나?"

"얼마 전부터 주식 쪽 움직임이 심상치가 않습니다."

비서실장은 회사 안에서 가장 믿음이 가는 충직한 심복이었다. 그러니 그의 말에 철온은 귀를 기울일 수밖에 없었다.

"자세히 얘기해 보게."

"아시다시피 JM그룹 지분은 사장님이 가지고 계신 30%와 서온 양이 소유한 25% 외에는 주주들이 차지하고 있는데, 얼마 전 소주주들의 주식을 조금씩 사 모으기 시작하는 움직임이 보였습니다. 그리고 어제까지 총 11%의 지분을 한 사람이 확보했다는 보고를 받았습니다."

가뜩이나 서온의 문제로 머릿속이 복잡한데 회사 주식에까지 문제가 생기자 철온은 머리가 지끈거리기 시작했다.

"그 사람이 누군지 확인은 됐나?"

"그게…… 사모님이셨습니다."

비서실장의 보고에 철온은 들고 있던 서류를 놓치고 말았다.

"그게 무슨 소린가? 내 안사람이 나 몰래 회사 지분을 사 모으고 있다고?"

"네. 이주혜라는 이름으로 현재까지 확보된 지분이 11%입니다. 서온 양 다음으로 가장 많은 지분을 소유하고 계신 겁니다."

"허!"

철온은 신음 같은 외마디 한숨을 내뱉었다. 이건 생각지도 못한 일이었다. 가진 거라곤 제 몸과 딸아이 하나밖에 없는 주혜가 이런 욕심을 낼 거라곤 생각하지 못했다.

"이 일을 구 실장 말고 누가 알고 있지?"

"아무도 모릅니다. 사실 사모님 소개로 비서실에 온 이강구 씨의 움직임도 심상치 않아서 최대한 조심하고 있는 중입니다."

"이강구? 자네 보조로 앉힌 그 사람 말인가?"

"네. 사모님께서 이강구 씨를 통해 사장님의 일정부터 회사 내부 사정까지 전부 보고를 받고 계신 것 같습니다."

주혜의 부탁이 있어서 별생각 없이 비서실장의 보조 자리를 내어 줬는데, 그게 주혜의 끄나풀일 거라는 것은 꿈에도 생각지 못했다. 철온은 잠시 당혹스러움에 빠졌지만 서둘러 정신을 차렸다.

"이건 제가 조사한 부분입니다."

비서실장에게 받은 서류를 넘기던 철온의 손에 조금씩 힘이 들어가기 시작했다.

"주식 매입 과정에서 제3 금융권의 자금을 사용하셨는데 서온 양 소유의 주식을 담보로 사용했습니다."

서류철을 책상 위에 내려놓은 철온은 분노와 배신감으로 온 몸이 뻣뻣하게 굳어지는 것 같았다.

"사장님. 괜찮으십니까?"

"괜찮으니까 계속 보고하게."

비서실장은 철온의 상태가 걱정스러워서 잠시 멈칫했지만 주혜의 행적들을 하나씩 읊어 갔다. 서온의 인감을 무단으로 도용해서 사채를 사용한 것뿐 아니라 철온이 모르는 사이 그의 많은 재산들이 주혜와 현아의 이름으로 넘어가 있었다.

"조사 과정에서 알게 된 사실이 있습니다만……."

"작은 거 하나도 빼놓지 말고 다 보고해."

머뭇거리던 비서실장은 철온의 앞에 몇 장의 사진을 내려놓았다. 사진 안에는 얼마 전 여행길에 올랐던 철온의 모습이 담겨 있었다.

"사모님 통장에서 매주 일정 금액의 지출이 있어서 조사를 하다 발견했습니다."

"나한테 사람을 붙였다는 건가?"

"그리고……."

비서실장은 또 다른 사진들을 내려놓았다. 마지막 사진까지 모두 넘겨본 철온은 사진 뭉치를 책상 위로 던져 놓았다.

"죄송합니다. 제 판단에 의심스러운 부분이 많아서 독자적으로 조사를 진행했습니다."

"내연 관계의 남자가 있다?"

"네. 주식 쪽에 손을 댄 것도 그 남자 때문이 아닐까 하고 있습니다."

짐작인 것처럼 말하고 있지만 명백한 증거를 손에 쥐지 않은 이상 보고를 올리지 않는 그의 성격을 철온도 잘 알고 있었다.

"나이는 사모님보다 10살 어리고 사장님과 재혼 전부터 알고 지내던 사이인 것 같습니다. 보험 설계사 일을 하다가 고객들을 상대로 허위 주식 정보 등을 팔아넘기고 갖가지 크고 작은 사기로 인한 전과도 있습니다. 이번 주식 매입 건도 이 남자 머리에서 나온 걸로 생각됩니다."

결국 주혜의 사탕발림에 속아 넘어간 셈이었다. 철온은 이 여자의 실체가 무엇인지 전혀 눈치채지 못하고 있었다. 그 사실이 그를 더욱 분노케 했다.

"이 일은 외부로 새어 나가지 않도록 조심하고 서면으로 증명될 수 있도록 증거부터 확보하게."

"알겠습니다. 그럼 이강구 씨는……."

"당분간은 그대로 두게."

"네, 알겠습니다."

"눈뜬장님이 된지도 모르고 있었다니."

비서실장이 나가고 철온은 한탄에 가까운 혼잣말을 중얼거렸다. 몇 년간 살을 섞고 산 여자에 대해 그는 아무것도 몰랐다. 그 여자의 말만 믿고 보여 주는 것만 보려 했던 자신이 한심해서 견딜 수 없었다.

철온은 더 이상 후회하지 말자는 심정으로 망설임 없이 병원으로 향했다. 당장 조 교수를 만나야 했다.

"안 그래도 기다리고 있었습니다."

예고 없는 방문이긴 했지만 조 교수는 철온을 진심으로 반갑게 맞이했다.

"서온이는 어떻습니까?"

"좋은 상태는 아닙니다. 공여자만 나타나면 바로 간 이식 수술을 진행할 예정이구요."

"이식이요? 그러다 또 수술실에 들어가서 소용없을 것 같다느니, 그러는 거 아닙니까?"

"아닙니다. 서온인 이식 수술만 성공한다면 분명히 건강해질 수 있습니다."

깊게 박힌 불신이 쉽게 사라지진 않았지만 철온은 조 교수의 말을 믿을 수밖에 없었다.

"이번에는 그 약속 꼭 지키길 바랍니다. 우리 서온이. 꼭 살려 주세요."

고개를 숙여 부탁하는 철온의 진심 앞에 조 교수 역시 고개를 숙이는 것으로 대답을 대신했다.

"꼭 그렇게 하겠습니다. 민 사장님도 서온이 곁에서 힘이 돼주세요. 말은 안 하지만 서온이가 아버지를 많이 그리워하고 있을 겁니다."

"당장은 내가 너무 힘이 들어 그럴 여유가 없습니다."

반사적으로 나온 자신의 말에 놀란 철온은 한숨을 내쉬었다.

"딸이 아프다는데 애비란 사람이 이렇습니다. 안 그래야지 하는데도 습관처럼 내가 힘들고 아픈 게 먼저 생각나니 무슨 면목으로 서온이를 보겠습니까."

"습관 같다는 건, 그런 생각이 제어가 잘 안 된다는 뜻입니까?"

사람은 누구나 자기 자신을 제일 먼저 생각하는 거 아니냐는 변명을 하고 싶었지만 철온은 말을 삼키고 고개를 끄덕거렸다.

"민 사장님, 이건 의사로서의 소견이니까 불쾌하게 듣지 않으셨으면 좋겠습니다."

잠시 생각을 하던 조 교수는 조심스럽게 말을 꺼내기 시작했다.

"사람은 감당하기 힘든 일을 겪게 되면 몸뿐만 아니라 마음에도 병이 걸립니다. 지금 민 사장님도 그런 경우인 것 같은데, 괜찮으시면 의사의 도움을 받아 보시는 게 어떻겠습니까?"

"좋게 말해 마음이 아프다는 거지, 결국 정신 이상이라는 건데. 내가 정신병에라도 걸렸다는 겁니까?"

철온은 발끈해서 자리까지 박차고 일어났다. 그의 반응을 예상했다는 듯이 조 교수는 눈 깜짝 안 하고 그를 바라봤다.

"이렇게 금방 화를 내시는 것도 민 사장님 심리 상태가 불안정하기 때문입니다. 전문의에게 상담을 받고 심리 치료부터 시작해 보셨으면 합니다. 치료받으시면 예전으로 돌아가실 수 있으실 겁니다."

"내가 예전에 어땠는지도 모르겠는데, 상담 몇 번으로 뭐가 나아지겠습니까?"

철온은 한풀 기가 꺾여서 자리에 주저앉았다. 이렇듯 금방 화를 내고 절망하는 일을 반복하다 보니 자신의 상태가 정상이 아니라는 것을 받아들여야 했다.

"제가 기억하는 민 사장님은 좋은 남편이었고, 누구보다 자상한 아버지였습니다. 치료부터 받으세요. 하나씩 천천히 시작하시면 되는 겁니다."

"공여자 검사는 나도 받을 수 있는 겁니까?"

잠시 말없이 앉아 있던 철온은 조심스럽게 물었다.

"그럼요. 안 그래도 그걸 부탁드리려고 했습니다."

"내 자식 살리는 일인데 부탁은 무슨. 당장 검사받을 테니 준비해 주세요. 그리고 상담도 받겠습니다."

자신을 위해서가 아니라 서온을 위해서였다. 다시 예전의 좋은 아버지로 서온의 곁으로 돌아가기 위해 철온은 최선을 다해 볼 생각이었다.

"또 뭘 뜨는 거지?"

거의 이삼일 단위로 실 색깔이 바뀌고 있는 서온의 뜨개질 작업을 보면서 지강은 미세하게 인상이 굳혔다.

"그렇게 봐도 하나도 안 무서우니까 인상 펴세요."

"쉬라고 했을 텐데."

실과 바늘을 빼앗으려는 지강을 피하기 위해 서온은 요리조리 몸을 움직였지만 별 효과 없이 두 손 모두 지강에게 붙들리고 말았다.

"책도 못 읽게 하더니 이젠 뜨개질도 못 하게 할 거예요?"

"차라리 책 읽어. 대신 하루에 세 시간 이상은 안 돼."

활자 중독에라도 걸린 것처럼 하루에 두세 권의 책을 읽던 서온의 몸이 걱정되어 독서 금지령을 내렸는데 이젠 쉬지 않고 뜨개질을 해 대니 차라리 책을 읽는 게 몸에 덜 무리가 가지 싶었다.

"겨우 세 시간?"

"세 시간도 많이 준 거야. 무리하면 안 된다고 했잖아."

"겨우 세 시간 가지고 뭘 읽으라고. 자기는 매일 열 시간 넘게 일하면서 나는 책도 못 읽게 하고, 뜨개질도 못 하게 하고. 가만히 누워만 있어서 등이 짓무르겠구만."

서온은 투덜거리다 지강이 방심한 틈을 타 실과 바늘을 빼앗아 보려고 날렵하게 몸을 날렸다. 하지만 지강이 먼저 자리에서 일어났고 서온이 침대 아래로 떨어지려는 것을 빠르게 받쳐 안았다.

"몸 조심히 다뤄. 또 다칠 뻔했잖아."

"내 몸이거든요. 조심히 다루든 말든."

서온은 민망함을 감추기 위해 뾰족하게 날을 세우긴 했지만 붉게 달아오른 얼굴이 속마음을 그대로 드러내고 있었다.

"그 몸 이제 내 거라고 했을 텐데. 내 허락 없이 상처 내지 마."

서온을 다시 침대에 앉혀 준 지강은 콩하고 머리를 쥐어박고 바닥에 떨어진 실과 바늘을 돌려주었다.

"독서는 하루에 네 시간, 뜨개질은 하루에 세 시간. 그 이상은 안 돼."

"독서 여섯 시간, 뜨개질 다섯 시간."

"안 돼."

"독서 다섯 시간, 뜨개질 네 시간!"

"안 돼."

"그럼 독서 네 시간 반, 뜨개질 세 시간 반!"

안 된다는 소리를 들을 걸 알면서도 포기하지 않는 서온을 보며 지강은 웃음이 날 뿐이었다.

"진짜 야박하다! 간접 경험이라도 하고 싶은데 그것까지 못하게 하고. 진짜 나빴어."

"무슨 간접 경험?"

"책 읽다 보면 가 보지 못한 나라도 가 본 것 같고, 해 보지 못한 일들도 해 본 것 같거든요. 그렇게라도 하다 보면 나중에 덜 억울할 것 같아서 그러는 건데."

여행 에세이나, 산문집 위주로만 읽던 독서 편식에도 다 이유가 있었구나, 싶으면서도 그조차 지강은 마음이 아팠다.

"다 나으면 세계 일주 갈 거니까 간접 경험 그만해."

"진짜요? 세계 일주 데려가 줄 거예요? 정말?"

"그래. 대신 독서 네 시간, 뜨개질 세 시간이야."

"에이. 네 시간 반, 세 시간 반하죠?"

콩, 하고 다시 서온의 머리를 쥐어박은 지강은 단호하게 안 된다는 말을 하려는데 휴대폰 진동이 울리기 시작했다.

"안 된다고 할 거 아니까 전화나 받으세요."

삐죽거리는 서온을 웃음기 머금고 바라보던 지강은 휴대폰에 떠오른 선아의 이름을 보는 순간 미소가 사라졌다.

"전화 받고 올 테니까 눈 감고 쉬고 있어. 졸리면 자고."

"네."

서온은 무슨 전화냐고 묻고 싶은 마음을 참으며 지강이 시키는 대로 침대에 누워 눈을 꼭 감았다. 잠시 후 병실 문이 닫히는 소리가 들리자 꼭 감았던 눈을 뜨고 하얀 천장을 멍하니 바라봤다.

"세계 일주까진 바라지도 않으니까 잠깐이라도 아저씨랑 병원 말고 다른 곳에서 살아 봤음 좋겠다."

함께 볼 수 있는 세상의 풍경들, 함께 갈 수 있는 수많은 장소들. 지강과 함께하고 싶은 것들이 점점 늘어나기만 한다. 보통의 연인들처럼 데이트도 해 보고 싶고, 아무것도 아닌 작은 일로 다투고 토라졌다가 금방 풀어져서 헤헤거리며 웃는 일도 해 보고 싶었다. 누군가에겐 평범한 일상이겠지만 서온에겐 보통의 것들이 소원이고 바람이었다.

"살려 달라고 빌었더니 이젠 해 보고 싶다는 것도 많아지네. 민서온. 욕심이 점점 과해진다, 너."

혼잣말과 함께 피식 웃음이 나왔다.

그때 노크 소리와 함께 문이 열리고 미현과 근수가 병실로 들어왔다. 그들을 마주한 서온의 입가의 웃음은 순식간에 싹 사라졌다.

"아, 안녕하세요."

"갑자기 찾아와서 놀랐지? 이 사람이 꼭 너를 봐야겠다고 고집을 부려서."

근수의 말에 서온은 옅게 미소를 지어 보였다.

"몸은 좀 어떠니?"

미현은 많이 야윈 서온이 안쓰러워 두서없는 말을 이어 갔다.

"괜찮아요. 저 때문에 지강 아저씨를 많이 힘들게 만들어서 정말 죄송합니다. 두 분께는 죄송하다는 말밖에 드릴 말씀이 없어요."

정중하게 고개를 숙이는 서온을 보며 미현은 답답한 속내를 드러내지 못하고 고개를 돌렸다.

"지강이가 고집스럽게 널 붙든 거 다 아니까 네가 죄송할 거 없어. 그런 생각은 하지 말고 나을 것만 생각해라. 그래야 지강이도 행복해지니까."

따뜻한 근수의 말에 서온은 울컥해서 눈물이 날 것 같았지만 꾹 참아 냈다.

"미안하지만 난 강이 아버지처럼 좋은 말은 못하겠다. 근데 네 엄마처럼 그렇게 허망하게 가면 절대 용서 안 할 거야. 그러니까 꼭 살아. 살아서 내 아들 돌려줘."

"여보!"

"왜요? 내가 뭐 못 할 말했어요? 강이는 이제 저 애 없이 못

369

산다잖아요. 저 애가 잘못되기라도 하면 우리 강이도 잘못될지 모르는데. 어미가 돼서 이 정도 말도 못 하냐구요!"

절규에 가까운 소리를 지르는 미현을 보며 서온은 고개를 떨구었다.

"나 네 엄마 말라 죽어 가는 거 보면서 너무 마음 아팠어. 그러니까 내 아들까지 그런 고통 겪게 하지 말고 꼭 살라고. 내 말 알아들어?"

"죄송합니다."

꼭 그러겠다고 말하지 못하는 서온을 보며 미현은 억장이 무너져 병실을 나가 버렸다.

"미안하다, 서온아."

"아니요. 제가 죄송합니다."

근수는 서온의 손을 토닥여 주고 미현을 따라 병실을 나갔다. 전화를 받고 돌아오던 지강은 병실 앞에서 미현과 근수를 마주하고 그대로 굳어 섰다.

"어머니, 혹시 서온이한테 뭐라고 하신 건 아니시죠?"

"인사도 없이 서온이, 그 애가 먼저야? 네 엄만 속이 까맣게 타들어 가는데!"

"죄송합니다."

지강이 고개를 숙이자 미현은 한탄에 가까운 한숨을 내쉬었다.

"그만해, 여보. 근데 서온이 상태는 어떤 거야? 이식 수술 공여자는 찾았고?"

"아직이요. 민 사장님하고도 맞지 않아서 일단 기다리고 있는 중입니다."

"그래. 너무 맘 졸이지 말고 네 몸도 좀 잘 돌봐라. 서온이 혼자 있던데 그만 들어가 봐."

지강이 병실로 들어간 후 미현이 속상함에 눈물까지 찍어 내자 근수는 조용히 어깨를 다독여 주었다.

"여보, 그 공여자 검사라는 거 우리도 해 볼 수 있는 거예요?"

"그럴 수 있을 것 같긴 한데, 맞을 확률이 적을 거야."

근수의 말에 잠시 생각을 하던 미현은 휴대폰을 꺼내 지호에게 전화를 걸었다.

"어, 엄마야. 서온이 이식 수술 공여자 검사, 엄마랑 아빠도 좀 받았으면 하는데. 지금 병원에 와 있으니까 로비에서 보자."

근수는 전화를 끊은 미현을 놀라서 바라봤다.

"검사를 받아 보려고? 두 녀석 반대하는 거 아니었어?"

"맞아요. 근데 서온이 잘못되면 강이까지 잘못될 게 뻔하니까 내 아들 살리려면 뭐라도 해 봐야죠."

"그 마음만으로도 서온이랑 지강인 감사하게 생각할 거야."

"감사받으려고 하는 일 아니에요. 그만 가요. 지호 기다리겠네."

근수는 넓은 마음으로 서온과 지강을 품는 미현이 예뻐서 손을 꼭 잡고 걸어갔다. 오랜만에 잡는 남편의 손이 따뜻해서 미현의 얼굴에도 미소가 지어지고 있었다.

＊　　　＊　　　＊

거실 소파 위로 가득 놓인 쇼핑백들에서 명품 가방과 화장품, 옷과 신발들을 모두 꺼내 놓고 앉은 현아는 못마땅하게 인상을 썼다.

"홍콩도 별건 없더라고. 다음엔 유럽으로 가 봐야겠어. 자기도 같이 가야지."

간드러진 목소리로 통화하는 주혜를 보며 현아는 들고 있던 가방을 현관 쪽으로 획 집어 던졌다.

툭.

운전기사까지 주혜와 내통을 한다는 것을 알게 된 후 철온은 혼자 택시를 타고 집으로 향했다. 집에 들어선 그를 제일 먼저 반긴 것은 여행에서 돌아온 현아가 신경질적으로 던진 가방이었다.

"짜증 나. 저거 말고 빨간색 사자고 했잖아! 엄마 말 듣고 괜히 저거 사서."

"어, 자기. 내가 이따 다시 전화할게. 뭐, 주식? 그건 자기한테 다 맡겼잖아. 돈 부족하면 더 땡겨 써. 그래, 이따 통화해."

서둘러 전화를 끊은 주혜는 현아가 펼쳐 놓은 가방 중 하나를 손에 들었다.

"빨간색은 이것도 샀잖아. 그거 정 가지고 싶으면 내일 백화점 가."

"그거 한국에 안 들어온다고 했잖아! 아, 진짜 짜증 나. 엄마, 나도 뉴욕 갈래."

신경질을 내던 이유가 가방이 아니었는지 현아는 사진이 띄워진 휴대폰을 주혜의 앞에 던졌다.

"갑자기 뉴욕은 왜?"

사진에는 화려한 불빛 아래서 멋들어진 포즈를 잡고 서 있는 여자가 찍혀 있었다.

"우리 과에 시골 땅값 올라서 졸부 된 년 하나 있다고 했잖 아. 저게 그년인데, 이번에 뉴욕으로 어학연수 갔대. 그딴 졸부 년도 뉴욕커라고 그러고, 고등학교도 졸업 못 한 서온이 그년도 뉴욕 갔는데 난 이게 뭐냐고."

"어학연수 가고 싶어? 공부 안 좋아하잖아."

"누가 공부하러 간데? 놀러 가는 거지. 엄마, 보내 주라. 이 집 아저씨 잘 구워삶아서 나도 뉴욕, 응?"

현아는 언제 짜증을 냈냐는 듯이 주혜의 옆에 달라붙어 애교 를 부려 댔다.

"기다려 봐. 어차피 이 집 재산 다 우리 거 될 거니까 그때 뉴 욕에 집이라도 사 줄게. 서온이, 그년은 낙동강 오리알 신세니 까 그딴 거 질투할 필요도 없어."

"질투가 아니라 그년만 떠올리면 짜증 나. 부모 잘 만난 거 빼곤 잘난 것도 없는 게 고개 빳빳이 들고 도도한 척. 근데 그년 뉴욕 가서 진짜 연락 없대?"

"몰라. 서지강이 그 난리를 치고 갔으니 찾긴 했으려나? 그냥 어디서 확 뒤져서 시체나 찾았다고 했으면 좋겠구만."

깔깔거리는 주혜와 현아의 웃음소리로 거실이 요란하게 울렸 다. 현아가 집어 던진 가방을 천천히 들어 올린 철온이 거실로 들어섰다.

373

"근데 서지강은 왜 그렇게 그년 일에 간섭을 해? 약혼까지 했잖아."

"붙어 지내다 정이라도 들었나 보지. 결혼은 조건 맞춰서 하고 즐기는 건 저 좋은 년이랑 즐기고. 돈 있는 남자들은 다 그런 거란다."

"서지강 정도 되면 붙어먹는 것도 괜찮지. 잘생겼고, 돈 많고. 민서온, 그년이 어디서 그런 남자를 만나?"

신이 나서 떠들던 현아는 맞은편에 앉은 주혜의 얼굴이 갑자기 사색이 되자 왜 그러나 싶어 뒤를 돌아봤다. 그곳엔 자신이 내던진 가방을 들고 있는 철온이 무섭게 그들을 무섭게 보고 있었다.

"어머, 여보. 기척도 없이 언제 들어오셨어요?"

미소를 지으며 자리에서 일어나는 주혜를 철온은 끔찍하다는 듯이 쳐다봤다. 자신이 데리고 들어온 두 여자가 제 딸에게 무슨 짓을 했었는지 이제야 깨달았다.

"현아랑 홍콩에 여행 다녀왔어요. 당신 선물도 사 왔는데 좀 볼래요?"

주혜가 눈치를 주자 현아는 서둘러 쇼핑백을 뒤적거렸다.

"여기 있었는데. 엄마랑 제가 아빠 드리려고 넥타이랑 이것저 것 샀거든요."

어쩔 줄 몰라 하는 두 여자를 보던 철온은 현관 옆에 놓인 도자기를 들어 거실 한가운데로 집어 던졌다.

쨍그랑.

"엄마!"

아슬아슬하게 두 여자 앞에 깨진 도자기 조각이 나뒹굴며 주혜와 현아의 자지러지는 비명 소리가 더해졌다.

"당신 미쳤어요? 대체 왜 이래요?"

"내 집에서 나가!"

놀란 주혜는 서둘러 웃는 낯으로 바꾸어 철온의 옆으로 다가갔다.

"여보, 혹시 좀 전에 현아랑 하던 얘기 때문에 이러세요? 우리는 서온이가 당신한테 좀 심하다 싶어서 그런 거예요. 그래도 아버진데 전화 한 통 없는 게 너무해서."

"서온이가 돌아올까 봐 걱정을 한 거겠지. 당신이 그동안 내 딸한테 무슨 짓을 했는지 이제야 알았으니까 더 험한 꼴 당하고 싶지 않으면 당장 이 집에서 나가."

"여보, 그동안 제가 서온이한테 얼마나 마음 썼는지 당신 잘 알잖아요."

주혜는 철온의 손을 붙잡고 사정했지만 그는 손을 차갑게 뿌리치고 곧장 휴대폰을 꺼내 들었다.

"구 비서, 지금 당장 내 집에 있는 두 여자들 내보내게. 경찰이든 뭐든 동원하고 당장 오 변호사 불러서 이혼 수속 진행시켜."

"여보!"

상황이 걷잡을 수 없이 심각해지자 주혜는 철온의 앞에 무릎을 꿇고 빌기 시작했다.

"잘못했어요. 현아, 너도 얼른 빌어!"

어쩔 줄 몰라 하며 서 있던 현아를 억지로 무릎 꿇린 주혜는 다시 철온의 손을 붙잡고 사정하기 시작했다.

"두 번 말하기 싫으니까 당장 내 집에서 나가. 남은 정리는 구 비서가 알아서 할 거야."

차갑게 주혜의 손을 뿌리친 철온은 그대로 서재로 들어가 문을 잠갔다.

"엄마, 우리 이제 어떡해?"

패닉 상태가 되어 버린 현아는 울상을 짓고 있었지만 주혜는 분한 마음을 이기지 못하고 철온의 서재 문을 두드리기 시작했다.

"겨우 말실수 좀 한 걸로 이건 너무하잖아요! 문 열어요! 문 열고 얘기 좀 하자구요!"

주혜가 문이 부서지라 두들기며 소리쳤지만 아무 반응이 없었다. 곧이어 현관문이 열리고 비서실장과 사설 경호원 두 명이 집 안으로 들어왔다.

"한 시간 드리겠습니다. 짐 챙겨서 밖으로 나가 주시죠."

"누구 마음대로? 여기 내 집이야!"

악에 받쳐 소리를 지르는 주혜를 무표정으로 보던 비서실장이 경호원들에게 눈짓을 보내자 두 남자는 곧장 주혜와 현아의 양쪽 팔을 붙잡았다.

"이거 안 놔? 나 JM그룹 안주인이야. 감히 누구 몸에 손을 대! 놔!"

"다시 말씀드리겠습니다. 한 시간 안에 이 집에서 나가 주시죠. 오늘 지내실 거처는 마련해 드리겠습니다."

주혜는 당장은 버텨도 소용이 없다는 것을 깨달았는지 팔을 붙든 남자를 밀쳐 냈다.

"현아야, 너 가서 돈 될 만한 거 하나도 **빼놓지** 말고 다 챙겨."

현아가 눈물로 범벅이 된 얼굴로 2층으로 올라가자 주혜 역시 허둥거리며 방으로 들어갔다.

한바탕 소란하던 집이 잠잠해지고서야 철온은 서재 밖으로 나왔다. 마치 도둑이라도 든 집처럼 방 안이며 거실이 엉망으로 변해 있었다.

눈에 보이니 심란함만 더해져 다시 서재로 돌아온 철온은 책상 서랍 제일 아래에 넣어 둔 액자를 꺼냈다. 액자 속에는 어린 서온을 품에 안고 있는 연서와 그의 행복한 모습이 마치 한 폭의 그림처럼 담겨 있었다.

"미안하다, 연서야."

사진을 손가락으로 쓸어내리며 철온은 슬프게 읊조렸다.

술집에서 만난 여자였지만 자신에게 다정하고 살갑게 굴던 주혜와 재혼하면 연서의 빈자리가 채워질 거라고 생각했다. 하지만 속물 덩어리였던 주혜의 사탕발림에 넘어가 어린 서온이 무슨 짓을 당하는지도 모르고, 어떤 마음으로 혼자 아파하는지도 몰랐다.

"연서야, 내가 다 잘못했다. 그러니까 우리 서온이는 놔두고 날 데려가라. 제발 부탁이다."

너무 많은 것을 외면하고 산 대가를 이렇게 치르게 될 줄 철온은 꿈에도 생각하지 못했다. 모든 것이 이기적인 자신의 잘못된 선택에서 비롯되었고, 그 결과로 하나뿐인 딸이 고통스럽게 살아왔다는 것을 이제야 똑바로 마주할 수 있었다.

이른 아침, 지강은 늘 똑같이 병원에 들렀지만 서온은 밤새 구토를 하다가 결국 탈진해 기절한 듯 잠이 들어 있었다. 서온을 참담하게 바라보던 지강은 곧장 조 교수에게 찾아갔다.

"체력이 떨어지는 바람에 소화 기능도 떨어져서 그러네. 그런데 이게 좋은 소식이라고 해야 할지 아닐지는 모르겠는데."

"혹시 공여자가 나타났습니까?"

지강의 물음에 조 교수는 곤란한 표정으로 고개를 끄덕였다.

"검사 결과는 아주 좋아. 그런데 그 공여자가 자네 어머니네. 기증 의사에 대해서는 아직 확답을 못 받은 상태고."

조 교수는 며칠 전 근수와 미현이 검사를 받았다는 얘기를 전해 주었다. 하지만 미현의 나이도 있고 건강 상태도 아주 좋은 편은 아니어서 염려되는 부분이 있다는 말도 보탰다.

지강은 그 길로 본가로 향했지만 무슨 말을 어떻게 꺼내야 좋을지 알 수가 없어서 집 안으로 들어갈 수가 없었다. 한참 만에야 점점 약해져 가는 서온의 모습을 떠올리며 애써 걸음을 옮겼다.

"앉아라."

근수와 미현은 거실 소파에 앉아 지강을 기다리고 있었다. 지강이 자리에 앉았지만 누구 하나 먼저 입을 열지 못한 채 정적만 맴돌았다.

"공여자 검사받아 주셨다는 얘기 들었습니다. 두 분께 정말 감사합니다."

차마 수술을 해 달라는 말이 나오질 않아 지강은 감사하다는 말을 끝으로 입을 다물었다.

"지강아, 미안하지만 엄마가 이식 수술을 하는 건 내가 허락할 수 없다."

한참의 정적 끝에 근수가 말을 꺼내자 미현은 놀라서 근수를 바라봤다. 지강은 예상했던 일인 듯 고개를 끄덕였다.

"아버지 말씀 무슨 뜻인지 알겠습니다. 검사받아 주신 것만으로도 감사합니다. 그럼 그만 일어나 보겠습니다."

절망적인 얼굴로 돌아서 가는 지강을 보며 근수와 미현은 한숨을 삼켰다.

"일이 왜 이렇게 되는 건지. 하필이면 왜 당신이 적합하다는 결과가 나와서."

"이럴 줄 알았으면 검사를 받지 말 걸 그랬어요."

"좋은 뜻으로 한 일이니까 자책하지 마. 그리고 이식 수술해 줄 생각도 하지 말고. 몸도 약한 사람이 버텨 내기엔 힘든 수술이야."

마지못해 근수의 말에 고개를 끄덕이긴 했지만 미현은 지강의 얼굴이 자꾸 아른거려 한숨만 연거푸 내쉬었다.

몇 겹씩 옷을 껴입어도 기어이 피부로 와 닿는 낮은 기온을 느끼며 서온은 길게 한숨을 내쉬었다. 산책로 벤치에 앉아 하얗게 연기가 되어 흩어지는 한숨을 바라보고 있자니 복작거리던 머릿속이 차분히 정리되는 것 같았다.

"마지막 겨울이 되려나?"

한 번 잠이 들면 일어나기가 힘들어지고 식욕도 없었다. 억지로 먹어도 속이 뒤집혀서 게워 내길 반복하다 보니 체중은 줄어만 가고, 누워 있는 것밖에는 할 수 있는 일이 없었다. 엄마가 그랬던 것처럼.

서온은 자신을 향해 다가오는 죽음의 그림자를 느끼고 슬슬 준비해야 한다는 생각을 했지만 눈물이 나는 건 어쩔 수 없었다. 병실로 돌아가기 위해 걸음을 옮기며 손등으로 눈물을 닦아 냈지만 한 번 터진 눈물은 쉽게 멈춰 주질 않았다.

"시도 때도 없이 질질 짜면 어쩌자는 건데. 바보 멍충이."

거칠게 눈물을 닦아 낸 서온은 마음을 다잡고 병실로 향했다. 조금 있으면 지강이 퇴근하고 병원으로 올 시간이었다. 병실을 비우고 산책길에 나선 걸 알면 금방 표정이 굳어질 텐데. 별것 아닌 일로 걱정시키고 싶지 않아 걸음을 빠르게 옮겼다. 숨이 턱까지 찬 상태로 병실 앞에 도착했는데 그녀의 노력이 무색하게 병실 문이 살짝 열려 있었다.

"아직 올 시간 안 된 줄 알았는데."

눈물의 흔적을 지워 내기 위해 양손으로 얼굴을 토닥거리고 깊게 심호흡을 한 서온은 밝게 웃으며 병실 문을 활짝 열었다. 그런데 병실 안에는 지강이 아닌 철온이 있었다.

"서온아."

문 앞에 선 서온을 발견한 철온은 차마 다가서지도 못하고 애잔한 목소리로 서온을 불렀다.

"오셨어요? 안 그래도 기다리고 있었어요."

자신을 바라보는 철온을 보며 서온은 활짝 미소 지었다.

"미안하다. 아빠가…… 너무 미안하다."

무너지듯 무릎을 꿇는 철온을 보며 서온의 마음도 무너져 내렸다. 너무 오랜만에 듣는 아빠라는 단어가 왜 이리도 애잔하게 들리는지. 철온의 앞으로 다가가서 무릎을 꿇고 마주 앉았다.

"제가 더 죄송해요. 그러니까 이러지 마세요."

"내가 아무것도 알려고 하지 않아서 너 혼자 아프게 만들었어. 아무리 힘들었어도 아비가 그러면 안 되는 거였는데."

철온은 고개도 들지 못하고 흐느끼기 시작했다.

"제가 잘못했어요. 정말 잘못했어요, 아버지."

애초에 혼자 아프다 죽으면 그만이라고 생각했던 어리석은 선택이 잘못이었다. 그 선택만 아니었다면 지강을 다시 만나지도 않았을 테고, 만났더라도 과한 욕심을 내지 않았을지도 모른다.

흐느끼는 철온의 모습을 보고 가슴에서 통증을 느낀 그녀는 가쁜 숨을 몰아쉬기 시작했다. 서온은 터질 듯한 가슴을 손으로 부여잡고 꺽꺽 숨이 넘어갈 지경이 되어서 결국 철온의 앞에서 쓰러져 버렸다.

"서온아, 서온아! 여기, 여기 누가 좀 와 주세요!"

멀어지는 의식 속에 절규하듯 소리 지르는 철온의 목소리가 들려왔지만 서온은 눈을 뜨지 못하고 그대로 의식을 놓아 버렸다.

삶보다는 죽음의 냄새가 더 강하게 느껴지는 중환자실은 의식 없이 기계에 의지하고 누워 있는 환자들로 가득했다. 그 안에는 서온도 있었다.

"꼬마. 민서온."

의식 없는 서온을 부르는 지강의 목소리가 미세하게 떨려 왔다. 살면서 이렇게 두렵고 불안한 적은 처음이었다. 옅은 숨결이 곧 사라질 것만 같아서 지강은 서온의 손을 꼭 붙잡았다. 축 처진 그녀의 손은 평소처럼 그의 손을 맞잡아 주지 않았다.

"과호흡으로 쇼크가 왔네. 스트레스도 심한 것 같고 체력이 많이 떨어졌어. 의식은 곧 회복되겠지만 이 이상 체력이 떨어지면 수술은 불가능할 거야. 하루라도 빨리 수술을 진행해야 하는데 걱정이네."

조 교수는 안타깝게 서온을 바라보다 먼저 자리를 떠났다. 지강은 면회 시간이 끝났다는 간호사의 말에도 꼼짝하지 않고 서온의 손을 붙잡고 있었다.

"보호자님. 면회 시간을 10분이나 넘기셨어요. 이러시면 환자분께도 좋지 않습니다."

간호사의 제지에 어쩔 수 없이 몸을 일으켰지만 지강은 걸음이 떨어지지 않아서 중환자실을 나갈 때까지 몇 번이나 서온을 돌아보았다.

"서온이는, 깨어났나?"

중환자실 밖에서 안절부절못하고 서 있던 철온은 밖으로 나온 지강을 붙잡았다.

"대체 무슨 짓을 하신 겁니까?"

감정이 격하게 터져 나올 것 같았지만 지강의 목소리는 차분하게 가라앉아 있었다.

"나는……."

머릿속에 갖가지 변명들이 떠올랐지만 철온은 전처럼 곧장 입을 열지 않았다.

"조금이라도 서온이를 생각하신다면 다신 찾아오지 마십쇼."

철온의 손을 밀어낸 지강은 그대로 돌아섰다. 등 뒤로 무너지듯 바닥에 주저앉는 철온의 모습이 느껴졌지만 돌아서지 않았다. 사실 당장 무너질 것 같은 사람은 그였다.

텅 빈 병실에 도착한 지강은 서온이 누워 있던 침대를 망연자실하게 바라봤다. 익숙하다고 생각했던 병실 안이 새삼 낯설게 느껴져 멍하니 주변을 둘러보았다.

혼란 속에 빠져 병원 밖으로 나온 지강은 찬 공기 속에 머리를 식혀 보려 했지만 바깥 역시 처음 보는 곳처럼 낯설게만 느껴졌다.

"민서온, 이젠 너 없이 정말 살 수가 없게 됐다."

서온을 보고 나온 후로 숨을 내쉬는 일도 잊어서 헉, 하고 거친 숨을 몰아 내쉰 게 벌써 몇 차례였다. 숨 쉬는 일조차 편하지 않으니 서온을 잃게 된다면 살기 위해 해야 하는 최소한의 것들조차 할 수 없게 돼 버릴 것 같았다.

차에 올라탄 지강은 한참을 멍하니 앉아 있었다. 그러다 손에 쥔 열쇠고리가 눈에 들어왔다. 순간 툭하고 눈물 한 방울이 자동차 모양 열쇠고리 위로 떨어졌다. 중환자실에 누워 있던 서온의 모습이 눈앞에 아른거려서 주체할 수 없이 눈물이 흐르기 시작했다. 울음소리는 터져 나오지 않았다. 대신 거칠어진 숨결과

찢겨질 듯 아픈 가슴을 움켜잡은 지강은 난생처음 소리 없이 오열했다.

길고 긴 날들이 흘러갔다. 서온은 중환자실에서 이틀을 보낸 후 병실로 돌아왔지만 여전히 깨어나지 못했고 지강의 절망은 점점 깊어지기만 했다.

"강이는 계속 저러고 있는 거야?"

지호와 함께 병실 앞에 도착한 미현은 열린 문틈으로 서온의 곁에 엎드려 잠든 지강을 아프게 바라봤다.

"네. 서온이가 깨어날 때 혼자 있게 하고 싶지 않대요. 제가 자주 들여다보고 있으니까 너무 걱정 마세요."

지호의 말에 고개를 끄덕이긴 했지만 미현은 쉽게 걸음이 떨어지지 않아 몇 번이나 병실 쪽을 돌아보다가 집으로 향했다.

미현과 지호가 온지 모르고 잠시 잠이 들었던 지강은 희미하게 느껴지는 서늘한 손길에 급하게 고개를 들었다.

"아저씨."

꺼질 듯한 작은 목소리와 함께 서온이 눈을 뜨고 그를 바라보고 있었다.

"잘 잤어? 좋은 꿈 꿨고?"

지강은 아무 일 없었던 것처럼 잠에서 깨어난 서온에게 미소로 인사를 건넸다.

"어디 아프진 않고? 두통 같은 건."

"괜찮아요. 근데 아저씨 얼굴이 엉망이네."

가라앉고 갈라진 목소리긴 했지만 서온이 깨어나 말을 하고 있었다. 손을 내밀어 그의 뺨을 어루만지는 서온의 손을 맞잡으며 지강은 괜찮다는 말을 대신해 미소를 지었다.

그때 노크 소리와 함께 병실로 들어서던 철온이 두 사람의 모습을 보고 그대로 멈춰 섰다.

"아버지."

서온의 부름에도 차마 다가서지 못한 철온은 그대로 병실을 나갔다. 안타깝게 그의 뒷모습을 바라보는 서온 때문에 지강은 서둘러 병실 밖으로 달려 나갔다.

"민 사장님, 잠시만요."

지강은 느린 걸음으로 복도를 걷던 철온의 앞을 가로막았다.

"잠깐 서온이 좀 부탁드립니다. 전 조 교수님 좀 뵙고 와야 해서요."

중환자실에서 병실까지 지난 며칠 동안 한시도 서온의 곁을 떠나지 못했던 철온에게 지강은 더 이상 찾아오지 말라는 말을 할 수 없었다. 게다가 서온이 아버지를 만나고 싶어 한다는 것을 그도 알고 있었다.

"고맙네, 정말 고마워."

별다른 대답 없이 꾸벅 고개인사를 하고 돌아섰던 지강은 그가 병실로 들어가는 모습을 한참 바라보다 발걸음을 옮겼다.

병실로 들어선 철온을 미소로 맞이한 서온이 손을 내밀었다. 차마 다가서지 못하고 서 있던 철온은 천천히 서온에게 다가가 그녀의 손을 붙잡았다.

"죄송해요. 하필이면 아버지 앞에서 그렇게 돼 버려서."

"아니다, 아니야. 아무리 걱정되고 보고 싶어도 찾아오지 말

앉아야 했는데. 다 내 잘못이니까 그런 말하지 마라."

"아버지가 딸 보러 오는 게 잘못은 아니잖아요. 전 아버지가
와 주셔서 좋은데요."

철온은 서온의 손을 꼭 붙잡은 채로 무너지듯 주저앉아 버렸
다.

"미안하다, 서온아. 네가 이 지경이 될 때까지 아비란 자가 아
무것도 모르고……."

철온은 아프고 죄스러워서 한참을 오열했다. 아무것도 모른
채 흘려보낸 지난 세월이 후회스럽고, 아픈 서온을 봐야 하는
지금이 너무 고통스러웠다.

"제가 아버지 속인 거잖아요. 미안해하지 마세요."

"아니다. 내가 알려고 하질 않았어. 모른 척하고 싶었던 거
야."

"전 아버지가 행복하길 바랐고 지금도 그래요. 그러니까 미안
해하지 말고 아버지 가족들한테 돌아가세요. 저는 걱정하지 마
시고요."

철온이 사실을 알게 됐지만 그에게는 주혜와 현아가 남아 있
을 거라 생각했다. 하지만 고개를 젓는 철온을 보면서 모든 일
이 자신의 생각과는 다르게 흘러가고 있다는 것을 깨달았다.

"아버지, 혹시 그 사람들……."

"그동안 왜 아무 말도 안 했…… 아니다. 네가 말을 했어도
귀를 막고 눈을 가리고 있던 내가 제대로 알아듣질 못했겠지.
미안하다. 네 엄마 잃고 제정신이 아니어서 그런 몹쓸 여자인
줄도 모르고."

철온이 새로운 가족들과 행복하게 살길 바라는 마음으로 모든 것을 참고 지내 왔는데. 철온이 주혜의 실체를 알게 되면서 서온이 했던 지난 4년간의 노력은 전부 물거품이 되어 버렸다.

"많이 힘드셨다는 거 알아요. 자책하지 마세요. 전 아버지랑 전처럼 다시 행복하게 지내고 싶은데. 아버지가 그렇게 미안해하시면 그럴 수가 없잖아요."

오래전 엄마를 떠나보내고 슬픔에 겨워하는 철온의 눈물을 닦아 주었던 것처럼 서온은 다시 그의 눈물을 닦았다.

"미안하다. 정말 미안해."

"에이, 또 그러신다."

서온은 철온의 눈물을 열심히 닦아 주며 환하게 미소를 지었다.

"울지 마세요. 아파하지도, 슬퍼하지도 말고 전처럼 우리 예쁜 딸 서온아, 하고 웃어 주세요. 저 아버지가 그렇게 부르는 소리를 얼마나 듣고 싶었는데요."

"그래. 예쁜 내 딸. 우리 서온이."

정말 오랜만에 듣는 말이었다. 행복했던 시절, 매일같이 자신을 부르던 철온과 연서의 목소리가 떠올라 서온은 행복했다.

"이제야 우리 아빠 같다."

철온은 조심스럽게 서온을 품에 안았다.

"보고 싶었어요, 아빠. 정말 너무너무 그립고 보고 싶었어요."

"미안하다. 미안해, 온아. 아빠가 너무 못나서 정말 미안해."

연서는 떠났지만 연서의 분신인 서온이 남아 있다는 것을 너무 늦게 깨달았다. 작은 서온을 품에 안은 철온은 그제야 길고 긴 방황을 끝내고 집으로 돌아온 기분이었다.

*　　　*　　　*

시간이 갈수록 가능성은 줄어든다는 조 교수의 말을 듣고 돌아오는 지강의 걸음은 무거웠다. 서온은 점점 빛을 잃어 가는데 할 수 있는 일이 아무것도 없었다. 답답한 마음에 잠시 병원 밖으로 나가 바람을 쐬려는데 막 로비로 들어서던 미현과 마주쳤다.

"어머니."

"지호한테 들었는데 서온이 깨어났다며? 괜찮은 거야?"

걱정과 안쓰러움이 뒤섞인 미현을 보자 지강은 왈칵 눈물이 날 것 같아 서둘러 시선을 돌렸다.

미현은 성인이 된 후 처음 보는 아들의 약한 모습이 마음 아파 아무 말 없이 지강을 꼭 안아 주었다. 작은 미현이 품에 안아 주기에는 지강이 너무 자라 버렸지만 그는 엄마의 품에 안긴 채로 흐르는 눈물을 떨궜다.

"이식 수술하자."

지강을 돌려보내고 지호와 마주 앉은 미현은 결심한 듯 말을 꺼냈다. 지호는 마시고 있던 음료수에 사레가 걸려 캑캑거렸다.

"진심이세요? 어머니한테 힘들 수도 있는 수술이에요."

"강이가…… 그 강한 녀석이 울더라."

"서온이한테 아무것도 해 줄 수가 없어서 그랬을 거예요."

"그래. 근데 나는 할 수 있는 게 있으니까. 이깟 간 좀 떼 준다고 설마 죽기야 하겠니? 수술하겠다고 서온이 주치의 선생님한테 말씀드려."

지호는 걱정스럽게 미현을 바라봤다. 서온에겐 미현이 유일한 희망이었지만 아들로서 어머니의 결정을 지지할 수만은 없었다.

하지만 지강만큼이나 고집이 센 미현의 성격을 알기에 미현의 뜻대로 조 교수에게 간 공여 의사를 전달할 수밖에 없었다.

✳   ✳   ✳

"또 그렇게 놀래킬 거야? 내가 얼마나 걱정했는데."

서온이 깨어났다는 소식을 듣자마자 병원으로 달려온 유진은 서온을 안고 한참 울다 투덜거리기를 반복했다.

"미안. 나도 그렇게 오래 잔 줄 몰랐어."

"다신 그러지 마. 나도 나지만 선생님이랑 너희 아버지는 한숨도 못 주무시고 중환자실 앞에 계셨어. 아버지랑은 이제 괜찮아진 거야?"

철온이 서온을 우리 온이, 내 딸이라고 부르고 그녀 역시 아버지가 아닌 아빠라 불렀다. 4년 동안 쌓인 서운함이 한 번에 사라지진 않았지만 두 사람은 거리를 조금씩 줄여 가는 중이었다.

"나 때문에 심리 상담도 시작하셨대. 이혼 소송도 진행 중이시고 여러 가지 많이 힘드실 거야."

"그러게. 그 여자 잡지 인터뷰한 거 보니까 아주 작정을 하고 덤비는 것 같던데. 아저씨 많이 힘드시겠더라."

주혜와의 이혼 소송은 곧 정리될 거라던 철온의 말을 그대로 믿고 있던 서온은 유진의 말을 듣자 또다시 하얀 거짓말에 속고 있었다는 것을 깨달았다.

"찐, 그 잡지 좀 구해다 줘. 지금 바로."

서온이 아무것도 모르고 있었다는 사실을 알게 된 유진은 자신이 실수했다며 둘러대기 바빴지만, 끈질긴 닦달에 결국 잡지를 구해 주었다.

국내 대기업인 J그룹의 안주인에서 하루아침에 빈털터리가 되어 갈 곳도 없이 내몰린 이 모 씨의 이야기.

자극적인 타이틀로 시작되는 기사를 읽어 내려가던 서온의 손끝이 차갑게 식어 갔다.

기사에 적힌 내용에 의하면 서온은 현아에게 폭력을 행사하고 많은 돈을 빼돌려 가출을 한 정신 이상자였다. 거기다 철온이 주혜와 현아에게 그 책임을 물으며 두 사람을 맨몸으로 내쫓았다며 그와 회사까지 비난하고 있었다.

"어떻게 이런 기사가 나갈 수가 있어? 전부 다 거짓말이잖아."

아무리 삼류 여성지라지만 진위 여부를 파악하지도 않고 기사를 써 낸 것이 서온은 이해가 되지 않았다.

"그 인터뷰가 인터넷에도 떠서 아저씨랑 회사 이미지가 많이 나빠졌어. 아저씨가 소송을 준비하신다는 기사도 나오던데 반성은 안 하고 소송 준비한다고 이미지가 더 나빠진 것 같더라고. 너 걱정할까 봐 아무 말 안 하셨을 거야."

세상 사람들 모두가 다 아는데 서온만 아무것도 몰랐다. 철온에게도, 지강에게도 온실 안의 화초처럼 고이고이 보호만 받고 민폐를 끼치는 존재가 되어 버린 것 같다는 자괴감이 커져만 갔다.

지강이 돌아올 때까지 있겠다는 유진을 억지로 돌려보낸 후 서온은 손에 들고 있던 잡지 기사를 힘껏 구겨 버렸다. 쓰레기보다 못한 인간들에게 철온을 부탁하려 했던 자신에게도 화가 치밀었다. 분노와 자괴감이 얽히고 절망은 덤이 되어 당황 속에 빠진 서온은 어쩔 줄 몰라 눈물이 날 지경이었다.

"뭐라도 해야 되는데. 뭐라도⋯⋯."

잠시 생각에 잠겼던 서온은 자리에서 일어나 옷장을 열었다. 옷을 갈아입고 짧은 쪽지를 남겨 놓은 후 서둘러 병실을 나섰다.

지강은 퇴근을 하자마자 양손에 먹을거리를 가득 들고 병원으로 향했다. 서온이 억지로 떠밀어 출근하긴 했지만 회사에 있는 동안 그녀가 보고 싶었던 만큼 걸음도 빨라졌다.

병동 복도로 들어선 지강은 데스크에 있던 간호사들에게 고개인사를 했다. 그런데 그를 발견한 간호사들이 안절부절못하고 있었다. 그 모습이 이상했지만 대수롭지 않게 여기고 병실로 향하려는데 간호사 한 명이 떠밀리듯 지강의 앞으로 나섰다.

"저기, 환자가 병원 밖으로 나간 것 같아요."

말이 끝나기도 전에 지강은 병실로 달리기 시작했다. 안은 텅 비어 있었고 침대 위에는 곱게 개어 놓은 환자복과 며칠만 나갔다 오겠다고 걱정 말라는 쪽지만 남겨져 있었다.

쪽지를 꽉 쥔 지강은 병원에서 달려 나와 서온이 숨어 지냈던 집으로 차를 몰았다. 집 안은 텅 비어 있었다.

허망과 절망 속에 거실 바닥에 무릎을 꿇었다. 또다시 서온을 잃어버렸다는 상실감과 지켜 내지 못했다는 자괴감이 눈물이 되어 흘러내렸다.

하지만 넋을 놓고 있을 수가 없었다. 불현듯 서온과 철온이 예전의 다정했던 부녀 사이로 돌아갔다는 것이 떠올라 다시 급하게 차를 몰고 서온의 집으로 향했다.

몇 시간 전 집으로 돌아온 서온은 거실 소파에 앉아 천천히 집 안을 둘러봤다. 엄마가 살아 있던 때와 비슷한 모습으로 되돌아간 덕분인지 서온은 정말 오랜만에 편안함을 느낄 수 있었다. 그때 초인종 소리가 요란하게 울렸다.

"지강이 왔다."

철온의 말에 서온은 고개를 끄덕였다. 그와 동시에 현관문이 열리고 지강이 안으로 들어섰다.

"민서온!"

지강이 거친 숨을 뱉으며 소파에 앉아 있는 서온을 무섭게 바라봤다.

"왔어요?"

"일어나."

곧장 서온의 손목을 잡은 지강이 그대로 끌고 나가려고 했지만 그녀는 움직일 생각이 없었다.

"지강아, 일단 좀 앉아라. 그러다 우리 서온이 팔에 멍들겠어."

잠자코 서 있던 철온의 말을 듣고서야 지강은 서온을 놓아주고는 손목을 살폈다.

"미안, 괜찮아?"

불이라도 떨어뜨릴 것 같던 지강의 눈빛이 금세 걱정스럽게 변하자 서온은 옅은 한숨을 내쉬었다.

"서온인 내가 병원으로 데려갈 테니까 걱정 말고 좀 앉아."

"아니요. 제가 데리고 갑니다. 일어나. 일어나기 힘들면 안기고."

지강이 억지로 안아 들려고 하자 서온은 그를 밀어냈다.

"아빠, 잠깐만 자리 좀 비켜 주세요."

철온은 잠시 머뭇거리다 별수 없이 서재로 들어갔다. 서온은 불안하게 자신을 보는 지강의 손을 잡아 소파에 앉히고 맞은편 자리로 가서 앉았다.

"우리 아버지 이혼 소송 중인 거 아저씨도 알고 있었죠?"

"그것 때문에 이러는 거야? 그건 네가 알아서 좋을 게 없었어."

"날 위해서 그랬다는 거 알아요. 아저씨는 항상 그랬으니까."

"날 위해서 그런 거야. 민서온이 안 아파야 내가 편하니까. 그러니 그만 병원으로 돌아가."

"며칠만이라고 했잖아요. 며칠만이라도 내가 아프다는 거 잊고 이 집에서 아버지랑 예전처럼 지내보고 싶어요. 부탁할게요."

"이대로 다 포기하려는 건 아니지?"

"그런 거 아니니까 걱정 마요. 아저씨랑 한 약속들 지키도록 노력할게요. 나 믿죠?"

"그럼 병원으로 돌아갈 동안 나도 여기서……."

"안 돼요."

단호한 서온의 말에 지강은 깊은 한숨을 내쉬었다.

"더 늦기 전에 아버지랑 단둘이 이것저것 함께해 보고 싶어요. 병원은 매일 갈 테니까 걱정 말아요. 며칠 동안 푹 쉬고, 맛있는 것도 먹고, 좋아진 얼굴로 다시 봐요, 우리."

지강은 더 이상 고집을 부리지 않았지만 걸음이 떨어지지 않는지 한참을 망설인 후에야 겨우 돌아갔다.

"지강이 저렇게 보내도 괜찮은 거야?"

"며칠인데요, 뭐. 그나저나 집이 엄마랑 같이 살던 때랑 비슷하게 돌아왔네요."

"미안하다."

예전처럼 철온과 다시 마주 웃을 수 있다는 것만으로 감사해서 서온은 고개를 저었다.

"며칠 동안 잘 부탁드려요."

"그래. 아빠도 잘 부탁한다."

서온은 할 수 있는 한 제일 밝게 미소를 지었고 철온도 마주 웃었다. 그렇게 오랜만에 부녀의 따뜻한 밤이 지나고 있었다.

다음 날 아침, 철온이 회사에 간 사이 비서실장에게 집으로 와 달라고 부탁을 한 서온은 구 실장과 마주 앉았다.

"상황이 많이 안 좋은 거죠?"

"소송은 승소하겠지만 문제는 여론이야. 이주혜가 악의적으로 인터뷰를 해서 여기저기 보도가 되는 바람에 회사 이미지가 바닥까지 떨어졌어."

"승소하고 나면 권력자가 이긴 거라고 또 시끄러워질 것 같은데. 그전에 제가 뭔가 할 수 있는 일이 없을까요?"

오랜 세월 철온을 보필한 비서실장은 서온을 애틋하게 바라봤다. 작고 약하기만 하던 꼬마가 어느새 자라 아버지를 돕겠다고 나서는 게 대견했지만 아픈 서온을 회사 일에 이용했다간 철온에게 불벼락을 맞을 게 뻔했다.

"시간 지나면 안정될 테니까 걱정 마."

"시간 끌면 아버지가 더 힘들어지실까 봐 그래요. 구 비서님, 부탁드려요. 잡지든 신문이든 인터뷰라도 하게 해 주세요. 그 여자가 저한테 폭언했던 녹음 파일도 가지고 있으니까 그것도 언론사에 공개해 주시구요."

"그런 파일을 가지고 있어?"

"그 여자 겁주려고 녹음해 둔 게 있어요. 부탁드릴게요. 아버지를 돕고 싶어요."

서온은 이제라도 제대로 딸 노릇을 하고 싶었다. 그래서 직접 잡지사에 찾아가겠다는 협박으로 생떼를 부려서 비서실장에게 겨우 인터뷰를 잡겠다는 대답을 얻어 냈다.

"인터뷰 나가고 나 짤리면 서온이, 다 네 책임이다."

"걱정 마세요. 구 비서님은 제가 책임질 테니까 최대한 빨리 인터뷰 잡아 주세요."

구 비서가 돌아간 후 서온은 전화기를 들어 지강에게 전화를 걸었다. 두 번의 신호가 채 떨어지기도 전에 지강의 목소리가 들렸다.

―꼬마, 무슨 일 있어? 어디 아픈 거야?

"그냥 목소리 듣고 싶어서. 많이 바쁘죠?"

―조금. 근데 간식은 먹었어? 별생각 없다고 안 먹은 건 아니지? 공복으로 있으면 안 돼.

통화할 때마다 이어지는 지강의 잔소리가 좋아 서온의 얼굴엔 미소가 가득했다.

"고마워요. 그리고 또 고맙고."

―미안하단 말이 아니라서 좋네. 근데 고맙단 말도 너무 하지 마.

"그럼 사랑한단 말은 괜찮아요?"

민망함을 뒤로하고 한 말인데 지강이 아무 대답도 없자 서온은 뚱해져 입술을 삐죽거렸다.

―또 입술 삐죽거리고 있지? 너무 놀라고 좋아서 아무 말 못한 거니까 토라지지 말고 다시 말해 봐.

"기회는 이미 지나갔습니다."

―야박하게 그럴 거야?

서온이 피식 웃자 수화기 속 지강에게서도 나지막한 웃음소리가 들렸다.

"사랑해요, 아저씨."

─나도 사랑한다, 우리 꼬마.

조금 낯간지러운 말이지만 서로에게 힘이 되는 사랑이란 말을 끝으로 전화를 끊었다. 서온은 약해지지 말자고 다시 한 번 다짐을 했다.

"꼬마. 민서온."

"으응."

잠에 취해 눈도 뜨지 못하고 대답한 서온은 다시 들려야 하는 지강의 목소리가 들리지 않자 억지로 눈을 떴다. 집에서 며칠을 지낸 후 오랜만에 병원에서 맞이하는 아침이었다.

"잘 잤어?"

"벌써 아침이에요?"

창문 앞에 서 있던 지강이 고개를 끄덕이자 서온은 이불을 코 끝까지 올리고 진하게 하품을 했다.

"졸려."

"일어나 봐. 밖에 눈 온다."

"정말요?"

자리에서 벌떡 일어난 서온은 곧장 창문으로 달려갔다. 지강의 말처럼 병원 정원이 눈으로 새하얗게 덮여 있었고 하늘에선 제법 굵은 눈발이 내리고 있었다.

"우와! 진짜 눈이다."

"눈 처음 보나? 좋아할 줄은 알았지만 너무 과한데."

"아저씨랑 처음으로 같이 보는 눈이니까."

말해 놓고 보니 좀 민망해서 배시시 웃어 버린 서온은 창문에 바짝 붙어서 떨어질 줄 몰랐다.

"우리 나가 보면……."

"안 돼."

단호한 지강을 못마땅하게 흘겨보긴 했지만 그래도 눈을 보는 게 좋아서 연신 방긋거리며 창밖을 보고 있었다.

그녀를 뒤에서 꼭 안은 지강은 그나마 인심 쓰듯 창문을 조금 열어 주었다. 창밖으로 손을 내민 서온은 손바닥 위로 떨어지는 눈송이들을 애틋하게 바라봤다.

"또 볼 수 있겠죠? 이렇게 펑펑 내리는 함박눈."

"당연하지. 다 낫고 나면 같이 눈 맞으러 가자."

"정말요? 어디로?"

"어디든. 눈 많이 내리는 곳으로."

"응. 눈 많이 내리는 곳. 어디든."

서늘하게 식어 버린 서온의 손을 창밖에서 거둬들인 지강은 그대로 서온을 안고 서서 내리는 눈을 함께 지켜봤다. 두 사람은 이런 일상을 함께할 수 있다는 것만으로도 감사했다.

"눈사람 만들어 보고 싶다."

아침을 먹은 후에도 그칠 줄 모르는 눈송이를 보던 서온이 중얼거리자 지강은 보고 있던 책을 내려놓았다.

"잠깐만 나가 보면 안 돼요? 작은 눈사람 하나만 만들고 바로 들어올게요."

"안 돼."

간절하게 눈을 빛내는 서온을 모른 척하기 위해 지강은 내려놓았던 책을 다시 펼쳐 들었다.

"맨날 안 돼, 안 돼. 한 번도 예스를 안 해 주냐?"

투덜거리던 서온은 약해지는 눈발을 아쉽게 보다 도저히 안 되겠다 싶어 침대에서 내려섰다.

"어디 가?"

"선생님한테 허락받을 거예요. 선생님이 허락하시면 아저씨가 뭐라 해도 나갈 거야."

"안 된다고 했어."

혀를 빼꼼 내민 서온은 지강에게 잡힐까 싶어 서둘러 병실 문을 열었다. 마침 문 앞에 조 교수가 서 있었다.

"어라? 선생님, 아직 오실 시간 아니시잖아요."

"알려 줄 소식이 있어서 왔지. 근데 어디 가려고?"

"선생님한테요. 밖에 눈 오거든요."

해맑게 웃는 서온이 무엇을 요구하려는지 바로 알아챈 조 교수는 서온의 뒤에 서 있는 지강을 보았다. 그는 조 교수에게 열심히 신호를 보내고 있었다.

"나가는 건 절대 안 돼. 감기 걸리면 큰일 나."

"잠깐만 나갔다 오면 안 될까요?"

"안 돼."

지강만큼이나 단호한 조 교수에 대답을 들은 서온은 울상이 돼서 괜한 지강을 흘겨봤다.

"그렇게 노려봐도 대답 안 바뀌니까 그만하고 눕지?"

"먹고, 눕고, 자고. 동물도 이렇게는 안 살겠네."

"동물 아니고 환자니까 그렇게 사는 거야. 누워."

툴툴거리면서도 지강이 시키는 대로 침대 위에 눕는 서온을 보며 조 교수가 미소를 지었다.

"근데 교수님, 알려 주신다는 소식이 뭡니까?"

"아, 두 사람 모습이 보기 좋아서 잠깐 깜박했네. 서온아, 정말 축하한다."

뜬금없는 축하에 서온은 어리둥절해서 조 교수를 쳐다봤다.

"공여자가 나타났어. 드디어 수술할 수 있게 됐네."

"그, 그게 정말입니까? 정말, 정말로 공여자가 나타났습니까?"

지강은 제대로 말이 나오지 않을 정도로 놀라서 말까지 더듬거리고 있었다.

"그래, 정말이야. 조금 전에 기증하기로 서명하고 수술 날짜도 잡고 가셨어. 이제 한시름 놨네. 정말 축하해."

"감사합니다. 정말 감사합니다, 교수님."

지강은 90도가 넘게 허리를 숙여 조 교수에게 인사를 했다.

"내가 뭘 한 게 있다고 감사를 해."

"선생님, 저 진짜 수술받을 수 있어요? 그럼 살 수 있는 거예요?"

믿기지 않는 현실을 받아들이느라 멍해져 있던 서온은 질문을 하면서도 이게 꿈인지 생시인지 구분되지 않았다.

"그래. 수술받고 잘 회복하면 다시 건강해질 수 있을 거야. 그러니까 몸 관리 잘해야 된다. 눈 온다고 밖에 나갈 생각하지 말고."

"감사합니다, 교수님."

조 교수는 깊이 고개를 숙여 인사를 하는 지강의 어깨를 툭툭 두드려 주고는 병실을 나갔다.

"이상해요. 이렇게 갑자기……."

지강은 믿기지 않는 사실을 받아들이지 못하고 중얼거리는 서온의 곁에 앉았다.

"이상할 거 없어. 우리 꼬마가 그동안 너무 착하게 살아서 이제 보상받는 거야."

"나 별로 착하게 안 살았는데. 괜찮은 거예요? 수술받아도 오래 살 수 있을지도 모르는데. 그러면 공여자분한테 너무 미안해지잖아."

"그런 소리 하지 마. 수술받고 잘 회복해서 꼭 건강해질 거야. 건강해져서야 같이 눈 맞으러 가지."

그제야 현실감이 느껴진 서온은 기뻐서 웃고 싶은 마음과 반대로 눈물을 흘리기 시작했다.

"왜 또 울어."

"몰라요. 왜 눈물이 나지?"

서온은 웃어 보려고 노력했지만 눈물이 쉼 없이 흘러내려서 두 손으로 얼굴을 가리고 말았다.

"우리 울보."

울음보가 터진 서온을 품에 안은 지강은 토닥토닥 그녀의 머리를 쓸어내렸다.

"쉽지 않을 거야. 그래도 잘 이겨 나가자. 할 수 있지?"

지강의 품에서 벗어난 서온은 열심히 고개를 끄덕거렸다.

"고마워요, 아저씨. 정말, 정말 너무너무 고마워요."

"내가 더 고맙지. 고맙다, 서온아. 잘 견뎌 줘서."

누가 먼저랄 것도 없이 둘은 서로를 꼭 껴안았다. 누구에게 감사를 해야 할지 알 수 없었지만 하느님이든 부처님이든 누구에게라도 감사해야 할 것 같아 지강은 속으로 연신 감사하다는 말을 되뇌었다.

"찐, 그만 울어. 나 수술 잘 받고 나올 거야."

계속 훌쩍거리는 유진을 달래느라 서온은 수술실 앞에 도착해서도 연신 방긋거렸다.

"꼭 수술 잘 받고 무사히……."

"응. 무사히 깨어날 거야. 걱정하지도, 울지도 마."

서온은 유진의 눈물을 닦아 주며 뒤쪽에 서 있는 철온을 바라봤다. 그제야 유진이 서온의 손을 철온에게 넘겨주었다.

"아빠."

"응."

"낳아 주시고 지금까지 키워 주셔서 감사해요. 그리고 많이 죄송하구요."

"뭘 잘못했다고 죄송해. 수술 잘 될 거니까 아무 걱정 말고 마음 편하게 먹어."

"네. 수술 잘 받고 나올게요."

놓기가 아쉬워 잠시 손을 꼭 붙들고 있던 철온은 지강에게 서온의 손을 넘겨주었다.

"수술 잘 받고 무사히 깨어날게요. 한잠 푹 자고 일어나면 되는 거지, 뭐. 그죠?"

막상 수술실에 들어가려니 겁이 났지만 서온은 아무렇지 않은 척 미소를 지었다. 하지만 지강은 서온의 마음을 아는 것처럼 서온의 작은 손을 두 손으로 꼭 감싸 안았다.

"생각보다 많이 힘들지도 몰라. 그래도 포기하지 말고 잘 견뎌 줘. 날 위해서."

"응. 그래 볼게요."

"그래. 그거면 됐어. 돌아올 때까지 기다리고 있을게."

지강은 꼭 잡은 서온의 손등에 입을 맞추고 이마 위에도 조심스럽게 입을 맞췄다.

"다녀올게요."

"잘 다녀와. 금방 다시 보자."

놓기 싫은 손을 억지로 놓고 서온을 수술실로 들여보낸 지강은 닫힌 문 앞에서 한참 동안 서 있었다.

그렇고 수술실 안으로 들어온 서온은 조용히 긴 잠 속으로 빠져들었다.

"강아."

서온이 수술실로 들어간 후 얼마 지나지 않았을 무렵 수술실 앞에 나타난 지호가 조용히 지강을 불렀다.

"서온이 잘 들어갔지?"

"기다릴 사람들 덜 걱정시키려고 웃으면서 들어갔어. 무섭다고 말해도 뭐라 할 사람도 없는데."

"꼬맹이가 바보스러울 정도로 착하잖아."

지강은 수술실 문을 걱정스럽게 바라보면서도 고개를 끄덕거렸다.

"근데 강아, 서온이 공여자 말인데."

"공여자가 왜? 설마 이제 와서 못 하겠대?"

불안함 때문인지 자신도 모르게 사납게 대꾸했다. 만약 수술을 못 한다고 하면 무슨 짓이라도 벌일 기세였다.

"인마, 그런 거 아니니까 말 좀 끝까지 들어. 서온이 공여자, 우리 어머니야."

지강은 아무 말도 못 하고 지호를 멀뚱히 보기만 했다.

"너나 서온이가 알게 되면 수술 안 받는다고 할 거라고 절대 알리지 말라고 하셨는데. 이제 수술도 들어갔고 너는 알고 있어야 될 것 같아서."

지강은 차마 아무 말도 할 수 없었다. 그저 수술이 무사히 끝나 서온과 함께 미현에게 감사 인사를 할 수 있기만 바랄 뿐이었다.

지호가 돌아간 후 수술실 밖에는 지강과 철온이 나란히 앉아 서온을 기다리고 있었다.

"4년 전에도 이 자리에서 서온이 엄마를 기다렸었는데, 또 이 자리에 있게 될 줄은 정말 꿈에도 몰랐어."

철온은 가라앉은 목소리로 혼잣말하듯 중얼거리기 시작했다.

"서온이 엄마는 서온이보다 더 많이 아팠어. 음식은 입에도 못 대고 주삿바늘에 의지해 살면서 하루가 다르게 말라 갔지. 그때 집에 가고 싶다던 그 사람 소원을 들어줬어야 했는데. 그랬으면 좀 편하게 보낼 수 있었을 텐데."

병실에서 눈을 감던 연서의 모습이 떠오르자 철온은 눈가가

시큰거려 왔다.

"그렇게 서온 엄마 보내고 한동안 아무것도 못 했지. 장례도 어떻게 치렀는지 모르게 정신이 나가 있었는데 우리 서온인 달랐어. 제 엄마 잃고서 제일 아팠을 녀석인데 오히려 전보다 더 밝게 지내면서 매일 학교 끝나면 회사로 찾아와 재잘거리고, 내 옆을 지켜 주려고 얼마나 애를 썼는지. 그런데도 난 몰랐어. 그 순간이 너무 외롭고 괴로워서 내 딸을 제대로 보지 못했던 거야. 착하고 예쁜 우리 서온이가……."

철온은 울음이 섞여 나오려 해서 잠시 말을 멈추고 숨을 가다듬었다.

"사랑하는 사람을 잃는다는 건 감히 상상도 못 할 만큼 아프고 힘든 일이야. 난 그걸 견뎌 내지 못해서 서온 엄마 자리에 말도 안 되는 여자를 데려다 놓는 멍청한 짓을 했지만 지강이, 넌 그렇지 않았으면 좋겠다."

"서온이 수술 잘 받고 회복해서 저랑 같이 행복해지기로 약속했습니다. 다른 건 몰라도 약속은 꼭 지키는 녀석이니까 서온이는 괜찮을 겁니다."

지강은 자신에게 말하듯 괜찮을 거라고 몇 번이나 되뇌었다. 절실한 바람 속에 다시 몇 시간이 흐른 뒤에야 조 교수가 지친 모습으로 수술실 밖으로 나왔다.

"교수님. 서온이는, 서온이는 괜찮습니까?"

철온이 나설 틈도 없이 지강은 튀어 오르듯 자리에서 일어나 조 교수에게 물었다.

"경과는 두고 봐야겠지만 일단 수술은 잘 됐어. 개복해 보니

다른 장기에 이상도 없었고 이식된 장기가 자리만 잘 잡아 제 기능만 해 주면 괜찮을 거네. 다른 복병이 생길지는 아직 모르지만 일단은 아무 일 없을 거라고 믿어야 하니까 너무 걱정들은 마시고."

"감사합니다. 정말 감사합니다."

철온과 지강은 연신 감사하다는 말을 반복했다. 조 교수가 돌아간 후 편안한 모습으로 누워 있는 서온이 수술실 밖으로 나왔다. 철온은 서온의 손을 꼭 잡은 채로 함께 회복실로 향했다. 지강은 그런 부녀의 뒤를 한걸음 떨어져 따라갔다.

에필로그. 그리하여 두 사람은

"온아, 울지 마. 응?'

돌에 걸려 넘어진 작고 어린 서온을 꼬마인 지강이 품에 안아
달랬다.

"어디, 여기 다쳤어?'
"응. 오빠 서오이 여기 아야해서 피도 나."

지강은 서온의 깨진 무릎을 아프게 보며 호호 불어 줬다. 서
온은 꼬마인 자신과 지강을 따뜻한 시선으로 바라보고 있었다.
그런데 순식간에 주변이 어두워지더니 두 꼬마의 모습은 사라지
고 어둠 속에 서온 홀로 남겨졌다. 겁에 질린 그녀가 급하게 주
변을 두리번거리는데 저만치 앞에서 옅은 불빛이 보이기 시작하

더니 주변이 점점 밝아지고 환하게 웃고 있는 연서가 나타났다.

"엄마?"

망설일 것도 없이 품으로 달려든 서온을 연서는 아무 말 없이 토닥거려 주었다. 얼마나 아프고 힘들었냐고 말하지 않아도 엄마의 온기만으로 위로가 됐다. 하지만 행복함을 느끼기도 전에 서온은 불안해지기 시작했다.

"엄마. 나 엄마 따라가야 되는 거 아는데. 지금 말고 조금만 더 있다가 가면 안 될까? 욕심인 거 아는데 그래도 조금만. 나 같이 살고 싶은 사람이 있어. 그 사람하고 약속한 거 하나도 못 지켰는데 인사도 못 하고 가 버리면……."

어떻게든 돌아가고 싶어 서온은 떼를 쓰는 아이처럼 울기 시작했다. 연서는 그런 서온을 품에 안아 줬다.

"우리 딸 여전히 울보네. 어디 좀 보자."

연서는 서온의 눈물을 닦아 주며 따뜻한 미소를 지었다.

"사랑하는 사람도 생기고, 우리 딸 다 컸네."
"엄마. 우리 아저씨 나 이렇게 가면 정말 많이 아파할 거야. 그러니까 잠깐만 갔다 올게요. 가서 인사만 하고 올게."

"온아. 우리 온이를 많이 사랑해 주는 사람 만났는데 그 좋은 사람 두고 오면 안 되지. 그동안 많이 힘들었으니까 오래오래 행복하게 살다가 엄마랑은 나중에 다시 만나자. 엄만 우리 온이 행복하게 사는 거 보면서 기다리고 있을게."

"나 정말 아저씨랑 더 살다 와도 되는 거야?"

"그럼. 대신 우는 일 없이 행복하게 살아야 돼. 우리 온이가 웃어야 엄마도 행복해지니까. 우리 이쁜 미소 천사, 언제 이렇게 컸어."

연서는 서온을 품에 꼭 안았다가 놓아주며 말했다.

"이제 그만 가. 그 사람도, 네 아빠도 너 많이 기다리고 있어. 울지 말고 웃으면서 예쁘게."

연서는 예전처럼 환하게 미소 짓고 있었다. 엄마를 따라 그녀도 예쁘게 미소를 지어 보이려고 눈물을 닦기 위해 잠깐 시선을 뗐다. 그사이 시야가 뿌옇게 흐려지고 연서의 모습도 같이 흐려져 갔다.

"엄마, 엄마!"

큰 소리로 엄마를 불렀지만 돌아오는 대답은 없었고 주변은 다시 어두워졌다. 곧이어 뿌옇게 흐려졌던 시야가 순식간에 환하게 밝아졌다. 동시에 익숙한 병원 냄새와 일정하게 들리는 기

411

계 소리, 그리고 통증이 느껴졌다.

"꼬마, 잘 잤어?"

환한 빛 아래 지강이 보이고 따뜻한 목소리가 들리자 서온은
미소 지으며 고개를 끄덕였다.

수술 부위가 어느 정도 아물고 재활 치료 단계에 들어서자 조
교수가 경과를 알려 주기 위해 서온의 병실을 찾아왔다.

"다행히 현재까진 아무 거부 반응도 없고 이상 증상도 보이지
않아. 재활도 잘 받고 있으니까 조만간 퇴원할 수 있을 거다."

"정말요? 저 정말 퇴원할 수 있는 거예요?"

서운과 지강은 기쁨으로 서로를 마주 보았다.

"퇴원해도 통원 치료는 계속 받아야 하고, 면역력도 많이 약
하니까 몸 관리 잘해야 돼. 약 잘 챙겨 먹고 음식도 조절해서 먹
고."

조 교수는 번갈아 가며 감사 인사를 하고 서로를 보는 서온과
지강을 따뜻하게 바라봤다.

"앞으로는 많이 웃고, 좋은 생각하면서 행복하게 지내라. 우
리가 할 수 있는 일은 다 했으니까 나머지는 하늘에 맡겨야지."

앞으로 살날이 얼마나 남았는지 모르지만 사는 동안 매일매
일 즐겁고 행복하게 지내라는 조 교수의 뜻을 알아들은 서온이
고개를 끄덕였다.

"그건 지호 오빠 거. 그리고 이건 선생님 거."

직접 뜬 목도리들을 상자에 하나하나 담으며 뿌듯해하는 서

온과 반대로 지강은 못마땅하게 상자들을 보고 있었다.

"다 됐나? 아, 이건 아저씨 아버지 드릴 거."

"우리 아버지 것도 있어?"

목도리를 포장한 서온은 당연하다는 듯이 고개를 끄덕였다.

"내가 아는 사람이 별로 없잖아요. 그래서 생각나는 사람들 건 다 떴어요."

"전에 김준희랑 정후 형 챙길 때부터 알아봤어야 했는데. 무슨 선물 인심이 그렇게 후해?"

"대단한 것도 아니고 서너 시간이면 뜨는 건데 왜 그렇게 심술을 내요?"

"내가 심술부리는 어린애로 보이나?"

가뜩이나 선물 상자들이 못마땅했던 지강은 이때다 싶어 말끝마다 꼬투리를 물고 늘어졌다.

"그럼 심술 아니고 뭔데요? 계속 뚱한 표정 짓고 있으면서."

"뚱해? 내가?"

"그래요. 진짜 이상하다니까. 어릴 때는 진짜 다정하고 착했는데 왜 저렇게 컸지?"

서온은 새침하게 말하고 무심한 척 포장하는 일에 열중했다.

"나에 대해서 아무것도 기억 못 한다고 했잖아."

서온의 손에 들린 상자와 리본을 빼앗고 마주 앉은 지강은 빨리 설명을 하라는 식이었다.

"기억 못 하는 거 맞아요."

"근데 다정하고 착했다는 건 어떻게 아는데?"

"봤으니까 알죠. 어릴 땐 진짜 예쁘게 잘생긴 미소년이던데,

지금 보니까 아저씬 크면서 좀 망가졌네요."

지강은 뻔뻔한 서온의 말에 웃음이 나왔지만 콩하고 머리를 쥐어박는 건 잊지 않았다.

"제대로 설명 안 하지?"

"이씽, 자꾸 쥐어박으면 울 아빠한테 이른다!"

"이젠 아주 대놓고 반말이네. 딴소리 말고 설명이나 해 봐, 얼른."

와락 서온에게 달려든 지강은 서온의 몸 곳곳을 간지럼 태우기 시작했다.

"그, 그만! 꿈, 꿈에서 봤어요."

"꿈?"

그럼 그렇지, 하는 표정으로 지강은 간지럼 태우기를 멈췄다. 그래도 뒷얘기가 궁금해서 계속 얘기해 보라는 듯 느긋하게 서온을 바라봤다.

"나 수술받고 오래 잤다면서요. 그때 꿈에서 꼬맹이인 아저씨랑 나도 보고 엄마도 만났어요."

"어머님 만났어?"

가볍게 꺼낸 이야기였는데 서온이 엄마라는 말을 하자 지강은 금세 걱정을 내비쳤다.

"응. 내가 넘어져서 우니까 아저씨가 가서 달래 주더라고요. 무릎도 호호 불어 주면서 울지 마, 하는데 너무 예뻐서 꼭 안아 주고 싶었다니까."

"그게 나란 건 어떻게 알았는데?"

"딱 보니까 아저씨던데, 뭘. 그때나 지금이나 아저씨가 나 예

뻐해 주는 건 똑같더라고요. 그래서 엄마가 아저씨를 좋은 사람
이라 그랬나 봐요."

"그러셨어?"

"응. 많이 좋은 사람이래요. 그러니까 아저씨랑 행복하게 지
내다가 나중에 만나자고 그랬어요."

아무것도 아닌 꿈이라 여길 수도 있었지만 서온이 그런 것처
럼 지강 역시 연서의 말을 굳게 믿고 싶었다.

"잘 봐주셔서 감사하다고 어머니께 인사드리러 가야겠네."

"정말요? 우리 엄마 진짜 좋아할 텐데. 진짜 갈 거예요?"

"그럼. 꼬마 퇴원하면 손 꼭 잡고 같이 가서 인사드릴 거야.
우리 할 일이 또 하나 늘었네?"

좋아서 고개를 끄덕거린 서온은 잠시 망설이는 듯하더니 두
눈을 꼭 감고 지강에게 안겼다.

"아저씨 냄새 좋다."

서온은 지강의 가슴에 얼굴을 묻고 비비적거렸다.

"어머, 어머! 병실에서 이 무슨 풍기문란이야?"

노크도 없이 병실로 들어온 유진을 보고도 서온과 지강은 놀
라지 않고 여전히 꼭 붙어 있었다.

"저기요, 좀 놀라거나 민망해하거나 뭐라도 액션을 취해 줘야
되는 거 아냐? 두 사람 너무 뻔뻔한데."

"부러우면 찐도 얼른 좋은 사람 만나."

"허얼, 눈꼴셔서 나 갈래."

"에이, 찐. 가긴 어딜 가."

지강의 품에서 떨어진 서온은 얼른 침대에서 내려와 유진을

415

붙잡았다.

"장난인 거 알면서 그래."

"둘이 아주 껌딱지처럼 딱 붙어 있어 놓고 장난이란다."

"우리 껌딱지 맞으니까 변명은 필요 없고. 유진아, 꼬마 좀 부탁할게."

"아저씨 어디 가요?"

"잠깐 집에. 저녁까진 올 거야."

집이란 말에 서온은 서둘러 침대 쪽에 놓아둔 커다란 상자를 지강에게 내밀었다.

"이거 아저씨 거."

"내 것도 있어?"

"당연하죠. 아저씨 걸 제일 먼저 떴는데."

상자에 담긴 크림색 스웨터와 쥐색 목도리를 꺼내 든 지강이 놀라서 서온을 바라봤다.

"이걸 직접 떴다고?"

"민서오이가 좀 덜렁거려서 그렇지, 손재주 하나는 알아주는 걸 모르셨나 보네요."

지강은 아무 말도 없이 곧장 입고 있던 셔츠를 벗었다.

"어머, 선생님! 너무 야해요."

"아저씨 갑자기 옷은 왜 벗어요?"

반팔의 얇은 셔츠가 딱 붙는 탓에 지강의 몸매가 그대로 드러나자 당황한 서온이 유진의 눈을 가리기 위해 허둥댔지만 지강은 개의치 않고 서온이 떠 준 스웨터를 입었다.

"어때?"

"예뻐요, 엄청. 그치, 찐?"

"지금 그 스웨터 입겠다고 홀러덩 벗은 거예요? 난 또 몸 자랑하시는 줄 알았네. 좋다는 표현을 너무 격하게 하신다."

유진이 작정하고 장난을 치자 서온과 지강은 마주 미소를 지었다.

"다녀올게."

"잠깐만요. 아직 더 있어."

서온은 근수의 목도리를 담은 상자와 또 다른 상자 하나를 쇼핑백에 담아 지강에게 건넸다.

"이건 아저씨 어머니 거예요. 직접 가서 인사드리고 싶은데 당장은 못 가니까 대신 전해 드려 주세요."

미현이 간을 공여해 줬다는 이야기를 듣고 서온은 죄송해서 어떻게 하냐고 한참을 울었었다. 회복되면 같이 감사 인사를 드리러 가자고 약속했었는데, 그새를 못 참고 미현의 선물을 준비해 놓았나 보다.

"잘 전해 드릴게. 좋아하실 거야."

"그냥 성의라고 말씀드려 주세요. 잘 다녀오고요."

지강에게 손을 흔들어 주며 서온은 예쁜 미소를 지어 보였다.

"저 왔습니다."

오랜만에 집에 온 지강을 근수와 미현은 반갑게 맞이했다.

"서온이는?"

서온의 안부부터 묻는 근수에게 잘 회복되고 있고 재활도 잘하고 있다는 말을 전하자 미현은 안도의 한숨을 내쉬었다.

"어머니는 좀 어떠세요?"

"괜찮아. 검사 결과도 좋다고 하니까 내 걱정은 말고 네 몸도 좀 돌봐 가면서 서온이 지켜. 얼굴이 꽤 상했네."

염려가 담긴 미현의 말에 지강은 웃으며 고개를 끄덕였다.

"어머니 덕분에 서온이가 살 수 있게 됐어요. 정말 감사합니다. 이건 서온이가 직접 만든 거라면서 전해 드리라고 부탁한 겁니다."

쇼핑백을 탁자 위에 올려놓은 지강은 오래 머물지 않고 집을 나섰다. 미현은 내심 서운했지만 별다른 내색하지 않고 근수와 함께 지강이 놓고 간 쇼핑백의 상자를 꺼냈다.

"목도리네? 솜씨도 좋다. 아주 따뜻하겠는데?"

진회색의 목도리를 두른 근수는 만족스럽게 웃었지만 미현은 상자 속에 담긴 와인색 숄을 꺼내지 못하고 바라만 봤다.

"연서도 손재주가 좋아서 이런 걸 곧잘 만들어 주곤 했는데. 그 엄마에 그 딸이라고 손재주 좋은 것까지 닮았네요."

"그러게. 우리 서온이가 엄마 닮아 솜씨가 좋은 모양이야. 마음씨도 곱고."

흐뭇해하는 근수의 말을 듣던 미현이 갑자기 울먹거리기 시작했다.

"당신 우는 거야?"

"오래 살아야 할 텐데. 제 엄마처럼 너무 짧게 살다 가면 안 되는데."

"걱정하지 마. 강이랑 서온이, 오래오래 행복하게 잘 살 거야. 우린 두 녀석 잘 지켜봐 주자고."

미현은 고개를 끄덕이며 서온이 건강해지기만을 빌었다.

완연한 봄이 오고 벚꽃이 곳곳에 흐드러지게 휘날리는 4월
이었다. 지강의 손을 잡고 병원을 나선 서온은 휘날리는 벚꽃을
보며 어느 때보다 밝은 표정을 짓고 있었다.

"아저씨 차 타는 거 진짜 오랜만이다. 다 그대로네."

자신이 만들어 놓아둔 방석이며 쿠션들도 그대로 있었고 지
강에게 선물로 줬던 펠트 인형 열쇠고리는 백미러 뒤쪽으로 나
란히 걸려 있어 서온은 괜스레 기분이 좋았다.

"여기 인디블도 그대로야."

지강이 차키에 달아 놓은 자동차 열쇠고리를 보여 주자 서온
은 바람 빠진 풍선처럼 배시시 웃었다.

"그럼 갈까?"

"응."

오랜 시간 머물렀던 병원에서 떠나는 마음은 한없이 가벼웠
고 아버지가 기다리고 있는 집으로 돌아간다는 게 좋아서 서온
은 자꾸 웃음이 나왔다.

그러길 잠시, 약 기운 때문에 잠이 들었던 서온은 차가 멈추
는 기척에 눈을 떴다.

눈을 뜨자마자 보이는 익숙한 호수 풍경에 저절로 미소가 그
려졌다. 그런데 옆자리에 있어야 할 지강이 보이질 않았다.

"아저씨?"

익숙한 풍경이긴 했지만 혼자라는 걸 깨닫자마자 불안함이
밀려오기 시작했다. 허둥거리며 차에서 내려선 서온이 정신없이

주변을 둘러보는데 레스토랑 쪽에서 준희가 급하게 달려 나오는 모습이 보였다.

"꼬마 양!"

반갑다 인사할 틈도 없이 준희는 서온을 품에 꼭 안고 한참 동안 놓아주지 않았다.

"어서 와. 진짜 너무 보고 싶었어."

"저두요. 언니, 잘 지내셨죠?"

"응. 진짜 다시 보니 너무 좋다. 고마워, 꼬마 양."

때마다 직접 구운 쿠키와 한방차들을 보내 주던 준희는 울고 불고할까 봐 차마 문병을 오지 못했다. 환자에게 위로받는 못난 짓 따윈 하고 싶지 않을 거라던 지강의 설명까지 들은 그녀는 준희의 마음이 고맙기만 했다.

"쿠키랑 차 맛있게 먹었어요. 감사해요, 언니."

"이렇게 와 줘서 내가 더 고맙지. 일단 들어가자."

서온의 손을 꼭 잡은 준희는 레스토랑 문을 열어 들어가라고 비켜섰다.

"먼저 들어가. 나는 창고서 가져올 게 있어서."

준희가 등을 떠밀자 서온은 엉겁결에 레스토랑으로 들어섰다. 늦은 오후의 햇살이 가득한 레스토랑에는 인적이 느껴지지 않았다. 아무래도 이상해서 나가려는데 잔잔한 피아노 연주가 시작되고, 피아노 위로 조명이 켜지면서 연주를 하고 있는 지강의 모습이 보였다. 연주곡이 흐르는 동안 서온은 자신도 모르게 흐르는 눈물을 닦아 내느라 정신이 없었다.

"우리 울보 또 우네."

연주를 끝낸 지강은 서온의 눈물을 닦아 주곤 주머니에서 반짝거리는 크리스털 고양이 한 쌍을 내밀었다.

"우와, 예쁘다."

영국 신사처럼 모자와 턱시도를 입고 늠름한 자세로 앉아 있는 남자 고양이와 귀여운 드레스를 입은 여자 고양이를 본 서온은 울다가 웃다가 어쩔 줄 모르는 표정으로 크리스털 조각을 받아 들었다.

"힘들고 아픈 거 잘 견뎌 줘서 고마워."

눈물과 웃음이 동시에 나왔다. 거기에 고개까지 끄덕이느라 서온은 정신이 없었지만 정말 행복했다.

지강은 주머니에서 케이스를 꺼내 서온의 앞으로 내밀었다.

"나 이제 꼬마 없이 못 사는 거 알지? 그러니까 책임진다 생각하고 나랑 결혼하자."

직설적이고 멋없는 청혼이긴 했지만 서온은 터져 나오는 울음 때문에 한 손으로 입을 막았다. 너무 기쁘고 행복한데 한편으로는 지강과 오래 함께 살 수 없을지도 모른다는 생각 때문에 겁이 나서 바로 고개를 끄덕일 수 없었다.

"울지 말고 대답해야지. 결혼 안 해 줄 거야?"

"나라도 괜찮아요? 이런 나라도."

"나한테 민서온 과분해. 그럼 꼬마는 이런 나라도 괜찮나?"

멋진 말을 하고 싶었지만 울음 때문에 말이 나오지 않아서 서온은 고개를 열심히 끄덕이는 것으로 대답을 대신했다. 그제야 안심이 돼서 지강은 서온을 품에 꼭 안았다.

"민서온, 내 꼬마. 사랑해."

"사랑해요. 사랑해, 아저씨."

꼭 껴안은 두 사람을 위해 박수를 치는 정후와 눈물까지 찔끔하며 지켜보던 준희는 간절하게 두 사람의 행복을 빌고 있었다.

서온이 퇴원하고 집으로 돌아온 후 지강은 아주 바빠졌다. 다시 회사 일을 열심히 하라는 서온의 엄포가 떨어지자마자 기다렸다는 듯이 밀려드는 일 때문에 정신은 없는데 때마다 그녀가 생각나는 통에 딱 죽을 맛이었다.

그래도 퇴근 후에 서온을 보러 가는 길은 언제나 설레었고 하루의 피로가 사라져 참 행복하다는 생각이 들었다.

"오늘도 수고하셨어요."

편안하고 밝은 미소로 반겨 주는 서온을 곧장 품에 안은 지강은 그대로 그녀의 손을 잡고 방으로 향했다.

"저녁 먹어야죠."

"일단 좀 눕자."

서온을 침대에 앉혀 무릎을 베고 누운 지강은 눈을 감았다.

"많이 힘들었구나."

"응. 그래서 말인데 오늘 여기서 자고……."

"안 돼요. 저녁 먹고 집으로 가요."

단호한 서온의 대답은 오늘도 변함없었다. 서온을 퇴원시킨 후 곧장 같이 살 계획을 세웠던 지강은 서온과 철온, 그리고 근수까지 반대하는 통에 매일 밤 생이별을 경험하는 중이었다.

거기다 다시 본가로 들어가지 않으면 절대 결혼은 안 하겠다는 서온의 고집 때문에 살던 오피스텔도 정리하고 본가로 들어간 상황이었다.

"계속 이렇게 떨어져 살 거야? 난 꼬마가 시킨 대로 다 하고
있는데. 내가 원하는 건 하나도 안 들어주고 있잖아."

"아버지랑 조금이라도 같이 지내고 싶어서 그래요. 더군다나
여름이잖아. 덥고 끈적거려서 여름에 식 올리기 싫어. 가을 오
면 그때 해요."

"안 돼. 여름 다 가려면 한 달은 넘게 남았는데 난 못 버텨.
넌 나랑 매일 헤어지는 게 아무렇지도 않아?"

며칠에 한 번씩 반복되는 지강의 투정에 서온은 웃음이 터져
나왔다.

"왜 아무렇지 않아요. 나도 맨날 꼭 안고 있고 싶은데."

품에 안겨서 비비적거리는 서온을 지강은 꼭 껴안았다.

"11시만 되면 집에 가라고 떠밀면서 말은 잘한다. 너 솔직히
말해 봐. 나 혼자 전전긍긍 속 타는 거 보는 게 재밌는 거지?"

"어떻게 알았지? 요즘 내가 알던 아저씨 아닌 것 같아서 보는
재미가 얼마나 쏠쏠한데요. 투정 부리니까 인간미도 느껴지고.
더 좋아져서 큰일이야. 예전에는 매일 잔소리에 명령하고 노려
보기만 했는……!"

예전 일을 말하면서 흘겨보는 서온의 입술을 막기 위해 지강
은 빠르게 다가가 입을 맞췄다. 놀란 서온이 잠시 멈칫하긴 했
지만 지강은 개의치 않고 부드러운 입술을 탐하기 시작했다. 꽤
오랜 시간 입술을 탐했고 서온의 호흡이 가빠져서야 품에서 놓
아주었다.

"약았어, 정말."

새초롬하게 지강을 흘겨보는 서온의 얼굴은 붉게 달아올라 있었다.

"그러게 예전 얘긴 왜 꺼내. 아, 정말 안 되겠네. 내일이라도 당장 식 올리자. 이래서는 정말 못 살겠다."

금방이라도 철온에게 식을 올리겠다고 말할 기세로 자리에서 일어나는 지강을 서온이 급하게 붙잡았다.

"알았어요, 알았어. 옛날 얘기 이젠 안 해요, 됐죠?"

"그런 게 아니라 이대론 정말 안 되겠어. 같이 있어도 일분일 초가 아쉬운데 그만 애태우고 같이 살자."

정말 간절하게 들리는 지강의 목소리 때문인지 서온은 마음이 약해지기 시작했다. 거기다 회사 일에 치여 까칠해져 가는 지강을 살뜰히 챙기지 못하는 게 마음에 걸리기도 했다. 결국 서온이 천천히 고개를 끄덕이자 지강은 마치 세상을 다 얻기라도 한 것처럼 환하게 웃으면서 그녀를 꼭 품에 안았다.

"정말이지? 또 여름 간 다음에 할 생각은 아니지?"

재차 확인하듯 묻는 지강에게 안긴 채 서온은 고개를 끄덕였다.

"가자. 아버님한테 날 잡는다고 말씀드려야지, 아버님!"

곧장 서온의 손을 잡고 방을 나선 지강의 목소리가 한껏 들떠 있었고 서온은 그 모습을 보며 웃을 수밖에 없었다.

결혼이 결정되고 나자 유진은 웨딩 플래너 역할을 자청하며 이것저것 분주하게 리스트들을 작성하고 있었다.

"가구는 어떡하지? 그 집에 있는 가구들 진짜 안 바꿀 거야?"

"그냥 침대랑 식탁, 장롱 같은 거만 큰 걸로 바꾸려고."

"정말 그 집에서 살 거야?"

서온이 혼자 숨어 지내던 집에 신혼살림을 차리겠다고 하자 거리가 멀다는 불만을 터뜨린 유진이 벌써 몇 번째 같은 질문을 하는 통에 서온은 피식 웃음이 나왔다.

"차로는 금방이지만 대중교통도 불편하고, 너 혼자 지내는 시간도 많은 데다 너무 외졌잖아."

"동네 사람들도 많으니까 하나도 안 위험해. 걱정 마세요."

공기 좋고 물 맑은 곳이라고 지강이 먼저 그 집에서 살자는 이야기를 꺼냈을 때 서온은 정말 기뻤다. 지강과 온전한 가족이 되는 것도 좋은데 오랜 시간 혼자 가꿔 온 집에서 살아갈 생각을 하니 더없이 행복했다.

"공기가 좋으니 좋긴 하지만……. 에이, 면허 따고 차 사야겠다. 그래야 너 보러 자주 가지."

"응. 찌니 면허 따서 운전하면 좋긴 하겠다."

도란도란 재잘거리며 마주 웃던 둘은 초인종 소리에 잠시 말을 멈추었다.

"누구지? 아저씨랑 아버지는 아직 오실 시간 아닌데."

"저기……."

인터폰을 확인한 가정부 아주머니가 누군지 밝히지 못하고 머뭇거리자 서온이 일어나 다가섰다.

"민서온, 너 집에 있지? 나 잠깐만 만나 줘, 어?"

사정하는 현아의 목소리를 들은 서온이 대문을 여는 버튼을 누르자 유진은 기겁을 하며 벌떡 일어섰다.

"쟤, 그 계집애 맞지? 근데 문을 왜 열어!"

유진이 펄펄 뛰는 사이 집 안으로 달려들어 오다시피 한 현아는 서온의 앞에 무릎을 꿇었다.

"살려 줘. 제발 부탁이니까 우리 엄마 좀 살려 줘."

많이 울었는지 목소리는 잔뜩 잠기고 눈은 퉁퉁 부은 몰골의 현아는 서온의 다리를 붙잡고 사정했다.

"기가 막혀. 뻔뻔한 것도 정도가 있지, 여기가 어디라고 찾아와서 이래!"

서온에게 매달리는 현아를 떼어 내려고 달려드는 유진을 그녀가 겨우 말렸지만 여전히 화를 못 이기고 씩씩거렸다.

"우리 엄마 구속됐어. 너희 아빠가 합의 안 해 주면 못 풀려난대. 네가 말해서 우리 엄마 좀 나오게 해 줘. 제발 부탁이야."

지강과 철온에게 주혜의 일은 잘 해결되고 있다는 뭉뚱그려진 얘기만 전해 들었던 서온은 엉엉 울고 있는 현아를 보며 자신이 아주 나쁜 짓을 한 것 같은 이상한 느낌이 들었다.

"우리 엄마가 너한테 죽을죄를 진 것도 아닌데 이러는 건 너무하잖아. 제발 도와줘."

"죽을죄를 안 지었어? 저게 아직도 정신을 못 차리고!"

다시 덤벼들려는 유진을 붙잡은 서온은 쓸데없는 죄책감을 내려놓고 냉정하게 현아를 내려다보았다.

"돌아가. 내가 어떻게 할 수 있는 일이 아니야."

"할 수 있잖아! 너라면 끔찍하게 생각하는 서지강이나 너희 아빠가 네 말이라면 뭐든 들어줄 텐데. 나라고 너한테 이렇게 비는 게 쉬웠을 것 같아? 돈 한 푼 없이 쫓겨난 것도 억울한데 우리가 뭘 그렇게 잘못했다고 이러냐고!"

현아가 악에 받쳐 소리를 지르자 서온은 어이가 없기도 하고 불쌍하다는 생각도 들어서 웃음조차 나오지 않았다.

"참 한결같네."

주혜와 현아는 이번 일을 겪고도 조금도 달라지지 않았고 앞으로도 달라질 것 같지 않아서 서온은 그들에게 쓸데없는 동정심은 필요 없다는 결론을 내렸다.

서온이 아무 말 없이 차갑게 내려다보자 현아는 자리에서 일어나 그녀를 노려보았다.

"독한 년. 하긴 그렇게 독하니까 그런 병 걸리고도 살아 있겠지. 두고 봐. 내가 너희들 얼마나 잘 사는지 두고 볼 거니까."

"이게 정말! 아줌마, 경찰 불러 주세요!"

유진이 소리치자 현아는 경찰이라는 소리를 듣고 급하게 도망치듯 집에서 나갔다. 현아가 나가고도 유진은 한참을 씩씩거리며 화를 냈지만 서온은 담담하게 앉아 있기만 했다.

"문이 왜 열려 있어?"

환한 얼굴로 집 안으로 들어서는 지강을 서온은 평소와 다르게 조용히 맞이했다.

"뭐야, 무슨 일 있었어?"

평소 같으면 웃고 재잘거리기 바빴을 두 사람인데 하나는 뚱한 표정으로 앉아 있고, 하나는 유난히 조용했다. 이상한 분위기를 감지한 지강이 유진과 서온을 번갈아 봤다.

"아무 일 없었어요. 점심은 먹었어요?"

"대충. 근데 정말 아무 일 없었어? 분위기 이상한데."

"없었어요. 손 닦고 와요. 과일 좀 내 올게."

어색한 분위기를 못 이긴 서온이 주방으로 들어가고 유진은 여전히 뚱한 표정으로 지강을 쳐다봤다.

"내가 뭐 또 잘못했나?"

"아뇨, 그 계집⋯⋯!"

아직 가라앉지 못한 화를 참기 위해 유진은 심호흡을 몇 번 하고서야 다시 입을 열었다.

"임현아가 왔었어요. 자기 엄마 구속됐다고 살려 달라면서."

"정말이야?"

"네, 어떻게 사람이 돼서 그렇게 뻔뻔하고 못돼 처먹을 수가 있어요? 서온이한테 또 한바탕 퍼붓고 가는데, 그건 구속 못 시켜요? 걔 엄마도 그렇지만 그 계집애도 서온이한테 얼마나 못되게 굴었는데."

"찐!"

서온은 급하게 주방에서 나와 유진의 입을 막았다.

"별일 아니니까 신경 쓰지 마요. 나 괜찮으니까."

"괜찮긴 뭐가 괜찮아!"

입을 막은 서온의 손을 밀어낸 유진이 씩씩거리며 자리에서 일어났다.

"미련하게 착해서는. 너 오늘 진짜 미워. 나 갈래. 선생님, 담에 봐요!"

유진이 행하니 가 버리자 서온은 난감해져서 어색하게 미소 짓고 있었다.

"마음 쓰지 마. 상처 받지도 말고."

지강은 어떤 이유든 서온이 상처받고 아파하는 건 원하지 않았다. 그래서 주혜의 재판 결과도 알리지 않았는데 결국 쓸데없는 노력이 돼 버린 것 같아 안타깝기만 했다.

"그 사람 얼마나 오래 갇혀 있어야 하는 거예요?"

"아버님 회사 지분에도 손을 댔고 여러 가지 잘못한 게 많았어. 제대로 죗값 치르는 거니까 그 사람들은 잊어버리자."

무겁게 가라앉아 있는 서온을 지강은 품에 꼭 안았다. 이젠 정말 다신 아파하지 않게 세상 모든 험한 일에서 이 작은 여자를 지키고 싶었다. 아프고 힘든 일 없이 행복하게 웃게 해 주겠다고, 지강은 서온을 품에 안은 채로 다시 한 번 굳게 다짐했다.

* * *

조용한 바다가 보이는 호텔 앞 연회장은 작은 결혼식 규모에 걸맞게 꾸며져 있었다. 식장 입구에 아기자기하게 장식된 테이블 위에는 두 사람의 다정한 웨딩 사진과 함께 청혼하던 날 지강이 선물한 크리스털 고양이 한 쌍이 반짝거리며 빛을 내고 있었다.

가까운 지인들만이 초대된 결혼식이라 하객들이 많지 않았지만 모두가 따뜻한 시선으로 조심스럽게 걸음을 내딛는 신부를 바라보았다.

철온의 손을 잡고 수줍게 걸음을 내딛는 서온은 새하얀 드레스만큼이나 맑고 아름다웠다. 턱시도를 입은 지강 역시 세상 어느 신랑보다 믿음직하고 멋진 모습이었다.

"우리 울보, 오늘은 울면 안 된다."

조 교수의 주례사를 듣는 동안 안 그래도 울먹거리던 서온은 귓가에 소곤거리는 지강을 보자마자 또르르 눈물을 흘렸다.

"제 주례사가 너무 감격적인지 신부의 울음보가 터졌네요."

장난스러운 조 교수의 말에 하객들의 웃음이 터져 나왔고 지강은 서온의 눈물을 닦아 주느라 정신 없었다.

"우리 신랑 신부가 이 자리에 오기까지 참 많이 힘들고 아팠습니다. 두 사람을 제일 가까이서 지켜본 저로서는 두 사람이 이렇게 부부로 맺어지는 모습을 볼 수 있다는 게 참 감사하고 또 행복합니다. 신부, 그만 울고 앞으로 오래오래 좋은 남편이랑 행복하게 살길 바랍니다. 이상 주례를 마치겠습니다."

짧고 굵었던 주례사가 끝나자 시원한 바닷바람이 불었고 두 사람은 부부라는 이름으로 하나가 되었다.

함께할 수 있는 시간이 언제까지일지 알 수 없었지만 다시 꽃이 피는 봄을 기다리면서 하루하루 행복하게 살자고. 서온과 지강은 손을 꼭 맞잡고 서로를 바라봤다.

—*Fin*

　세상에 혼자 남겨졌다고 생각하며 많이 아프고 외로웠던 서온이가 지강이를 만나 위로를 받고 행복해진 것처럼, 이 글을 읽게 되실 모든 분들이 잠시라도 행복해지시길 바라 봅니다.

　읽어 주셔서 진심으로 감사드립니다.

　나의 고마우신 분들…….

　많이 모나고 까칠한 부인을 만나 고생 많은 내 남편 정민철 님과 늘 믿고 응원해 주시는 엄마, 아부지, 모자란 며느리 예쁘게 봐주시는 아버님, 어머님께 깊이 감사드립니다.

　그리고 소울메이트 마이댕, 나의 영원한 동반자 으령, 언제나 내 편이 되어 주는 울 정은 언냐, 든든한 상재 형부, 매일매일 생각나는 애틋한 이쁜 울 주연 언냐, 서온에게도 좋은 친구가 되어 준 유진, 곧 엄마가 되는 세은, 이쁜 조카님 서연 양, 곧 아빠가 되는 울 오빠와 다휘 언니, 존경하는 저의 영원한 구현숙 선생님, 멀리서 늘 응원해 주시는 정연 사모님, 준호 목사님, 든든한 조언자 지은 언니, 지혜 언니.

모두들 감사드리고 사랑합니다.

마지막으로 서온이와 지강이 얘기를 컨택해 주신 김민지 님과 교정안 봐주시느라 고생 많으셨던 봄 미디어 김지우 님께 깊이 감사드립니다.

—김한나 올림.